Müller und der Mann mit Schnauz

Raphael Zehnder wurde 1963 in Baden AG geboren, arbeitete als Schallplattenverkäufer, Nachtwächter und Musikjournalist, bevor er Französisch und Latein studierte und in französischer Sprach- und Literaturwissenschaft promovierte. Er arbeitet als Redaktor beim Kulturradio von SRF, dem Schweizer Radio und Fernsehen, ist Miterfinder und -organisator der «Zürcher Kriminalnacht» im Theater Rigiblick in Zürich und Autor von vier Kriminalromanen um den Polizeimann Müller Benedikt.

Alles in diesem Buch ist gelogen und Fiktion, ausser der Stadt Zürich. Auch die Polizei existiert, aber leider auch das Verbrechen. Folgen Sie Bucher Manfred auf Twitter: @BucherManfred

RAPHAEL ZEHNDER

Müller und der Mann mit Schnauz

Müller vier

KRIMINALROMAN

emons:

Bibliografische Information der Deutschen Nationalbibliothek
Die Deutsche Nationalbibliothek verzeichnet diese Publikation in der Deutschen Nationalbibliografie; detaillierte bibliografische Daten sind im Internet über http://dnb.d-nb.de abrufbar.

FSC
www.fsc.org
MIX
Papier aus verantwortungsvollen Quellen
FSC® C083411

Umschlagmotiv: iStockphoto.com/querbeet
Umschlaggestaltung: Tobias Doetsch
Gestaltung Innenteil: César Satz & Grafik GmbH, Köln
Lektorat: Irène Kost, Biel/Bienne (CH)
Druck und Bindung: CPI – Clausen & Bosse, Leck
Printed in Germany 2015
ISBN 978-3-95451-580-6
Originalausgabe

Unser Newsletter informiert Sie
regelmässig über Neues von emons:
Kostenlos bestellen unter
www.emons-verlag.de

Immer wieder Annette

«Erfolg ist am schönsten, wenn man ihn hat.»
Gregor Meier

«Älter zu werden scheint die einzige Möglichkeit zu sein, lange zu leben.»
Daniel-François-Esprit Auber

«Je suis un cadeau.»
A. W. aus B.

Et prodesse vult et delectare:

Müller Benedikt (46), Abteilung Gewaltverbrechen, Polizei Zürich

Dulce et decorum est pro civitate fungi vel in urbe fere aeterna laborare:

Barmettler Dylan («Gucci», 31), Abteilung Gewaltverbrechen, Polizei Zürich

Bischoff Jörg-Olaf («Olli», 42), President, Co-Founder, CEO, Agentur «König, Herzog, Papst und Bischoff», privat: Erlenbach

Brogli Heather (28), Abteilung Gewaltverbrechen, Polizei Zürich

Bruhin Felix (32), preisgekrönter Kreativer, Agentur «König, Herzog, Papst und Bischoff»

Bruggmann Rebecca (26), Reception Desk Manager, Agentur «König, Herzog, Papst und Bischoff»

Bucher Manfred (46), Abteilung Gewaltverbrechen, Polizei Zürich

Caduff Jérémie (28), Student

Catanzaro Rocco (30), Abteilung Gewaltverbrechen, Polizei Zürich

Eiholzer Severin (32), Dr. des., Linguist, Universität Zürich

Fischer Rüttimann Salomé (46), Dr. phil., Kunsthistorikerin, privat: 8044 Zürich

Flubacher Kathrin (43), Professorin für Philosophie, Zürich

Hausammann Walter (52), Spezialist für Eigentumsdelikte

Herzog Heinz («Sharky», 49), Vice-President, Agentur «König, Herzog, Papst und Bischoff», privat: Rüschlikon

Hofer Bryan («Pluto», 26), Junior Key Account Manager, Agentur «König, Herzog, Papst und Bischoff»

Hossli Janine (29), Abteilung Gewaltverbrechen, Polizei Zürich

König Beat R. («King», 40), Senior Consultant, Agentur «König, Herzog, Papst und Bischoff», privat: 8053 Zürich

Luginbühl André, Dr. iur. (48), Rechtsanwalt

Marquardt Brenda, Dr. (circa 35), Pathologin, privat: 8032 Zürich

Meier Gregor (42), Pressesprecher, Polizei Zürich

Nägeli Roland (56), lic. iur., Oberst, Kommandant, Polizei Zürich

Papst Maximilian («Pope», 43), Vice-President, Agentur «König, Herzog, Papst und Bischoff», privat: 8008 Zürich

Pasewalk Gordon F. (38), Unternehmensberater, Schöpfer der «Explorative Rhizomatic Method», San Pimperlimpin, Kalifornien, USA

Rüttimann Laurenz (51), Dr. oec. et iur., Regierungsrat, Volkswirtschaftsdirektor des Kantons Zürich, privat: 8044 Zürich

Scheiwiller Strasser Samantha («Sam», 39), lic. iur., privat: Feldmeilen

Stahel Rahel (31), Chief Office Manager, Agentur «König, Herzog, Papst und Bischoff», privat: Niederhasli

Strasser Matthias (43), Strategic Creative Operations, Agentur «König, Herzog, Papst und Bischoff», privat: Feldmeilen

Strasser Anna (6), Kind

Strasser Valentin (5), Kind

Unternährer Vanessa (33), stv. Leiterin Stab, Agentur «König, Herzog, Papst und Bischoff»

Vogt Ralph (43), Hauptmann, Chef Abteilung Gewaltverbrechen, Polizei Zürich

Vukic Rosanna (34), Abteilung Gewaltverbrechen, Polizei Zürich

Watkiss Bischoff Lee-Ann (37), PhD, Sozialwissenschaftlerin, ehemals Miss Massachusetts, Zürich, privat: Erlenbach

Weiermann Gustav (58), Abteilung Gewaltverbrechen, Polizei Zürich

Ceteri etiam incolae urbis pulcherrimae hac in narratione sunt.

Vorbemerkung

Im Kanton Zürich werden im langjährigen Durchschnitt jährlich ungefähr zwölf vollendete Tötungsdelikte verübt. Diese bearbeiten der Müller und sein Team im Alleingang. Glauben Sie also anderen Kriminalautorinnen und Kriminalautoren nicht, wenn sie behaupten, *ihre* Ermittler regeln diese Kapitalverbrechen. Alles Lüge, Meineid, Bluff, Anmassung. Denn alles macht in Wahrheit der Müller mit seinen Kolleginnen und Kollegen. Damit das klar ist.

Jetzt

Freitag, 31. Januar

Jörg-Olaf Bischoff nennen alle innerhalb und ausserhalb der Firma, die Mitglieder des «Art Director's Club», ja die westliche Welt generell einfach «Olli». Er besitzt in Erlenbach ein gepflegtes frei stehendes Haus mit Seeanstoss und beträchtlichem Umschwung, einen gut erhaltenen Jaguar-Oldtimer, einen in Restaurierung begriffenen Rolls und zwei Norton-Motorräder. Richtiger muss ich schreiben: Er «besass» all das. Denn Olli liegt mit dem Gesicht voran in einem Gugelhopf. Durchs Loch in der Mitte des Gugelhopfs könnte er atmen, aber er kann es nicht mehr. Denn in seinem Rücken steckt das Messer, das aller Wahrscheinlichkeit nach sein Leben beendet hat.

Eine Sauerei, all das Blut überall.

Sein Schnauz, Typ «Boris Blank trifft Carlos Gardel», also nicht Seehund oder Pinsel, sondern schmal und gediegen. Beim Vornüberkippen hat der eine Rille in den Kuchen gestanzt. Jetzt in Makroaufnahme: zwei Spitzen, die nach links und nach rechts zeigen.

Und neben Bischoffs Kopf auf der Tischplatte liegt seine schwarze Hornbrille. Der Kuchen war für die Belegschaft bestimmt.

Das alles in seinem Einzelbüro im fünften Stock. Von der Terrasse aus eine tolle Aussicht in den Hinterhof, und einen Zentimeter See sieht man auch, wenn du den Hals reckst.

Rahel Stahel hat ihn gefunden, Chief Office Manager und ein wenig auch seine rechte Hand, weil sie den Gugelhopf holen wollte für den Apéro. Mann, es hätte was zu feiern gegeben, weil letztes Quartal die Neukunden so was von hereingeflattert sind wie die Banknoten aufs Konto eines Oligarchen, mit Budgets, da stirbt die Konkurrenz an ich weiss nicht woran man da stirbt, wenn einen der Neid dermassen quält bis grün.

Success! Yes!

Rahel Stahel also einen Schrei losgelassen, wie sie ihn sieht, und die Aktenmappe fallen gelassen, kann man verstehen. Und auf den

Schrei hin kommt Bryan Hofer bis auf die Türschwelle näher, der Junior Key Account, den sie «Pluto» nennen. Aber gleich wieder rückwärts raus, Rahel Stahel bleibt allein beim Toten. Sie das Natel gezückt und zuerst 1117, die interne Sicherheit, sagt sie: «Büro Olli, schnell.» Dann die 117. Das sind wir, das wissen Sie.

Und die 1117 löst sofort den Evakuationsplan aus, ist automatisiert programmiert auf Piepser und SMS. Also alle müssen raus aus dem Grossraumbüro im vierten Stock, die «untere Etage» nennen sie das in der Agentur, «die Halle» im Chefspeak. Im vierten sitzen alle ausser die Partner, die sitzen im fünften. Das Evakuieren hat man geübt, seit dem Anschlag der CO_2-Terroristen nach der Autokampagne im letzten Jahr.

Was suchte Pluto überhaupt dort oben?

Und einige Kollegen sofort weg, die Texter, die Konzepter, der Stab, die ADs und der CD, SCO, also Strategic Creative Operations, all die Abkürzungsmenschen, die Kaufmännischen und wer sonst noch da ist, ist entweder evakuiert oder verschanzt im Büro hinter den USM-Korpussen und -Regalen. Eine Kugel ginge da problemlos durch. Deshalb raus, raus, wenn der Plan sagt: «Raus!» Aber es gibt immer welche, die sind leichtsinnig, das glaubst du nicht. Weil, wenn du tot bist, aus Blödheit, ärgerst du dich noch im Grab.

Schade eigentlich, dass Olli es nicht mehr geschafft hat, seinen Mitarbeiterinnen und Mitarbeitern den Kuchen, den Prosecco und die Knabbersachen und Canapés vom Traiteur gleich um die Ecke runter in die «untere Etage» zu … ich meine, bei solchen Gelegenheiten macht der Chef das gerne selbst, auch wenn ihm im Alltag eine Praktikantin den Kaffee bringt, und zwar mit der richtigen Tropfenzahl Milch und exakt 24 Zuckerkörnchen plus gerne walisisches Mineralwasser senza gas. Und nun hat Olli das Motivationshappening für seine Brainforce nicht abhalten können. Heilige Hölle!

Auf welche Kostenstelle geht es denn in diesem Moment, wenn die Mitarbeiterinnen und Mitarbeiter nicht weiterworken können? Keinem Kunden ist das verrechenbar. Haben wir dafür eine Versicherung? Haftet jemand? Da wirst du fast eschatologisch, wenn du dir das genauer überlegst. Aber so denkt nur ein Zyniker.

Das ist die Situation, als um 16:43 Uhr an diesem Freitagnachmittag die Sondereinheit Skorpion eintrifft. So: Treppenhaus hoch, Situation blicküberprüfen. Trotz so was von Ausrüstung kein Geräusch machen sie. Leisheit? Leisigkeit? Wie sagt man? Im vierten Stock sofort Kontakt mit Rebecca Bruggmann, Reception Desk Manager, die den Schrei von Stahel durchs Treppenhaus herunter, das hastige Entfernen aus dem fünften Stock von Pluto und all das miterlebt hat. Als die Skorpione in den Fünften gerobbt und gestürmt sind, nicht einmal die Glastür geht kaputt: Rahel Stahel wie angewachsen, noch am vermutlichen Tatort steht sie.

Das sieht eine im Leben nur einmal, hoffentlich.

Das ist der Tatort, den Müller Benedikt, Bucher Manfred, Heather Brogli und Rosanna Vukic, alle von der Abteilung Gewaltverbrechen der Polizei Zürich, antreffen. Die Kommunikationsagentur «König, Herzog, Papst und Bischoff» im Seefeld. Wir wissen, was zu tun ist. Vor dem Haus haben weitere Kolleginnen und Kollegen bereits das Dispositiv erstellt: abgesichert, bereits im Parterre, in grösserem Perimeter sofort alle Personen festgesetzt: Wer war in der Nähe des Tatorts? Engmaschiges Netz. Personalien aufnehmen. Zeugen eruieren. Gebäude absperren, Quartierstrasse dito. Gott, sie heisst Fröhlichstrasse. Selbst da wird gemordet.

Einer der Partner von «K+» (Branchenjargon: sprich englisch: «Kay plus») ist tot. «Die Branche verliert einen …», wird das Mediencommuniqué singen und nette Sachen über den President, CEO und Co-Founder erzählen, viele voll nette Sachen.

Der Täter, der mutmassliche, ist weg, als sich im fünften Stock die völlige Kontrolle seitens der Polizei durchgesetzt hat. Wer es ist, da haben wir keine Ahnung, weil niemand die Straftat beobachtet zu haben anzugeben sich im Stande bemüssigt oder befähigt fühlt. Eine Satzkonstruktion so kompliziert wie die Polizeiarbeit. Kurz: Niemand weiss es. Keine Videoüberwachung von Treppenhaus, Korridoren und Vorräumen. Nichts.

Und draussen regnet es, dass die Polizei mit dem Kanu hätte anrücken können. Nicht einmal Ende Januar schneit es.

Wer war es?

Der Müller ist mit seinen Händen wieder mittendrin im Teig des Geschehens. Voll auf die Kostenstelle 0800 Normalarbeitszeit, offizielles Mitglied des Ermittlungsteams. Vorbei seine Rekonvaleszenz und die Psychosachen in der Therapie mit Andreas Borowski beim Rigiplatz. Weil, vielleicht wissen Sie das, der Müller hat im Mai im Dienst einen Flüchtigen erschossen, Müllerstrasse, ethisch ein schweres Problem, juristisch zwar entlastet und weiterhin reines Vorstrafenregister, der Müller. Nicht einmal ein Disziplinarverfahren. Aber es hat an ihm herumgenagt, weil töten will er nie jemanden. Er ist ein Freund des Lebens.

Da fühlst du dich alt, wenn du den Skorpionen zusiehst, denkt der Müller, wie sie ihre Muskularität durch den Einsatzraum rollen. Fehlt nur, dass sie sich aus dem Helikopter abseilen, sich durch die Fenster in den Raum schwingen oder zwischen verminten Topfpflanzen hindurchtanzen. Ein halbes Dutzend von den Skorpionen, synchron wie bei diesem Schwimmwettbewerb an Olympia. Dort aber natürlich mehr graziös und mit weniger Rohkraft, die hier für einmal nicht notwendig war. Der Notruf war klar, er besagte: «Tötungsdelikt». Bedeutet: punktgenauer Zugriff. Das Geiselnahme- oder Terrorismusdispositiv musst du da nicht auslösen, also gemässigter Einsatz verlangt. Schon etwas übertrieben, sagen Sie, das ganze SWAT-Brimborium hier, «Special Weapons And Tactics», der volle Aufmarsch? Wäre kostengünstiger zu lösen gewesen, sicher, ich höre das Controlling laut aufjaulen. Warum haben die von der Agentur überhaupt einen Evakuierungsplan ausgelöst? Erschwert dir nur die Arbeit.

Rudi Markovic, Skorpion-Einsatzleiter, hält den Daumen hoch: Die fünfte Etage ist sauber. Jetzt tritt, wie gesagt, die Kriminalpolizei in Aktion. Erst Müller, Bucher Manfred, Heather Brogli, Rosanna Vukic, dann Kunz und Hofstetter vom WD. Den Wissenschaftlichen Dienst brauchst du, sobald der Tatort gesichert ist. Sie werden alles absuchen, eintüteln, fotografieren, vermessen, Sie kennen das. Fingerabdrücke und so, Papiere sichten, was ist zum Beispiel dieses A4-Blatt im Papierkorb des Opfers, auf dem steht «Stop gentrification, Stop capitalism, fuck advertisement»? Warum liegt zerknüllt auf dem Fussboden ein Blatt mit vielen rätselhaften

Wörtern wie «Fossi, G. 1986: *‹La psychanalyse de la dépression: nouvelles propositions théoriques›*, in: J. Bergeret/W. Reid (Hg.): *Narcissisme et états-limites*, Paris: Dunod»? Liegen Textilfasern oder Nervenstränge voller DNS herum? Das ist WD-Business.

Ja, da fühlst du dich steif und ungelenk, wenn du den Kollegen von der Spezialeinheit in Aktion begegnest. Gut, mit 46 (= Müller und Bucher) erwartet keiner von dir, dass du wie ein James Bond durch Explosionen hechtest oder von Kränen herunter oder ohne Kratzer durch Säurebäder kraulst und eine Herde Haifische totboxt. Trotzdem, du merkst mit 46, dass der Körper nicht mehr neu ist. Wäre er ein Auto, hätte er Dellen, und am Unterboden frässe sich der Rost ans Getriebe heran. Sie sehen: Wenn der Müller solche Gedanken haben kann, ist der Einsatzstress wieder im Normalbereich. Das zu denken, geht schnell, schneller, als es aufzuschreiben. Es ist ein Gefühl, das der Mensch im Normalbetrieb nicht ausformuliert.

«Polizei! Keiner verlässt den Raum», sagt unterdessen im vierten Stock im Grossraumbüro Dylan Barmettler. Schau an, der ist auch eingetroffen, war eben noch bei einer Tätlichkeit an einem Rotlicht in Unterstrass. «Polizei! Keiner verlässt den Raum!» Dass du einmal diesen Satz sagen kannst, zu denen, die dem Evakuationsplan nicht gefolgt sind, davon träumst du schon in der Polizeischule. Der Nachteil von Evakuationsplänen: lösen oft Chaos aus, auch Verdächtige entfernen sich in legitimierter Eile. Inmitten von denen, die in Panik geraten sind, weil Hörensagen solche sät. Alle zerstreuen sich, statt sich nach Plan direkt zum klar definierten Sammelpunkt zu begeben. So wissen wir Polizei hinterher oft nicht, wer überhaupt aus dem gefährdeten Objekt entkommen ist. Wie viele sind noch drin? Vor allem bei einem Brand oder bei Gefährdung durch Terrorismus. Wie viele haben es raus geschafft? Im vierten Stock beginnt für Barmettler, Rocco Catanzaro, Janine Hossli und Gustav Weiermann die Kleinarbeit: niemanden rauslassen, herausfinden, wer sich entfernt hat, eruieren, wer im Büro war → Liste machen. Die Kollegen von der Uniformpolizei helfen.

«Natürlich keine Stempelkarten, die uns Informationen liefern würden», brummt Weiermann. Könnte er einfach bei der

Stechuhr einsammeln und auswerten. Er trauert eine Sekunde dem Industriezeitalter nach. Eine Sekunde hat er da recht. Als Veteran merkt er jedoch schnell, dass der Key Account Manager Bryan Hofer nervös ist. Hofer hühnert zum Kaffeeautomaten, wirft den Chromstahlbehälter mit den Zuckerbriefchen um, lässt die Umrührplastikstäbchen fast fallen, verschüttet den halben Becherinhalt auf den polierten Steinboden. Als Reception Desk Manager Rebecca Bruggmann aussagt, sie sitzt ja am Eingang des vierten Stocks, hat die Grossraumbüroloft, die Glaswand zum Besprechungsraum, das Treppenhaus und den Aufgang zur «Partneretage» (interner Jargon) im Blick, inklusive den erst vor Kurzem eingebauten Lift aus blauem Kristallglas. Also, sie sieht alles. Und eben auch wie Pluto von oben kommend die Treppe heruntergeeilt ist und sich im vierten Stock unter die Menschenmassen mischen wollte, kurz nach dem Schrei von Rahel Stahel. Klick, klack, da schnappen die Handschellen der Polizei Zürich zu, die der dicke Weiermann, der immer etwas Mühe mit Atmen hat, sodass man ihm seine Flinkheit gar nicht zutrauen würde, bei Einsätzen auf sich trägt.

Exit Hofer → Streifenwagen Limmat 4 → Grosses Polizeihaus → Zelle.

Nein, das Buch ist nicht zu Ende. Es folgen noch viele Seiten. So schnell ist kein Fall gelöst. Bryan Hofer, war er es? So einfach ist das nicht. Ermitteln braucht Zeit. Zum Beispiel die DNS-Untersuchungen. Auf dem Messerstiel im Rücken von Olli finden Kuhn und Hofstetter vom WD vielleicht etwas. Wem gehört das kurze blonde Haar auf dem Kragen des Opfers? Stimmt es genetisch mit den Haaren auf seinem Kopf überein? Die Proben werden gleich ins Labor gehen.

Und der Müller im fünften Stock, jetzt sieht er vor der Leiche stehend, genauer: zwischen der Bürotür und dem Schreibtisch, eine «Frau von dreissig Jahren» (Balzac). Blondes Haar, schulterlang, hinten praktisch hochgesteckt, machen alle in der Branche so, sandfarbene enge Hose, weisse Bluse, dunkelblaue Strickjacke, schwarze Stiefel, goldene Ohrstecker, Grösse circa 169 Zentimeter, Gewicht circa 52 Kilogramm, kleines Muttermal auf dem Wangenknochen rechts. Das sieht der Polizeibeamtenblick sofort und notiert es. Sieht gut aus, die Zeugin, würden Sie vielleicht sagen. Doch: «Für den Polizeibeamten zählt Schönheit nicht», heisst es im berühmten Polizeilehrbuch von Yardley, Lavender und Soap. Und ebenda: «Der Körper bedeutet zuallererst ein Signalement.»

Diese Frau, Rahel Stahel, hat den Toten gefunden und den Notruf abgesetzt.

«Warum haben Sie das Büro des Opfers betreten?», fragt der Müller.

«Ich wollte einige Dokumente übergeben und den Gugelhopf holen und Olli ... ich meine: Jörg-Olaf Bischoff zur Hand gehen», sagt die Frau, die sich auf polizeiliche Nachfrage hin mit einem amtlichen Dokument (Führerausweis) ausweist. «Ich bin Chief Office Manager von ‹König, Herzog, Papst & Bischoff› ... und manchmal hält mich ... Herr Bischoff für seine Boa», fügt sie hinzu und lacht kurz auf. Lachen passt nicht, kann nervlich sein. Weiss der Polizist.

«Stahel Rahel», liest Bucher Manfred hörbar, der neben dem Müller steht und das Identitätspapier überprüft, «Rahel Stahel» murmelt er.

Die Frau schaut ihn einen Bruchteil irritiert an. Er tut, als bemerke er es nicht.

Der Müller jetzt: «Zur Hand gehen?»

«Ja, den Gugelhopf hinuntertragen, den Prosecco entkorken, Jörg-Olaf unterstützen eben», die Uhr an ihrem Handgelenk zeigt 17:04, «jetzt hätte unser Motivationsmeeting schon begonnen.»

Müller: «Motivationsmeeting?»

«Den Leuten danken, ihnen sagen, wie wertvoll und gut ihre Arbeit ist, das Volumen der neuesten Mandate an die Wand projizieren, die neuesten Strategietools beiläufig einflechten, den Mitarbeiterinnen und Mitarbeitern zulächeln, mit ihnen anstossen ...» Stahel bleibt mit dem Ton oben.

«Sie duzen Herrn ...», beginnt der Müller, Bucher Manfred, der das Schild auf der Bürotür im Auge hat, fügt leise «... Bischoff» ein, und der Müller, die Augenbraue bleibt oben, er echot: «... Bischoff?»

«In der Firma duzen wir uns», sagt sie, «darf ich mich setzen?»

Sie steht im Büro, seit sie den Toten entdeckt hat, seit einer halben Stunde. Um sie herum sind die Kollegen vom WD dabei, an der Leiche herumzupinseln, zu fotografieren, den Meterstab hinzulegen, damit die Geometrie unzweifelhaft festgestellt ist, und den Eintrittswinkel der Klinge – ein Victorinox-Messer mit schwarzem Griff – auszumessen. Im Treppenhaus jetzt Absätze, sie klacken und klacken immer näher, sind auf einmal fast still, weil Teppichbelag: Dr. Brenda Marquardt, die Pathologin vom «Pathologischen Institut von der Universität von der Stadt Zürich». Sie ist gekommen, um den Tod amtlich festzustellen, den Tatort in Augenschein zu nehmen. Wenn immer möglich erscheint sie persönlich aus ihrem unterirdischen Obduktionsreich an der Rämistrasse, in dem die Wände bis in Zweidrittelhöhe mit abwaschbarer Farbe bemalt sind, falls es spritzt beim Aufschneiden. Hygiene ist wichtig.

Und Dr. Brenda Marquardt ist eine internationale Kapazität, das wissen Sie bestimmt, sie referiert an Universitäten beidseits der Limmat und der Landes- und Kontinentalgrenzen. Sie hat einen Blick selbst für vermeintlich absurde Details, ohne den Gesamtüberblick zu, Sie wissen, was ich meine, und auch, sagen wir es deutlich, es ist wie im Film: Jetzt stehen bereits zwei schöne Frauen im Büro des ermordeten Kommunikationsmagnaten Bischoff. Nur verwirrt das niemanden, denn Dr. Brenda Marquardt und Bucher Manfred, die privat ja eine Herzensgemeinschaft bilden, was rede ich blumig um den Brei, sie lieben sich und schlafen auch miteinander, sind aber so professionell, dass sie sich im Dienst aufs Berufliche beschränken. Das bedeutet im momentanen Augenblick: einen Gruss und wenn nötig den fachlichen Austausch.

«Boa?», will der Müller von Frau Stahel wissen, das Wort hat sie vorhin ausgesprochen, unter «Chief Office Manager» kann er sich eher etwas vorstellen.

Stahel: «Äh, Entschuldigung, Back Office Assistant.» Und wir merken: Der Müller kennt diese Bürowörter total nicht. Es ist, wie wenn du zum ersten Mal im Leben die «Dönerwelt» beim Bahnhof Altstetten betrittst und die Speisekarte an der Wand nicht lesen kannst, weil dir die Wörter so überhaupt nichts sagen. Aussprechen ist sowieso schwierig. Darum haben sie die grossen farbigen Bilder mit den Menüs. «Damit das Essen ein Erlebnis ist» (Luigi Teppanyaki).

***

Aussage von Rahel Stahel (31), Chief Office Manager von KHP&B, aufgenommen am Begehungstag, Sitzungszimmer «König, Herzog, Papst und Bischoff», Fröhlichstrasse, 8008 Zürich. Befragungsbeginn 18:13 Uhr. Anwesende Beamte: Janine Hossli, Dylan Barmettler, Müller Benedikt.

«Also, ich hoffe, ich erlebe so was nie mehr. Es war schrecklich. Ich wollte ungefähr um halb fünf zu Olli ins Büro, um ihm einige Dokumente zu übergeben und um nachzufragen, ob für das Motivationsmeeting alles aufgegleist sei oder ob er noch einen Wunsch habe. Grundsätzlich buchen wir solche Anlässe ja extern: Ein Caterer bringt die Häppchen und den Rest. Aber der Chef ist eben der Chef, und Olli ist ein anspruchsvoller Chef. Ich meine, er war es. Nein, negativ meine ich das nicht. Bloss: Er hat einen gefordert, sich selbst auch, und er hat immer viel geleistet.

Ich dachte mir nichts, als ich in sein Büro trat. Ich hätte ihn ja schon von der Tür aus gesehen, aber ich passte auf, wo ich hintrat, denn im Teppich war die letzten Wochen ein – wie sagt man? – ein Wulst? Der Teppich wölbt sich hinter der Schwelle leicht auf, schlecht verlegt, und da bin ich vor einigen Tagen gestolpert. Deshalb habe ich auf den Boden geguckt und Olli erst gesehen, als ich die Augen hob und zwei, drei Schritte im Büro stand. Geklopft? Nein, habe ich nicht. Die Tür stand offen. Die Türen der Partner stehen meist offen. Die haben ja die ganze fünfte Etage für sich. Für mich eher unpraktisch, denn ich sitze im vierten Stock, nahe beim Eingang, unmittelbar hinter dem Desk der Réception. Und wenn ich von Olli, King, Pope oder Sharky persönlich etwas will, muss ich Treppen steigen. Bis der Lift jeweils kommt, das dauert ewig, die unteren drei Etagen sind ja auch Gewerbeflächen, Firmen, die den Aufzug ebenfalls benützen.

Wo war ich? Ja, und da lag Olli tot mit dem Gesicht auf dem Gugelhopf. Sein Oberkörper vornübergekippt. Den Kuchen wollte er zum Meeting mitbringen. Das machte er gerne selbst. Ein bisschen alte Schule, ein bisschen altmodischer Patron. Aber er genoss es, selbst Gläser einzuschenken und Häppchen zu verteilen. ‹Ich teile die Kommunion aus›, hat er einmal gescherzt.

Seine Brille, die dicke schwarze, lag neben seinem Kopf auf dem Tisch. Dass mir ausgerechnet so ein Detail bleibt.

Ja, er war ein fordernder Chef, manchmal etwas seltsam, vielleicht ist ‹unkonzentriert› das richtige Wort? Oder ‹sprunghaft›? Aber meist ziemlich heiter. Was ich mit ‹seltsam› meine? Ja, eben, unkonzentriert, schlecht fokussiert, nicht entscheidungsfreudig … würde man von einem CEO nicht erwarten. Es gab Tage, da hatte ich das Gefühl, er grüble an etwas herum, sei unschlüssig, ich weiss nicht recht. Da rief er mich zwei-, dreimal wegen ein und derselben Sache an und stellte mir mehrmals die gleiche Frage. Oder er ging nicht ans Telefon, obwohl ich wusste, dass er sich im Büro aufhielt. Wer ihn getötet haben könnte? Keine Ahnung. Also, niemand ist im Streit gegangen, aus der Firma, soweit ich mich erinnere. Kündigungen hat Olli ewig keine mehr ausgesprochen. Ich selbst bin fünf Jahre in der Agentur. Spannungen unter den Partnern? Nun, das ist doch normal, dass sich Geschäftspartner nicht immer einig sind. Finanziell ist die Situation der Firma solide, soweit ich weiss, und ich weiss, glaube ich, ziemlich alles, was bei K+ ansteht. Aber fragen Sie am besten Maximilian Papst, der kümmert sich um das Vermögen der Firma. Er legt es an und so weiter.

Wie er da lag? Also, er lag nicht wirklich, er sass auf seinem Drehstuhl, und sein Oberkörper lag vornüber und der halbe Kopf auf dem, nein *im* Gugelhopf. Und überall Blut, das war schrecklich: dieses Blut. Da weiss man sofort, dass es zu spät ist. Nein, man *weiss* es nicht, aber man denkt es. Man nimmt es an. Nein, berührt habe ich nichts, ihn nicht und gar nichts. Das soll man nicht, sagte mir auch Ihr Kollege von der Notrufzentrale.

Das eine Auge schaute mich an.

Ich habe, glaube ich, geschrien. Hat mir Rebecca gesagt, ja, Bruggmann, sie arbeitet am Empfang, sie hat es gehört. Ich das iPhone raus und die interne Sicherheit angerufen und dann Sie. Ja, die 117. Wie gesagt, das muss kurz nach halb fünf gewesen sein, das Motivationsmeeting hätte um fünf beginnen sollen, um 17 Uhr, wenn Sie so wollen. Nein, eine besonders enge Beziehung zu Olli hatte ich nicht, wir haben zusammengearbeitet, die Hierarchie war klar, aber er war offen für Neues, er hat zugehört, Ideen aufgegriffen und weiterverfolgt – und später meistens auch erwähnt, dass die Idee von der oder jener Person kam. Er war fair, finde ich. Wie er anderen gegenüber war, im Detail weiss ich das nicht, aber ich denke, auch okay. Ich kann mir nicht vorstellen, dass ihn jemand ... Die Geschäftslage war prächtig. Ich bin immer bei den Geschäftsleitungssitzungen dabei, führe da Protokoll. Das vergangene Jahr war eines der besten in der Geschichte der Agentur. Die existiert seit, lassen Sie mich ausrechnen (lacht), sieben Jahren.

Ein schreckliches Bild, Olli so zu sehen. Wer könnte das getan haben? Und weshalb? Hat es mit der Firma zu tun? Mit Ollis Privatleben? Er war verheiratet mit Lee-Ann. Sie ist Amerikanerin. Ich habe sie an einem Weihnachtsessen kennengelernt, da sah man sie jedes Jahr, und alle paar Monate kam sie mal in die Agentur. Nett, ja, sie ist nett und freundlich. Nein, ich weiss nichts Näheres über sie. Beim Predigerplatz habe ich sie mal angetroffen, mit einer Tasche voller Bücher. Nein, erkannt hat sie mich nicht, die Firma hat um die 80 Mitarbeiterinnen und Mitarbeiter. Olli und ich haben nicht übers Privatleben gesprochen. Oder nur höchst oberflächlich: ‹Wie war der Schnee auf der Lenzerheide? Warst du schon in diesem neuen Restaurant beim Schiffbau? Freitagabend musste ich Notfall zum Zahnarzt.› Maximal solche Sachen. Ob er Probleme hatte? Private? Schulden? Keine Ahnung. Ich habe nichts in der Richtung mitbekommen, da war nichts Aussergewöhnliches.

Das ist ein Schock, mit so etwas rechnet niemand. Ein Alptraum. Nein, in Ollis Büro habe ich nichts Ausserordentliches bemerkt, ausser dass *alles* ausserordentlich war ... Personen? Habe ich keine gesehen. Fremde Personen? Nicht dass ich wüsste. Als ich Olli so dasitzen sah, weiss ich nicht, was geschah. Gut, ja, ich habe die Anrufe gemacht, ja, wie gesagt, zuerst die interne Sicherheit und dann die 117. Und dann stürmte Ihr Kommando das Büro. Wie lange es gedauert hat, bis sie da waren? Keine Ahnung. Das ist alles. Wenn mir noch etwas einfällt, melde ich mich. … Ah, ja, danke für Ihre Karte. Die Mobilnummer da unten? Ja, gut.»

***

Boulevard-online.ch, 31. Januar, hochgeladen: 19:03

Star-Werber tot im Gugelhopf

Der blanke Horror steht ihr ins hübsche Gesicht geschrieben: Büromanagerin Rahel S. (31, Name der Redaktion bekannt) fand heute gegen 17 Uhr ihren Chef, den Kommunikationsmogul Jörg-Olaf Bischoff, tot in seinem luxuriösen Büro im Seefeld. Der Stadtteil von Zürich mit der höchsten Dichte an Kommunikationsagenturen. Im breiten Rücken des Mannes mit dem scharfen Schnauz steckte ein ebenso scharfes Messer, blutverschmiert. Sein gut geschnittenes Gesicht lag vornüber auf einem Marmorgugelhopf von Sprüngli. Er atmete nicht mehr. Der CEO von «König, Herzog, Papst und Bischoff» – in der Branche und der Zürcher Society «Olli» genannt – ist tot. Erstochen.*
«Den Kuchen wollte er wenige Minuten später für seine Mitarbeiterinnen und Mitarbeiter anschneiden, um ihnen für ihre gute Arbeit zu danken», sagt sichtlich schockiert die schöne Rahel S. Während Tränen aus ihren grünen Augen fliessen, schluchzt sie: «Er war ein herzensguter Mensch, wir verstehen die Welt nicht mehr.» Millionenerbe Claus Rehmann (38), den mit Olli Bischoff die Liebe zum Polo und zu seltenen Weinen verband, sagte zu Boulevard-online.ch: «Ich bin fassungslos. Wir hatten für die Zukunft viele Pläne. Wir verlieren einen lieben Freund, einen trickreichen Polospieler, einen humorvollen Menschen, einen ideenreichen Geschäftsmann und guten Tänzer.» Jürg Abplanalp, Gemeinderat und Vorstand des Gewerbeverbandes, äusserte sich empört: «Dass in unserer Stadt ein Unternehmer am helllichten Tag in seinem Büro regelrecht exekutiert wird, erfüllt meine Partei und meinen Verband mit Abscheu. Sind wir schon so weit gekommen? Wir verlangen eine rigorose Untersuchung und endlich die nötigen Mittel für die Polizei.»

Gemäss gut unterrichteten Quellen ist es bereits zu einer Festnahme gekommen. Die Polizei Zürich ermittelt auf Hochtouren. Für morgen früh sei mit einer Medienkonferenz zu rechnen, teilte Gregor Meier, Leiter Kommunikation der Polizei Zürich, mit. Weitere Informationen kommunizierten die Behörden nicht.

Jörg-Olaf Bischoff war Mitbegründer und Präsident der Kommunikationsagentur «König, Herzog, Papst und Bischoff», eines Schwergewichts der Branche mit einem geschätzten Umsatz von gegen 120 Millionen Franken und Niederlassungen in zwölf Ländern. Für seine Arbeit gewann er mehrere internationale Preise. Er war verheiratet mit Lee-Ann (37), ehemalige Miss Massachusetts. Der Kinderwunsch des Glamourpaars blieb leider unerfüllt.

Lesen Sie morgen in unserer Print-Ausgabe: Wer ermordete Star-Werber Olli Bischoff?

Vorher

35 Tage bis zum Mord, Freitag, 27. Dezember

Auch diesen Abend brennt Licht im vierten Stock der ehemaligen Textilfabrik, in der «König, Herzog, Papst und Bischoff» seit sieben Jahren ihre Agentur betreiben. Genauer gesagt, brennt es im dritten Fenster von links, von der Strasse aus gesehen. Das Licht bleibt zwischen dem Büroloft und dem Parkplatz vor dem Haus in der Luft stecken und dringt nicht bis nach unten, wo jemand gerade einen schwarzen Mercedes SE 280 aufbricht. Es ist das Liebhaberobjekt von Heinz «Sharky» Herzog, dem Vice-President von K+, der mit dem Taxi zum Dinner gefahren ist, weil Promillegrenze. Das ist klug und verantwortungsvoll. Im Fenster ist niemand zu sehen. 22 Uhr vorbei, das Licht brennt ungerührt. Missachtet jemand den Stromsparbefehl der Geschäftsleitung, die verbindlich die Devise «green» ausgegeben hat? Bedeutet: Wir sind öko und zeigen es. «Der Planet ist unsere Marke» (Jörg-Olaf Bischoff, «Was bleibt», in: «The Art of Art Direction», No. 9/2014, Publikationsprojekt des Nachlasses).

32 Tage bis zum Mord, Montag, 30. Dezember

Auch heute Abend leuchtet es im dritten Fenster von links. Diesmal fahles, gelbliches Licht. Kommt also nicht von einer Deckenlampe. Könnte gemütlich wirken, der eng begrenzte Kegel, der vermutlich auf einen Schreibtisch fällt. Der Bildschirm ist an. Indiz dafür: bläuliches Glimmen. Ja, heute wollen wir uns die Mühe machen und nachschauen, wer dort oben sitzt.

Hochgebeamt und durchs Fenster blicken wir von der feuchten Kälte in die Wärme hinein. Im Hemd sitzt einer da, fliederfarben. Das Jackett über der Rückenlehne. Allein im Raum, in der Halle, die die ganze Etage ausmacht, betrachtet er den Bildschirm, fährt mit dem Cursor umher, klickt hier mit der Maus etwas an, liest, schreibt dort ein Wort, da zwei Halbsätze, wieder ein paar Zeichen, löscht Buchstaben, Wörter, korrigiert, sucht etwas im Netz. Die Digitaluhr an der Bürowand, die roten Ziffern, sie schlagen 21:23 Uhr. Müsste er nicht zu Hause sein? Nur schon aus sozialen Gründen? In der Jacke das Handy, er hat es ausgeschaltet. Das Telefon auf dem Tisch, er hat es auf die Zentrale umgeleitet. Die ist nicht besetzt. Anrufe würden in der Warteschleife mit der beruhigend doofen Musik hängen bleiben. Eine Frauenstimme, gespielt unschuldig, singt dort etwas von «Sexy, sexy, sexy», das sich wundersam reimt mit «Ferrari, Jag and Bentley». Er will ungestört arbeiten, ungestört sein, für sich sein. Arbeitet er? Ist er ungestört? Ist er für sich?

Ist er?

Was ist er?

Er heisst Matthias Strasser, SCO ist seine Abteilungsbezeichnung: «Strategic Creative Operations» auf Deutsch. Klingt interessant und ziemlich wichtig.

Er klickt weiter, liest, schreibt da ein Wort, streicht dort ein halbes, korrigiert, tippt einen Absatz, ein Fragezeichen, formatiert, als ob er kein Zuhause kennt. Und sitzt. Sitzt. Das Fliederhemd zerknittert, durchgeschwitzt. Auf dem Tisch der leere Kaffeebecher, die letzten Tropfen angetrocknet. Er wirft ihn in den

Papierkorb. Beim Aufprall ein Geräusch, wie wenn ein Knochen zu Boden fällt oder in ein ausgehobenes Grab.

Was macht einer mit 43 um diese Zeit am zweitletzten Tag des Jahres im Büro? Das obere Kader und wer auch immer entbehrlich ist, macht die Brücke bis nächsten Montag, tanzt also erst am 6. Januar wieder an und wird erzählen, was alles und wie viele Sonnenscheinstunden, ich sage dir, und wie toll und wer und Aknedoten, die keinen interessieren. Er hält die Stellung. Paar Sachen weitertreiben, damit in einer Woche alles bereit ist für den neuen Kick-off.

21:58 Uhr. So, das wäre mal das.

Gleitzeitsaldo, Schwankungssaldo, Kostenstelle, scheiss drauf. Initiative zeigen. Ja, noch eine Stunde anhängen, vielleicht eineinhalb, zu tun gibt's genug. Und die eine oder andere E-Mail verschicken wegen der Uhrzeitangabe.

28 Tage bis zum Mord, Freitag, 3. Januar

Erster Arbeitstag im neuen Jahr, auf dem Bürotisch ein Umschlag, auf allen Bürotischen ein Umschlag, blau, die Corporatefarbe von KHP&B. Auf einem Couvert sein Name, muss seines sein. Rahel Stahel hat's in Auftrag gegeben, wie jedes Jahr. Strasser reisst den Umschlag auf. Das Präsent sicher Sharky Herzogs Idee: Gutschein für ein Wochenende in dieser Wine & Cigar Lounge in Zermatt, Wellnessfacilities inklusive, fürs breite Publikum über Monate ausgebucht und – ha, ha, ha! – viel zu teuer. Letztes Jahr war's, in Leder gebunden, die neue Ausgabe des Guide Sowieso, einen Monat vor der Veröffentlichung, Nordamerikaausgabe mit Kalifornienschwerpunkt, ach. Sharky hat einen Sinn für realitätsnahe Geschenke.

Heisst Sharky, weil einst Pfadfinder, ist die offizielle Version.

Heisst Sharky, weil bissig im Business, ist die Branchenversion. Matt seine Oberfläche, spitz seine Zähne, kalt die Augen, elegant seine Bewegungen, und noch ein paar solcher Adjektive, die zu ihm passen.

Ist ein flotter Fisch, sagen sie in der Firma. Strasser dagegen findet, die Geschenke sind Schlag ins Gesicht. Sie bedeuten: *Du kommst nie so weit wie ich.* Luxuskrümelchen verteilen. Eine Beleidigung, findet Strasser. Dieses Zeug, das keiner braucht: Wine & Cigar Lounge und Wellness … willst du einen der Chefs nackt in der Sauna sehen? Seine Frau im Pool oder beim Knabbern an diesen Spezialsalaten? Und die Hände des Masseurs auf die Hüftfettpolster des CFO klatschen hören? Und Montecristos, Partagas und Cohibas anschneiden und das Ende in Cognac tunken und über der Flamme des Zippos drehen, bis. Und einen Médoc oder Saint-Emilion oder einen Château N'importe Quoi und Premier Grand-Cru und dann die blumigen Worte, um die Sinnesexplosionen zu beschreiben. Dabei … Kuba und Wein, sorry, ist wie Fondue und Algerien, bei allem Respekt vor allen vier Wörtern für sich.

Könnten sie bleiben lassen, dieses Getue. Und die Partner,

er will gar nicht wissen, wie viel die kassieren im Jahr. Doch, er würde es wissen wollen. Aber das kriegt keiner raus.

Was soll ich mit Sam bloss in diesem Zermatt? Sie ödet das genauso an wie mich. Wine & Cigar Lounge ... Was soll ich damit? Die Kinder könnten ja gut zu Sams Eltern, aber wann die Zeit dazu finden? Und woher die Energie, um dort hinaufzufahren? Wenn Strasser nicht arbeitet, will er nur schlafen, schlafen, hat aber Mühe damit: mit dem Einschlafen, mit dem Durchschlafen, mit dem Schlafen bis 6 Uhr, mit dem Schlafen bis 7 Uhr. Sein «Schlaf ist wie eine zerhackte Wurst» (Red Robinson). Und wenn alle wach sind, Sam und die Kinder, machen sie einen Riesenkrach, und er fährt ins Büro.

Auf der Fahrt Ruhe, weil Seestrasse stadteinwärts Stau. «Der Stau ist mein Zuhause» – wer hat das noch mal gesungen?

Im Büro Meeting, Meeting, Briefing, Rebriefing, dazwischen die time-slots kreativ füllen.

In manchen Monaten ist er bis zu 98 Prozent verrechenbar, kaum overhead, der sich nicht zuordnen lässt. Briefing, Feedback, Debriefing. «Die Erde dreht sich» (Galilei). Und weiter und weiter und weiter und.

Und diese McHinckley-Typen, in Anzügen die Männer und im Deuxpièces die Frauen, wie Klone sehen sie aus. Seit Mitte November fast immer im Haus, oben im Fünften bei den Chefs, aber bei uns unten auch. «Einzelgespräche» nennen sie das. Ihn haben sie noch nicht in den Meeting Room mit der Glasfront gegenüber dem Empfang geholt. Vielleicht weil ohnehin beschlossen ist, dass sie ihn, weil er nicht. Müsste er sich langsam Gedanken machen. Und alle, die aus diesen Einzelabreibungen kommen, exakt 60 Minuten dauert das jeweils, alle, die rauskommen, schweigen und sind im Gesicht versteinert. Zwingt man sie zum Schweigen? Müssen sie etwas unterschreiben? Immer zu zweit, diese McHinckleys, wie bei einer Sekte oder bei der Polizei im Film: der gute und der böse Cop. Was ist da im Busch?

Ist dieses Wellnessdingsda auch aus deren Handbüchern gekrochen? Verteile teure Gutscheine, die die Belegschaft gar nicht einlösen will.

In dieses Wellnessdingsda, nein, die Zigarren und den Wein,

was soll ich da, was soll ich dort, was soll ich hier, was soll ich überhaupt.

Mist, was für ein Wochenanfang. Wochenanfang? Nur für mich, denkt Strasser, nur für mich fängt die Woche am Freitag an, dem 3. Januar, wenn jeder vernünftige Mensch sich eine Brücke organisiert hat. Strategische Überstundenreserve abbauen. Rahel Stahel sehe ich auch, die Unternehmensberaterdoppelpatrouillen und vor allem Juniorkräfte, Planer, die Buchhaltung, irgendein Aufpasser vom Stab, aber von den Kreativen keiner in meinem Alter, nur die Jungen, Hungrigen, Willigen. 43 und ich hab's zu nichts gebracht. Hab ich's wirklich zu nichts gebracht? Familie, Haus, Auto, Lohnklasse. Sonst nichts. Was könnte sonst sein? Sinn? Sein? Sex?

Scheissalliterationslittering. Mal wieder einen geraden Satz denken, das wäre eine Wohltat.

In manchen Situationen wäre es wichtig, die Hausärztin aufzusuchen, die einen an eine Fachperson überweist. Beispielsweise einen Psychotherapeuten, der sich mit Belastungsdepressionen – oder sagen wir das lautere Wort: Burnout – und solchen Sachen auskennt. Wenn jedes Telefon, das du abnehmen oder erledigen musst, zu einem Überwindungskampf wird. Strasser könnte zu Herrn Borowski gehen, dem Psychotherapeuten, der dem Müller auf die Sprünge hilft und schon viele Polizisten und andere Menschen unterstützt hat.

Aber dieser Freitag ist verkachelt, kann man sich kaum vorstellen. Kann das noch was werden heute? 09:12 Uhr, seit einer halben Stunde sitzt Strasser reglos am Tisch, die Augen kleben auf der Albiskette über dem See, ein weisses Schäumchen dort auf den Hügeln. Die Arbeit, macht sie sich von selbst? Nein, jetzt öffnet er endlich das Dokument im Computer und macht sich ans erste Reporting des Jahres. Kann knapper sein, weil durch Feiertage verkürzte Arbeitswoche, aber muss heute raus, auf jeden Fall. Jörg-Olaf Bischoffs Bonmot Nummer soundso: «Termine sind göttlich und unumstösslich.»

Strasser schreibt: «Walu kalu billibilli beng, raba da waga la buru buru deng.» Seitenlang solche Sachen. Hätte vielleicht Hugo Ball gefallen oder Richard Huelsenfrosch, aber doch nicht der Geschäftsleitung. «Rumba humpa ding dang ramalama ding dong», seitenlang, realistisch gegliedert durch Satzzeichen und Leerschläge, Zahlen und sogar eine Infografik. Ist Mode. Jetzt läuft's gut mit diesem Reporting, er ist im Flow, die Seiten füllen, die Bytes türmen sich.

Er macht
Absätze und

Zeilenschaltungen,
nummeriert
die einzelnen Elemente
des Berichts,
den er wie immer übersichtlich strukturiert.

Und als Quintessenz fügt er vorne eine Zusammenfassung ein, ein «Abstract», das beginnt mit «Be-bop-a-lula» und endet mit «Simsalabim». Bereits am Mittag ist der Report fertig, Strasser speichert ab und steht innerlich haarscharf vor dem Versuch, sich mit Rahel Stahel zum Mittagessen zu verabreden, da verschwindet sie aus der Tür. Hat wohl schon etwas vor. Mit den anderen, die hier sind, will er nicht essen gehen. Keiner aus seinem Team da, und die anderen, die könnte er nicht anschweigen. Mit denen müsste er sprechen. Sonst denken sie, ich weiss nicht, was.

Also sperrt er den Computer, nimmt den Mantel, geht runter und um die Ecke in die Seefeldstrasse. Brötchen von Strozzi, eines mit Körnern und Sprossen. Ja, zum Mitnehmen. Stahel sitzt dort hinten, mit einer Kollegin? Freundin? Sieht auch nicht schlecht aus, denkt er, fast so gut wie Stahel. Aber er weiss: Ich bin verheiratet, zwei Kinder, Hypothek für die Wohnung und andere Verpflichtungen, 43, nicht gerade an der Spitze der Attraktivitätspyramide oder der sexuellen Nahrungskette. Ich jammere mir wieder die Ohren voll, denkt er, das muss aufhören, ich öde mich selbst an. Stahel sieht ihn, nickt ihm zu, mit der rechten Hand winkt er zurück, knapp, aber sichtbar, auch ihrer Kollegin, er senkt kurz den Kopf, deutet knapp eine Verbeugung an. Das hat Sam damals an ihm gefallen: dass er Höflichkeit und gewisse Formen grossschreibt. Stahel und ihre Kollegin lächeln zurück. Er quittiert mit einem Nicken, zahlt an der Theke, raus, durch den

Nieselregen zurück ins Büro, stopft die Sprossen, die rausfallen wollen, ins Sandwich hinein, beisst zu und gleichzeitig: Schlussredaktion, ergänzende Informationen einbauen, durchlesen, das Reporting beenden. Textfassung steht. Alles okay? «Herzlich, Matthias».

An Stahel. Absenden. Sie wird das der GL weiterleiten. Das ist der Workflow.

26 Tage bis zum Mord, Sonntag, 5. Januar

Erstes Wochenende im neuen Jahr. Die Kinder früh wach. Er ebenfalls. Samstag, Sonntag, egal, spielt keine Rolle, immer früh wach. Nein, nicht die Schuld den Kindern geben. Die können nichts dafür, «Kinder sind Menschen ohne Zwang zum Zifferblatt» (François Longines). Erzählen um halb sieben von Drachen und Rittern, von Asterix und dem Kindergeburtstag, zu dem sie gestern eingeladen waren. War der 4. Januar, seltsames Datum für einen Kindergeburtstag. Und all die Goodies, die sie dort gekriegt haben. Zuckeriges und Zeug aus Chinas Industrie. Strasser hat dabeigesessen, Südstrasse, unterhalb Burghölzli. Dort wohnt der unauffällige Wohlstand. Kennt in der ganzen Stadt keiner, sonst Neid. Sehr schön dort. Sitzt du dabei, zwei Stunden Nachmittag mit den Gastgebern und anderen Eltern im Wohnzimmer. Damit du nicht zu schreien anfängst, gehst du in der Wohnung umher, Vorwand: ab und an nach den Kindern sehen.

Warum schreien? Weil alles zu viel ist und nie eine Sekunde Ruhe, kommt es dir vor, keine einzige. Immer alles verplant und nutzbar gemacht und vernünftig optimiert und ergebnis-, prozess- und zielorientiert und andere ebenfalls gaaanz positive Wörter, positivste, richtige und wichtige und nützliche und …

Worüber an der Kindergeburtstagsparty mit den Gastgebern reden? George und Claudine, er Arzt irgendwo oder im Asset Management. Er hat nicht richtig zugehört, was George gesagt hat. Passiert ihm in letzter Zeit öfters. Abdriften seiner Gedanken, Speicher voll. Claudine, sie in der Kommunikationsabteilung eines Vermögensverwalters, ja, das ist ihm geblieben. Unterhalte dich doch! Das tut doch nicht weh. Mensch, Themen setzen! Interesse zeigen! Eindruck hinterlassen! Und nicht so knausrig mit Lächeln und mehr nachfragen und «ja, ja» ins Gespräch einschieben. Empathie! Bisschen Leben in die Mimik, etwas Temperament in die Erschöpfung legen. Die Form, die Form. Kannst die Kinder nicht allein dort lassen, sind zu klein, zerlegen sonst die Wohnung der Eltern der Kinderkrippenfreunde. Willst deinen Kleinen ja nicht das Sozialleben vermiesen, nur weil du selber ein Schlauch ohne Luft bist.

Obwohl: Strasser hat auch die Augen von George gesehen, tief hineingesehen. Zwischen der Netzhaut und dem Gehirn gibt es einen Punkt, dessen Inhalt will niemand beschrieben haben, bevor er sich aufs Totenbett legt. Weil da steht alles drin. Einen Sekundenbruchteil lang blitzt es hinaus, wenn du deine Psyche auf Empfang gestellt hast. Und Matthias Strasser schien es gestern, dass in Georges Augenwinkel sich genau dieser Punkt mit dem Inhalt seiner verqueren Seelenlage spiegelte. Ich meine, dass der Arzt oder Asset Manager genauso fertig war wie ich, Matthias Strasser, Strategic Creative Operations, und vermutlich ist er heute Morgen auch so wie ich, Zitronenpresse einfach.

Ich müsste mich aufrichten. Daran denken, dass ich in der Branche kein Nichts bin. Mich innerlich aufpumpen. Von mir stammt, kennen Sie garantiert, die Grundidee für die Kampagne für dieses französische Restaurant an der Uraniastrasse. Schnecken gibt's da zum Beispiel. Deshalb: «So schneckt die Zukunft.» Slogan von mir, inklusive des Konzepts für die visuelle Umsetzung, die Schneckenkarawane aus der Küche, die selbstständig auf die Teller kriecht und sich zum Verzehr bereit … und der Gast, der … ja, das wurde sogar übersetzt, «snailing away»: Jacht im Wind und Schneckenbesatzung, «escarmouches et escargots» mit dem schneckigen Techtelmechtelpaar als Eyecatcher. Gott, wie lange ist das her? Das war noch vor KHP&B, deswegen haben die mich ja geholt.

Und jetzt.

Sam macht's richtig: Sie schläft.

Ich müsste auch können, denkt Strasser: einfach den Kopf einziehen, unter die Decke stecken, hoffen, dass alles vorbeigeht, vorbei ist. Die Lebensversicherung würde Sam und den Kindern über die ersten Jahre hinweghelfen, Sam könnte wieder mehr arbeiten, nicht nur 60 Prozent wie heute. Müsste er mal ausrechnen, wie viel sie genau erhalten würde, wenn sein Herz. Nun ja, damit rechnet man heute ohnehin. Ihm täte es nicht mehr weh. Es wäre vorbei. Darf ich so denken? Denkt er. Nein, darf ich nicht, aber trotzdem, ich denke so.

06:43 Uhr. Der Tag auf der schiefen Ebene, der Sonntag beginnt knietief im Minus. Ausruhen müsste ich mich, durchatmen, abschalten, ihm fallen die Wörter durchaus ein. Sie sehen: Ihm fallen die Wörter ein, die er umsetzen müsste. Bisher sind sie bloss Ziele. Mit welcher Strategie zu erreichen? Und parallel sucht er nach einer Exit-Strategie.

***

Die ganze Nacht sind die Patrouillen auf der Strasse. Sie holen Leute in allen möglichen Zuständen rein. Freiwillig kommen die nicht mit. Der Müller und Bucher Manfred und Janine Hossli und Rocco Catanzaro und viele andere räumen die Stadt von den Trümmern des Samstagabends.

Im Grossen Polizeihaus: Die Kollegen bringen die Klientel, wegschliessen wegen Gefährdung von sich und anderen. Oder zur Befragung, weil Verdacht auf Straftat. Und dann fährst du wieder raus, immer den Polizeifunk an, hörst du, wenn die Zentrale sagt: «Limmat 3», dann bist du gerufen, «Limmat 3», dann musst du irgendwohin, wo du nicht weisst, was dich erwartet, oder nur in groben Zügen. Oder du machst Innendienst: Aufnahme und Bearbeitung von Anzeigen, im günstigen Fall Erstellen von Täterbeschreibungen, im Normalfall Erstellen von Täterbeschreibungen, die auf die halbe Stadtbevölkerung passen. Die Leute Erinnerungsvermögen Phantasia. Bitte setzen Sie sich. Macht man heute nicht mehr auf morschen Schreibmaschinen, bei denen mindestens das T und das S klemmen, sondern mit Elektronik natürlich. Denken Sie nicht, die Polizei Zürich, wir seien zurückgeblieben, auch technisch nicht. Elektronische Formulare, die füllen wir aus. Die einen Anzeigeerstatter brauchen den Rapport für die Versicherung: Einbruchdiebstahl, aufgebrochene und gestohlene Autos, Sachbeschädigung. Zechprellerei, Gewaltdelikte, Drohung, Nötigung, Handel mit Betäubungsmitteln, Hausfriedensbruch, die Liste hört nicht auf. Frauen kommen vorbei, das Gesicht verschwollen. Was ist letzte Nacht passiert? Wie heisst der Ehemann? Freund? Partner? Bruder? Vater? Männer kommen vorbei, den Arm in der Schlinge, das Gebiss frisch unvollständig, die Nase seitwärts verschoben. Was ist passiert? Wo? Kennen Sie ihn? Solche Sachen, die Liste wird mehr und mehr lang. Das elektronische System gibt dir Fragen vor, anderes ergänzt du, gibt Felder dafür, wo du reinschreiben kannst. Autokorrekturprogramm.

Der Müller und Bucher Manfred und Rocco Catanzaro und Janine Hossli hören zu, sie fragen, sie schreiben, sie fragen, ob er/sie beim Arzt war, wollen das Attest sehen, scannen es für die Akten. Sie schauen und fragen weiter, schenken ein Glas Wasser ein. Gewaltdelikte, das hältst du im Kopf nicht aus, weil du ein Mensch bist. Aber du musst es aushalten, weil du Polizist bist. Im Team besprichst du das hinterher, währenddessen, vorher, ständig. Du bist nicht allein. Manchmal möchtest du Fischer werden und nur noch dem Kabeljau auf den Fersen sein oder Gärtner mit einzig dem Kartoffelkäfer und dem Buchsbaumzünsler als Feinden oder Archivar und die Tragik der Wirklichkeiten und die Not von dir fernhalten. Aber du bist Polizist, und es ist jedes Wochenende dieselbe Parade derselben Schweinereien, je betrunkener, desto blöder, und betrunken ist oft. Die Artikel des Strafgesetzbuches sind deine Waffen, die Aufklärungsquote deine Befriedigung. Schwere Gewaltdelikte schweizweit 2012: 81.8 Prozent von 1419 Straftaten aufgeklärt. Mittelschwere Gewalt: 80.4 Prozent von 33'506 Straftaten aufgeklärt. Minderschwere Gewalt: 89.6 Prozent von 11'584 Straftaten aufgeklärt. Die bis 100 fehlenden Prozente stechen dich in den Leib, und dein Alptraum heisst Dunkelziffer. Am meisten belastend: die Verbrechen an Kindern. Und bei Raub ist die Quote schlecht. Bei Einbruchdiebstahl noch schlechter. Dagegen arbeiten sie im Grossen Polizeihaus, dem «polizeilichen Epizentrum dieser schönen Stadt» (Gregor Meier), während Sie noch schlafen und auch später, während Sie Kaffee kochen. Und erst wenn Sie den Stapel mit den beiseitegelegten Zeitungsartikeln zur Hand nehmen und sie auch diesmal ungelesen aufs Altpapier legen, gehen sie vielleicht nach Hause.

Gott segne die Strafprozessordnung, auch wenn sie viel administrativen Aufwand bedeutet.

22 Tage bis zum Mord, Donnerstag, 9. Januar

Es wird gearbeitet im Büroloft von KHP&B. Fast alle wieder an Bord. Auf die Berichte, die er für die GL geschrieben hat, hat Strasser noch nichts gehört. Einigermassen ausgeruht jetzt. Das Mittel wirkt. «Lesen Sie die Packungsbeilage nicht», hat ihm die Hausärztin empfohlen, «die Krankheitsbilder, die da genannt sind, sind nicht Ihre.» Natürlich hat er's zu Hause sofort durchgelesen, von «psychischen Krankheiten, bei denen das Denken, Empfinden und/oder Handeln beeinträchtigt ist» war die Rede, von «Verwirrung, Halluzinationen, Wahnvorstellungen» auch, «die Patientinnen und Patienten können ausserdem ängstlich, angespannt oder aggressiv sein».

Das Vollpaket also.

43, ich sagte es, und das ist der Stand der Dinge: die linsenförmigen Tabletten und der ganze Rest.

«Bis zu drei Stück dürfen Sie nehmen, eine Stunde vor dem Zubettgehen, aber nicht nach Mitternacht, sonst spüren Sie das Medikament noch am Morgen.» Das trifft zu. Es ist herrlich, nun ja, nein, «herrlich» ist wirklich nicht das Wort. Es ist einigermassen seltsam, mit der Tablette noch im Hirn in die Agentur zu kommen. «Dieses Arzneimittel kann die Reaktionsfähigkeit, die Fahrtüchtigkeit und die Fähigkeit, Werkzeuge oder Maschinen zu bedienen, beeinträchtigen!» Wie wahr, und es beeinträchtigt die Fähigkeit, sich nahtlos in den Workflow und den Groove einer Kommunikationsagentur einzufügen.

Nicht dass Strasser Lust hätte, auf den Tisch zu springen, Kinnhaken auszuteilen oder sich die Kleider herunterzureissen, «uga uga» zu brüllen und nackt einen wilden Tanz aufzuführen, um sich alles, was der Menschheit je widerfahren ist, aus den Gliedern zu schütteln. Vielleicht, wird er an einem bestimmten Punkt in der Zukunft denken, vielleicht wäre das besser gewesen. Nicht *gut*, aber besser. Das ist das Eigenartige an diesem Komparativ (und an der Wirkung der Tabletten): «Besser» bedeutet besser, aber nicht unbedingt «gut». Wie ein «älterer Mann» jünger ist als ein alter Mann und eine «jüngere Frau» älter als eine junge Frau, obwohl «jünger» doch jünger sein sollte als «jung». Seltsam, dass mir das so in den Sinn kommt und nicht umgekehrt, denkt Strasser: der Mann mit dem Wort «älter» und die Frau mit dem Wort «jünger».

Apropos: Der junge Bruhin, dieser arrogante Ehrgeizling, schaut Strasser an, als habe der ein zerquetschtes Ei auf dem Kopf. Bruhins Hauptleistung: «EIN WAHRER SLOGAN». Mit dieser Kampagne für alle möglichen Produkte, polyvalent einsetzbar, weil unter diesem Claim egal welches Produkt abgebildet werden kann. Damit hat er sich Preise korbweise abgeholt, und bestimmt kriegt der einen Lohn, also ich ... und denkt, er sei Saatchi & Saatchi persönlich, also bevor der, nein, jedenfalls ... ach.

Strasser schaut zurück, der Scheissüberflieger sofort weg. Der textet jetzt wohl weiter, oder was er sonst so macht. Macht er überhaupt etwas? Etwas anderes, als gut auszusehen, wenn einer der Partner im Grossraumbüro vorbeischaut. «Labor» sollen wir diese Halle nennen. Die Mitarbeiter nennen sie «die Halle», Strasser manchmal «die Hölle». Und der andere dort, was schaut der? Was hat er zu glotzen? Hofer heisst er, glaube ich, schleicht immer herum, denkt Strasser, schleicht herum und hat Ohren wie der Lauschangriff in der Karikatur. Beim Kaffeeautomaten, auf der Toilette, im Lift, überall taucht er auf. Und stellt Fragen: «Wie geht's?» und «Woran bist du gerade?» und Sätze wie «Der Konkurrenzdruck in der Branche ist schon enorm». Obwohl, so lang ist er noch nicht im Betrieb, dass er ungefragt einfach so herumfragen darf. Der müsste warten, bis er gefragt wird. Und so lange, dass er eine Ahnung hätte, arbeitet der nicht in der Branche.

Bruhin glotzt, Hofer glotzt. Sie glotzen, denkt Strasser und gleichzeitig: Lass sie glotzen.

Warum habe ich in dieser Firma immer das Gefühl, dass ich etwas falsch mache?, denkt er. Den Verdacht, dass ich nicht gut genug bin?

Warum hat Bruhin rübergeschaut? Habe ich ... gelacht? Strasser merkt, dass sein Gesicht grinst. Weil er während der Arbeitszeit die Gedanken anderswohin fliegen lässt? Eben die Wirkung des Neuroleptikums. Drei Tabletten sind zu viel, denkt er, ich habe sie ja erst gegen 2 Uhr genommen, als ich zum zweiten Mal aufgewacht bin und wieder nicht einschlafen konnte. Sam hat regelmässig und tief geatmet, die Kinder im Nebenzimmer auch.

Ja, seltsam ist es schon, mit diesem Mittel im Kopf zur Arbeit zu gehen.

***

Draussen vor der ehemaligen Textilfabrik, in der «König, Herzog, Papst und Bischoff» residieren, erstreckt sich gross, weit und unglaublich herrlich Limmatathen, der Hort der Künste und während einiger Monate auch des Hafenkrans. Die schönste Stadt zwischen Thalwil und Schlieren. Die Perle des unteren Seebeckens. «Züri, olé, mir singed immer wiiter» und – zur Melodie von «You Give Love A Bad Name» von Bon Jovi – «Tag und Nacht nur ein Gedanke, o, o, immer nume Züri». Die Postleitzahl 8000 fasst für uns zusammen: Oden und Lobgesänge auf die Emsigkeit und das Wachstum, auf Wohlstand und irgendwas.

Oh ihr einstigen Brachflächen mit Altlasten darunter, die ihr längst zu hochrentablen Immobilienprojekten entwickelt seid! Oh ihr Wenigverdiener, die ihr die Aus- und Einfallachsen bewohnt oder irgendwo dort draussen hausen müsst, in Ortschaften, deren Namen ich nicht nennen will, damit niemand beleidigt ist, denn auch Schlieren, Effretikon, Brüttisellen, Volketswil, Opfikon, Spreitenbach (und viele, viele, viele mehr) können schön sein, so man denn die richtige Ecke zu mieten im Stande das Portemonnaie hat.

Oh ihr zwölf Stadtkreise, perfekter könnte eure Zahl nicht sein. Stadt, die du bist Gegenstand von Romanen wie «Alles in Allem» und «Müller» und von Liedern wie «Züri brännt» und «Razzia» und dein Geist verdichtet in der schönen Melodie von «Campari Soda». Oh Zürich, wir lieben dich. Den HB und deine neuen Hochhäuser, die Kreise 3, 4 und 5, den alten Letzigrund, Familiensektor P, du warst unser Sonntagsnachmittagswohnzimmer. Ach, Offene Rennbahn, Stauffacher und Schmiede und

Bahnhof Wiedikon. Du Limmat, du. Gäbe es euch nicht, ich müsste euch erfinden. Und nicht zuletzt: dich, Polizei Zürich. 117, ihr magischen Zahlen. Schnell und leicht zu wählen und, wenn Not am Mann ist, sofort da.

18 Tage bis zum Mord, Montag, 13. Januar

Die Firma jetzt in voller Vollbesetzung, auch die Nachzügler wieder angetreten, sogar die GL vom Kompensieren zurück. Deshalb Meetings en masse. Dynamik, Schwung. Neukunden en masse. Kostenstelleneröffnungen, Projektbudgets, Kalkulationen. Aufträge en masse. Als wäre nie eine Wirtschaftskrise gewesen. Bienenstock. Matthias Strasser macht seine Arbeit. Kein Echo auf das Reporting zu Händen der Geschäftsleitung. Das erste Meeting mit Beat R. König bereits vorbei. Zupackend wie immer. Heute Nachmittag nächster Kurzbericht an Stahel für die GL: die Milestones des letzten Quartals zusammenfassen und prospektiv die des nächsten.

«Handuri ke langa, manda la tanda», es fliesst Strasser auch jetzt leicht aus den Fingern, das Reportschreiben. Wie er sich jeweils damit gequält hat. Alles musste stimmen, fand er, noch das letzte Detail, eine Plackerei. Und jetzt läuft das wie geschmiert. Ein seltenes Erlebnis, wenn einem die Arbeit so leicht und mühelos gelingt. Drei, vier Seiten Leuchtturmprojekte in Kürze, davor eine halbe Seite Abstract packen, zwei schöne Grafiken in Farbe, mit Pfeilen, die nie rot sind und immer nach oben zeigen. Okay. Gegen 17 Uhr setzt er den letzten Punkt, verschicken wird er's erst später. Stahel soll sehen, dass er den Bericht um sagen wir 22:30 Uhr verschickt oder noch besser kurz nach Mitternacht.

Wenn er das Sam erzählt! Wenn er es Sam erzählen könnte. Er erzählt ihr nicht viel, zurzeit nicht. Es langweilt ihn, ihr viel zu erzählen, weil es sie langweilt, wie es ihn selbst langweilt. Zumindest wirkt es auf ihn so. Und oft kommt Strasser spät heim, Sam schläft schon oder tut so, die Kinder schlafen auch, und am Wochenende heisst es: Kinderprogramm. Da ist mit Paarsein, ehrlich, mit Paarsein, also Mann und Frau, da ist nicht mehr viel, ausser ab und zu «ja, ja» sagen, möglichst lebendig, wenn Sam etwas erzählt, oder wenn er ihr etwas erzählt. Fast ein bisschen wie Theaterspielen ist das Zusammenleben.

Aber zu einem guten Zweck, denkt er, macht er das, eine

Benefizvorstellung für das richtige Leben. Das wo ist? Und lacht. Lacht vor seinem Bildschirm, dass die, die noch da sind, denken, er hat ein lustiges Video vor sich. Darf sein, er ist ja SCO, Strategic Creative Operations. Denken Sie nicht, bei KHP&B sehen das die Kolleginnen und Kollegen eng, wenn einen allein vor seinem Rechner ein Lachanfall befällt.

Und was denkt deine Frau, wenn du im Durchschnitt dreimal pro Woche abends «im Büro» bist? Klar, sicher denkt sie das, was alle denken. Aber dazu fühlt er sich gar nicht fähig. Sexuell könnte er vielleicht, denkt er, wenn er zum Beispiel Rahel Stahel sieht, das dürfte rein physisch schon klappen. Aber der Salat, den du nachher hast, die Komplikationen – vom Kofferpacken über den Papierkram mit Bank und Steueramt, all das auseinanderdröseln, bis zu den Alimenten, die du jahrelang abdrückst. Die Tränen und all das, Schmerz und so, Gefühle. Das will im Ernst doch keiner. Und dann rutschst du selbst ans Existenzminimum. Saugt ihn schon die Abwärtsspirale an?

Und dieser aufgeblasene Sharky mit seinem Wellness-Zigarren-lounge-Hotelgutschein für zwei! Das passt in diese aussichtslose Lage: Wenn man den Gutschein nicht einlöst, wird Sharky das verbuchen. Sagt so viel wie: Mitarbeiter hat keine Ambitionen, will nicht nach den Sternen greifen, hat keinen Lifestyle, ist ein kleiner Wicht. Wie winde ich mich da bloss heraus?

Strasser ruft zu Hause an, sagt: «Ich komme heute später, Sam, es könnte Mitternacht werden, der Auftrag, von dem ich dir erzählt habe, es eilt mit dem Konzept, das ganze Team bleibt noch.» Die Antwort freundlich und glatt wie Teflon: «Ja, Matt», und ein paar Sätze mehr, und er: «Du brauchst nicht auf mich zu warten, ich hole mir unten noch was zu essen. Die haben jetzt länger auf.»

Einsamkeit.

***

Die Umfragewerte in den Sonntagszeitungen: katastrophal. Sieht nicht gut aus für die Wiederwahl in den Regierungsrat, gar nicht gut. Dabei hat er extra Spezialisten beigezogen. Das Europadings!

Der CEO der Kommunikationsagentur schwor ihm hoch und heilig: «Mit dem Europadings hauen Sie sich heraus.» Und: «Setzen Sie Ihre Inhalte auf die Agenda», und all so ein Zeug. Und jetzt das. Die Wahlumfrage, repräsentativ sogar, ein seriöses Institut: er abgeschlagen auf Platz 9, für eine Behörde mit sieben Mitgliedern, als Bisheriger.

Die Lachnummer. Gopfertamisiech.

Reden wir nicht um den Brei herum: Es sieht nicht gut aus für Laurenz Rüttimann, Vorsteher der Volkswirtschaftsdirektion des Kantons Zürich. Die misslungene Verwaltungsreform, das Informatikdebakel, Kommunikationspannen, eine Äusserung im privaten Rahmen in einem Restaurant über unsere deutschen Nachbarn, die zahlreich in unserem Kanton «siedeln», das war seine Wortwahl … Ja, versiebt hat Laurenz Rüttimann einiges. Und mit dem *Europadings* hätte er das Steuer herumreissen sollen, wollen, müssen. Aber nicht können.

Er ist eine Führungspersönlichkeit, Alpha, der geborene Chef, hört sich gerne reden, und er redet ohne Unterlass, lächelt, schüttelt Hände. Wenn er einen Raum betritt, fordert er den Mittelpunkt. Ganz vorne, dort, wo die Scheinwerfer ihre Kegel hinwerfen. Er würde jetzt gerne der Bevölkerung erklären, wofür er einsteht, und wo er dahintersteht, und wo er grundsätzlich steht, und wo in zehn Jahren der Kanton stehen wird, weil Stillstand geht nicht, die Schau geht immer weiter. Er würde der Bevölkerung Perlen zwischen die Beine werfen.

Aber Nummer 9 in der Umfrage, wenn es nur 7 in den Regierungsrat schaffen! Die Zeitungen drucken seine Reden nicht mehr, nicht einmal auszugsweise, und ich blende seine Worte hier aus. Nur schwaches Murmeln liegt unter dem folgenden Abschnitt. Was der Volkswirtschaftsdirektor sagt, wir hören es nicht mehr genau. In jedem Beruf, in jedem Milieu, überall gibt es solche Menschen. «Des Langen und Breiten» heisst ihre Methode. Sie füllen die Luft, den Raum, die Zeit, alle Köpfe mit ihrer Gegenwart, beanspruchen die Lufthoheit für sich. Ist Laurenz Rüttimann allein im Raum, schrumpft er um fünf Zentimeter, dito wird sein Volumen geringer. Doch immer alert, immer bereit, zu strahlen und zu sprechen, sobald er den Verdacht hat: Hier ist ein Publikum. Statisten,

Claqueure, Bewunderer, Zuschauer, Zuhörer, Wählerinnen und Wähler, Kameras, vor allem Kameras, Mikrofone gehen auch. Wir blenden ihn aus, weil er auf alles hat er etwas hat er auf alles etwas hat er auf alles, wirklich auf alles hat er eine Antwort, eine Antwort im Zwanzigsekundenformat für die Radioinformationssendung um 18 Uhr und die im TV um 10 vor 10 Uhr.

Ich blende Rüttimann aus, will ihn in diesem Moment nicht hören, soll er weggehen aus dieser Geschichte, der Volkswirtschaftsdirektor, dem das Europadings im Wahlkampf offenbar gar nichts gebracht hat. Repräsentative Umfrage, 1400 Wählerinnen und Wähler zwischen 18 und 75 Jahren am vergangenen Montag. Doch wir dürfen ihn nicht ausblenden, aus polizeilicher Sicht nötig, denn wir *müssen* zuhören. Er hat nämlich einen Hass. Auf KHP&B und vor allem auf seinen Ansprechpartner dort, und weil Rüttimann ein VIP ist, ist auch der Ansprechpartner in der Agentur einer, sprich: der CEO himself, Jörg-Olaf Bischoff. Er hat ihn, findet Rüttimann, a) schlecht beraten, b) schlecht aufgestellt, c) in den Sand gesetzt, die ganze Kampagne: summa summarum: voll Error.

Einfach so wegstecken? Nicht der Rüttimann.

335'000 Franken Jahreslohn simply forget about it? Gut, einige Verwaltungsratsmandate könnte er hinterher vermutlich sammeln. Aber der Aufwand, bis die zusammen wären. Und «Geld ist nicht der einzige Wert», wie er selbst immer sagt, obwohl über die anderen Werte ist er sich nicht so sicher. «Während des Lebens erodiert der Mensch» (Athanasius).

Bei seiner Wahl vor acht Jahren hat sich Laurenz Rüttimann keine Exit-Strategie zurechtgelegt. Als geborener Sieger brauchst du das nicht.

Gut, die Rente bei einer Abwahl, das wären auch noch … Aber er will nicht sein Leben lang der Verlierer sein, der im Jahr soundso abgewählt wurde, vom Volk, von dem er doch so gerne spricht und das immer recht hat. Das Volk hier, das Volk da, und wenn man den Umfragen glauben kann, sieht ihn das Volk nicht einmal mehr mit dem Arsch an. Pardon für die Ausdrucksweise, aber die Dramatik der politischen Zukunft des heutigen Volkswirtschaftsdirektors erklärt sie.

Abwahl = Gesichtsverlust.

Ja, er hat einen Hass auf KHP&B. Aber nur weil mir Laurenz Rüttimann bisher wenig sympathisch ist, muss nicht er es sein, der in 18 Tagen Jörg-Olaf Bischoff, den CEO, President und Co-Founder der Kommunikationsagentur «König, Herzog, Papst und Bischoff», umbringen wird. Die Polizei handelt weder sympathie- noch abneigungsgetrieben. Hass ist kein Delikt. Aber gewesen sein wird er es schon können.

17 Tage bis zum Mord, Dienstag, 14. Januar

19:14 Uhr. Der Kollege, der zwei Tischreihen weiter sitzt, zum Hinterhof hin, winkt Strasser zu und sagt: «Tschüss, schönen Abend!» Verschwindet vor einer Antwort. «Tschüss, dir auch», sagt Strasser ins Leere. Auch er selbst meldet sich nun beim Computer ab, fährt ihn herunter, nein, der fährt selbst herunter, du gibst ja nur den Befehl dazu.

Er bleibt noch eine Weile vor dem dunklen Bildschirm sitzen. Der Computer sirrt eine, zwei Sekunden weiter, fast unüberhörbar. Dann vernimmt Strasser, wie das Wasser draussen vor der Fassade im Fallrohr plätschert. Vom Dach rauscht es herunter. Mitte Januar und kein Schnee, der länger als einen halben Tag liegen geblieben wäre.

***

«Was ist denn das?» Kriminalpolizist Bucher Manfred fällt fast das Lenkrad aus den Händen, als er von der Kasernenstrasse her aufs Areal des Grossen Polizeihauses einbiegt. Der Müller auf dem Beifahrersitz rutscht gegen die Tür.

«Was?», sagt er. Jetzt steht das Auto.

«Da vorne, das Plakat», sagt Bucher Manfred. Der Müller sucht in der Jackentasche die Brille. Ja, neuerdings hat er eine. Mit 46 ist er kein Argus mehr, das liegt in der Familie. Jetzt sieht er das Plakat. Es ist polizeiblau, blaulichtblau und: «Hast du schon die neue Fahndungs-App?», steht da. Grosse Buchstaben wie Stahl. Und ein Icon mit silberblitzenden Handschellen. Und der Schriftzug «Polizei Zürich».

Es knistert. Du hörst, wie der Motor unter der Haube langsam erkaltet. Sie sind die Einzigen auf dem Parkplatz.

«Das ist neu», sagt der Müller, «das kenne ich noch nicht.»

«Aber was bedeutet das? ‹Hast du schon die neue Fahndungs-App?› Für uns allein brauchen die kein Plakat zu machen. Das richtet sich an alle Bürger», sagt Bucher und will rausspringen.

«Komm, parkier erst mal richtig, sonst kann hier keiner durch.»

Motor an, durchs Sicherheitstor, zwanzig Meter weiter, Parkfeld.

«Fahndungs-App», brummt Bucher Manfred, «sicher eine Idee der neuen Führung.»

Weiterverfolgen können sie das heute Abend nicht mehr. Sind im Dienst. Vorgänge in Serie, obwohl Dienstagabend. Da rennst du von Einsatz zu Einsatz. Den Funk immer dabei. Höchstens mal einen Kaffee zwischendurch, aus dem Pappbecher vom Imbiss an der Ecke, vielleicht nicht einmal das. Nicht nur am Wochenende. Obwohl, dann spinnt ein noch grösserer Prozentsatz der Bevölkerung: Alkohol, Hormone, Alkohol, Langeweile, Leere, Drogen, Alkohol, Aktionismus, Action. Manche haben nur Schwachsinn im Kopf. Der Polizei Zürich geht auch diese Nacht die Arbeit nicht aus. Der Müller und Bucher Manfred, Polizisten und Freunde seit 20 Jahren, wieder offiziell gemeinsam im Wagen. Der dunkelblaue Mondeo.

Sie bringen den, der in Handschellen auf dem Rücksitz mehr liegt als sitzt, rein. Hat am Central randaliert, Leute angepöbelt, den VBZ-Automaten traktiert. Atemalkoholtest positiv: 1.9 Promille. Zeugenaussagen mit Personalien in Müllers Notizbuch. Kurzer mündlicher Bericht, die Kollegen Rocco Catanzaro und Janine Hossli übernehmen im Grossen Polizeihaus den Klienten. Aussacken, durchsuchen, einschliessen. Notieren die Angaben vom Müller. 23:47 Uhr fahren Müller Benedikt und Bucher Manfred wieder in die Stadt hinaus. Wie vor jenem Vorfall im Mai, vor einem knappen Jahr. Da hat der Müller im Kreis 4, Müllerstrasse, einen Flüchtigen erschossen, durch die Untersuchung zwar entlastet, aber trotzdem, das quält dich, so ein schwerer Zwischenfall. Besonders am Müller, der sich mit Gewalt nicht verträgt, hingegen mit Ethik und Philosophie, ein ruhiger Mensch meistens. Menschenrechte, Rechtsstaat, Demokratie: So müssen Sie sich den Müller vorstellen. Da ist er eisern. Und Andreas Borowski, der Psychotherapeut vom Rigiplatz, den hat der Müller fast jede Woche, also wenn er Zeit hatte, aufgesucht und gesprochen und hin und her überlegt und hinterfragt, bis dir die Luft entweicht, und das Problem im Kopf nicht mehr ganz so heiss ist wie unmittelbar nach dem Vorfall. Es hat geholfen, und der Müller zu 99.7 Prozent wieder okay. Ein Restrisiko wohnt ohnehin in jedem Menschen.

Ja, der Müller ist wieder richtig im Dienst. Eine der ersten Massnahmen des neuen Chefs: Optimierung der Personalbewirtschaftung, Zusammenzug aller Kräfte, Topmotivationsleistung, internes Coaching, Schulungen, Kompetenzaufbau, ich sag's dir. Den Müller also zurückgeholt. Chef Abteilung Gewaltverbrechen jetzt: Hauptmann Ralph Vogt, 43, Jurist, vorher Offizier bei der Polizei in Basel, dann bei der Staatsanwaltschaft Zürich. Nachfolger von Hauptmann Peter Wunderli, der nun in Bern wirkt. Sagen wir es offen: beim Nachrichtendienst des Bundes. Und mit dem Chefwechsel bei der Abteilung wurde Müllers Arrangement mit Wunderli ungültig. Kann er nicht mehr in der Grauzone der Kostenstelle 0600 Krankheit arbeiten zwecks Schonung des Abteilungspersonalbudgets, sondern wieder auf 0800 Normalarbeitszeit. Zwar inklusive Papierkram, Einsatzbesprechungen, Dienstplan, Routineeinsätzen, aber positiv: voll integriert, hinsichtlich Versicherung wieder unproblematisch. Und keine Gefahr mehr, dass er vor Untätigkeit und Selbstzweifel madig und depressiv wird. Sein Trauma ist, nun ja, never say never, einigermassen ausgefadet.

Einigermassen. In der Psychotherapie ein wichtiges Wort, wie Herr Borowski sagt. Denn Problembewältigung ist nie absolut. Du bist nicht krank oder geheilt, traumatisiert oder gesund, sondern immer ein Mischzustand davon, das Pendel schlägt hierhin und dorthin aus. Gras wächst darüber, schnell oder langsam, aber es wächst. «Und manchmal wird es gemäht», wie der weise Sun Tzu in seiner «Kriegskunst» feststellt. Die Gesundheit vom Müller, ein kleines Fragezeichelchen dahinter muss in Klämmerchen noch sein. Denn «einmal versehrt, niemals mehr ganz unversehrt» (J. J. «Crazy Bastard» Russo).

Die ganze Nacht sind sie draussen, der Müller und Bucher Manfred. Viel reden müssen sie nicht. Langsam fahren sie, scannen die Strasse, das Trottoir, das Quartier, schnell sind sie sich einig, wenn sie etwas sehen. Sofort greifen sie ein, wenn angebracht. Blaulicht ein, Vollgas.

16 Tage bis zum Mord, Mittwoch, 15. Januar

Um 05:05 Uhr treffen Bucher Manfred und der Müller wieder beim Grossen Polizeihaus ein. Wieder sehen sie das Plakat mit der Fahndungs-App. «Das lässt mir keine Ruhe», sagt Bucher Manfred, «das klären wir jetzt.» Denn Gregor Meier, stv. Pressesprecher der Polizei Zürich, geht gerade vom Parkplatz zum Gebäude. Unüblich früh, aber vielleicht hatte er anderswo einen Einsatz.

Der Müller und Bucher Manfred, den Mondeo geparkt, Kilometerstand ins Buch eingetragen, springen aus dem Wagen. Hinterher, holen ihn fast ein.

«Gregor», ruft der Müller.

Der dreht sich um.

«Guten Morgen, Manfred. Morgen, Müller», sagt der, «schön, dass du wieder voll dabei bist.»

«Danke», sagt der Müller, und dann: «Wir hätten eine Frage.»

«Ja?», fragt Gregor Meier mit einem Fragezeichen dahinter.

«Dieses Plakat bei der Einfahrt ... die Fahndungs-App ... was ist das?»

Gregor Meier, absolut heitersfroh: «Gut, nicht?», sagt er. «Das ist die neue Kampagne!»

«Die neue Kampagne?», fragt Bucher Manfred.

Gregor ist begeistert. «Ja, da kommt noch viel mehr! Eine Idee des neuen Chefs und des neuen Leiters Kommunikation!»

«Ich wusste gar nicht, dass eure Abteilung auch einen neuen hat», sagt der Müller.

«Weil du zu lange nicht regelmässig hier warst», sagt Gregor Meier und leuchtet von innen heraus, leuchtet so stark wie das Morgenrot in der Schweizer Hymne. Und die beiden Polizeimänner wie aus einem Mund: «Und wer ist euer neuer Chef?»

Drei Sekunden verstreichen im Leben von Bucher Manfred, Müller Benedikt und Gregor Meier, der beinahe platzt vor Glück. Und sie interpretieren die Stille natürlich richtig.

«Ich gratuliere», sagt Bucher Manfred und nimmt Gregors Hand und schüttelt. «Ich gratuliere», sagt der Müller und nimmt die

Hand auch, also erst, als Bucher Manfred sie losgelassen hat. «Das ist ja ein Ding. Ich wusste gar nichts davon.»

«Eine Änderung der Organisationsstruktur», sagt Gregor. «Heute Nachmittag wird das offiziell kommuniziert, um 15 Uhr in der Kantine. Dann erfahrt ihr auch mehr über die Kampagne.»

Rapporte fertigstellen, nochmals einen Einsatz bei der Schmiede Wiedikon, dort liegt einer bei diesem hässlichen Brunnen beim Velogeschäft. 7 Uhr abtreten.

***

Feldmeilen, 4 ½-Zimmer-Eigentumswohnung zwischen Seestrasse und Bahnlinie. General-Wille-Strasse. 07:26 Uhr, Frühstückstisch. Sam, die Kinder, er = Matthias Strasser. «Die Kinder» haben Namen: Anna und Valentin. Er nennt sie meist einfach «die Kinder». Strasser sieht sie beim Frühstück und jedes Wochenende, sofern er nicht im Büro ist. Abends schlafen sie fast immer, wenn er nach Hause kommt. Die Kinder, sie machen Lärm, sie verteilen ihre Dinge in der ganzen Wohnung, verstecken Legoteile in seinen Schuhen, dass er sich die Zehen daran stösst, wenn er reinschlüpft. Und sie sprechen laut, die ganze Zeit, Stimmen, damit könntest du Beton bohren. Sie kennen keinen normalen Tonfall, sie brüllen, sie schreien ihre Geschichten von Monstern und Feen, Dinosauriern und Pferdchen, Schildkröten und dem Kuschelteddybär, der aus unerfindlichen Gründen Lenny heisst. Unheimlich ist die Lautstärke ihrer kleinen Kehlköpfe, als hätten sie ein Megafon oder eine Fräse verschluckt. Jetzt essen sie Honigbrote, die er ihnen zu schmieren hilft, und patschen mit klebrigen Fingern auf die Tischdecke, das Messer, das Buttergefäss.

Die Anzeige der Kaffeemaschine blinkt nicht mehr. Ist aufgeheizt. Jetzt steht er auf, dann drückt er auf den Knopf.

Kaffeeduft. Die Tasse voll, heiss, er trinkt einen Schluck, neue Kapsel, frische Tasse, Knopf drücken, jetzt den Kaffee für Sam, er bringt ihn an den Küchentisch. Milch fügt sie selbst hinzu, sonst stimmt die Menge nicht. Die nächste Brotscheibe, zuerst die Butter, dann Honig drauf. Kein Danke, kein gar nichts.

Zweistimmig: «Ich will endlich Ovo.»

Er wirft das Honigbrot auf den Teller vor eines der Kinder und sich selbst auf den Stuhl, solide, sind Horgen-Glarus. Er sagt nichts, will nichts sagen, will nichts hören, atmet nur ein und aus, und noch einen Schluck Kaffee. Schön heiss und, ja, schmeckt gut.

Zu Sam: «Schmeckt gut, wo hast du den gekauft?»

War der erste vollständige Satz von Strasser heute. Aber bisschen schwaches Argument, weil die Kapseln, die kommen alle aus derselben Fabrik. Immerhin eheliches Tischgespräch. «Am schlimmsten ist, wenn man es bemerkt» (Diodoros). Dabei hat er nichts gegen Sam. Sie hat ihm nichts getan, behandelt ihn nicht schlecht oder irgendwie. Er langweilt sich nur vor dem Leben und vor sich selbst und geniert sich deshalb vor Sam. Weil sie sich damals nicht in den Müdigkeitskloss Matthias Strasser verliebt hat, als sie sich in ihn verliebt hat. Damals hatte er Ideen, Schwung, Perspektiven, Träume, Konzepte, Strategien, Ziele. Ich denke schon in diesen Unternehmenswolkenworten, denkt er, klingen gut, heissen nichts. Was soll ich nur tun, damit ich hinausfinde aus diesem … Schraubstock?

Sam bewegt die Lippen und schaut ihn an. Sagt sie gerade etwas? Was?

Er: «Pardon, was hast du gesagt?»

Sie: «Du hörst mir nicht zu, Matt.»

Er: «Sag jetzt nicht: ‹Du hörst mir nie zu›.»

Sie: «Das habe ich nicht gesagt.»

Er: «Nein, aber –»

Sie: «Aber was?»

Er: «Nichts, äh.»

Sie: «Sag's nur. Es ist ja nicht das erste Mal, dass du –»

Der Blutdruck, der Blutdruck. Macht der das? Es hämmert in den Schläfen. Er: «Jetzt ist genug für heute, Sam, *ich* muss in die Agentur, ich lasse mich nicht am Morgen schon –»

Sie: «Man müsste unsere Gespräche aufnehmen, das wäre ein Hörspiel, hyperrealistisch. Alle würden denken, die Autorin übertreibt hoffnungslos.»

Es ist der uralte Menschheitsdialog: «Nörgel hier, nörgel da, Säure hier und Säure da. Ich habe nicht, aber du hast auch.» Einen

Schluck Kaffee nimmt Strasser noch, immer noch angenehm heiss, die dickwandigen Tassen, ist schon was. Er küsst die Kinder auf den Kopf, will auch bei Sam den ritualisierten Abschiedskuss anbringen, sie will aber nicht. Sender und Empfänger, die Übertragung ist gestört. Schlecht in den Tag eingefädelt, unnötig Krach geschlagen. Erst 07:52 Uhr, und schon blödsinnig alles in die Tonne getreten. Was bin ich für ein Sack. Aber Sams Blutdruck, falls es wirklich der Blutdruck ist, der das macht, ist ihr sicherlich auch hochgeschossen. Instantdeeskalation unmöglich. Kein falsches Wort jetzt, nur kein falsches Wort, sonst explodiert sie, und sie hätte womöglich recht damit, denkt er.

Vielleicht fände Sam seine Unsinnsberichte an die GL sogar lustig, denkt er. Eine Sekunde lang ein bisschen lustig, wenn auch verantwortungslos, weil grösster Teil des Familieneinkommens, die Fixkosten, die schafft er ran. Sie fände ihn leichtsinnig. Vielleicht sind das die ersten Anzeichen für geistige Umnachtung? Vielleicht trifft die Packungsbeilage der Tabletten mehr auf ihn zu, als ihm lieb ist: so psychische Sachen, Halluzinationen, Wahnvorstellungen. Vielleicht hat er das, ohne es zu merken. Vielleicht hat die Ärztin ihm nur *gesagt*, dass sich diese Symptome bei ihm nicht zeigen.

«Tschüss», sagt er, «einen schönen Tag euch allen», und zwingt sich zu Freundlichkeit, aber im richtigen Mass, damit es möglichst echt tönt. Es soll wirken wie das Präludium zu einem feierlichen Sorry. Sagt er also zu Sam: «Ich rufe dich gegen elf nach dem Meeting an.» Und stemmt sich ein Lächeln ins Gesicht.

Eine Reaktion bekommt er nicht, hört aber noch zweifach «Tschüss, Papa». Immerhin: Die Kinder reden noch mit ihm. Ich muss mich daran gewöhnen, sie als Individuen mit Namen zu behandeln, nicht als Zielgruppe für väterliche Affekte. Anna und Valentin. Ab ins Büro zu K+. Was dort wohl wartet?

***

15 Uhr. Die Kantine im Grossen Polizeihaus ist proppenvoll, die Kaffeemaschine mahlt und pumpt, dann Auftritt Hauptmann Vogt und Gregor Meier, sogar Polizeikommandant Oberst Roland

Nägeli ist da. Wertet den Termin auf, indem er in der blauen Uniform erscheint. Sieht gebügelt aus und fabrikneu, trägt er selten. Es ist ein bisschen wie in dieser Operette «Der Ziegenbaron», also mit Show und Sachen und Trallala, und wenn man die Bewegungen von Vogt, Meier und Nägeli betrachtet, fast könnte man von einer Choreografie sprechen. Jetzt spricht der Kommandant: «Ich freue mich, dass ihr so zahlreich erschienen seid.» Und weiter zum Korps: «Ich freue mich über die heutige Präsentation des Kollegen Meier und bin überzeugt, dass ...», und murmelt kurz etwas weiter, was wir, die hinten sitzen, nicht verstehen. Auf den Stühlen, an den abwaschbaren Tischen die Mannschaft. Die einen interessiert und nach vorn gebeugt, die anderen, die Schicht von eben oder die Aussicht auf die nächste in den Knochen, hängen auf dem Stuhl nach hinten. Manch einer berechnet im Kopf gerade die Überstunden. Die Troika am Tisch nun dabei, das neue Konzept für die externe Kommunikation vorzustellen. Meier tut das. Am besten machst du das mit einem Beispiel. Deshalb kommt aus dem Powerpoint ein Film:

Zürich, Kasernenstrasse, Tag. Von links der Streifenwagen «Limmat 4», Blaulicht, kurvt elegant um die Ecke in die Militärstrasse. Tonspur: Sirene, dann eingeblendet: Instrumentalhardrock. Am Horizont der Uetliberg, seine Spitze von Nebel umhüllt. Streifenwagen nähert sich der Kamera. Zoom auf rechte Seite des Streifenwagens: «Verbrechen ist strafbar!». Limmat 4 entfernt sich stadtauswärts. Schwenk in die Kasernenstrasse. Kommt ins Bild: Streifenwagen «Limmat 12», verlangsamt ebenfalls beim Rechtsabbiegen in die Militärstrasse. Auf der Tür: «Wir kriegen dich!». Dann «Limmat 23»: «Gleich sind Sie dran!». Hardrockgitarre verhallt.

Ein Fünfundzwanzigsekundenspot. Als das Licht angeht, sieht man: Gregor Meier strahlt ohne Ende. Man merkt: Er konzipiert diese Sprüche mindestens mit. «Slogans», sagt er und neuerdings sogar «Hooklines». In Zusammenarbeit mit der Agentur entsteht das. Der Applaus der Polizisten wird nicht schwächer, weil es kaum welchen gab. Eine kleine Enttäuschung für Gregor, darf sich aber nichts anmerken lassen, gehört dazu, dass du weniger Kollege bist, wenn du in der Hierarchie eine Stufe raufrutschst. Ist keine Frage des Dienstgrads, sondern der Funktion. «Kaderzulage = Arschlochzulage» (Kowalski). Die Exkollegen gehen plus/minus alle auf Distanz.

«Wir werben gegen das Verbrechen», erklärt Gregor den Kollegen. «Mein Aufenthalt bei der New York State Police hat mir … die sind da … die haben grundlegend neue … ich meine, für öffentliche Institutionen … das ist … strategieplanerisch … Zielgruppe ist die Öffentlichkeit.»

Und er verheddert sich. Weil wenn du da stehst, vor mindestens 230 Mannen und Frauen, grösstenteils in Uniform und kaum eine Reaktion, da geschieht es leicht, dass du bringst die Wörter schon ein wenig, sie kommen dir nicht in den, aber drei Punkte, das stellt deinen Redefluss typografisch richtig dar. Und innerlich hilflos.

Soll Gregor jetzt von den schadstoffarmen Handschellen erzählen, die die Materialbeschaffung bestellt hat? Schadstoffarm in Produktion und Anwendung, mit guter CO_2-Bilanz. Und die neuen Polizeimehrzweckstöcke aus fair gehandelten Rohstoffen? Wäre das jetzt … Gregor merkt, jetzt ist nicht der Moment, und Oberst Nägeli, der Kommandant, sitzt verdächtig still auf seinem Platz frontal vor der jetzt weissen Wand, wo vorhin die Streifenwagen gegen das Verbrechen geworben. Ralph Vogt, Hauptmann Ralph Vogt, der neue Chef der Abteilung Gewaltverbrechen, sitzt mit genauso ausdruckslosem Gesicht neben dem Kommandanten.

Dabei hat Vogt die ganze Kampagne abgesegnet, alles tutti quanti, und sogar selbst die Zeile «Ausweis, bitte!» zu den Streifenwagenaufschriften beigesteuert. Das meiste war natürlich Meiers Idee, ausentwickelt von KHP&B. Für den heutigen Anlass haben die ihm eine Stichwortliste gemacht, die er, fällt ihm gerade ein, hundert Prozent vergessen hat. Sie steckt im Mantel, den er vor Aufregung zu Hause in letzter Minute doch nicht angezogen hat.

«Aussenwirkung, Gemeinsinn, Bürgersinn», hört sich Gregor sagen, und im Augenblick, wo er's sagt, denkt er: Wie kriege ich den Bogen wieder zurück? Zurück in die Polizeilebenswelt. Weil ist alles zu abstrakt im Moment gerade. Weil mit Kommunikationstheorie und Politikwissenschaft, oh nein, kannst du der Mannschaft nicht kommen, die hier sitzt. Sonst lachen sie, fragen, wie lange die Veranstaltung noch dauert, oder gehen zum Kaffeeautomaten.

Und jetzt kriegt er die Kurve. «Damit die Medien etwas zu berichten haben», sagt er ohne Zusammenhang zu vorher. Sprüche über die Medien, das funktioniert hundert Prozent, weil die Polizei, immer fast wird sie falsch wiedergegeben und behandelt in den Medien, aber sicher. Es tut manchmal weh, wie die über die Einsätze schreiben, die du ganz anders erlebt hast, aber sagen darfst du nichts, weil Art. 320 StGB (Amtsgeheimnisverletzung).

Und beim Stichwort «Medien» geht wirklich ein knappes Raunen durch die Tischreihen. Immerhin. Diese Gelegenheit nutzt Gregor, um zu sagen: «Danke.»

Und das gleiche Wort «Danke» sagt jetzt auch Hauptmann Vogt, der aufgestanden ist, während Gregor sich setzt, «danke unserem Kollegen Meier Gregor, dem neuen Leiter Kommunikation. Ich freue mich auf unsere weitere enge Zusammenarbeit, danke für seine Präsentation». Und er setzt an und sagt «community policing» und übersetzt es gleich: «bürgernahe Polizei», und sagt «vom Polizeivorstand kommunizierte Strategie» und «vom Gesetz klarer Auftrag» und «müssen uns bewusst sein, dass» und «müssen dem Bürger bewusst machen, dass», und als er Brogli und Vukic und Hossli und die anderen Polizistinnen sieht, fügt er hinzu: «der Bürgerin zeigen, dass». Und «Sicherheitsdrehscheibe» und «Nulltoleranz» und «Spielraum ausnutzen» und «Verhältnismässigkeit» und «angemessen» und dies und das und vieles mehr.

Der Müller und Bucher Manfred, die Pappbecher in ihren Händen sind mit dem Kaffee darin kalt geworden. Sie schauen dem neuen Chef zu und fragen sich, was der Sinn und Zweck dieser Veranstaltung ist. 230 Mann insgesamt eine Dreiviertelstunde in der Kantine, und mitbestimmen kannst du ohnehin nicht, weil die Polizei ist keine Basisdemokratie. Verlangt auch niemand, aber jeden Blödsinn muss man auch nicht mitmachen.

«Danke, Hauptmann Vogt», sagt in diesem Moment Gregor, der wieder aufsteht, und Vogt erneut neben Oberst Nägeli, der immer noch aus seiner gebügelten Uniform herausschweigt. «Und nun zu einem weiteren Teil unserer Kampagne. Ihr habt bestimmt vorne an der Strasse vor dem Grossen Polizeihaus das Plakat gesehen: ‹Hast du schon die neue Fahndungs-App?›»

Er tippt auf dem Schossrechner → Powerpoint. Jetzt sehen wir das Bild. Der Müller merkt nicht, dass er den Pappbecher quetscht, bis er knackt.

Das Bild zeigt: grosse Buchstaben, blau wie Stahl, kalt. Sie glänzen. Und ein Icon mit silberblitzenden Handschellen. Eine andere Version des Plakats: «App downloaden – Ausrüstung fassen – mitfahnden – polizeizuerich.ch/fahnder».

Lässt das drei, vier Sekunden wirken. Ein kontemplativer Moment als Anflug von Metaphysik im Polizeileben? Meditieren wir jetzt im Dienst?

«Was ist das?», fragt Gregor nicht sich, nicht die Polizisten, sondern die Rhetorik. «Eine spielerische Annäherung an die Polizeiarbeit. Wer die Fahndungs-App herunterlädt, kann einerseits eine Fahndung nachempfinden, mit allen Stufen des Einsatzes bis hin zur Festnahme. Er kann andererseits an echten Fahndungen teilnehmen, um die knappen Mittel der Polizei Zürich zu schonen und unsere Arbeit ideell und mit Informationen zu unterstützen. Wir beziehen so die Bürgerinnen und Bürger intensiver in unsere Arbeit ein, und die Bevölkerung kann sich stärker mit unserem Auftrag, der Sicherstellung von Ruhe und Ordnung, identifizieren.»

Einige Stühle werden verrückt. Einige Hintern knarren auf Sitzflächen. Hinten in der Kantine fällt eine Tasse zu Boden und klirrt, warum sagt man «in tausend Stücke»?

«Ich weiss, was ihr denkt, Kameradinnen und Kameraden», schiebt eine kleine Pause dazwischen, damit die Kameradinnen und Kameraden sich überlegen, was Gregor denkt, dass sie denken. Jetzt sagt er das Wort: «Ihr denkt: Datenschutz. Der Rechtsdienst klärt die zweite Option der App, also die direkte Fahndungsbeteiligung des Bürgers, zurzeit noch ab. Sie ist noch nicht aktiv. Bisher erst der …» Und nun wundert sich Gregor Meier, dass er so flüssig, ich meine, ohne die drei Punkte ständig dazwischen, also wirklich, es geht ja, es läuft, doch, das macht auf den neuen Chef der Abteilung Gewaltverbrechen und auf den Kommandanten bestimmt einen deutlich und auf die Kolleginnen und Kollegen in Zivil und Uniform ebenfalls besseren Eindruck. «Die Wirksamkeit», sagt er plötzlich und ist wieder vom roten Faden heruntergefallen, weil, also ich kann Ihnen sagen, wenn du vor einem Viertel des Korps der Polizei Zürich so etwas Komplexes, Kompliziertes ... Das ist nicht ohne. Weil dich die Mannschaft mit ihren Röntgenaugen durchlöchert, und die überstundenmüden Tränensäcke unter den Augen füllen sich mit Überdruss, wenn sie nicht sofort verstehen, was das soll.

Und genau so ist es.

Nicht einfach, wenn du neu Leiter Kommunikation bist. Da versuchst du, neuen Schwung reinzubringen, die eingefahrenen Abläufe neu zu bestäuben, aufzumischen und etwas anzureissen, und die Mannschaft ist einfach die Polizei wie zuvor und mag die Leute vom Stab nicht. Die, die vermeintlich viel mehr verdienen. Tatsächlich schon mehr, aber nicht viel. Die, die im Büro sitzen, wenn es kalt ist. Die, die nicht zwischen den Mann mit dem Suff, der Wut und dem Messer und seine Frau im Tablettenrausch dazwischenfahren müssen. Keine Kinder retten vor Vater und Mutter. Überleg dir das mal! Die, die keine Verkehrsunfälle aufnehmen und die Überreste ansehen und all den Blödsinn und den Seich, wo den Menschen einfällt, kann man sich als Nichtpolizeier nie im Leben vorstellen.

Es ist scheisse im Stab, hie und da. So interessant die Arbeit auch ist. Und jetzt ist Gregor Teil des Establishments. Ob ihm das bekommt?

Und selbst der Müller, der ja an Geist und Abstraktem und Büchern interessiert ist, schaut abwesend auf den Boden. Schöne Maserungen hat der Linoleumboden in der Kantine. Ist das dort ein Kaffeefleck? Schau an, dort liegt ein Einfränkler. Er angelt mit dem rechten Schuh danach. Nur kein Geräusch machen jetzt.

Und Gregor Meier, Leiter Kommunikation, erzählt vom Sponsoringkonzept: Das «Hotel Suff», also die rosarot gestrichene Ausnüchterungszelle, teilfinanziert von einer Brauerei (genaue Partnerschaft noch in Verhandlung), der Wasserwerfer Mercedes MB 2628 WAWE 9000 von der Garage XY, die Ampeln vom EWZ und weitere angedachte «Partnerschaften». Die Fotos, die der Powerpoint an die Wand wirft, sind der visuelle Appetizer: Ein Model (weiblich) lächelt in die Kamera → Zoom auf den Ärmel: oberhalb «Polizei Zürich» Schriftzug «Feldpausch, das ist Mode». Nächstes Bild → ein Model (männlich) lächelt in die Kamera → Zoom auf den Ärmel: oberhalb «Polizei Zürich» Schriftzug «Qualität, die Massstäbe setzt: Zündkerzen von Bosch».

Und die Musik fürs Polizeiimage: Hardrock für die einen, symbolisiert Vollgas mit dem Streifenwagen, kraftvoll mit dem Mehrzweckstock. Für die anderen aber die «Feuerwehrmusik», die G. F. Händel 1748 in London für alle Blaulichtorganisationen komponiert hat, weil König Georg II. ein Herz hatte für Polizei, Feuerwehr, Sanität.

Solche Sachen erzählt Gregor.

***

15 Uhr. GL-Meeting bei «König, Herzog, Papst und Bischoff». Die Partner vollzählig: Olli, Sharky, King und Papst. Ja, jetzt lernen Sie alle mal kennen. Ein normales Business-Meeting, nicht besonders technokratisch-unsympathisch, ein normaler Mittwoch. «Was heisst schon normal?», fragt, zu Recht, der Philosoph Tse Tse, der mit seinen radikalen Fragestellungen das 19. Jahrhundert regelrecht durchschüttelte. Und genau mit diesem Zitat eröffnet Sharky Herzog die Besprechung: «Was heisst schon normal?»

Aber nun nicht, wie man denken könnte, ein fachfremdes Gespräch, Psychologie oder Soziologie, so ein Fach, das nachdenkt. Nein. Auch poppt keine lustige Atmosphäre auf oder sonst etwas, das die Arbeitszeit verkürzt. Sondern nur Wasser mit oder ohne Blasen, Kaffee mit oder ohne Zucker und Milch. Und zu Sharkys «Normal»-Frage von eben demonstriert jeder einige Momente seine Originalität in Sachen Normalität. Dann sind sie warmgeredet, und Rahel Stahel schreibt das Protokoll.

Zugegeben, hinsichtlich Gender recht urzeitlich das alles. Aber zur Sache: Olli, Sharky, King und – Sie raten richtig – Papst nennen sie unter sich gerne «Pope», weil sein Name das bedeutet, sich aber auch reimt auf «dope». Denken Sie nicht, er übertreibt mit den illegalen Substanzen. Doch: Jeder Mensch über 40 hat ein Quantum Lebenszeit absolviert und dabei das eine und das andere getan und gelassen. Selbst wer heute einen Seitenscheitel und ein fein gestreiftes Hemd von John Fowler trägt, kann während einiger Jahre grandios den Rock'n'Roll gelebt und ganze Blumentöpfe voll Marihuana geraucht haben. Das siehst du höchstens noch an den Tätowierungen, wenn zum Beispiel Pope und Sharky ihre langärmeligen Hemden ausziehen.

Aber warum sollten sie. Und so weiss eigentlich niemand davon, ausser sie selbst und die, die sie mal mit ohne Kleider sehen. Was wenige sind.

Jetzt geht es ums Geschäft. Sharky, dem die Akquise untersteht, berichtet über den guten Start: «Was sich seit Ende November abgezeichnet hat, kann ich jetzt als definitiv vermelden. Die Verträge mit ‹Remex Entertainment› für die europaweite Kampagne zum Launch liegen unterschrieben bei mir im Safe.»

Lachen. Ein Scherz muss doch sein.

«Die Verträge mit ‹Air Katar› sind bei Lucien in Arbeit. Wir werden sie an unserem nächsten Meeting besprechen. Die Offerte an Blaubeer Media & Investment scheint dort auf viel Wohlwollen zu stossen, ich habe gestern Nachmittag länger mit Hamburg telefoniert. Sie lassen euch grüssen.»

Und so macht Sharky Herzog drei, vier Minuten weiter. Dann berichten King und Pope über die Entwicklungen im Beteiligungsgeschäft. Ist in der Öffentlichkeit weniger bekannt, aber «König, Herzog, Papst und Bischoff» machen mittlerweile einen mittleren zweistelligen Prozentanteil ihres Gewinns mit Investitionen, Übernahmen, Leerverkäufen, Termingeschäften, Fusionen, strukturierten Produkten. Ich weiss gar nicht, wie das alles heisst. Und wer King und Pope zuhört, wie sie Zahlen und Namen und einige exotische Inseln erwähnen und zwischendurch Gruselwörter wie «Regulierung» und «Transparenz» und «Datenaustausch» und «internationale Steuerharmonisierung» und «USA», da merkst du zwei Dinge: dass Geld hereinkommt, mucho money, und gleichzeitig «ein Lob der Diversifizierung» (Roger Yount) gesungen wird. Die Firma ist breit und damit potenziell krisenfest aufgestellt. Rahel Stahel fasst alle Voten kompakt zusammen, aufs

Max reduced, die Fakten und Figuren mailt ihr jeder während seiner Kurzpräsentation in Echtzeit zu.

Eingespielte Abläufe.

Und Pope, der eine Ader voll mit Kant und solchen Sachen hat, streut noch konzis und kurz zwei, drei Überlegungen ein, um das geistige Niveau der Partner zu stimulieren. Er endet mit: «Und mit Grzebeta würde ich sagen: ‹Man kann die ‹Allgegenwärtigkeit› und die regulative Kraft von Effizienz für die praktische Vernunft konstatieren, ohne sich damit auf ein normatives Primat der ökonomischen Rationalität festzulegen.› Und wollt ihr wissen, wie Reichert das einschätzt?»

Aber ist natürlich rhetorisch, diese Frage. Sie lachen. Will voll keiner wissen.

Den Schluss macht wie immer Olli mit dem Liquiditätsreporting, das ebenfalls nichts zu wünschen übrig lässt. Es ist fast wie Onkel Dagobert in der Realwirtschaft. Trotz jeweils Nachfrage und Diskussion → Meeting der Partner in 50 Minuten erledigt. «Maximalsitzungsdauer 60 Minuten» lehrt ja auch der Unternehmenswissenschaftler Gordon F. Pasewalk: «Alles andere ist Habakuk.»

15:50 Uhr. Matthias Strasser sieht, die Partner kommen aus dem Sitzungszimmer, dann Rahel Stahel mit zusammengeklapptem Notebook. Sieht immer gut aus, Stahel, denkt er. Heute in einer senfgrauen Hose, die betont die Länge ihrer Beine. «Schlank» ist dafür das Adjektiv. Sharky, Olli, King und Pope gehen zur Treppe, steuern in Richtung ihrer Einzelbüros im oberen Stock. Keiner schaut zu ihm, auch Stahel nicht. Sein «Yamba Wamba»-Bericht war offenbar nicht Thema am Meeting. Wann besprechen die denn diese Berichte?

Die reagieren doch sonst auf die Reports, oder?

Hat er je eine Reaktion darauf erhalten? Ich denke: Ja, denkt er. Müsste ich doch erhalten haben, auf frühere Berichte, nicht nur über Stahel, sondern auch direkt vom einen oder anderen GL-Mitglied. Aber sicher ist er sich nicht. Diese Berichte sind ja auch nicht das Einzige, das er erledigt. Er macht vieles mehr, zum Beispiel ein Sandwich holen bei Strozzi, ja, das könnte er jetzt gleich. Schnappt sich den Mantel, durchquert den Raum. Im Treppenhaus still, die Chefs wieder in ihren Büros, kein Treppenhaustalk über Unsinnsberichte. Strasser nimmt nicht den Lift, sondern die Stufen.

Und bei Strozzi nicht nur das Sandwich, sondern auch den Kaffee, mittlere Röstung, er setzt sich an ein Tischchen vorne beim Fenster, an der Strasse. Die ganze Firma könnte ihn sehen, wie er da sitzt, das Sandwich kaut und den Kaffee tropfenweise den Hals hinunter. 16:20 Uhr. Heiterhelle Bürozeit. Aber im Seefeld, Zürich 8, in der schönen Stadt Zürich, im ganzen Land, in der mitteleuropäischen Zeitzone setzt sich die Dunkelheit durch, damit die Menschen mehr Sehnsucht bekommen nach dem Frühling.

Jetzt fällt Strasser auf, dass es fein regnet. Dass, eigentlich, die Luft aus Nebelschwaden besteht. Dass, im Grunde, das Seefeld in diesem Moment ein wenig aussieht wie London zur Zeit von Jack The Ripper.

War das der Moment, wo? Lässt sich der erste Gedanke auf diesen Tag datieren, Mittwoch, den 15. Januar? Und an wen hat er gedacht? An Olli? Sharky? King? Pope? An alle vier? An einen, zwei oder drei? An wen nicht? Der erste Gedanke an Mord. Entstand da die Tatentschlossenheit? Lassen sich die Anfänge des hohen Planungsgrads bis dahin zurückverfolgen?

***

Wichtige Polizeiregel, merken Sie sie sich bitte: Egal, was war, du nimmst am Rapport teil, vielleicht nur Routine, vielleicht eine Einsatzbesprechung, vielleicht eine Fahndung. Manchmal werden die Teams neu zusammengestellt, weil einer krank ist, eine in den Ferien. Einer mit Arm im Gips, den kannst du nicht an die Langstrasse schicken, und die eine oder der andere ist mit längerfristigem Auftrag befasst. Die nimmst du dort nur raus, wenn Not besteht.

Die Mannschaft würde gerne unter sich ein paar Sätze über Gregor Meiers «Powerpointattacke» sprechen, so heisst die Präsentation intern bereits. Aber die Arbeit wartet, und von selbst macht sie sich nicht. Denken Sie vielleicht: Mitte Januar, Mittwochabend, feucht und kühl, alle Leute zu Hause bei der Zentralheizung und wenig kriminell gesinnt → wenig Arbeit.

«Kann sein, kann aber auch nicht sein» («Asterix: Tour de France»). Die Abteilung Strategie und Dienste versucht seit Ewigkeiten, einen zuverlässigen Algorithmus zu entwickeln, zu welchen Tageszeiten und an welchen Wochentagen im Monats- und Jahresverlauf welche Delikte zu welchem Personalaufwand führen. Würde Abläufe und Personaldisposition unterstützen. Aber kommt bisher einfach nicht hin. Die Kriminalität ist wie Fussball: relevant, unlogisch und unberechenbar.

Werbedeals und Slogans auf den Streifenwagen hin oder her: Der Müller und Bucher Manfred müssen in die Nacht hinaus. Nicht der superspannende Auftrag heute: eine Zielperson beobachten, irgendeine Drogensache.

14 Tage bis zum Mord, Freitag, 17. Januar

Die moderne Familie: Matthias Strasser, Strategic Creative Operations → Büro. Sam bringt die Kinder → Kindergarten und Primarschule oder Tagesstruktur, was weiss ich, ist logistisch hochkomplex: Wege, Zeiten, Personen, Kosten. Sie selbst nimmt den Wagen, den roten 500, und fährt in die Stadt. Parkt im Parkhaus Urania, trägt unter dem herbstfarbenen Wintermantel ein bordeauxfarbenes Deuxpièces, schwarze Strümpfe und hochhackige Schuhe, am Ohrläppchen je eine Perle, Aktentasche, steuert auf ein Gebäude zu. Beatenplatz? Nein, gehört zur Werdmühlestrasse, kenne die Strassennamen nicht recht, weil dort hinten bin ich nie, kann man sich leicht verirren, zwischen Bahnhofstrasse und definitivem Globusprovisorium, wo der Coop drin ist, geöffnet Mo bis Sa bis 22 Uhr. Und Sam betritt ein Gebäude, von aussen denkst du: Geschäftshaus. Vielleicht sind Sie schon zehnmal daran vorbeigegangen, ohne es zu beachten. Genau, das ist der Zweck dieser Architektur und die Qualität der meisten Gebäude in der schönsten Stadt zwischen Schlieren und Thalwil: dass sie nicht schön sind, aber auch nicht so sumpfhässlich, dass man sich daran erinnern würde, wenn man eine Weile weg ist.

Kleiner Test: Welches Gebäude fällt Ihnen sofort ein, wenn Sie zum Beispiel seit 27 Jahren in New York wohnen und an Zürich denken? (Bitte ankreuzen)

☐ Landesmuseum	☐ Tramdepot Elisabethenstrasse
☐ Post Wiedikon	☐ Burstwiesenstrasse 48
☐ HB	☐ Grosses Polizeihaus
☐ Grossmünster	☐ Badenerstrasse 734
☐ Prime Tower	☐ Zunfthaus zur Meisen

Anyway: Sam betritt also das genannte Gebäude. «Ihre Lippen umspielt ein Lächeln» (Facharzt Doktor Winteler), von der Strasse aus ist nicht zu sehen, welche Etage sie aufsucht und was sie dort tut. Eineinhalb Stunden später verlässt sie das Gebäude wieder.

Sie trägt ihre Kleider gut, einen Schritt hat sie drauf, ich meine … gerötete Wangen, lebhaft, aufgekratzt. Ihre elektronische Agenda ist um einen Eintrag schwerer: in knapp zwei Wochen den nächsten Termin.

Möglicherweise wird dann alles definitiv. Sie wird Matthias noch kein Wort erzählen, heute nicht und die nächsten Tage auch nicht. Sonst dreht der leer. Der erträgt gar nichts mehr.

***

Feierabend, heute sogar zu akzeptabler Zeit nach Hause gekommen, die Kinder noch auf, Sam müde, er auch. Halbherziger Streit um nichts, die Fortsetzung von vorgestern Morgen. Er im Kopf halb abwesend, empfindlich, dünnhäutig, Sam mit dem Gefühl, sie spricht zu einer Wand, er mit dem Gefühl, das sei eine böswillige Unterstellung. Er sei eben gefordert, im Büro, jetzt keinen Streit vor den Kindern, wir diskutieren das später aus. Und eineinhalb Stunden hält der Waffenstillstand. Die Kinder spielen, er legt sich zu ihnen auf den Boden, Plastikfiguren: Krieger, Pferdchen, Piratenschiff, Elfen mit so Flügeln und Barbiefrisuren dran, Lagerfeuer, das flackert, ist eine Batterie drin, alles kombiniert. Ein Gummidino.

Wann hat er das zum letzten Mal gemacht? Mit ihnen auf dem Boden gespielt: Das Pferd hoppelt zum Lagerfeuer, wiehert, trifft auf das Piratenschiff, eine Elfe will darauf reiten, entschliesst sich aber, Piratenhäuptling zu werden, gut, das Pferd weiter zu den Kriegern, wiehert: «Hallo!» Der Dino springt herzu und will die Elfe hinten reinbeissen.

Aber erwarten Sie nicht, dass die Spielszene hier psychoanalytisch oder therapeutisch aufgeladen, quasi als Symbol hier, damit irgendein Sinn präfiguriert wird. Natürlich: «Aufladung → Entladung» (R. N. Roll), aber an dieser Stelle zu durchsichtig, erzählerisch, meine ich.

Und hinterher, 20:11 Uhr, die Kin… Anna und Valentin, sie schlafen. Und wider Erwarten: Versöhnung mit Sam. Nicht wie Sie vielleicht denken. Nicht wie im Film mit Leidenschaft und Sex und Kleider-vom-Leib-Reissen und feuchtheissen Schwüren und allem, was man sich wünscht. Oder gar Reuetränen. Nein, die

Vernunft ist wie ein Bumerang zurückgekehrt, das Senkblei der Rationalität beweist wieder seine Macht. Eine Hauptrolle spielt dabei die Erschöpfung: Wenn du alles und vor allem dich selbst so über hast, willst du gar nicht mehr streiten, weil du mit dir selbst müsstest. «Die Konsequenz wäre furchtbar, womöglich.» (Edouard de Boudoir, Aphoristiker, 1869–1926).

***

Während die Juristin Samantha Scheiwiller, ihr Mann, Matthias Strasser, SCO, und die Kinder Anna und Valentin in der grosszügigen 4 1/2-Zimmer-Neubau-Eigentumswohnung in Feldmeilen schlafen, zwischen ihnen und dem See brummt nur die Seestrasse, zwischen ihnen und dem Berg rattert die S-Bahn, leisten der Müller, Bucher Manfred und zahllose andere vereidigte Beamte Nachtarbeit. Freitagabend, Alarmstufe Orange. Doch es könnte immer dicker kommen, das wissen der Polizeimann und seine Kollegin: etwa ein Chemieunfall, ein Amokläufer, ein Grossbrand, zwei Demonstrationen, die aneinandergeraten, ein Anschlag, etwas Radioaktives. Unvorhergesehene und unvorhersehbare Grossereignisse. Die reale Realität ist meist gütiger als das Durcheinander, das man sich vorstellen kann. Das beruhigt. Freitagabend bis Sonntagmorgen, das bedeutet Zürcher Roulette: Es kann gut gehen, es kann aber auch gar nicht gut gehen. Je später der Abend, desto mehr Substanzen im Blut, legale und illegale, egal, der Schaden kommt bestimmt: einer, mit untertellergrossen Pupillen, der vor einem Lokal randaliert. Leider mit einem Messer. Der Türsteher hat ihn nicht eingelassen. Eine Gruppe aus einer Vorortsgemeinde, deren Ruf ich hier nicht schädigen will, nein, nicht im Aargau, die ein halbes Dutzend mindestens jeder von diesen bunten Flaschen mit vor allem Wodka drin konsumiert hat. Die nichts Intellektuelleres zu tun hat, als an der Limmatstrasse Unbekannte anzurempeln und zu berauben, allerdings auf eine Crew von Hip-Hop-Freunden stösst, die solches aus Videos kennt und entsprechend reagiert. Ein Notruf aus einer Wohnung an der Burstwiesenstrasse (das ist dort bei der Haltestelle «Talwiese» kurz vor dem Heuried): Handfesten Streit meldet ein Nachbar, die Patrouille stellt fest: häusliche Gewalt. Brauchst du Verstärkung, bevor du reingehst. Lokal an der Zweierstrasse: Mann mit Schlagring festgenommen, Drogenschnelltest: positiv. Anruf des Triemlispitals: Notaufnahme meldet einen Patienten mit Stichverletzung. Einsatzzentrale schickt einen Wagen hin. Ecke Langstrasse/Dienerstrasse: Drogenhändler bedrängen Passanten, die bloss trinken und huren gehen wollen, aber nicht wissen, dass es jetzt in Altstetten draussen diese Verrichtungsboxen gibt. Niemand weiss, wie es kommt, aber die Sache eskaliert. Musst du hin. Und auf jeden Fall die Sanität. «Good Golly Miss Molly» (Little Richard), eine Endlosschleife.

Und zum Glück ist die Patrouille ständig draussen: «Limmat 7», noch ohne Hookline und Werbeaufschrift. Wodka und Präservative, Messer und Kokain, Maserati und Tommy Hilfiger, diese Produkte würden hier auf den Wagen passen.

Und in den dunkelblauen Zivilwagen, Mittelklasseautos, Ford, VW, Hyundai und so, die Kollegen unauffällig. Schauen sich um, registrieren Ungewohntes: Dort vorne läuft einer. Entreissdiebstahl? Hinterher, per Funk Verstärkung anfordern. Verdächtiger rennt in die Rolandstrasse, will zwischen den Häusern in einen Hinterhof, aber die Kollegen schon da. Stehen bleiben! Mit dem Oberkörper auf die Motorhaube, Beine auseinander, die Arme gepackt, abtasten, was haben wir denn da: dieses sauber gefaltete Geld in der linken Hosentasche zusätzlich zu den zwei zerknüllten Zwanzigernoten in der anderen und als Nonplusultra: eine Kreditkarte mit Namen drauf: «Maurizio Bianchi». Der Ausweis, der auf das Gesicht des – ja, sofort gefesselt mit Kabelbinder – jetzt Festgenommenen passt, lautet auf Cornel Arndt. Pech gehabt. In den Kastenwagen und ab ins Grosse Polizeihaus.

Der Müller und Bucher Manfred und all die anderen, die in dieser Nacht da draussen sind, dank ihnen können wir ruhig schlafen. Doch nicht alle wollen in diesem Moment ruhig schlafen. Sie steigen in Wohnungen ein, in denen kein Licht brennt, denn wäre jemand zu Hause, wäre es an. Sie knacken Autos oder warten hinter Hausecken, bis Angetrunkene anwanken. Die reagieren träge, nimmst du aus wie eine Forelle. «Nachtarbeit ist Arbeit in der Nacht» (Deutsch Amerikanische Freundschaft).

Der Freitag ist seit zwei, drei Stunden Samstag geworden. Unter der Hardbrücke sieht es aus wie im «Inferno» dieses alten italienischen Bestsellerautors. Du glaubst nicht, dass diese Stadt noch vor zwanzig Jahren verschrien war als langweilig, puritanig, spiessig, all diese -ig-Adjektive, die den Freigeist wie Igel pieksen. Jetzt ist das schöne Zürich – Vorsicht! Sie betreten den hedonistischen Sektor! – Rambazamba und Hejaheja, und es dreht sich und dreht sich und wirbelt und plötzlich zerschellt irgendwo eine Flasche, und sie johlen «Polizei, ohoho, Polizei», und jemand schreit, dass dir das Knochenmark auf Grundeis. Aber egal sein darf es dir nicht, denn das Gesetz ist dein Business, always remember die Vereidigung. Du verkörperst es. Egal, ob sie dich anseichen. Egal, ob sie dich mit Tiernamen belegen. Nicht egal, wenn sie dich angreifen → Art. 285 StGB. Du tust deine Arbeit, weil es deine Arbeit ist, die du tun musst, und es ist eine Arbeit, die allen dient. Manchmal denkst du schon an dieses Lied, das Alois Presley so gut interpretiert hat. Nein, nicht «In The Ghetto», so weit ist Zurigo nicht, sondern «Hound Dog» oder so etwas: «You ain't no friend of mine», singt er da. Das richtet sich an alle, die es verdienen, aber «es ist nicht persönlich gemeint» (Vito Corleone).

Und wenn dir im Dienst solche Zitate durch den Kopf schwirren, ist es allerhöchste Zeit, dass du wieder einen oder zwei ins Grosse Polizeihaus bringst, damit du zur Abwechslung mal freundliche Gesichter siehst: die Kollegen, die Dienst haben und denen du den Festgenommenen überstellst. Und trotz Rushhour, die dauert von Donnerstagabend bis Sonntag früh, Häufung jeweils in den frühen Morgenstunden, findest du fünf Minuten, mit dem Patrouillenkollegen, der Patrouillenkollegin zum Automaten zu gehen, gleich unten an der Treppe. Geld einwerfen, Knopf drücken, die Röstung, die wir jetzt haben, ist viel besser als das bittere Läugeliwasser von früher. Heute erkennst du darin den Kaffeegeschmack. Das ist der Fortschritt. Auch als Polizeimann kriegst du heute wirklichen Kaffee.

Und drei, vier Sätze plaudern mit Aspirant Mauchle und Heather Brogli, nachdem sie den Festgenommenen (Art. 144 StGB, Sachbeschädigung) weggeschlossen haben. Was Aussergewöhnliches gewesen? Und bei euch? Viel, wie immer? Und schon etwas gehört in der Fahndung nach dem Räuber Tankstellenshop Seebahnstrasse? Den, der mit 130 durch Oerlikon gerast ist, haben Barmettler und Weiermann erwischt. Beim Bucheggplatz ist der einfach rundherum und rundherum, so schwindlig war dem. Ja, 1.4 Promille. Was bringt ihr uns als Nächstes?

Ja, den müssen die Kollegen vom Nachtdienst jedes Mal einmal loswerden: «Was bringt ihr uns als Nächstes?» Der ist so alt wie die Römer und tut so gut wie die Frage gleich bei der Einlieferung eines Verdächtigen: «Ist der Staatsanwalt schon da?»

So vergeht die Nacht.

Jede Nacht vergeht. Für die einen besser, für die anderen schlechter, für Dritte gut, und für manche endet in der Nacht das Leben.

13 Tage bis zum Mord, Samstag, 18. Januar

Anna und Valentin, die Kinder, sind bis morgen bei Sams Eltern in Rüschlikon, die haben einen Garten, ist auch im Winter schön, wenn die Kinder raus können. Sam heute den ganzen Tag mit ihrer besten Freundin irgendwo beim Wellnessen, Hamam und vegetarische Kost, Massage und ayurvedische Öl-Inhalationen, solche Sachen. «Ying Yang Bang Bang» (Sun Tsu). Das tut ihr gut, immer wieder, kommt dann gut gelaunt zurück, geschmeidig und mit weicher Haut und andere Wörter dieses Bedeutungsfelds, da gibt es viele von. (Hier noch einige einfügen, damit man merkt, dass sich Sam an diesem Tag etwas Gutes tut, dass sie manche Augenblicke wirklich geniesst.)

Strasser, noch zu Hause, ist gerade die Kaffeetasse auf den Küchenboden gefallen. Natürlich kaputt, natürlich ein Symbol, das zeigt: Nirgends ist Sicherheit, alles fragil. Er ist allein, fegt die Scherben auf, den Espresso hat er schon intus, deshalb halb so wild, weil keine Schweinerei. Schäufelchen und Beselchen, wie Sie das bei der Einbürgerungsprüfung unbedingt nennen müssen, denn sind Symbole schweizerischen Seins, Schäufelchen und Beselchen, in die Knie, aufwischen. Leises Klirren. Ein Gedanke: Ist im Büro alles in Ordnung? Ist Pluto nicht etwas gar neugierig? Superstar Bruhin, der herüberglotzt und nichts sagt? Oder diese Delegation von McHinckley, sind die vielleicht auch in diesem Augenblick in der Agentur? Jetzt am Samstagmorgen, wo keiner da ist und sie unbehelligt alle Computer durchsuchen können, Trojaner einschleusen (Achtung: StGB Art. 143 bis: Unbefugtes Eindringen in ein Datenverarbeitungssystem; aber Art. 25 neues NDG: «genehmigungspflichtige Massnahmen»), gelöschte Dateien wiederherstellen, habe ich irgendwas auf meiner Festplatte, das dort nicht sein sollte? Durchsucht vielleicht der Chef – welcher Chef eigentlich? Es sind so viele – in diesem Moment Strassers Büro oder seine Dateien, die Protokolle, ob er während der Arbeitszeit irgendetwas …? Zum Beispiel zweckfremd herumsurft, Musikvideos auf Arbeitszeit, Filme, dabei tut das keiner, ausser es wäre auftrags- oder inspirationsbezogen, weil man hat in diesem Bürogrossloft mit den Tischreihen im Riesenraum, Bildschirme sichtbar für alle, keinerlei Privatsphäre. Will er privat telefonieren, muss er auf die Terrasse raus, als wäre er ein Raucher, im Winter ist das besonders lästig. «Schweizer Raucher spielen Debussy», hat er das einmal genannt: wie die draussen auf der Terrasse stehen und rhythmisch den Rauch ausstossen. Fand nur er selbst lustig.

K+ ist eine Katastrophe hinsichtlich psychologisch optimaler Bürogestaltung. Von Zonenkonzepten haben die noch nichts gehört: Zonen für konzentrierte, kommunikative, administrativ-routinemässige, längerfristig-stille Arbeit. Service points oder office points? Noch nie gehört. Zweier- und Vierer-Tischgruppen statt Tischreihen? Kennen sie nicht in der Agentur. Ist wirklich nicht state of the art.

Vielleicht fingern der Chef oder Pluto – das war doch der Gott der Unterwelt? – oder die McHinckley-Typen in diesem Augenblick in seiner Festplatte oder seinen Papieren herum. Oder Bruhin, dieser Superstar? → Hinfahren.

Viel Verkehr auf der Seestrasse stadteinwärts, zum Glück nicht bis zum Bellevue rein, diese ewigen Geschichten mit der Reduktion der Fahrspuren. Der Kanton will dies, die Stadt das, und es ist einfach zu langweilig, sich zu merken, wer wofür und wer wogegen ist und was der aktuelle Stand. Aber wer fährt am Samstag mit dem Auto in die Stadt? So voll kann doch keiner den Kofferraum kriegen wollen.

Der Blutdruck. Er steigt wieder.

Seestrasse heisst sie durch alle Dörfer bis zur Stadtgrenze, dann plötzlich Bellerive-Strasse, obwohl immer noch am See entlang, dann rechts rein, jetzt an der Fassade gross die vier Buchstaben: «KHP&B».

Am Strassenrand vor dem Gebäude sogar ein freier Parkplatz. Raus, abschliessen, zur Tür, mit dem Badge öffnen. Nicht den Lift, der surrt, man könnte ihn hören, sondern die Treppe hoch in den Vierten. Der Eingang zur Etage verschlossen. Badge → Clickfiepen → auf.

Drinnen halbdunkel. Die Deckenbeleuchtung aus. Niemand in Sicht. Er ruft: «Hallo!», und hört das Echo. Die Kaffeemaschine kalt und aus. Zu seinem Platz hin: Der Computer kalt, die Unterlagen, er achtet immer genau auf die Position, liegen unberührt da, 99 Prozent, wenn Sie eine Zahl brauchen, ziemlich sicher völlig unberührt.

Ist «ziemlich sicher» sicher genug?

Strasser fährt den Computer hoch. Vielleicht haben sie jetzt auf sein … kreatives, kretinistisches, ja es war wirklich blöd, diese Angriffsfläche zu bieten! Auf dieses idiotische Reporting, vielleicht hat die GL darauf, ich meine: reagiert.

Aber nichts ist eingetroffen, nur Newsletter von anderen Firmen, vom Kommunikationsverband, Branchennews … Wer verschickt freitags nach Büroschluss Newsletter? Die landen zuunterst bei den Ungelesenen, das klickt Montagmorgen jeder sofort weg. Absolut nichts Wichtiges eingetroffen? Die internen Mails musst du mindestens überfliegen, damit du sagen kannst und weisst: Ah, von King ist was gekommen, konnte ich leider, pardon, ausser den Betreff noch nicht, aber mache ich gleich, ja zeitlich recht eng im Moment …

Ah, doch, da ist etwas von Olli. Eine Einladung zu einem Meeting am Mittwoch. «Surprise, surprise» lautet der Betreff, haha, findet der bestimmt lustig, und aus der Mail wird er nicht wirklich schlau. Wird die Agentur verkauft? Steigt einer der Partner aus? Gibt es mehr Lohn für alle? Wird es endlich schneien?

Wenn Strasser nun schon im Büro ist und zu Hause ohnehin niemand wartet, kann er ja etwas hierbleiben. Vielleicht arbeiten. Angenehm still hier. Gelegentlich knackt ein Fenster, wenn der Wind dagegenklopft, oder die Bodenheizung. Von der übernächsten Tischreihe dringt Tulpenduft herüber. Mitte Januar! Die sind wohl um den Globus geflogen, um auf dem Tisch von … wer sitzt dort drüben? Ist es die, sind es die Begrüssungstulpen für … ja, Sheila Randegger, sie ist die neue Boa der Human Resources. Früher dachte er, eine Boa sei eine Würgeschlange, heute versteht er darunter eine «Back Office Assistant». Genau, Strasser zu den Tulpen hin und riecht daran. Auf dem Tisch Papiere, sein Blick …

In diesem Moment das Clickfiepen von der Tür, jemand kommt. Er am falschen Platz, da denkt doch jeder, Schnüffler, elender, so was denkt man doch sofort, ducken, er lässt sich unter den Tisch gleiten, zum Glück mit USM-Korpus davor, nicht das luftige Tischmodell mit bloss Eiermanngestell und Platte drauf, sondern robuster, kann man was darunterstellen, die High Heels ausziehen, wenn sie drücken. Sich mal kratzen, ohne dass es jeder sieht. Er hält den Atem an, die Schritte kommen näher auf dem glatt geschliffenen Betonboden, Absätze, Stiefel? So geht eine Frau. Er stellt sich tot. Wenn's jetzt bloss nicht Randegger ist, die zu ihrem Tisch geht und den Computer anwirft, um für Montag irgendwas fertig zu machen. Er wäre gefangen wie die Blödmaus in der Tubelifalle. Wie lange kann ich ohne Atmen sein?

Es ist nicht Randegger. Ich bin für den Augenblick sicher.

Die Stiefel mit dem harten Absatz gehen zum Fenster, bleiben stehen, schreiten dann Tischreihe um Tischreihe ab. Sie schaut sich um, denkt Strasser. Sucht sie etwas? Was sucht sie? Wen? Warum? Die Schritte jetzt ganz hinten im Grossraum, weit entfernt klackern sie, sie hallen nach. Zum Tisch hinten nah am Fenster? Ja, könnte sein, dürfte so sein, ich vermute es. Wer sitzt dort hinten? Eine von den Texterinnen? Vielleicht die grosse Blonde mit dem schwarzen Auto? Oder die vom Stab? Ja. Unternährer? Heisst die, ja, die heisst Vanessa Unternährer. Trägt die Schuhe, die solche Geräusche machen? Woher soll ich wissen, wie ihre Schuhe klingen? Und weshalb die langsamen Schritte durch alle Tischreihen? Die muss sich umgesehen haben. Wie lange kann ich unter dem Tisch bleiben, bis mir alles wehtut? Nein, sie schaltet den Rechner nicht ein. Eine Schublade, das war das Geräusch einer Schublade, die geöffnet wird und jetzt wieder zugeht, zuknallt. Wie das hallt in diesem Raum.

Und in den Ohren rauscht das Blut wie der Rheinfall.

Die Schritte nähern sich wieder Strassers Standort und entfernen sich schnell → Ausgang. «Standort» stimmt nicht, ich kauere ja zerknautscht und zerknittert, denkt er, ich stehe nicht. Wie ein greiser Schlangenmensch fühlt er sich, als er die Augen über Tischplattenniveau hebt und ihr hinterherschaut. Aber zu spät, ein Schatten, der Schatten eines Wintermantels, verschwindet gerade im Lift.

War das wirklich Unternährer? Weshalb kommt die am Samstag ins Büro?

12 Tage bis zum Mord, Sonntag, 19. Januar

Zürich 3, Wohnung Müller. Kathrin und Beni und Geräusche, da denkst du, der Mensch ist tierischen Ursprungs. «Ah» und «oh» und «ja» und ähnliche Partikel, grammatikalisch gehören die zu den Interjektionen. Solche Sachen hätte man aus der Wohnung im zweiten Stock an der ruhigen Quartierstrasse in Zürich-Wiedikon hören können, wo der Müller zu Hause unterwegs ist, weil er da zwei Zimmer gemietet hat plus die Küche mit dem dunkelroten Fliesenboden, dem bleichgelb gekachelten Badezimmer, dem Wohnzimmer mit den Büchern, dem halbrunden Balkon, der um die Hausecke verläuft und strategisch guten Ausblick bietet und Raum zum Rauchen. Und das Zimmer mit dem breiten Bett, in dem der Müller meistens diagonal liegen kann, weil er ein Leben im Doppelpack bisher nie konsequent durchgeführt hat.

Ja, hätte man gehört, diese Geräusche, also Konjunktiv II, wenn die einen im Haus nicht weg zum Skifahren oder sonstige Winterdinge machen wären, und die Nachbarin vom unteren Stock, die den Müller gepiesackt hat wegen des Trittschalls, nicht unverhofft Knall auf Fall ausgezogen wäre. Die Schlange bei der Wohnungsbesichtigung reichte letzte Woche bis ins Erdgeschoss, obwohl nur Zweizimmerwohnung, aber «ein Dach ist für des Menschen Wohl eine Conditio sine qua non». Doch Diodoros vergisst dabei die Bewohner von Zelten, Wohnwagen, Iglus und anderen Wohnmaschinen, deren obere Begrenzung nicht eigentlich ein Dach ist. Egal, wir wissen was Diodoros meinte, und wie immer hat er recht.

Was ich sagen will, ist: Die privaten Geräusche sind heute Nacht trotz hellhörig und Altbau privat geblieben. Die Atemzüge von Müller Benedikt und der Philosophieprofessorin Kathrin Flubacher, in den Büchern steht immer: die «ruhigen» Atemzüge oder die «regelmässigen», ist zwar so abgenutzt wie Müllers dunkelgrüner Waschlappen, bedeutet aber: alle zufrieden, weil a) guten Sex gehabt oder b) Schönes geträumt oder c) so fertig, dass weggeknackt wie ein gefällter Baum. Im vorliegenden Fall wohl Kombination a + b + c.

Ja, der Müller und Kathrin, die Philosophieprofessorin, seit Kurzem von ihrem Postdocauslandzeitjahr an dieser Ostküstenuniversität zurück; ja, sie wird vielleicht international gehen. Aber vorerst ist sie zurück und – «Lust, du Antriebskraft des Lebens» (Diodoros) – sie hat mit dem Müller auch horizontal wieder angeknüpft. Was sie vor einigen Stunden getan haben, wir können es uns vorstellen, weil wir Menschen sind. Aber der Müller, er «schwingt sich zwischen den Laken hervor», würde im romantischen Roman stehen. Hier steht er einfach auf, zieht etwas über, damit *wir* ihn nicht so sehen; können Sie sich die Polizei nackt vorstellen? Und nach einer Weile faucht es in der Küche, und nach Kaffee beginnt es zu riechen und Tassen und Teller, und der Kühlschrank geht auf und zu und Messer? Kaffeelöffel? Und die Schritte vom Müller zum Haken, wo der Mantel hängt, zur Wohnungstür raus, hinunter. Nach einer Weile wieder herein, dann Klappern et cetera oder was, jedenfalls er kommt mit dem Frühstück auf dem Tablett und der Zeitung ins Schlafzimmer hinein. Ist es der Kaffeeduft oder die Vorahnung eines Kusses? Kathrin wacht auf, Frühstück im Bett, ich selbst mag das ja nicht, weil Krümel am Hintern, Honig auf dem Leintuch, musst du alles gleich waschen.

Dienst erst ab 18:30 Uhr. Bis dahin geht einiges.

***

In der Wohnung im Kreis 7, ich sage nur: Panoramablick, du kennst das nur aus Zeitschriften und von George-Clooney-Paparazzo-Bildern. Wohnung bezahlt nicht aus dem Polizeilohn, sondern von Brenda. Auch hier die Atemzüge, die ich vorhin mit Adjektiven beschrieben habe. Die Polizei hat geschlafen, doch jetzt wird sie wach, und neben der Polizei die Rechtsmedizin. Polizeimann Bucher Manfred und Pathologin Dr. Brenda Marquardt, emotional und sexuell paarweise organisiert seit dem Sommer, kommen nach acht Stunden «Hypnos» (Aristoteles) und «somnus imago mortis» (Cicero) zu sich und, während es draussen dämmert, zu intensivem Körperkontakt.

Die Bettwäsche ist weiss wie im Luxushotel, und der Sonntag beginnt vorteilhaft. Wir lassen sie allein.

Dienst auch erst ab 18:30 Uhr. Wie gesagt: Bis dahin geht einiges.

***

In der einen Sonntagszeitung erneut eine grosse Wahlstory, mit Bildern, einer Karikatur, Grafiken. Besonders das Minuszeichen, die Zahl und das Prozentsymbol vor seinem Namen tun ihm weh. «Laurenz Rüttimann vor der Abwahl» = der Titel. Riesengross, kommt's ihm vor. Seine Gemütslage: Stellen Sie sich eine Gewitterfront vor, die auf Sie zurast. Im Inneren der Wolkenhölle elektrische Energie, Blitze und Geknister, Donner sowieso, Regentropfen wie Schrotkugeln und Hagelkörner wie Dumdumgeschosse, da winkst du ab. Kirschen essen ist mit ihm zurzeit nicht gut, sagen wir es so. Das Volk scheint ihn nicht mehr zu mögen und keinesfalls für vier weitere Jahre zu wollen.

Sitzt in seinem Büro in der Volkswirtschaftsdirektion am Neumühlequai, schaut auf diesen Artikel. Der Artikel, na ja, den liest doch keiner ganz. Aber das Minuszeichen vor seinem Namen! Und die Karikatur: Der Zeichner hat ihn dargestellt, mit hageren haarigen Beinchen und römischer Toga in den Farben des nördlichen Nachbarlandes und einem Maul so gross wie der Uetlibergtunnel und mit einem Scheisskegel, der ihm am Hintern haftet, und darauf steht «Europa», und hinter ihm die Sonne, die über Zürichs Himmel aufgeht und fett grinst, und das Volk zieht ihm den Stuhl weg. Dazu eine Bildlegende, verdammt noch mal, das Bundesgericht würde das bestimmt *nicht* als Ehrverletzung taxieren. Der käme davon, dieser «Karikaturist», und diese Anführungszeichen setzt Rüttimann himself, weil Kunst darf nicht alles, findet er. Presse- und Meinungsäusserungsfreiheit, würde das Bundesgericht sagen. Ha! Und der Schutz der Privatsphäre? Der Ehre? Der persönlichen Integrität?

Heutzutage kann jeder irgendwas daherschmieren und kommt davon. Und der vom Volk demokratisch gewählte Exekutivpolitiker ist das letzte Arschloch. Danke sehr, ist mir ein Vergnügen, das demokratisch gewählte Arschloch für Sie zu sein. Spucken Sie auf mich, «wie es euch gefällt» (Shakespeare). Meine 335'000 Franken Jahreslohn geben Ihnen jedes Recht.

Zynismusanfall. Blutdruckattacke. Rekordpuls. Laurenz Rüttimann, laut Meinungsumfragen akut von Abwahl bedrohter Volkswirtschaftsdirektor des Kantons Zürich, greift zum Telefon.

Er spricht lange, sehr lange. Und manchmal hört er zu.

1 Tage bis zum Mord, Montag, 20. Januar

«Das ist Herr Eiholzer», sagt Gregor Meier zum Müller, «ich habe dir von ihm erzählt.» Der Müller nickt und versucht zu lächeln. «Und das ist Müller Benedikt, ein erfahrener Kriminalpolizist», das sagt er zu Herrn Eiholzer. Händeschütteln. «Wie lange bist du jetzt bei uns?», fragt er den Müller. «Länger als du», sagt der zu Gregor, aber lacht dabei. Der Witz kommt bei Gregor trotzdem nicht an.

«Herr Eiholzer schreibt einen linguistischen Artikel über die Polizeisprache», sagt Gregor und blitzt den mit den Zähnen an und zum Müller: «Du mit deinem Dienstalter kannst ihm sicher einiges erzählen? Kannst die Zeit dann unter die PR-Kostenstelle verbuchen. Ich maile sie dir.»

«Natürlich», sagt der Müller, zeigt mit dem Finger auf die Treppe und gibt extraknapp die Anweisung: «Herr Eiholzer, erstens: Ausweis. Zweitens: Kantine!»

Gregor rollt mit den Augen: der Müllerhumor. Immerhin Herr Eiholzer – Severin, laut Identitätskarte – nicht bei einer Tageszeitung, sonst Risiko: Kolumne über Polizeihumor.

«Vielen Dank, dass Sie sich die Zeit nehmen», sagt Eiholzer, «mein Ziel sind 30'000 Zeichen für die Zeitschrift ‹Lingua Germanica›. Mein Ansatz ist soziolinguistisch.»

Der Müller rollt nicht mit den Augen, sondern freundlich. Nimmt ihn wunder, die Polizeilinguistik, was da dran ist. Sie steigen miteinander die Treppe hinunter. Der Gast schaut hier- und dorthin, gibt sich Mühe, dass das nicht auffällt, aber interessiert sich. Wann ist man als Bürger schon im Grossen Polizeihaus, ausser man hätte etwas zu befürchten? Weiter als bis zum Empfang kommt normalerweise keiner, weil Sicherheitsschleuse. Ausser auf Termin. Und wer beim Thema «Polizei» nicht von priori her im Gewissen das Blaulicht spürt und geistig die Handfesseln schon umgeschnallt bekommt, freut sich, für einmal die Personenvereinzelungsanlage zu überwinden und einem leibhaftigen Polizeimann oder einer Polizistin viva voce die Hand zu schütteln und ein wenig von seiner beziehungsweise ihrer Zeit beanspruchen zu können. Severin Eiholzer, der Linguist, sieht also die neuerdings lindgrüne Ölfarbe, mit der die Polizeikantine im Halbuntergeschoss gestrichen ist, abwaschbar, weil Tomatensaucenspritzergefahr. Der Müller eine Handbewegung → Tisch → setzen. Er selbst holt Kaffee für zwei, fällt ihm ein: Er hat nicht gefragt, was der Gast will, kommt zu ihm zurück, weil die Polizei, sie ist auch höflich, wenn es der Bürger zulässt und der Stress.

Also zweimal schwarz mit ohne. Total 4.80. Die Polizeikantine kann sich der Polizeimann leisten.

Umrühren. Lustig, auch den schwarzen Kaffee ohne rührt der Müller immer um, obwohl es nichts umzurühren gibt. Zieht das Schäumchen sanft in die schwarze Flüssigkeit hinunter, quasi Durchlüftung. Der Linguist tut es ihm nach. So wie er vorhin seinen Satz gesagt hat, ist er wirklich Sprachwissenschaftler, denkt sich der Müller. Der neue Chef hat also keinen Polizeipsychologen auf mich angesetzt: abklären, ob ich noch angeknackst bin. Nein, Herr Eiholzer scheint zu sein, was er zu sein vorgibt. Wird ihn trotzdem hinterher googeln. Besser ist besser.

Der Müller also, als hätte er den PR-Kurs besucht: «Also, Herr Eiholzer, einen linguistischen Artikel über die Polizeisprache wollen Sie schreiben.»

Und Severin Eiholzer dankt dem Müller noch einmal für seine Zeit und Bereitschaft, obwohl der Müller noch gar nicht, aber hat im Prinzip schon recht: Der Müller ist zur Auskunftfreude abdetachiert. Am Montagmorgen ist es nämlich meist ruhig, weil die Fussballhooligans einvernommen, erkennungsdienstlich behandelt und wieder freigelassen sind. Zurzeit ruht die Meisterschaft sogar. Gut fürs Personalbudget. Aber du weisst nie, kippt dir heute Morgen in der Bullingerstrasse ein Tanklastwagen oder was, und schon geht es los. Kurz: Du sitzt immer auf einem Nadelkissen und kannst nicht vorauslesen, ob es dir unter dem Hintern weg explodiert. Ist immer der Vorbehalt, den du bei Terminen mit extern machst: Im Prinzip Gesprächstermin okay, aktuell sogenanntes «Hintergrundgespräch», doch Unwägbarkeit immer: Einsatz 117 hat natürlich Toppriorität. Da müsstest du ihn einfach stehen lassen.

Und Herr Eiholzer, der Sprachwissenschaftler, um die dreissig, mittelgross, Gewicht circa 75 Kilogramm, Augen: graugrün, dunkelblonde Haare, keine auffällige Zahnstellung, spricht Zürichdeutsch, vermutlich Region Hinwil. Sagt, er würde gerne die Sprache der Polizei näher studieren, und zwar nicht aufgrund von Fernsehkrimis … schaut auf, der Müller keine abfällige Handbemerkung, wie von ihm vielleicht erwartet, weil Krimis ≠ Realität (ausser Müllerkrimis). Ihn, Eiholzer, interessiert, wie im Polizeialltag üblicherweise gesprochen wird.

Eiholzer klappt das Notebook auf und sagt: «Können Sie mir typische Wörter, Ausdrücke und Sätze sagen, die Sie aus dem Polizeialltag kennen und die nur polizeiintern verwendet werden?»

Nun, der Müller, ihm kommt auf Knopfdruck gerade nichts in den Sinn. Das sagt er. So ist der Müller: ehrlich, kein Aufschneider. Auch wenn du zum Beispiel passabel gleichzeitig rückwärtslesen und Beachvolleyball spielen kannst; wenn du es jemandem zeigen willst, stolperst du über den Sand, verknackst dir das Knie, oder die Buchstaben tanzen vor deinen Augen wild Marimba. Geht meist hinten raus, das Imponiergehabe. Müller ist bescheiden, aber nicht verstockt. Gregor Meier hatte schon recht, ihn für Eiholzer auszusuchen. Denn der Müller kooperiert ganz kooperativ mit der Linguistik. Es wäre natürlich schön, in einer Bibliothek ein Buch zu wissen, in dem du auf Seite 347 drinstehst und über die Polizeisprache sprichst.

Da fällt ihm doch etwas ein: «Die Spezialeinheiten: Skorpion, Diamant, Barrakuda, Falk, und in der Ukraine hiessen sie vor dem Putsch ‹Steinadler›.» Herr Eiholzer tippt. «Die sind oft nach giftigen oder bissigen Tieren oder hartem Material benannt», liefert der Müller ad hoc eine Analyse und verschweigt absichtlich die Spezialeinheit Enzian der Berner Kapo, weil sie passt nicht in die Erklärung von eben. Herr Eiholzer tippt. «Spezialeinheiten», liest der Müller aus dem Augenwinkel. Das macht mir wieder einen eindrücklichen Eindruck, denkt der Müller: Die Polizei Zürich denkt beim Thema «Polizeisprache» zuerst an Sondereinheiten. Und jetzt in diesem Zusammenhang um Himmels willen keine Anglizismen: «Crowd And Riot Control» oder «SWAT», da sind wir sehr im politisch heiklen Bereich, Grundrechte und solche Sachen. Da pfeift mich der Chef an, falls der Linguist als Nebenprodukt doch einen Artikel für eine Tagesanzeitung schreibt.

«Und Ausrüstungsgegenstände natürlich: der Polizeimehrzweckstock.»

Eiholzer tippt und fragt: «Der Polizeimehrzweckstock?»

Ach, denkt der Müller, wieder so etwas Kriegerisches, das ich von mir gebe, und sagt: «‹Schlagstock› nennt den die Öffentlichkeit. Dabei kannst du damit noch ganz anderes tun: einen brennenden Abfalleimer in die Limmat schieben, das Fenster eines überhitzten Autos aufstemmen, in dem ein Kleinkind im Babysitz angeschnallt wohl seit Stunden auf seine Eltern wartet und schon halb ausgetrocknet ist …»

Herr Eiholzer schaut interessiert, wie der Müller einen wahren Freund-und-Helfer-Furor abfeuert, als hätte er den Humanismus persönlich erfunden. So dauert das eine Weile, der eine fragt und tippt, der andere antwortet. Die linguistischen Wortfelder werden abgeerntet, Herr Eiholzer interessiert sich auch für Verben, Adjektive und Interjektionen.

Dazwischen zwei, drei Schlucke Kaffee. Der schmeckt jetzt wirklich gut.

«Also, ‹Schafseckel› sagen wir selten und nie direkt zu unserer Klientel», sagt der Müller und denkt: Sonst steht es sofort in der Zeitung.

Hin und her und sprechen und hören und tippen und reden, bald eine Stunde, bald muss der Müller los, wirklich jetzt, Blick auf die Uhr. Die Kaffeemaschine in der Polizeikantine zischt, jetzt kommen vier Kollegen aufs Mal herein, nicken dem Müller zu, schauen den Wissenschaftler an, sieht nicht aus wie einer von uns. Herr Eiholzer hat sich etwas aufgespart und legt sich die Wörter zuerst im Kopf zurecht: «Ich hätte eine heikle Frage, Herr Müller: Wie nennen Sie das, wenn ein Kollege im Dienst etwas Illegales getan hat?»

«En Seich», sagt der Müller, «zu Deutsch: ein Delikt.»

Darf man nicht sagen, so pauschal, aber: Hat Severin Eiholzer keine anderen Probleme? Ist Forschung, versteht nicht jeder, ist interessant. Auch für uns von der Polizei Zürich: dass wir wahrgenommen werden als denkende Behörde mit leibhaftigen Menschen, dass wir Hand bieten für Forschung, Wissenschaft und Öffentlichkeit. Deshalb Pressechef Gregor Meier diesen Kontakt zwischen Dr. des. Eiholzer und Müller Benedikt, vent' anni di servizio poliziale, hergestellt. Beim Müller weiss er: Es kommt höchstens etwas bizarr, aber sicher nicht blöd. Weil der Müller irgendwie auch intellektuell ist, wenn auch nicht wissenschaftlich-methodisch. Ich meine: interessiert sich mehr für Bücher als für Motoren.

Das ist auch wichtig für die Polizei: zu zeigen, dass ganz viele verschiedene Menschen im Korps sind. Rocco Catanzaro interessiert sich zum Beispiel für Champions-League-Fussball, unerklärlicherweise für Chelsea, Bucher Manfred unter anderem für Rechtsmedizin und die Pathologin Dr. Brenda Marquardt, Heather Brogli für dänisches Design und Dylan Barmettler, Dylan «Gucci» Barmettler für Mode und für Heather Brogli, Gustav Weiermann für Eulen jeder Form und allen Materials, er hat eine tolle Sammlung, Aspirant Mauchle für Nahkampftechnik und Schusswaff... pardon, nein, ich denke, genau solche Beispiele sollte ich hier nicht machen. Das beschädigt den Ruf der Polizei. Streichen Sie bitte den Satz mit Aspirant Mauchle aus Ihrem U-Bewussten.

«Wenn Sie noch etwas wissen wollen, rufen Sie mich einfach an», sagt der Müller, «über die Zentrale erreichen Sie mich immer, wenn ich im Haus bin.»

Während der Müller in die Polizei-PR eingespannt ist, sich jetzt aber vom Linguisten verabschiedet, haben Einbrüche Hochkonjunktur. Nur in Gewerbegebieten geschehen sie nachts. Wohnungseinbrüche werden in der Regel tagsüber verübt, wenn Sie an der Arbeit sind, also zwischen 10 und 13 Uhr. In der dunklen Jahreszeit kommen die Dämmerungseinbrüche hinzu. Nach Feierabend wartet zu Hause also vielleicht eine Überraschung. Häufigste Tatmittel sind ein grosser Schraubenzieher, Körperkraft, eine sogenannte «Folie» aus einer PET-Flasche, die sich zwischen Rahmen und Tür einführen lässt und einfache Schnappschlösser problemlos öffnet; Handschuhe kommen zum Einsatz; seltener Hammer und Bohrer, weil Lärm. Meist dringen die Täter gartenseitig in ein Haus oder eine Wohnung ein. Hochklettern bis zum ersten Stock ist kein Problem. Terrassenfenster und -türen sind die schwächsten Stellen. Bei schlecht gesicherten oder alten Fenstern und Türen ist die Täterschaft in weniger als 15 Sekunden drin, einfach aufgehebelt. Ein gekipptes Fenster ist ein offenes Fenster. Sechs bis acht Minuten hält sich der oder halten sich die Einbrecher durchschnittlich in der Wohnung auf. Sie suchen Bargeld und Schmuck.

Geben Sie zu, Bürger, all das haben Sie nicht gewusst. Von der Polizei kann man lernen. Man muss nur zuhören.

Sichern Sie Ihr Haus/Ihre Wohnung gut: Mehrpunktverriegelungen, Aufdoppelung der Eingangstür, massive Verschraubung der Schliessleisten, Pilzkopfzapfen an den Fenstern, Verbundsicherheitsglas, Fenster schliessen, Bewegungsmelder, die über eine App aufs Smartphone in Ihre Ferien nach Spanien Bilder übermitteln, wie einer gerade ihren Heimtresor aufschweisst → bei verdächtigen Wahrnehmungen immer sofort die 117 anrufen, nie direkt die Konfrontation suchen. Einbrecher ≠ bewaffnet, aber der grosse Schraubenzieher, wenn der Täter gestresst ist, kann es gefährlich werden. Wichtig: Informieren Sie Ihre Nachbarn über Anwesenheiten. Lassen Sie Ihren Briefkasten leeren. Helfen Sie sich gegenseitig. Unsere Präventionsstelle befindet sich an der Grüngasse 19.

Die gesetzlichen Grundlagen heissen: einfacher Diebstahl (Art. 139 Ziff. 1 StGB), wenn gewerbsmässig (Art. 139 Ziff. 2 StGB), wenn bewaffnet (Art. 139 Ziff. 3 StGB); Hausfriedensbruch (Art. 186), Sachbeschädigung (Art. 144 Abs. 1 StGB).

***

In einer unauffälligen 3-Zimmer-Privatwohnung an der äusseren Seefeldstrasse treffen sich fünf Personen. Einer ist der Mieter, die anderen vier treffen einzeln ein, jeweils im Abstand von einigen Minuten. Hätte jemand trotz des Wetters mit dem Mops eine gemächliche Runde um den Block gemacht, ihm wäre nichts und niemand aufgefallen.

Die Mitglieder von «SEFAR», der «Seefeld Army», wie sich

diese Organisation nennt, unterscheiden sich äusserlich nicht von der restlichen Bevölkerung. Fünf Fünftel des Personalbestands von SEFAR sind heute versammelt. Ihr Ziel ist die Abschaffung des Kapitalismus, und sie setzen bei der Gentrifizierung an. Ihre Gegner sind die, die Immobilien aufkaufen, Bewohner vertreiben, Häuser sanieren, Gewinn optimieren. Auch Werbe- und Kommunikationsagenturen und andere überbezahlte Dienstleister sind SEFAR ein Gräuel. Die treiben die Preise in die Höhe. Haben Geld wie nur etwas, mieten und kaufen zu Preisen, die sind so was von, haben Nullen, da wird's dir schwindlig, und die Normalbevölkerung, Shit, wo bleibt die?

SEFAR, bisher diskussionsfreudig und pur dialektisch, plant eine Strategieänderung: ab sofort Aktionen! Handeln! Die Zeit der Debatten und Theorien ist vorbei. Wenn die Bevölkerung erst einmal gemerkt hat, dass sich da welche erheben, dürfte es zu einer Kettenreaktion kommen: In allen Quartieren werden sich neue Widerstandszellen formieren und sich dem Kampf anschliessen. «Smash The System» und «Reclaim The Street» und so weiter. Eine Solidarisierungswelle wird aufbranden. Den Werbern und anderen Wohlhabenden, die das Quartier in Beschlag genommen haben, wird es kalt den Rücken hinunter, und sie werden schliesslich das Seefeld verlassen, weil sie feststellen werden: «Diese Stadt ist nicht gross genug für uns zwei» (The Sparks).

Studentischer Hintergrund der SEFAR? Jüngelchen, die von Papas Überweisungen leben? 27 Semester, verteilt auf sechs Hauptfächer und noch immer am Umplanen, weil Prioritäten, die verschieben sich im Leben? Nein, das habe ich alles nicht behauptet. Ich würde lügen, wenn ich behaupten würde, ich wüsste etwas. Die Polizei Zürich weiss noch nichts von der Existenz der «Seefeld Army», die Soziologie hat bisher ebenso wenig von ihr gehört. Selbst die Behörde in Bern, die sonst sehr viel weiss, zu der hat Hauptmann Wunderli gewechselt, Müllers ehemaliger Chef der Abteilung Gewaltverbrechen, der «hat davon keine Kenntnis», wie im «Informationssystem Innere Sicherheit» («ISIS») stehen würde. Aber weil keine Kenntnis → kein Eintrag in ISIS. War jetzt blöd, dass ich diese nicht existierende elektronische Fiche zitiert habe. Auch diesen Satz von der elektronischen Fiche nehme ich zurück, tut mir leid, manchmal geraten die Formulierungen durcheinander.

Fakt ist: Erst fünf Menschen beiderlei Geschlechts wissen von SEFAR. Mutatis mutandis wird sich das vielleicht noch ändern.

9 Tage bis zum Mord, Mittwoch, 22. Januar

Seefeld, KHP&B. Die «Explorative Rhizomatic Method» («ERM»), auf Deutsch: «Explorative Rhizommethode», was nicht unbedingt verständlicher, aber halb so cool ist. Man muss sich diese Methode so vorstellen: Sie organisiert sich um einen Kernbegriff («nucleus»), von dem unterirdische Verästelungen («subterranean ramifications») ausgehen, deren Ausbreitungsprinzip («expandibility») auf entdeckerischen («explorativen») Grundsätzen («principles») beruht: Durchlässigkeit («permeability»), Dichteresistenz («density resistance») und Milieupertinenz («medium pertinence»). Konkret heisst das: Es bestehen im U-Bewusstsein unsichtbare Verbindungen («invisible subconscient connexes/links») zwischen Sender, Botschaft und Empfänger. Das Medium ist nicht die Message, wie es einst dieser Kerl behauptet hat, dessen Name nicht so wichtig ist wie der von Gordon F. Pasewalk, 39, dem Begründer der «Explorative Rhizomatic Method», Lehrstuhlinhaber irgend dort an der Ostküste, Firmenbesitzer in Kalifornien, Gastfellow am Saint Catherines College in Oxford, UK, God Save The Queen. Gordon F. Pasewalk, wow, sitzt jetzt, nein, erhebt sich gerade in voller Länge zwecks Keynote Speech vor erlesener Runde. Sein Glanz penetriert nun die versammelte Brainforce der Agentur «König, Herzog, Papst und Bischoff».

Gordon F. Pasewalk erklärt dem obersten, oberen und mittleren Kader und sogar Mitarbeitern ohne MBO im Grossraumbüro im vierten Stock genau das, was ich oben ansatzweise expliziert habe.

Hammer!

Es ist die Revolution, Baby, der Kommunikationsbranche. Die Explorative Rhizommethode besagt nämlich, dass, wer unsichtbare Zusammenhänge zwischen verschiedenen vorgängig klar definierten Faktoren erkennen, eingrenzen und nutzen kann, grundsätzlich neue Strategien zu entwickeln vermag, die *zwangsläufig* im Empfänger der Botschaften einen Kaufimpuls auslösen. Das U-Bewusste schält Pasewalk mit seinen Erkenntnissen wie eine Zwiebel schichtweise ab, sodass es dem Konzepter, dem

Marketingspezialisten, ja dem Researcher Wünsche und Bedürfnisse von Individuen und institutionellen Klienten zu eruieren, zu evaluieren und zu attackieren gelingt, bevor die Zielperson überhaupt auch nur eine Ahnung davon hat, dass ein Angriff auf ihre persönliche Konsumentenintegrität erfolgen könnte.

«Sie melken die Kuh also, bevor sie merkt, dass sie Milch gibt.» Ungefähr so. «Vor jedem Arbeitsschritt gilt es stets, diese unterirdischen Verästelungen zu finden.»

Solche Sachen erzählt Gordon F. Pasewalk. Bischoff, Herzog und Papst hören zu und schauen ihre Mitarbeiter an. Nur König fehlt, wo mag er sein? Die McHinckley-Doppelpatrouille scheint sich fürs Referat über die ERM weniger zu interessieren als dafür, wie es auf die Mitarbeiter wirkt. Argusaugen.

Da weisst du, als Mitarbeiter musst du im Minimum interessiert gucken oder den Gesichtsausdruck von Olli kopieren, der neben Pasewalk sitzt. Etwas notieren sogar hie und da. Angeregt dich am Kinn kratzen. Wach den Referenten betrachten. Angetan lächeln. Mit dem ganzen Gesicht diesem Mann Komplimente machen, aber dabei immer natürlich wirken! Das ist das Anstrengendste: natürlich wirken. Die McHinckleys, die die Zuhörer von Gordon F. Pasewalk einer emotionsorientierten Dauergesichtskontrolle unterziehen, sind psychologisch schnellgebleicht. Das Modul «Körpersprache» haben die voll intus. Bloss nicht die Arme vor der Brust verschränken! Oder die Augen starr vor dich hin richten. Auf keinen Fall die Haarwurzeln des Vordermanns beobachten. Mit dem Mundwinkel zucken. All das lesen sie als Abwehr = Innovationsfeindlichkeit = Konservatismus = Trägheit → Kündigung.

Und wer will die schon?

Und als Gordon F. Pasewalk die Zähne ein letztes Mal freundlich bleckt, kurze Verbeugung, «Thank you very much», sagt er überflüssigerweise, weil hat vorhin fast akzentfrei Deutsch gesprochen, ist halt schon lange drüben und heisst eigentlich Günter, nicht Gordon. Versteht man, dass geändert, weil können Sie sich den Science-Fiction-Film mit dem Titel «Flash Günter» vorstellen? Und jetzt verhallt Gordon F. Pasewalks Stimme, sie kulminierte im Schlussfeuerwerk des rhythmisch skandierten Begriffs «Explorative

Rhizomatic Method». Und die Kadermitarbeiter müssen nun besonders laut lächeln, applaudieren, voll auf allegro molto vivace machen, Hand in die Höhe, weil Fragestundendringlichkeit und die Chefcorona in toto sowie die McHinckleys schauen zu.

Bischoff meldet sich zuerst zu Wort: «Als CEO und Strategieverantwortlicher ...», schau an, schau an, denken Herzog und vor allem Papst, das ist neu und nicht mit der GL abgesprochen. Aber die unstimmigen Vibes erreichen Bischoff nicht, er spricht einfach weiter: «... von KHP&B freue ich mich, euch mitzuteilen: Die Explorative Rhizommethode ist unser strategisches Tool fürs laufende Jahr. Vanessa Unternährer hier, stellvertretende Leiterin Stab, ihr kennt sie alle ... Als Projektleiterin wird sie mit Unterstützung der McHinckley-Kollegen zuerst die Kader und dann die Teams schulen und die Implementierung der Methode überwachen. Vanessa berichtet in dieser Sache direkt an mich. Wir ...», und damit sieht er Sharky und Pope an, der einen Flunsch zieht, merkt man, wenn man ihn besser kennt, weil «Strategieverantwortlicher» sich so ins Gesicht usurpiert, da stellt sich der eine Partner schon Fragen über den anderen, doch Bischoff lässt sich nicht beirren: «... erwarten Ergebnisse und sind überzeugt ...», Blick zuerst in die Runde und dann auf die Lichtgestalt Gordon F. Pasewalk, «... dass Professor Pasewalks Lehre unsere Branche von Grund auf revolutionieren wird.» Kurzes Innehalten. «Danke. Und nun hat Herr Pasewalk noch zwanzig Minuten Zeit für eure Fragen, bevor er zum Flughafen aufbrechen muss.»

«Bang, bang, you're dead» (Adam Ant). Diese ER-Methode, da magst du voll denken, in dir drin habe sich ein Prophysem gebildet, das dir plötzlich aufs Denkvermögen schlägt. Aber es ist nicht das Prophysem, sondern die Gewissheit, dass dein Denken in diesem Moment völlig umgepflügt wird. Hinsichtlich Erde gibt es ein Vor und ein Nach dem Urknall. Hinsichtlich Kommunikationsknowhow gibt es ein Vor und ein Nach der «Explorative Rhizomatic Method». Die Partner von KHP&B werden in Zukunft die Zeitrechnung so einteilen, das merkst du am übernatürlichen Leuchten aus Bischoffs Augäpfeln. Und weil sie deinen Lohn zahlen, weisst du, sie haben recht und fühlen sich im Recht, recht zu haben. Dir bleibt nichts übrig, als zu fressen, was sie in deinen Napf tun. Zum Beispiel Gordon F. Pasewalk.

***

Zürich, Freudenbergstrasse. Salomé Fischer Rüttimann, Ehefrau des Volkswirtschaftsdirektors, hat in den letzten Jahren weitgehend auf ihren Gatten verzichtet. Er war fast nie zu Hause. Weil Flughafensitzung, Regierungsbesprechung, Parteiausschuss, strategische Planung, Fragestunde in der Fraktion, Konferenz der Kantonalen Volkswirtschaftsdirektoren … Kommissionen und Gremien, da weiss die Bevölkerung gar nicht, was es alles gibt, das uns verwaltet, organisiert, berät und regiert. Hinzu kommen viele informelle Harmonisierungsgespräche in regionalen Unterausschüssen zur Koordination mit der Europäischen Union. Das kommt hinzu zum Kantonalen, Interkantonalen, Bundespolitischen und Grenznah-Internationalen. Zudem sitzt Laurenz ex officio in Verwaltungsräten, vom Regierungsrat delegiert, und natürlich knüpft er laufend Kontakte und pflegt sie, weil die Zeit danach, sie kommt.

Will man doch nicht ausschliesslich am Hungertuch der Regierungsratsruherente nagen. Nein, nein, um Geld geht es nicht, nicht primär. Es geht um Wertschätzung. Um Respekt. Und, ja, auch um eine Entschädigung für all die Abende, die Salomé Fischer Rüttimann allein zu Hause war, statt an der Olma zu lächeln, wenn Laurenz ein Band durchschnitt, statt auf der Tribüne zu lächeln, wenn Laurenz den Anstoss ausführte, statt im Bildhintergrund zu lächeln, wenn Laurenz den Blauweissen oder sagt man den Weissblauen den Pokal überreichte, weil manchmal gewinnen sogar der FCZ und GC einen Kübel.

Doch in den letzten Wochen sitzt Laurenz unverhältnismässig häufig zu Hause an der Freudenbergstrasse. Weniger bei seiner Frau als in seinem Haus. Er sitzt im bequemen Sessel im Wohnzimmer, wo er früher Biografien von Wirtschaftstheoretikern und Wirtschaftspolitikern gelesen und Notizen für ein nie fertiggestelltes Buch über die soziale Marktwirtschaft gemacht hat. Er sitzt einfach im Sessel und schaut zum Fenster hinaus, auf die

Birkendreiergruppe von Bürkis hinüber, diesen kahlen Besen, den der Regen peitscht.

Frau Fischer Rüttimann (muss ich als Hintergrundinformation geben) ist Kunsthistorikerin und hat das Haus eingerichtet, hat auch die Sammlung aufgebaut, die in Kreisen ein Begriff ist. «Fischer» … na, klingelt's? Das war diese Textildynastie dort im St. Gallischen, die haben früh genug diversifiziert und in Immobilien, Finance und solchen Sachen gemacht. Einiges von den Erträgen ist bei Salomé Fischer hängen geblieben. Aber dass Sie jetzt nicht denken: Ist sicher ein tot geliftetes, straff gespritztes und schlank gesaugtes Monster mit Hang zur Tablettensucht und affigen High Heels. Nein, nein! Sondern eine feinsinnige Humanistin, aber vor allem interessiert an Kunst. Kann nichts dafür, dass sie Fischer ist, und als sie eine Rüttimann wurde, hat sie sich das anders vorgestellt: gleichberechtigte Partnerschaft wie in Laurenz' Parteiprogramm. Aber «das Leben nimmt manchmal Wege» (Vitellian). Kennengelernt haben sie sich in Harvard, er hat natürlich aus St. Gallen den Dr. oec., aber von dort drüben noch dazu den Juristendoktor und sie den von der Phil-Fakultät. Ja, ja, viel Wasser ist unter der Brücke hindurch seither.

Der Volkswirtschaftsdirektor sitzt im Grand-Repos-Citterio-Sessel in Ginger, hat den Kopf auf das rechteckige Nackenkissen gelegt, schaut hinaus, an den Mickerbirken vorbei an den grauen Himmel hoch, sagt kein Wort, will kein Glas Wein, ist wie tiefgefroren. Nein, es ist kein Leben für Salomé Fischer Rüttimann. Dieser Gremlin im Sessel ist ihr fremd geworden. Die Schnittmenge ihrer Welten tendiert gegen null. Sie will zurzeit auch niemanden an die Freudenbergstrasse einladen, weder ihre Freundinnen noch ihre Kontakte aus der Welt der Kunst, geschweige denn diesen süssen jungen Linguisten, den sie vor einigen Wochen kennengelernt hat und mit dem sie recht oft Konversation treibt. Laurenz weiss nichts von ihm, er weiss vermutlich fast gar nichts davon, was sie den ganzen Tag tut.

Man bezahlt halt den Preis für die Existenz, die man führt. Notabene a) Es war nicht immer wie heute, und b) Regierungsratsgattin, nun ja, nichts ist das nicht. Obwohl, die Begleitlächlerin an öffentlichen Auftritten, Olma, Gewerbeausstellung, Züspa,

Durchschneiden des blauweissen Bandes zur Eröffnung von irgendwas – das war sie nie. Sie sehen den Typus Veranstaltung, mit blickdichten Strümpfen, Kostüm in Friedhof-Sihlfeld-Dunkelblau mit vielleicht einer kessen weissen Bordüre und diese langweiligen Schuhe … dieser Margaret-Thatcher-Chic, den sich Laurenz – «denk doch an die Medien, wir kommen in der ‹Tagesschau›» – immer gewünscht hat. Nein, ihr war und ist der stets zuwider, und sie hat, wenn, dann ungern mitgemacht. Wird auch nicht damit anfangen, auch wenn für ihren Mann bald das Leben in der Privatwirtschaft beginnen wird.

Diese Meinungsumfragen! Dieses Wahlbarometer! Das hat er nun wirklich nicht verdient, denkt sie. Er ist eine Schlaftablette, komplett, stimmt, doch bösartig, abscheulich? Nein, das ist er nicht. Sie kennt ihn genug und seine Gedanken sowieso, um zu wissen, wo Laurenz die Schuld sieht für den Absturz seiner Beliebtheit. Dieser Kommunikationsprofi von KHP&B, Olli Bischoff, der hat ihn schlecht beraten. Was der ihn bekniet hat, sogar spätnachts noch im Haus angerufen, ihm SMS geschickt, ihn – Laurenz hat's ihr erzählt – am Amtssitz angerufen, wollte ihn selbst aus Regierungssitzungen herausholen. Und sie weiss, was diese Gurkenkampagne gekostet hat. Ich darf's nicht schreiben, denn die Finanzierung dieser PR-Beratung ist gegenwärtig Gegenstand einer staatsanwaltschaftlichen Voruntersuchung.

Bischoff, der seine Grenzen nicht kennt, denkt Salomé Fischer Rüttimann.

***

Praxis Borowski am Rigiplatz. Der Müller muss hin. Falsch: Er muss hin wollen, sonst nützt es nichts. Heute ist es dem Müller seine zweite Therapiesitzung, seit er wieder voll im Dienst ist.

Er ist froh, dass er keine Gelegenheitsermittlungen mehr macht. Ehrlich, ausgefüllt bist du dadurch nicht. Fern von den normalen Abläufen, von den Kollegen, die mindestens u-bewusst den Groll wälzen mögen, dass du nur Rosinen pickst: Ermittlungen führst ohne den Papierkram, die Rapporte – und vor allem weit entfernt von den Routinesachen: Pikett, Autodiebstahl, Taschendiebe,

Einbrüche aufnehmen, unfriedlicher Ordnungsdienst, Personenkontrollen, Samstagabend unter der Hardbrücke, Razzien in mit Designerdrogen verseuchten Clubs, häusliche Gewalt ... All das Dutzendzeug hat der Müller seit Mai, seit er mit der Dienstwaffe jenen Flüchtigen erschossen hat, nicht mehr machen müssen. Gefehlt hat es ihm nicht, aber es gehört zu seinem Beruf. Das Trauma ist jetzt tief unter den Synapsen versteckt, aber nicht gelöscht. Er will und wollte und wird niemanden erschiessen wollen. Er sieht die Bilder und das Blut und hört den Knall und auf dem Asphalt dieser Mann, mit seltsam verrenkten Gliedern, der dunkle Fleck um ihn, der auf dem Boden gross und grösser wird. Aus der Nähe riecht Blut metallisch. Und die Kollegen da, der Geruch der abgefeuerten Waffe, die Kollegen da, Blaulicht und Sirene, die Ambulanz, nichts mehr zu machen. Im Kopf ist es ihm noch, dem Müller. Nicht mehr so stark wie im Mai, Juni, Juli, August. Schwächer sind die Bilder und seltener geworden, weniger heiss, und der Geruch, die Tonspur der Müllerstrasse an jenem Abend, in jener Nacht im Mai. Herr Borowski und die Zeit haben da Wind aus den Segeln der potenziellen Psychose genommen. In dir verkapseln darf sich so ein Gefühl nicht.

Und da sitzt er wieder. Gegenüber von Borowski auf dem Segeltuchsofa. Zwischen ihnen ein Tischchen. An der Wand in Rot dieser Rothko-Druck, warme Farbe, damit sich der Klient öffnet wie eine Auster. So auch der Müller. Seine Psyche auszupacken, das befreit nicht durchwegs, sondern macht auch Angst.

Und immer wenn der Müller Borowski von seiner Angst erzählt, bohrt dieser ins U-Bewusste und sagt: «Beschreiben Sie diese Angst!»

Und immer wenn der Müller Borowski von den Bildern erzählt, die ab und zu wiederkommen, fordert der: «Beschreiben Sie diese Bilder!»

Und manchmal, wenn der Müller Borowski zum Beispiel erzählt, was er über den Moment der Schussabgabe denkt und über die Folgen und über das moralische und ethische Dilemma, an dem er seither leidet, weil er schliesslich ein Mann des Gesetzes und kein Freund von Gewalt und so ist, jedoch einem Menschen den Tod zugefügt hat, statt auftragsgemäss für Sicherheit und

Ruhe und Ordnung gesorgt zu haben, das macht ihm Mühe und quält ihn. Weil er ist ein Staatsbürger und Demokrat, und die Menschenrechte, all diese Sachen, die nimmt er ernst.

Da fragt ihn Borowski: «Was glauben Sie, wie denken Ihre Freunde über Sie?»

Unerwartet sind die Anstösse von Herrn Borowski. Er zwingt ihn, den Blickwinkel zu wechseln. Zuerst fragt er sich natürlich, wer seine Freunde sind, und dann darüber, was sie von ihm halten. Und nach 50 Minuten vis-à-vis der rot-braun-gelben Rothko-Reproduktion und in der psychotherapeutischen Zange ist der Müller jeweils müde, manchmal erschöpft, und immer reif für einen Kaffee.

6 Tage bis zum Mord, Samstag, 25. Januar

22:50 Uhr, Ecke Hohlstrasse/Langstrasse, dort beim Coop vis-à-vis vom Aargauerhof. Streifenwagen «Limmat 4» (geplante Aufschrift: «Mehr für Ihr Steuergeld!») vom Helvetiaplatz her die Langstrasse herunter, Limmat 12 von der Unterführung her die Langstrasse hoch, Limmat 6 von der Bäckeranlage die Hohlstrassennummern herunter, Limmat 7 aus Richtung Grosses Polizeihaus die Hohlstrassennummern herauf, Uto 3 vor der Post 8026 Zürich Aussersihl die Molkenstrasse herein. In jedem Wagen vier Mann oder Frau.

«Razzia» ist kein schönes Wort und auch nicht Polizeideutsch. «Zugriff» sagen wir. Razzia klingt wie einmal mit dem Häcksler drüber, Zugriff geplanter, mit aufwendigen Beobachtungen vorab. Die stehen in langen Rapporten von vielen Megabyte. Das Betäubungsmittelgesetz macht viel Arbeit, das Ausländergesetz auch, das Strafgesetzbuch sowieso, doch jetzt ist nicht der Moment, darüber zu diskutieren. Denn wenn der Einsatzbefehl kommt, dann führst du aus. Der Polizeivorstand sitzt in sicherer Entfernung, aber fast wallensteinmässig, in einem Mannschaftswagen im Hof des Grossen Polizeihauses. Er könnte in seinem Büro sitzen, aber so bekommt er die authentische Einsatzatmosphäre mitgeliefert, den Geruch der Polizeiarbeit in Form von akustisch schlechtem Polizeifunk und von frisch gewichsten Stiefeln an den Füssen von Aspirant Mauchle und Gustav Weiermann. Der ist ja schon älter, hat oft Hexenschuss und Asthma und geht praktisch nie mehr zuvorderst in die Linie. Höchstens noch am 1. Mai, da ist er in einer zurückgestaffelten Einheit in Reserve. Die beiden machen jetzt im Mannschaftswagen Kaffee und Konversation, erklären dem Polizeivorstand das eine und das andere, bis Gregor Meier, Leiter Kommunikation, dazustösst. Hat Offiziersgrad, macht sich besser als ein Neuling und einer mit Warze auf der Stirn und Pfeifen auf der Lunge. Auf dem Dach von Limmat 6 sogar eine kleine Kamera. Der Polizeivorstand sieht live das Schwarzweissbild auf Gregors Laptop.

Zurück an die Kreuzung.

Fünf Streifenwagen, ein paar Zivile, und das soll reichen? Wenn Sie so fragen, muss ich sagen: Anerkennung! Sie kennen Zürich und seine Temperamente und Delikte, Sie kennen aber auch die Polizei! Denn natürlich sind auch Zivilbeamte im Einsatz, und selbstverständlich folgen der sichtbaren Spitze der 20 Polizistinnen und Polizisten in den fünf Volvo V 70 aus jeder Richtung mehrere VW-Transporter («Kastenwagen»). Da ist Platz drin für einige Delinquenten.

Und dieser Platz wird in wenigen Minuten gefüllt sein. Lückenlos ist das Netz, keine Spinne käme hier noch raus. «Ihren Ausweis, bitte», heisst es jetzt und «Danke» und «Leeren Sie bitte den Inhalt Ihrer Taschen in diese Plastikkiste», und in der Zwischenzeit telefoniert die eine Kollegin mit dem Grossen Polizeihaus. Dort hat der Kollege das RIPOL geöffnet, das ist französisch und heisst «Recherches informatisées de la police», drin findest du viele Namen, und durchs SIS geht auch alles, das «Schengener Informationssystem». Ein Räuber kann sich gar nicht vorstellen, wo er überall drin sein könnte, ist mit den Treffern fast wie bei einer Berühmtheit aus dem Rock- und Pop-Business. Und fürs ViCLAS, was die Royal Mounted Canadian Police 1991 entwickelt hat, das bedeutet «Violent Crime Linkage Analysis System», hilft also international beim Verknüpfen von Gewaltdelikten. Das braucht natürlich mehr Zeit, weil du musst alles systematisch eingeben, mit Details und System. Bis da von der regionalen Anlaufstelle eine Antwort kommt, obwohl vollinformatisiert, kann etwas dauern. Zwar nur hier Hohl-/Langstrasse Grossaktion, aber überall sonst Normalbetrieb, bedeutet, weil Samstagabend: «All work and no play makes Jack a dull boy» («Shining»). Sprich: ein Haufen Arbeit.

Aber warum denn diese Grossaktion ausgerechnet am Samstagabend, wenn die halbe Deutschschweiz und ein Drittel von Süddeutschland und ein Viertel aller Touristen und ein Fünftel aller Zugewanderten in Zürich, Paradise City, ihre Freude an der Existenz suchen? Genau deshalb. Gewissermassen Schleppnetzfahndung. Auch vom Grunde des trüben Gewässers wirbelt jetzt gerade Plankton auf, Muschelschalen, kleine Atome der Illegalität und – siehe Bemerkung oben («Beobachtungen») – möglicherweise ein Karpfen, den das Polizeimikroskop als megafett entlarven wird.

Das nur ein Muster, was die Polizei Zürich heute Nacht macht. Sie wird natürlich beschimpft, sie wird bespuckt, sie wird mit den Augen tödlich durchbohrt und mit Mittelfingern geschmäht. Aber die Mannschaft weiss: Der Unmut gilt der Funktion, nicht dir als Mensch. Denn den Menschen sehen die anderen oft gar nicht. Und in deiner Funktion bist du geschult, trotzdem musst du dich manchmal an der Nase nehmen, wenn du nur den StGB-Artikel und den BetmG-Artikel und den – es gibt so viele Artikel – im Kopfbewusstsein hattest und den *mutmasslichen*, immer Wert auf dieses Wort legen, den mutmasslichen Delinquenten nur als Delinquenten gesehen hast. Denn er ist auch ein Bürger und Mensch mit Rechten und Trallala, da kann er noch so viel angestellt haben. Als Polizist bist du exponiert … Als botanischem Gärtner oder Universitätsassistenten und Spezialisten für romanistische Monadenlehre passiert dir das vermutlich nicht, ich meine das Bespuckt- und Beschimpftwerden.

Und eben, die Polizei macht heute Nacht noch viel mehr. Darüber vielleicht später, weil wir müssen jetzt gleich weiter, nämlich nach Feldmeilen in die grosszügige 4 ½-Zimmerwohnung mit Seesicht. Draussen vor deren Fenster ist es auch finsterschwarze Dunkelheit.

***

Anna und Valentin schlafen seit Stunden. Matthias Strasser sitzt mit Sam vor dem Fernseher. Es läuft gerade, ja was läuft gerade? Und was lief davor? Tagesschau? Doch, irgendwann war Tagesschau, so mit Irak und Syrien und Ukraine, irgendeines von den Ländern. Und eine Geschichte über Delphine und Plastikmüll im Ozean, den sie fressen, auch mikrokleine Partikel, sodass sie innerlich regelrecht plastifiziert werden und umkommen, weil die Mitochondrien verstopft werden. Solche Dinge, ja, das ist nicht erfreulich, was da draussen vor der Wohnungstür abgeht. Und aus polizeilicher Sicht muss ich sagen: auch in den Wohnungen oft nicht.

Nicht bei Samantha Scheiwiller und Matthias Strasser. Keine Angst, ihnen geschieht nichts, weder Fremdeinwirkung von aussen noch Verbrechen innerhalb der Partnerschaft. Ihnen geschieht nichts.

Sam schaut, ist es Eiskunstlauf? Oder ein Film, in dem eine Eiskunstläuferin vorkommt? Nein, in diesem Moment nur Werbung. «Nur Werbung», denkt Strasser, *nur*. Und seine Gedanken springen zurück zur «Explorative Rhizomatic Method» von Gordon F. Pasewalk. Seit Mittwoch lässt sie ihm keine Ruhe. Dreimal geschlafen seither und immer noch im Kopf, diese Methode. Sie bringt ihn durcheinander, weil sie, wie der Spirituosus Rector meinte, das Denken neu erfindet. Von A bis Z und vor allem im Zickzack zwischen dem Bekannt-Eingefahrenen und dem Hungrig-Entdeckerischen. Auf die versprochenen «neuartigen Denkmuster», die «explorativ», «rhizomartig» und «clusteresk», ja sogar «neoparadigmatisch» sich zeigen, wartet Strasser seit jener Präsentation. Wie würde es Ihnen ergehen, wenn Ihnen der Chef mitsamt dem ganzen Hierarchieapparat so etwas verordnet? Dann fragen Sie sich vielleicht, wie es möglich war, dass Sie, im Fall von Matthias Strasser sind es volle 43 Jahre, so lange leben konnten, ohne dass diese höhere Weisheit Sie je geküsst hat. Wie konnten Sie in dieser schwarzen Leere überhaupt existieren? Wie haben Sie bloss durchgehalten? Mit Beruhigungsmitteln wie Strasser? Mit illegalen Rauschmitteln wie Jimi Hendrix, Sid Vicious, Elvis, Nico, Keith Moon und all die anderen? Aber vielleicht würden Sie, wenn sie nicht von oben verordnet wäre, die «Explorative Rhizomatic Method» einfach nur «caca» finden, wie die Vorschulkinder in Frankreich niedlich sagen. Eigentlich sagt Gordon F. Pasewalk ja, dass wir bisher hirnlose Idioten waren, denkt Strasser. Gibt es Idioten mit Hirn?, fragt er sich. Aber das führt zu weit in philosophische Kernfragen hinein, die uns Diodoros besser beantworten könnte als ich. So viel ist klar: Nur Ahnungslose können glücklich sein.

Sagen wir es so: Matthias Strassers Samstagabendgefühle sind also eher flau.

«Ich muss noch mal ins Büro», sagt er zu Sam, die gerade Birgitte Nyborg zusieht, die sich in «Borgen» abmüht, die Arbeiterpartei von diesem vulgären Svend Åge Saltum und die anderen Gegner in Schach zu halten und diesem PR-Berater, den sie da «spin doctor» nennen, Vertrauen zu schenken. Jobbezeichnungen, denkt Strasser, «Strategic Creative Operations», seine eigene Funktion, die klingt besser, als Bezeichnung, meine ich.

«Was?», kommt verzögert die Antwort von Sam, weil es ist schon erstaunlich, wie kalt die Nyborg gerade in dieser Folge ihren langjährigen Mentor Bent Sejrø abserviert, weil war wie ein Vater. Und mit Phillip Christensen, ihrem Mann, das geht nicht gut, weil sie immer im Schloss ist und Marienborg und wie das alles heisst. Zeichnet sich ab, dass das nicht gut geht, wenn 50 Prozent eines Paars die Arbeit toppriorisiert und die Ehe höchstens noch ein fringe benefit. Sie wissen, was ich meine.

«Ein Witz», sagt Strasser und zeigt auf den Bildschirm, «die Nyborg … die ist ja immer im Büro.»

Jetzt schaut ihn Sam an, und lustig ist ihr Gesichtsausdruck nicht gerade. «Ich dachte schon, du meinst es ernst.»

Der Raum wirkt auf einmal ungeheizt. Sie wendet sich wieder dem Film zu.

«Wär ja noch schöner», sagt er, «Samstagnacht halb zwölf, und ich gehe ins Büro.»

Einen Blick bekommt er dafür. Gerade noch mal aufgefangen die Situation, aber morgen muss ich wirklich hin.

***

In der Zwischenzeit besprühen «dunkle Gestalten» (Trombetta-Feltz für Hazy Osterwald) an der Fröhlichstrasse den Eingangsbereich des Gebäudes, wo die Agentur von «König, Herzog, Papst und Bischoff» wohnt. Was schreiben die Sprühdosen? Dollarzeichen, das Symbol des britischen Pfund Sterling, das Eurozeichen. Schade, dass der Franken typografisch nicht fruchtbar war, sonst würde er jetzt auch dort stehen. «Haut ab, ihr Säcke», heisst es da. Und «SEFAR». Natürlich kommt in einem solchen Fall die Polizei, nachdem der Schaden entdeckt ist, auch die Glastüren, alles voll besprayt. Aber heute ist Samstagnacht, da gibt es Dringenderes als Sprühparolen und Sachbeschädigung. Solange niemand ins

Gebäude eindringt und ein Vermögens- oder gar Gewaltdelikt begeht. Solange noch niemand den Schaden entdeckt hat. Und «SEFAR», das sagt der Streife natürlich nichts, weil es die erste Aktion der Seefeld Army überhaupt ist, mit rasendem Puls und feuchten Händen und schweissnassem Rücken bis unten am Wirbelsäulenansatz, wo das Steissbein anfängt. Nun, dramatisch kriminell wirkt diese revolutionäre Tat auf die Polizei und die Öffentlichkeit nicht. Klar, StGB Art. 144 (Sachbeschädigung). Wenn da jemand «Al Kaida» gesprüht hätte oder «Viva Gaddafi», gut, nein, das Letzte nicht mehr, aber Sie wissen, was ich meine.

4 Tage bis zum Mord, Montag, 27. Januar

Auf dem Sideboard beim Empfang diese Früchteschale. Jeden Montagmorgen frisch aufgefüllt: Vitamine, Vitamine. Die Orangen leuchten hämisch, die Bananen lachen sich krumm, die Äpfel, ihre roten Backen sagen: Sei gesund und leiste. Die ganze Früchteschale ruft: Ich bin die Abgesandte der gloriosen Geschäftsleitung – blöde Alliteration, sofort rausstreichen. KHP&B, wir sind gesund und wissen, was gesund ist, wir sind die Leaderagentur für Leader, der Kreativspitzentrupp. Wir sind die marktbewussten und kundensegmentkundigen und zielorientierten und ergebnisgerichteten und umsatzaffinen und sonstige Blödwörter. Wir haben es geschafft, wir sind on top, und der Apfel am Tag ist Pflicht. Denn ihr habt gefälligst gesund zu leben, denn ihr gehört K+, und eure Ideen, die ihr dank der Vitamine habt, sie gehören K+, und ihr seid, was ihr seid, durch K+, ja sogar: Ihr seid einzig durch K+. Denn neben K+ ist alles andere nichts.

Und die Feigen sind so süss, aber ihre Säure zerfrisst den Zahnschmelz.

Die Orangen dito. Die Mörderäpfel mit dem Pestizid drin, dem Fungizid, dem Omnizid, sie glänzen bunt unter der Oberfläche, wo gewachst ist mit «Pure Poison» (Rupert «Love» Cartwright). Könnten nicht einmal verfaulen, sind so plastifiziert und aufgepumpt, diese … Äpfel? Und die Früchteschale in toto, ist sie von Vergil beschrieben, der hexametrisierte: «lurida terribiles miscent aconita novercae»? «Die Schwiegermütter mischen fahle Gifttrünke» … In der Agentur passiert das alles im Auftrag der Chefs. Und dazu gepackt ein Sträusschen (!) dieser Getreideriegel mit Schokolade, bei deren Namen denkst du immer an «Ballistik» und fragst dich, wer mit diesen Kalorienstängeln wen erschiesst und weshalb.

Und heute besonderes Surplus mit potenzierter Kalorienwirkung: ein Branchli! Einen Schokoladenstängel an jeden Arbeitsplatz gelegt! In rote, grüne, blaue, gelbe Alu-Imitat-Papierchen gewickelt!

«Mein Gott, ich bin 32, höhere Ausbildung, 8 Jahre Berufserfahrung, zwei internationale Preise, und sie legen mir Schokoladenstängel neben die Tastatur, um mich zu motivieren!»

Können wir den Ärger von Felix Bruhin verstehen? Ja, wir können. Die Firma will ihn mit Vitaminen dopen und mit Süssigkeiten in die Nierenkolik treiben. Irgendwer im Management denkt sich, Mitarbeiter sind wie Kinder, Zucker macht sie hyperaktiv, und sie bekommen lustige Ideen.

Vielleicht beginnt ja die «Explorative Rhizomatic Method» bald zu wirken?

«Sie melken die Kuh, bevor sie merkt, dass sie Milch gibt.»

«Die Verästelung des Geistes entspricht der Verästelung des Marktes.»

«Do it, Berater, do it!»

«Umgekehrt proportional zur Komplexität des Objekts ist qua Matrix der Zielorientiertheitskoeffizient der Unternehmenseinheit.»

Phhh! Gut, beim letzten Satz bin ich mir nicht sicher, geht er wirklich so. Er steht irgendwo mittendrin im Buch von der «Explorative Rhizomatic». Warum heissen solche Methoden auch immer so, als wäre der Mensch vollweich, der sie erfunden?

Kurz und unter uns gesagt: Der Megajungkommunikator Felix Bruhin ist nicht der Einzige bei KHP&B, dem Prof. Pasewalks Methode sauer und so weiter. Es liegt im Wesen der Sache, dass die Menschen Neuem zuerst oft missmutig gegenüberstehen und davon nichts wissen wollen. Vor allem, wenn der «kritische Imperativ des Geistes» zum Schluss kommt, dass die bahnbrechende Innovation halt doch nichts taugt. Ich will hier keine wüsten Ausdrücke und ausdrücklichen Wörter hinschreiben. Ach, mit was man sich tagtäglich auseinandersetzen muss …! Sie meinen «Stillstand ist Rückschritt» (R. von Bennigsen-Foerder)? Auch das ist so eine zwiebelspältige Erkenntnis wie die Pasewalkmethode. «Wenn du einmal stillstehst und herumschaust und etwas Zeit zum Nachdenken nimmst, merkst du vielleicht, wohin der Fortschritt schreiten könnte und du mit ihm» (selbst geschaffener Aphorismus, okaaay, in der Form noch nicht ausgereift, ich geh nochmals drüber).

Also, die «Explorative Rhizomatic Method» ... sagen wir, wie es ist: Matthias Strasser, SCO, findet sie scheisse und Rahel Stahel, die so pflichtbewusste und tüchtige und zielorientierte Mitarbeiterin, vom Preiswerber Felix Bruhin wissen wir es. Und sie werden nicht die Einzigen sein. Aber darüber sprechen, dass die ERM Quatsch ist oder milder gesagt sein könnte, darüber sprechen? Geht nicht. Weil von ganz oben dekretiert, da exponierst du dich als Mitarbeiter nicht in eine schwierige Positionsnahme hinaus! Weil Gefahr → adios. Im Grunde verdienst du bei KHP&B ja nicht schlecht, die Arbeit ist auch ganz i. O., viele Kolleginnen und Kollegen auch. Will man das aufs Spiel setzen und den Prinzipienbolzer spielen?

Aber dieser Wellnessgutschein dort oben in den Bergen, denkt Strasser.

Dieser Früchtekorb und die Schokoriegel, denkt Bruhin.

Diese ERM, denkt Rahel Stahel, bringt viel Unruhe, aber mit der Implementierung der Methode hat sie wenig zu tun. Hauptsache, der Laden läuft, dann ist man als Chief Office Manager zufrieden. Das mit der ERM macht die Unternährer vom Stab. Und in der zweiten Phase muss die dann sogar die Ergebnisorientiertheit der von der ERM postulierten Parameter mit dem tatsächlichen Geschäftsergebnis in Relation setzen und auf Schumpeters Konzept der schöpferischen Zerstörung extrapolieren. Solche Sachen muss sie. Mathematisch durchaus reizvoll, mit diesem Grafikprogramm visuell sichtbarmachbar, aber im Grunde, es geht Rahel Stahel am [redacted] vorbei, ehrlich.

Auch Beat R. König, Partner von KHP&B und als Senior Consultant hauptverantwortlich für inter ... internationale ...? Oder für strategisches ... irgendwie nicht ganz klar im Moment, wie sich die Aufgabenbereiche von King, Olli, Sharky und Pope voneinander abgrenzen. Jedenfalls, König ist ein vehementer Gegner von Gordon F. Pasewalks Denksystem und war, wir haben es registriert, an der Präsentation der Methode durch den ingeniösen Genius nicht zugegen. Pasewalk nimmt saftige Lizenzgebühren für die ERM-Zertifizierung, der Auswertungsalgorithmus kostet extra, und König denkt, dass der Geldberg den Nutzen nicht aufwiegt. Live aus der GL-Sitzung zitiert: «Sparen wir das Geld für bessere

Ideen, wenn wir schon einen externen Berater beziehen. Wir haben ja auf deine Initiative hin [gemeint ist Olli Bischoff, d. Erz.] auch die McHinckley-Leute im Haus, die kosten auch eine Stange.»

Stichwort «McHinckley-Leute», die sind auch vehement gegen Pasewalk, weil der Thinktank ihres Unternehmens eine eigene «Long Term Strategy 4 Creative Businesses» entwickelt hat, abgekürzt LTS4CB. Stimmt, klingt wie ein besonders gesundes Joghurt mit so links- oder rechtsdrehenden Mikroorganismussäuremolekülen, die dann an den T-Rezeptoren andocken. Aber zurück: Die LTS4CB ist, finden die McHinckley-Leute, deutlich stakeholderfreundlicher als die ERM und dennoch produktivitätserhöhender als diese.

«Empirisch nicht abgestützt», sagt König kurz und kategorisch heute Morgen am Partnermeeting, «beide Methoden nicht. Und die Controllingtools schwach.» Manchmal kann Senior Consultant King schon kluge Sachen sagen.

Und darüber kommt es zum Streit. Denn Jörg-Olaf Bischoff, der den Lead hat in dieser Sache, sieht das anders. Das sagt er jetzt: «Ich sehe das anders. Wie seht ihr das?», fragt er die übrigen Partner und gibt mit der Augenbraue Rahel Stahel ein Zeichen. Bedeutet: Jetzt kommt Grundsatzdiskussion mit klaren Positionen und hoffentlich Beschluss mit deutlichem Mehr, also bitte Wortprotokoll!

Aber König Zwischenbemerkung: «Du kannst dich nie entscheiden, Olli, du lässt Pasewalk *und* McHinckley ins Haus. Beides widerspricht sich, und beides kostet einen Haufen Geld. Eine Fehlentscheidung!»

Das nun doch ein starker Ton, aber gut: arbeiten seit Jahren eng zusammen, kennen sich beruflich gut. Privat allerdings nicht mehr viel miteinander zu tun. Am Anfang war das anders, zum Zeitpunkt der Gründung von KHP&B. Da waren sie sich näher. Ja, sogar sympathisch.

Und Maximilian Papst Zwischenbemerkung: «Ich finde, wir verwenden zu viel Zeit auf irgendwelche Theorien.»

«Mister Toxic und seine berühmte Liebenswürdigkeit!», knurrt Olli in seinen glatt rasierten Bart hinein, so leise, dass alle es hören, und die Augenbrauen heben sich vertikal.

Konflikt in der GL. Nicht aus dem Protokoll zu radieren.

«Fehlentscheidung», dixit Rex … nun gut, ist eine Ohrfeige. Aber «sich nicht entscheiden» = Tiefschlag unten hinein in die Weichteile. Weil «entscheidungsschwach = Verlierer» (Kowalski), während Diodoros in seinem Dialog «Anorthosis» dafür folgende Formulierung wählt: «Sage A oder sage B, aber sage es, und vor allem: Handle darnach!»

Und «Mister Toxic» für Pope ist auch nicht nett, eine richtige Doppelwatsche, weil auch Anspielung auf die Investmentstrategie von KHP&B, geführt von Papst, und Olli immer wie das elfte Gebot: «Du sollst keine toxischen Finanzprodukte kaufen!» Als hätte er davon eine Ahnung. Weil Papst ist nicht fahrlässig, sondern innovativ.

Und immer schwebt im Raum: König bei der ERM-Präsentation abwesend. «Sakrileg» ist ein Wort mit drei Silben. Er sagt jetzt: «Ich kann mich nicht erinnern, Olli, dass dir die GL je ein Mandat erteilt hat, diese ‹Explorative Rhizizinusmethode› –»

Jetzt schiesst Olli von seinem Stuhl hoch, ruft: «Ich muss doch um etwas Niveau bitten!»

Dabei hat sich König in Tat und Wahrheit ver-spro-chen! Obwohl es ganz anders aussieht, gebe ich zu.

Und König zurück: «Es reicht, du –», und kann sich gerade noch in ein Entlastungsatmen retten. Und Papst, wegen «Mister Toxic» noch immer auf Bluthochdruck gepolt, will … ja, was will er? In seinem Gesicht zeigen sich Zorneswülste, sein Stammhirn vollführt Bocksprünge, das Sprachzentrum in seinem Hirn feuert eine Salve von Vokabeln ab, die wiederzugeben ich erröte. Aber die Wörter sind gefallen. Peng, peng und peng. Wie Schüsse schlagen sie ins Denken der GL-Mitglieder ein und hinterlassen Schäden.

«Ich habe mich versprochen, du Schafseckel», sagt König zu Olli.

Und der: «Unbewusst absichtlich, Doktor Freud.»

Und Rahel Stahel, als Protokollführerin an der GL-Sitzung, hat das Wortprotokoll natürlich längst gestoppt.

Bevor Olli und König und Papst noch mehr durchstarten und Dinge sagen, die strafrechtlich relevant und vor Zeugen, hinterher würde er das bereuen, weil sind ja alle gemeinsam im Handelsregister eingetragen, schaltet, von der «Hand Gottes» (Adam Smith) berührt, Papst plötzlich im Ton drei Gänge hinunter und schlägt sachlich vor: «McHinckley oder Pasewalk oder nichts von alledem, wir müssen zu einer Entscheidung kommen. Stimmen wir ab?»

Inhaltlich natürlich die Fortsetzung von oben.

Und Sharky Herzog, der andere Vice President und Co-Founder, sagt auch endlich einen Satz: «Bevor wir abstimmen, müssen wir diskutieren, und zwar in zivilisiertem Ton!»

Und Olli: «Ihr seid mir Globis ... dass wir McHinckley und die ‹Explorative Rhizomatic Method› im Haus haben, darüber haben wir abgestimmt. Das wisst ihr alle und ist auch so protokolliert. Im September war das, glaube ich, das Datum müsste ich nachschauen.» Und schaut Rahel Stahel an, deren Finger über die Tastatur ihres Klapprechners tanzen. Doch sie hält sich da raus, wohl wissend, dass ...

Und Sharky Herzog hält sich sowieso raus.

Aber als «Globis» hätte Olli seine Partner wirklich nicht bezeichnen sollen. «Gesichtsverlust = Terrainverlust», wie die psychologische Organisationslehre lehrt. Die Globibeleidigung war ungeschickt, weil so kann er seine Partner nicht über den Tisch auf seine Seite ziehen. Von den atmosphärischen Störungen im Hause KHP&B ahnt ausserhalb des Meeting Rooms auf der vierten Etage niemand etwas. Das Business geht gut, der Lohn kommt immer pünktlich, die Wellnessgutscheine, der Früchtekorb, die ballistischen Getreideriegel ... also keinerlei Krisenindikatoren am Horizont.

Maximilian Papst und Beat R. König also quasi gemeinsame Frontlinie im Streit um Olli Bischoffs Standpunkte. Klar. Aber was hat Heinz Herzog im Sinn? Ist er pro, kontra oder maybe? Wird am Ende des Tages die Vernunft siegen? Doch «Was ist die Vernunft und warum ist sie?» (Diodoros). Und das Ende des Tages ist noch weit entfernt, weil erst knapp 11 Uhr. Premiere im Hause K+: Die Partnersitzung geht ohne weitere Diskussion, ohne Beschluss und ohne Gruss auseinander. Sogar Kaffee bleibt in den Tassen zurück.

Und Rahel Stahel, jetzt allein im Meeting Room, streicht sich eine blonde Haarsträhne hinter das rechte Ohr, schlüpft wieder in den rechten Schuh, der an der Ferse drückt, und sagt: «Mist, auf so ein Arbeitsklima habe ich keine Lust.»

Während Stahel das Protokoll abspeichert und ihre privaten E-Mails checkt, geraten vor der Tür König und Bischoff aneinander. Durch die Glastür glaubt sie König das Wort «Wirtschaftsprüfer» sagen zu hören und «Anzeige erstatten». Und wie sie sich vom Bildschirm weg zum Wortwechsel umdreht, stampft König bereits die Treppe hoch, und Olli poliert mit dem Zeigefinger den Knopf an seinem Hemdsärmel.

***

Salomé Fischer Rüttimann kann heute Morgen ihren Mann nur mit Mühe dazu bewegen, den Sessel am Fenster zu verlassen. Das ist neu, dass er sich sofort nach dem Duschen in den Sessel versenkt, Espressotasse aus der Kapselmaschine auf dem Sideboard, und der starre Blick auf die Birkengruppe im Nachbargarten. Bisher hat er das jeweils spätabends getan. Nach Büroschluss und Ende Termintrommelfeuer → Freudenbergstrasse → Sessel → Bett → Alptraum. Aber nicht morgens, never.

«Du hast heute diese Delegation aus New York», sagt sie zu ihm, weil sie liest Zeitung, und da stand das zum Glück. Sie weiss oft nur aus der Zeitung, was er so tut.

«Hm», sagt Regierungsrat Rüttimann, lehnt sich zurück, dass sich die Bandscheiben freudig dehnen, schwingt sich auf die Füsse, nickt seiner Frau zu wie der Boxer dem Trainer, wenn er in den Ring steigt. Geht wie aufgezogen zur Garderobe, Schuhe, Aktenkoffer, Lift → UG.

Zusehen, wie Laurenz leidet? Schwierig, schwierig. Sie haben sich auseinandergelebt in den letzten Jahren, klar, aber immerhin verheiratet. Feinde sind sie keine, wenn auch nicht gerade die engsten Freunde. Salomé Fischer Rüttimann hört den Motor des Autos, wo wegfährt. Greift zum Natel.

***

Der Müller Normaldienst, heisst Dienst nicht nur ausserhalb der Bürozeiten. Das kommt zu den Pikettdiensten und ausserordentlichen Einsätzen dazu. Wie du den Stundensaldo einigermassen bei null halten willst, egal, das muss dein Chef im Griff haben, du treibst dich ja nicht zum Spass im Grossen Polizeihaus und an den Tatorten herum.

Der Chef ist der neue Chef. Heisst nicht mehr Peter Wunderli, sondern Ralph Vogt (43). Ist Hauptmann, misst drei Jahre weniger als der Müller, hat aber schon lange Laufbahn hinter sich, immer aufstrebend: war Offizier bei der Polizei in Basel und nachher bei der Staatsanwaltschaft im Kanton Zurigo, hat jetzt Linienverantwortung Abteilung Gewaltverbrechen und per Matrixorganigramm auch sonst etwas zu melden. Versteht sich, sagt man, gut mit Gregor Meier, dem neuen Leiter Kommunikation. Und PR und Öffentlichkeitsarbeit wichtig und schnelle Ergebnisse in Medien und Bevölkerung ebenfalls. Müller weiss noch nicht recht, was er von Vogt halten soll. Das neue PR-Konzept geht ihm eigentlich zu weit. Vogt intern sehr aktiv: Mitarbeitergespräche haufenweise → der Müller wieder voll im Dienst. Er ist froh darüber, weil der Krankheitslethargie entrissen, von der Traumaschwäche herausgeholt, aus dem Psychozittern herausorganisiert. Vogt hat das nicht zum Thema gemacht bisher, aber scheint den Müller als Polizisten und Menschen zu schätzen.

Der Müller also an seinem Schreibtisch im Grossen Polizeihaus, er hat das Büro 365 erhalten, stand vorher leer, weil Budgetblockade und Personalkrediteingefrorenheit durch die Mehrheit im Gemeinderat. Verstehen Sie mich nicht politisch, sondern sachlich. «Der Personalbestand ist ein Faktor», wie Beat Fluri vom Controlling immer sagt: «Denn der Mensch kostet.»

Und einer der Menschen, die kosten, heisst Müller Benedikt. Seit 20 Jahren bei der Polizei, eine Zweizimmerwohnung mit vielen Büchern und ein halbrunder Balkon aussen um die Fassadenecke herum, wo er rauchen kann. Das beschreibt seine Persönlichkeit architektonisch-inneneinrichtungstechnisch. Wiedikon ist seine Neighbourhood, die Strasse und Hausnummer kann ich nicht verraten, sonst bekommt er womöglich unangemeldet Besuch. Wohin das führt, haben wir in «Müller und das Lächeln des Hundes» gesehen: zu Verwicklungen, die wir selbst unseren schlimmsten Feinden nicht wünschen sollten.

Haben wir wirklich «schlimmste Feinde»? Ist das unser Weltbild?

Einen Kaffee trinkt der Müller in seinem Büro 365, ein Stockwerk unter dem Lieblingsverhörzimmer 419. Der Computer ist an, und auf dem Bildschirm sieht der Müller die Maske vom ViCLAS, vom RIPOL und von anderen Datenbanken. Er schaut die aktuellen Einträge durch, die neu erfassten Straftaten, er liest die aktuellen Fahndungen durch, die frisch ausgelösten, er geht die Rapporte des Wochenendes durch, was die Kolleginnen und und Kollegen von der Uniformpolizei seit Freitagabend bearbeitet haben oder sogar an die Abteilung Gewaltverbrechen weitergeleitet. Sagten Sie «Papierkram»? Zweifach stimmt das nicht: a) weil elektronisch, b) weil wichtig, da «Information = Grundlage der Polizeiarbeit» (Yardley, Eagerwhig, Oxlade-Chamberlain).

Wenn du nach über sieben Monaten Rekonvaleszenzurlaub wieder voll richtig im Dienst bist, mit Bürozeiten und Extraeinsätzen, hast du einiges an Administrativem nachzuarbeiten: aufdatieren, abgleichen, auffrischen. Und: neue Weisungen studieren. Und jetzt wegen Führungswechsel auch das Organigramm anders. Positionen und Funktionen sind ganz neu miteinander verknüpft, dass du gar nicht mehr draus kommst. Und gerade beim Studieren klopft es an die Müllerbürotür, und Ralph Vogt kommt herein.

Schon seltsam, wenn der Chef auf einmal jünger ist als du. Vielleicht denkst du in diesem Moment, du hast etwas falsch gemacht, dass er dich überholt hat. Trotzdem bist du höflich, weil er kann ja nichts dafür, dass er näher zu Oberst Nägeli hinaufgerückt ist als du.

Der Müller aber, muss ich doch endlich einmal betonen, im Grunde nicht ambitionslos, sondern leitet auch Ermittlungen, Einsatzleiter, Polizeioffizier auch, weil Ausbildung und Leistung und Kurse und Weiterbildungen und Qualifikationen. Aber eben nicht ist er eigenes Kästchen im Organigramm.

Vogt: «Herr Müller, wie geht's?»

Nun, eine gefährliche Frage, weil kann alle möglichen Fortsetzungen haben.

Sichere Antwort Müller: «Gut, danke.» Und Ball zurückspielen, mit 20 Jahren Dienst und gutem Personaldossier möglich: «Und Ihnen?»

Falsche Frage wäre: «Haben Sie sich gut eingewöhnt?» oder Ähnliches, weil greift die Hierarchie an, könnte aggressiv verstanden werden: Ich bin schon lange hier, Sie Greenhornneuling. Auch das Wort «gewöhnen» heikel, denn leider nicht nur positiv besetzt. Weil Gedankenkette: Gewöhnung = Langeweile = ruhige Kugel = undynamisch = Warten auf die Pensionierung. Gut, das nun etwas gar früh und böser Gedanke, weil Vogt 43. Aber Sie wissen, was ich meine.

Vogt: «Gut, danke», und muss jetzt sagen, warum er hier ist: «Sie haben nicht zu viel zu tun?»

Ja nun, was will er? Der Müller: «Nein, warum?»

Hauptmann Vogt: «Und auch nicht zu wenig?»

Der Müller: «Nein.» Und jetzt nicht wieder «Warum?». Doch der Müller fragt es trotzdem, aber leicht anders, weil dem Vogt seine Mama ist aus Bari: «Perchè?»

Der Chef: «Weil wir etwas knapp an Leuten sind. Die Grippewelle. Und da frage ich mich, ob Sie schon wieder so belastbar sind, dass ich Ihnen mehr Arbeit aufladen kann.»

Der Müller nimmt einen Schluck Kaffee. «Warum sollte ich nicht? Ich war beim Arzt. Er hat mir bestätigt, dass ich den Schusswaffenvorfall vom Mai an der Müllerstrasse überwunden habe. Dass ich wieder voll einsatzfähig bin.»

Vogt: «Ich weiss. Aber trauen Sie sich auch Einsätze unter Extrembedingungen zu? Risikoeinschätzungen unter Vollstress?»

Der Müller: «Worauf wollen Sie hinaus, Hauptmann Vogt?»

Vogt: «Nichts Konkretes. Ich muss und will nur meine Mannschaft kennen.» Und plötzlich, aber der Müller kennt das aus dem Verhörtechniklehrgang und aus der Praxis, einen blitzschnellen Themenwechsel abgefeuert: «Schiessen Sie wieder?»

Der Müller zögert. Sagt dann: «Ich habe auch vor der Sache im Mai an der Müllerstrasse nicht besonders gerne geschossen.»

Vogt: «Sie müssen aber, wenn es nötig ist.»

Der Müller: «Ich meine: auf Menschen. Der Schiesskeller macht mir keine Probleme.»

Vogt: «Gehen Sie dort wieder hin, am besten noch diese Woche. Ich will, dass meine Abteilung für jede Eventualität gerüstet ist.»

Verabschiedet sich und exit Hauptmann Vogt. War nicht spektakulär, dieser Auftritt vom Chef, aber halt wie in der realen Wirklichkeit. Dem Müller sein Kaffee im Pappbecher ist jetzt kalt. Er fragt sich nochmals, also der Müller natürlich, worauf will der Chef hinaus. Er ruft Bucher Manfred an, seinen Freund seit der Polizeischule, auch 20 Jahre Polizei Zürich. Und während das Telefonsignal durch die Kabel wandert, im Grossen Polizeihaus haben wir noch Tischapparate mit Kabel, schaut der Müller die fast weisse Wand gegenüber an. Da hängt nichts, und der Müller, es klingelt noch immer, überlegt, soll er vielleicht etwas aufhängen, um das Büro 365 persönlicher zu machen. Eine Autogrammkarte von Hannu Tihinen, einst FCZ-Verteidiger mit Rückennummer 30? Das hätte Antiquitätenwert und würde die GC-Freunde unter den Kollegen nicht mehr arg erregen, weil nicht mehr aktiv. Oder eine Kinderzeichnung? Irgendeine Nichte oder ein Neffe würde ihm schon etwas zeichnen, wenn er nett fragen würde. Ein Foto von Arnold «The Cobra» Gjergjaj, dem Schwergewichtler aus Pratteln? Ein Bild von einem Nordlicht? Wie komme ich bloss darauf?

Der Müller macht auf molto vivace, bleibt mit dem Ohr am Hörer, das Signal ist durchs Kabel geflossen und von dort weiter aufs Hausdach und nachher über die Antenne. Dann hat es hinübergestrahlt nach Altstetten in Bucher Manfreds Handy hinein. Weil der ist dort draussen, Bernerstrasse, ein anderes Wort für Autobahn-die-direkt-in-die-Stadt-hineinfährt. Dort fährt Bucher Manfred wirklich, im silbergrauen Volvo mit dem sechsstelligen Kennzeichen, damit und sodass niemand auf eine Idee kommt, der nicht auf eine Idee kommen soll.

Bucher sagt «Bucher», obwohl er sieht ja die Nummer auf dem Display, sieht eine Polizeihausnummer, aber hat vielleicht den Müller noch nicht fix gespeichert, sonst stände es auf dem Display.

Bucher Manfred gerade auf der Pfingstweidstrasse, da denkst du an Ostberlin: breite Strasse, Spuren hat die, so breit ist die, und links davon auf Rasen, glaubst du – in Wahrheit aber auf diesen besonderen Antischallkunststeinelementen –, die Tramtrasse. Mit den Gedanken Bucher Manfred bei seinem Einsatz, das heisst bei der Schiesserei, die er aufklären soll. Vergangene Nacht sind bei der Tramhaltestelle Technopark zwei Autoinsassen angegriffen worden. Um 02:10 Uhr meldeten der Fahrer und der Beifahrer eines Autos telefonisch, sie seien in der Pfingstweidstrasse stadtauswärts unvermittelt von einem anderen Auto aus mit vermutlich Steinen (in Wirklichkeit aber mit Muttern und schweren Schrauben; sind sichergestellt) beworfen worden. Einer von beiden glaubte, einen Schuss gehört zu haben. Der WD fand heraus: Platzpatrone. Und Bucher Manfred nun, sogar ein Zeuge hat sich gemeldet, unterwegs zu diesem.

Aber zurück zum Telefongespräch: Müller: «Benedikt hier.»

Und Bucher Manfred schwingt im positiven Bereich. «Wie geht's denn so?»

«Ich hatte eben Besuch vom Chef», sagt der Müller, und wer «Müller und das Lächeln des Hundes» gelesen hat, wird befürchten: Der Müller erneut wieder in der Vorgesetztenproblemzone, das ging ja fix. So auch die Vermutung von Bucher Manfred, der jetzt an der Pfingstweidstrasse rechts ranfährt, weil er merkt, das kann ein wenig dauern.

«Also, erzähl», sagt Bucher Manfred.

Und der Müller erzählt aus seinem fotografischen Gedächtnis heraus jedes Wort genau so, wie es sich abgespielt hat.

Und schliesslich der Müller die Frage: «Warum drängt er mir das Schiessen regelrecht auf? Will er mich testen?»

Und Bucher Manfred: «Ich denke schon. Er ist neu und deshalb forsch. Dich hat er ziemlich druckvoll aus dem Krankheitsurlaub zurückgeholt, er will der Mannschaft den Tarif durchgeben, und nach oben will er zeigen, dass er etwas bewegen kann.»

Der Müller macht «Hm». Auf Deutsch bedeutet das: «Kann sein, das alles, kann gut sein.» Und kommt ins Denken hinein.

Und Bucher Manfred: «Ich wette mit dir ein Nachtessen im ‹Krokodil› wie zu meinen dicksten Zeiten, dass Vogt eine genaue Liste führt, mit wem er wann was besprochen hat. Damit er die Informationen bei Bedarf dem Kommandanten gegenüber ins Feld führen kann. Der überlässt nichts dem Zufall, der will vorwärtskommen. Ich sage dir: Wir erleben Vogt noch als Kommandanten. Wann geht Oberst Nägeli in Pension?»

Ihr Gespräch kommt dann auf die Polizei-PR-Strategie, die Fahndungs-App und die Slogans auf den Streifenwagen und die Kosten für all das. App und Plakate, Werbeagentur und Personal, Personal, Personal. Der Stab verursacht Kosten, und niemand kann den Nutzen messen.

Der Müller: «Warum soll die Öffentlichkeitsarbeit jetzt plötzlich fast wichtiger sein als die eigentliche Polizeiarbeit? Verstehe ich nicht.»

Bucher Manfred: «Das ist die Gegenwart, oder? Der Zeitgeist. Das Produkt lebt vor allem durch die Werbung, die dafür gemacht wird.»

Der Müller: «Woher hast du denn das? Und das Produkt … das wäre in diesem Fall die –»

Bucher Manfred: «… ja, die Polizeiarbeit. Reg dich nicht auf, Beni, wir haben schon ganz anderes überstanden. Die PR-Wut wird auch vorbeigehen.»

Der Müller: «Ich will mich ja gar nicht aufregen. Aber immer wenn ich mir sage: ‹Reg dich nicht auf›, dann bin ich kurz davor, mich grauenhaft aufzuregen.»

Und dann lacht er über sich selbst, und durchs Telefon hindurch, und am anderen Ende vom Draht lacht Bucher Manfred mit, also vom Natel aus der Pfingstweidstrasse herüber, das ist schon Kreis 9, durch die Luft zur Antenne → Antenne → Antenne (oder sagt man «Mobilfunkmast»?) → Grosses Polizeihaus in den Tischapparat vom Müllerbüro 365 hinein und von da ins linke Ohr vom Müller, weil der ist Rechtshänder und fingert mit einem Kugelschreiber herum, auf dem steht: «Polizei Zürich – Verbrecher, deine Tage sind gezählt!»

Ein Tag bis zum Mord, Donnerstag, 30. Januar

Wie geht es den Menschen, die hier mitwirken, heute? Ich kann es hinschreiben, in aller Kürze. Kann ich, weil die Polizei, wir werden es bald ermitteln. Mit Zeugenaussagen und Unterschrift drunter und natürlich Rechtsanwalt dabei. Ausser bei Jörg-Olaf Bischoff, der wird morgen tot sein, wird nichts mehr sagen können, weil vornüber mit dem Gesicht im Gugelhopf und im Rücken das Messer, alles blutig, wünsche ich niemandem. Er kommt hier trotzdem vor, weil Zentralfigur.

***

Matthias Strasser, das bedeutet teilweise auch *Rahel Stahel heute*: Strasser kaum im Büro eingetroffen, sofort Rahel Stahel → wählt intern seine Nummer und sagt: «Matt, ein Geschäftsleitungsmitglied meldet mir ein Problem mit deinen Reports.»

Strasser macht den Ahnungslosen. «Ein Problem?»

Stahel, zuerst kurze Pause, dann, interpretiere ich richtig? Genussvoll: «Dein Bericht klingt dadaistisch?»

Strasser: «Dadaistisch?»

Aber so den Papagei zu machen, das befriedigt nicht und bringt keine Trümpfe ein, weil wenn du so einen Anruf intern bekommst, dann weisst du, Komplimente bekommst du von der Hierarchie in nächster Zeit keine, höchstens einen eingeschriebenen Brief.

Aber Stahel ist gut gelaunt, sie sagt, sie will zitieren, damit vor Strasser die Art des Problems mit seinen Reports lebendig wird, und sie zitiert: «Walu kalu billibilli beng, raba da waga la buru buru deng.» Dann macht sie eine Pause, Strasser merkt, sie muss sich das Lachen verkneifen, dann sagt sie: «Und der da gefällt mir auch», und Sarkastik ist, das weiss Strasser, nicht ihr Ding: «Rumba humpa ding dang ramalama ding dong», zitiert Stahel und fragt dann: «Sagen dir diese Textstellen etwas?»

«Nein, keine Ahnung, was hat das mit meinem Reporting zu tun?»

Stahel: «Das steht in deinem Reporting.»

Was sagen jetzt? Was? «Das kann nicht sein.»

Stahel: «Doch!» Aber ihre Stimme ≠ Tabasco, eher asiatisch-süss-sour.

Was sagen jetzt? Leugnen? Ah, die Idee, ja das sage ich: «Ein Computerproblem!» Hach, Ton verfehlt, war jetzt etwas zu vehement im Sinn Hurra-ich-habe-den-Ausweg-gefunden, jetzt sofort hochbeiläufig weiterreden: «Das hat sicher mit diesem Update zu tun. Vielleicht hat das Programm meinen Bericht verwurstelt, die Wörter durcheinandergebracht, zu einem Chaos formatiert –»

«Du brauchst dich nicht um Kopf und Kragen zu reden, Matt. Ich finde deine Berichte …», und jetzt kann sie sich nicht mehr zusammenreissen, «… urkomisch! Das ist das Lustigste, was ich in den letzten Jahren mitgekriegt habe, dass du einfach …»

Und Strasser fallen fast die Ohren ab, mindestens glühen sie.

«Willst du mit mir mittagessen, ich kenne ein Lokal, wo wir ungestört sind», sagt Stahel noch.

«Ja», sagt Strasser, und so hat er auf einmal ein Date, von dem er doch das eine oder andere Mal in lebhaften Farben und mit attraktiver Tonspur und wenig Kleidern sich ein Bild gemacht hat, ausschliesslich im Geist natürlich. Und kaum schafft er es, bis 12 Uhr auf seinem Platz zu bleiben, und nur schwer, den Anschein aufrechtzuerhalten, dass er busy ist. Und Stahel? Als Chief Office Manager kannst du dir eine Schwäche *eigentlich* nicht erlauben. Was hat sie bloss geritten? Ist nicht ihre Art: anbaggern im Büro. Es sind die Worte, ist der Rhythmus, die Temperatur dieser Berichte, elektronisch-digital-binär-kalt-eins-null-null-null-eins. Aber selbst durch dieses stockneutrale Technomedium hindurch, Gott, was lässt es unter der Oberfläche vermuten, wenn einer … Himmel, für einen Nerd hat sie ihn lange gehalten, obwohl tief mittendrin im Herzen, wenn sie es sich genau überlegt, war da immer ein Funken, der glomm, der glimmte, nein, falsch, der glimmt für einen. Gut sieht er auch aus, die Figur, die Haut, die Haare, Stil hat er und nicht zu viel, und so einer schreibt: «Hakana makuta ra ba sa la, gro witzki sa bratzki, hey wenga na gugu.» Seiten-wei-se! Sie merkt, wie ihr Atem schneller geht, trotzdem sie sich gerade mit Excel-Tabellen durch die unendlichen Minuten schleppt. Nein, sie fliegt dorthin, zu diesem Locus amoenus namens «12 Uhr». Aber irgendwann ist es so weit, und nach 12 Uhr dauert es gerade 23 Minuten, bis Rahel Stahel, Chief Office Manager von KHP&B, und Matthias Strasser, Stragic Creative Operations von KHP&B, auf den Laken in einer Wohnung nur einen Block entfernt, zu der Stahel den Schlüssel hat, landen. Sie hatte recht: ein Lokal, wo sie ungestört sind.

Hinterher wird Stahel Strasser mitteilen, dass die GL sehr am richtigen Wortlaut seiner Berichte interessiert ist, sogar möglichst schnell. Ob Matt ... oh Matt, du ... das Computerproblem nicht mit Hilfe der IT lösen könnte? – Nein, Rahelstahel, oh nein, du weisst doch, dass, ja ... – Natürlich weiss ich, dass ... ich könnte dir doch bei den Berichten helfen ... – Würdest, oh, würdest du das tun? Denn sonst ... ich wäre vollkommen verloren. Verloren.

Strasser, den Kopf ermattet auf dem Kissen: «Und wer hat meine Berichte nochmals angefordert?»

Stahel, den Kopf ermattet auf dem Kissen, da lügt sie blank: «Olli. Die anderen lesen so was nicht.»

Und sie lachen und lachen laut, zwei Minuten lang, bis ihnen die Puste ausgeht und Tränen in den Augen.

Nach so einer physischen Aktion, Full-contact in der Mittagspause, hast du hinterher das Problem, dass du weder zerzaust noch erhitzt ins Büro zurückkehren kannst.

Und in Matthias Strasser drin ausser «Satisfaction» (Jagger/Richards) schon auch Wut, weil er jetzt diese Reports innert weniger Stunden aus dem Daumen saugen muss. Eine Höllenarbeit und sinnlos. Die haben's ja ewig nicht gemerkt. Wut auch wegen Wellness-Gutschein-Beleidigung und Früchtekorbwatsche und Schokoladenriegelkopfnuss, Wut, Wut auf KHP&B und auf den cool-kulanten Olli. Weil jetzt könnte er weiter mit Rahel Stahel liegen oder nach Feierabend mit ihr nachtessen und den Schlüssel zu dieser Wohnung (wem gehört die eigentlich, an der Tür stand kein Name?), den hat Stahel ja in der Tasche. Macht er sich da nicht falsche Vorstellungen von der Zukunft?

***

Samantha Scheiwiller: ganz anders unterwegs. Während Matthias mit dem dunkelblauen Saab ins Büro gefahren ist, hat sie mit dem roten 500 die Kinder zu ihren Eltern gebracht und ist in die Stadt gefahren. Geparkt im Urania-Parkhaus, über die Strasse zum Beatenplatz, die Bäume sind kahl, der Boden nass. Aktentasche, das auberginenfarbige Deuxpièces, die Schuhe dazu Ton in Ton, die Haare hinten hochgesteckt, tragen alle so. Durch die Glastüre, sie betritt das Geschäftshaus → Lift → 3. Stock.

Keine Wohnungsbesichtigung infolge unmittelbar bevorstehender Trennung. Obwohl, das wäre eine Perspektive.

Kein Treffen mit einem Geliebten. Obwohl, auch das wäre eine Perspektive.

Kein Termin mit Ärztin, Psychologin, Psychoanalytikerin oder Ähnlichem.

Nein, Sam, heute ist sie unterwegs als lic. iur. Samantha Scheiwiller Strasser. Trifft zum zweiten Mal face-to-face den Headhunter Günther Jakob, «Breakthrough Personnel Services». Bisschen doofer Name, aber international gut vernetzt und mit besonderen Stärken in den Bereichen Finance und Law. Deshalb und aufgrund von Referenzen und Zeugnissen und Assessment und persönlichem Gespräch Sam Scheiwiller jetzt hier. Will wieder mehr arbeiten, gerne 80 Prozent. Weil darunter machst du als Juristin «kaum etwas Komplexeres als Aktenablage», wie sie Herrn Jakob gesagt, und der hat in dieser Aussage selbstredend ihren Ehrgeiz erkannt. Herr Jakob hat in ihrer Sache schon einiges angestossen, Vorabklärungen getroffen, Kontakte aufgefrischt und sich da und dort ausgetauscht. Jetzt letzte Besprechung, bevor Sam ein Gespräch mit der Firma XYZ und hoffentlich möglichst zielführend, sprich: vertragsreif. Denn Günther Jakob und seine «Breakthrough Personnel Services» haben eine Reputation auf dem Markt und Prozente bei Abschluss.

Auf seiner blitzblanken Tischplatte aus seltenem Holz liegen sechs Seiten Vertrag bereit, der Vorvertrag, den der Headhunter mit samtiger Stimme erläutert. Zwischendurch trinkt er ein Tröpfchen aus der Espressotasse, während Sam sich diskret das Schäumchen von der Oberlippe leckt und da und dort nachfragt.

Sieht gut aus, denkt sie, meint den Vertrag, nickt lächelnd

Positivdenken ausdrückend ihrem Geschäftspartner zu, bittet sich – musst du, sonst wirkst du verzweifelt – natürlich Bedenkzeit aus.

«Nicht zu lange, bitte. Ich kann ehrlich zu Ihnen sein: ‹Nordwest Investments› haben dringenden Bedarf angemeldet. Sie wollen expandieren», sagt er.

«Ich muss dieses Angebot natürlich prüfen», sagt sie, «wenn ‹Nordwest Investments› tatsächlich an mir interessiert ist, können sie bestimmt noch bis Montag warten.»

Und Günther Jakob beeindruckt, wenn jemand so selbstbewusst ist und geübt in Verhandlungstechnik. Das richtige Timing ist eine Wissenschaft: Hier voll Gas geben und durchstarten, aber im richtigen Moment den Bremsfallschirm auswerfen, um mehr herauszuholen.

Diese Frau hat eine grosse Zukunft vor sich, denkt er. Zwar schon 39, also keine Überfliegerin, aber familienerprobt, also Chaosbewältigungsexpertin par excellence, gute Referenzen und Zeugnisse, erstklassiger Eindruck, klasse Assessment. Die wird ihren Weg machen. Lic. iur. S. Scheiwiller Strassers Marktwert ist beträchtlich. Weiss er, weiss sie.

Und Matthias in alldem? So genau hat sie sich das noch nicht überlegt. Er ist irgendwie in dieser Phase nicht so eminent wichtig. Es bleibt ja noch Zeit, mit ihm zu reden.

***

Anna: Ein Jokertag in der Primarschule, Mama hat sie zu Grossmutter und Grossvater nach Rüschlikon gebracht, haben einen grossen Garten, und mit Pullover und Winterjacke, Wollmütze und Handschuhen hält sie es stundenlang aus draussen. Leider kein Schnee, aber Tannenzapfen und Steine, und was ist das dort im Gebüsch? Wie kommt die Giesskanne dorthin? Ist noch Wasser drin? Und sie spielt Verstecken mit ihrem Bruder und Fangen, und Grossvater kommt dazu, der rennt schnell wie der Blitz, ist aber zu breit, ihn sieht man hinter dem Baumstamm, wenn er sich verstecken will, das ist lustig. Und Valentin schlägt sich den Ellenbogen an an der Gartenmauer. Natürlich heult er! Und nun müssen sie ins Haus, weil es Tortellini gibt mit Tomatensauce und viel Parmesan und hinterher Schokoladencrème, ja, bei den Grosseltern ist Anna gerne. Vor allem, wenn sie dort auch übernachten kann, im Zimmer, wo vor vielen Jahren ihre Mama gewohnt hat. Sogar einige ihrer Spielsachen sind noch da und die Globibücher.

***

Valentin heute: Ein Jokertag im Kindergarten, Mama hat ihn zu Grossmutter und Grossvater nach Rüschlikon gefahren, haben einen grossen Garten, und mit Pullover und Winterjacke, Wollmütze und Handschuhen hält er es stundenlang aus draussen. Leider kein Schnee, aber Tannenzapfen und Steine, und was ist das dort hinter dem Baum? Wie kommt sein rotes Tanklöschfahrzeug dorthin? Und er spielt Verstecken mit seiner Schwester und Fangen, und Grossvater kommt dazu, der rennt schnell wie der Blitz, ist aber zu breit, ihn sieht man hinter dem Baumstamm, wenn er sich verstecken will, das ist lustig. Und Valentin schlägt sich den Ellenbogen an an der Gartenmauer, aua, tut das weh! Und nun müssen alle ins Haus, weil es Tortellini gibt mit Tomatensauce und viel Parmesan und hinterher Schokoladencrème, ja, vielleicht haben sie sogar Gummibärchen, bei den Grosseltern ist Valentin gerne. Vor allem, wenn er dort übernachten kann, mit Anna, im Zimmer, wo vor vielen Jahren die Mama gewohnt hat. Sogar einige ihrer Spielsachen sind noch da, zum Beispiel der Teddy, und die Globibücher. Diese Nacht dürfen sie hier schlafen, im Haus der Grosseltern. Abends werden sie sogar das «Sandmännchen» sehen dürfen, nach dem Zähneputzen erzählt Grossvater noch eine Geschichte, das ist gemütlich. Und dann schlafen sie ein.

***

Felix Bruhin: Morgens im Büro, keine besonderen Vorkommnisse, Arbeit an der Kampagne «Du sagst: Jetzt! – Wir sagen: Natürlich», mit der der Kunde, sagt Bruhin dem Kunden, «buchstäblich alles» verkaufen wird können, oder sagt man «wird verkaufen können» oder «verkaufen können wird»? Jedenfalls: *Prognose bang bang!*

Jetzt entwirft der preisgekrönte Kreative am Morgen Varianten und alternative Motive für diese Kampagne. Gut für seine Mappe, gut für sein Portfolio. Vielleicht liegt seine Zukunft da drin und nicht in diesem … ja die Partner stutzen einen immer zurück, denkt Bruhin. Sobald du etwas Auffälliges, Besonderes entwirfst, entweder reissen sie es an sich und verhunzen es mit ihren eigenen «Ideen», oder sie schneiden es so zurück, dass von deinem wunderbaren Ideenbaum kein einziges Zweiglein mehr zu sehen ist. Und dann diese Schokoriegel und Früchteschalen. Bruhin, wenn er an Olli Bischoff, Sharky Herzog, Pope Papst und King König denkt, ich meine, diese Spitznamen, grenzdebil, das geht bei den Pfadfindern oder im Jugendhaus in, sagen wir, Fehraltorf, Volketswil, Effretikon, Illnau, Pfäffikon, so etwas. Denkt Felix Bruhin, nicht ich, der ich das aufschreibe. Weil ich selbst habe nichts gegen Fehraltorf, Volketswil, Illnau und Effretikon, Pfäffikon, kann ich gar nichts haben gegen, weil Beweis: Ich war noch gar nie dort, nur in Pfäffikon, von da einmal weggewandert, schöner Wald. Aber zurück zu Bruhin. Mittags allein aus der Agentur weg, mit dem 2er zum Vegi-Fastfood an der Falkenstrasse, zu Fuss eine Extrarunde um den Block. Haken schlagen wie ein Bunny, es könnte ihm ja jemand gefolgt sein. Sein Verhalten: klandestin oder konspirativ. Was passt besser? Am Büfett greift er zu Jalapeños und gebratenen Kartoffeln und Erbsensalat und Dal und Linsen und Mango-Chutney und Börek und Falafel, von jedem nur einen Löffel, ein Brötchen dazu ist gratis, schmeckt gut, ist lecker, kostet nicht die Welt. Da trifft Bruhin – niemand, den er kennt, in Sichtweite – Patrick Labhardt, COO von «Transalpine Communications». Das sagt doch alles und ist äh heikelkritisch, weil «wer den Gegner trifft, trifft auf mich als Gegner» (Sun Tzu, «Die Kunst des Krieges»).

***

Key Account Manager Bryan «Pluto» Hofer: Im Büro. Bryan ärgert sich. Olli Bischoff hat ihm versprochen, dass er bald anspruchsvollere Aufgaben bekommen werde. Und mehr Geld. Wofür? Bryan hält in der Firma die Ohren offen. Hört sich immer um, ob jemand Telefongespräche führt, die er besser nicht führen würde. Zum Beispiel mit der Konkurrenz. Bryan merkt das, wenn jemand leise telefoniert und plötzlich mittendrin fortissimo einen banalen Satz wie «Ja, Tante Erika, wir kommen gerne zu deinem 70. Geburtstag» sagt oder einen absurd unsaisonalen wie «Ich habe im Wald viele Pilze gesehen» erstens laut ausspricht und zweitens vielleicht sogar deutlich verständlich lautlich klar vernehmlich wiederholt. Dann notiert Bryan den Namen des/der Telefonierenden, die Uhrzeit und – wenn möglich – den Anschluss, von dem aus der Anruf geführt wurde. Über die interne IT lässt sich leicht überprüfen, wer wen, die Metadaten, und bei Bedarf im Gespräch hinterher da könnte Olli den Verdächtigen in die Zange nehmen. Bryan muss seine Ohren nicht extra spitzen, er hatte schon immer ein gutes Gehör, war seit Bischoffs Versprechen immer beim Kaffeeautomaten zu allen kotzfreundlich, hat versucht, etwas herauszukriegen. Im Grossraumbüro ist mit privacy ohnehin nichts. Aber direkt gehört hat Bryan «Pluto» Hofer nichts, erfahren hat er nichts, melden konnte er nichts, bisher. Er hat sich unmöglich gemacht im Büro, merkt er, für nichts und wieder nichts, für leere Versprechungen von diesem Scheisskerl.

***

Regierungsrat Laurenz Rüttimann: Nach dem Frühstück – eine Scheibe Knäckebrot mit Butter, nicht wirklich Appetit, und Kaffee – in den Sessel, die kahle Birkengruppe des Nachbarn betrachten.

Bräuchte ich, warum der Konjunktiv? Brauche ich einen Stimmungsaufheller? Sollte ich zum Arzt? Ich, der Tatmensch, der Macher, der Pragmatiker, der … und merkt auch heute voll brutal: Sein inneres Sein und sein öffentliches Sein sind zwei Deckel des falschen Glases. Er hört, wie Salomé die Tür zum Wohnzimmer öffnet, «Tschüss, einen schönen Tag» sagt und das Haus verlässt. Wohin geht sie auch immer?

Rüttimann weiss, er muss ins Büro, erster Termin um 9 Uhr. Herr Bieri, der Sekretär, ist so nett, zurzeit nach Möglichkeit keine ganz frühen Termine anzusetzen. Eigentlich, damit vorher Aktenstudium und Besprechungsvorbereitung möglich. In faktischer Tatsache aber, damit Laurenz Rüttimann Zeit hat, sich aus dem nächtlichen Depressionsstupor zu lösen, um den Tag erfolgreich zu, Sie wissen, was von ihm gefordert wird. Das kannst du gar nicht leisten, das alles.

Aber eben! Er nagt immer noch an der «vermurksten Kampagne», an diesen, wie er nur privat und gegenüber seinem Anwalt sagt, «aufgeblasenen Scheisskerlen» von KHP&B. Dieser Bischoff, der ihm das Blaue vom Himmel herunter geschwafelt hat, dieser König, der vor seinen Augen Grafiken mit Pfeilen und Kreisen und ausgezogenen und gestrichelten Linien skizziert hat und dessen Lieblingswort «todsicher» ist. Er kann sie nicht ausstehen! Diese Büros im Seefeld, auf zwei Etagen, nobel und teuer, toll sanierte ehemalige Fabrik, muss er zugeben, geschmackvoll gemacht. Aber wer zahlt diese Pracht? Die Kunden, das heisst ich, denkt Regierungsrat Laurenz Rüttimann. Trinkt seine Tasse aus und klopft mit dem Löffelchen einige Takte von Beethovens «Götterhämmerung». Der Kaffee könnte ihn fast ein wenig mit dem Leben versöhnen, wenn er nicht zu viel davon tränke. Der Magen völlig übersäuert. Er müsste sich mehr um sich kümmern. Dieses ganze Drumherum, was soll das.

«Regierungsrat Doktor Laurenz Rüttimann beim Psychiater», Gott, was für eine katastrophale Schlagzeile. Überall lauern die Leserreporter mit ihren Eifons und die Boulevardjournalisten. Kann ich mir nicht erlauben, den Psycho aufzusuchen. Aber wie mit diesen Aggressionen gegen KHP&B fertigwerden? Wir sind ja keine Diktatur. Nicht einmal als Volkswirtschaftsminister des eidgenössischen Standes Zürich, Wirtschaftsmotor von ganz Switzerland, kann ich diesen geldgierigen, unfähigen Kommunikationsheinis eins auswischen! Er muss jetzt mit jemandem sprechen. Salomé ist definitiv weg, er hat die Haustür gehört, das Garagentor auf, den Motor, der anspringt und mit der Carrosserie darüber wegfährt, das Garagentor zu. Deshalb telefoniert er, nennt der Boa seinen Namen, und sie stellt ihn durch. Sein Anwalt rät ihm ab, «zum ich weiss nicht wievielten Mal», überhaupt etwas zu unternehmen. «Konzentrier dich auf deine Arbeit und auf deine Medienauftritte und lass die Agentur Agentur sein. Wenn es dir guttut, nenn sie bei mir oder für dich selbst eine Müllkippe oder eine Räuberhöhle oder eine Wichserbande. Was du willst! Aber halt in der Öffentlichkeit die Klappe. Die Öffentlichkeit beginnt für einen Volkswirtschaftsminister ausserhalb seines Ehebetts. Du musst vorwärtsschauen, Laurenz», sagt Rechtsanwalt André Luginbühl, ja der Prominentenanwalt. «Komm doch am Nachmittag in der Kanzlei vorbei, dann sehen wir weiter und trinken in aller Ruhe einen Kaffee.»

Aber der Regierungsrat kann nicht. Er ist lückenlos verplant: das Treffen mit der Handelskammer, Mittagessen mit der Erdgasvereinigung, Technologie-Snack am Nachmittag, ein Info-Apéro mit den Kürbiszüchtern, Sitzung mit dem Verein Wirtschaft und Staat, Interview mit einer grossen Tageszeitung, das Fernsehen will auch etwas Kurzes machen wegen dieser Partnerschaft mit Baden-Württemberg, Aktenstudium für die nächste Kantonsratssitzung, zwischendurch einmal einen Kaffee, Telefon mit dem Fraktionschef, weil auffällig viele Fraktionsmitglieder im Kantonsrat immer wieder ausscheren und Rüttimann das Regieren nicht gerade erleichtern. Es hört nie auf, diese To-dos auf der Liste. Neben all dem Funktionieren bleibt keine Zeit fürs Denken. Ein Herzinfarkt wäre eine Lösung, denkt er, aber keine gute. Die bessere wäre die Wiederwahl. Und die kann ich nur erreichen, wenn ich gut arbeite und bei den Medienterminen «authentisch» rüberkomme. Da hatten die KHP&B-Helden für einmal recht. Und André, der Rechtsanwalt, sagt das auch.

Aber was heisst das: «authentisch rüberkommen»? Was an mir ist authentisch? Wer bin ich? Regierungsrat Rüttimann, seit Minuten in der Garage im Auto sitzt er, das Tor noch geschlossen, der Motor, jetzt läuft er, in philosophische Fragen vertieft ist er, im Grunde die Frage nach dem guten Leben, er sitzt im Fahrersitz und denkt nach.

***

Salomé Fischer Rüttimann: Unterwegs im Kunsthaus mit dem Linguisten Severin Eiholzer. Für sie etwas gewagt, weil man kennt sie und weil ihr Mann, der regierungsrätliche Laurenz, im Vorstand des Gönnervereins sitzt. Wenn jemand von der Leitung sie sieht, wegsehen geht da nicht und dann in Begleitung dieses jüngeren Mannes. Das würde Fragen aufwerfen. Severin sieht nicht aus wie ein Sekretär, er ist, muss ich zugeben, physisch anziehend, ohne penetrant zu wirken … Salomé Fischer Rüttimann weiss, sie ist einige Jahre älter als Severin, ewig dauern wird das nicht. Jetzt ist Ende Januar, aber in Wirklichkeit ist es ihr zweiter «Summer of Love», der erste mit Laurenz ist lange her, und seit Ewigkeiten ist dort Spätherbst. Gelegentlich segelt mal ein buntes Blatt aus der Baumkrone ihrer Beziehung nach unten, aber meistens ist es novemberhaft grau und nasskalt.

Und wie heute auch Rahel Stahel und Matthias Strasser hat Salomé Fischer Rüttimann ein Problem mit dem Zerzaustsein danach. Als Gattin eines Regierungsrats stehst du nicht nur im Blickfeld der Kunsthausleitung, sondern bist auch den Eiphones der Leserreporter ausgeliefert, die überall mit ihren Pixeln lauern. Wenn dir der Rock hochrutscht oder die Bluse im Gegenlicht zu transparent ist, bist du garantiert mit Bild in den Gratiszeitungen. Nicht dass Salomé Fischer Rüttimann prüde wäre, aber manches geht zu weit. Es ist nicht angenehm, zu wissen, dass eine Million Pendler sich ein Bild deines Körpers machen oder gar Gedanken darüber. Und es gibt Dinge, die willst du aufheben für den oder die, denen oder dem oder der du diese Dinge zeigen willst. Der Körper, das haben viele vergessen, ist privat. Und wenn du mit deinem Geliebten das Kunsthaus besuchst, willst du auch nicht das Gerede im Rücken spüren. Aber sich selbst einsperren, das geht nicht.

***

Severin Eiholzer: Auch er ist nach dem intimen Morgen etwas ermattet, doch gleichzeitig fit wie eine Rakete. So schlägt das Herz, wenn du in voller Blüte stehst, aber hinter den Ohren längst trocken bist. Will heissen: keine Falten, kein Speck, kein Bauch, aber schon mit dem Plus der Erfahrung in der Haut um die Augen herum. Eiholzers medienstrategischer Vorteil im Vergleich zu Salomé: Er steht nicht im Fokus der Öffentlichkeit. Die

Leserreporter können ihn also kreuzweise, weil sie ihn gar nicht kennen. Er weiss, sie ist ein paar Jahre älter als er, ewig dauern wird das nicht. Und es geht ihm nicht ums Geld, das Salomé von ihrer Unternehmerfamilie geerbt und vermutlich gut angelegt hat. Es geht ihm nicht um ihren gesellschaftlichen Status: Niemand soll ja mitbekommen, eigentlich, dass er und die Frau eines amtierenden Regierungsrats eine Affäre haben. Affäre, denkt er, das klingt so schäbig wie die Langstrassenunterführung. Ich begehre Salomé, ihre Reife, ihre Anmut. Ich will sie, ich will sie poppen, und ich tue es. Sie macht es gut und ich, ich auch. Und wir teilen viele geistige Interessen: Literatur, Kunst, dies und das. Ihr Wissensdurst und ihr gegenseitiges Begehren sind ungestillt. Aber auch das nichterotische Leben geht weiter: Eiholzer will heute noch ins Deutsche Seminar, endlich die Notizen vom Gespräch mit diesem Polizisten, Benedikt Müller, Abteilung Gewaltverbrechen, systematisieren, um diesen Artikel zu schreiben. Die Zeitschrift «Lingua Germanica» hat Interesse angemeldet. Darf bis 30'000 Zeichen gehen. Soziolinguistischer Ansatz. Viel Arbeit. Auflage 150 Exemplare. Landet in Bibliotheken weltweit und als elektronische Ressource dito. Etwas für die Publikationsliste. Macht sich gut, über die Jahre ständig Neues zu publizieren und nicht erst wenn die Habil auf der Zielgeraden. Honorar natürlich null. Und irgendwann bist du Mitte vierzig, hast keinen Lehrstuhl ergattert und gehst aufs RAV, stempeln. Wissenschaft real.

Aber daran denkt Severin Eiholzer nur in ganz dunklen Momenten. Jetzt nicht.

***

Jörg-Olaf «Olli» Bischoff: «Business ist gut», wie es irgendwo in seinen nachgelassenen Schriften heissen wird. Ja, Olli ist heute total Business. Was bedeutet für ihn ein Business-Donnerstag? Ein Tag, an dem er gerne so richtig Gas gibt. Montag ist er gestartet, sofort voll aufs Gaspedal getreten, hat Dienstag und Mittwoch weiter beschleunigt, Donnerstagmorgen schaltet er nochmals hoch, lässt den Businessmotor so richtig aufheulen, um am Freitag dann eine fast orgiastische Businessexplosion auszulösen. Dann in casual, um sich richtig dem freien Lauf hinzugeben. Die Detonationen des Erfolgs sind bis in seine Brieftasche und in sein Ich hinein zu spüren. Er ist ein Kontakter, du hältst so etwas in dieser Intensität nicht für möglich. Serviceclubs, Netzwerke, Businessplattformen, solche Sachen, von Apéro zu Termin zu Besprechung zu Mittagessen zu Veranstaltung, dort anrufen, hier ein Treffen, die Branche kennt ihn, die Wirtschaftsverbände ziehen ihn zurate, die Politik, die Bildungsinstitutionen, Bundesämter … Trotz all der Auswärtstermine ist er oft im Büro im fünften Stock im Seefeld anzutreffen. So hat er seine Mitarbeiter im Blick und die Partner unter Kontrolle. Soweit sich Papst, König und Herzog kontrollieren lassen. Widerspenstige Bande, manchmal, ein Flohzirkus ist das. Olli trägt sich mit dem Gedanken, die Büros der Partner von KHP&B mit Mikrofonen ausstatten zu lassen. Ein befreundeter Nachrichtenoffizier, der seit Kurzem in Bern arbeitet und früher bei der Polizei Zürich war, würde ihn bestimmt technisch beraten können.

Vielleicht müsste ich doch endlich diesen Drogenentzug machen, denkt Olli. Das Kokain zerfrisst mir langsam das Gehirn. Ich werde paranoid. Aber wie all das schaffen ohne das Pulver?

Das Telefon klingelt, er lässt es, weil er will in Ruhe denken. Ihm fehlt diese Zeit zum Denken, weil immer lückenlos lückenlos lückenlos.

Er schliesst die Tür seines Einzelbüros, dreht den Schlüssel im Schloss, holt das weisse Zeug heraus und zieht es hälftig erst ins linke, dann ins rechte Nasenloch. Ein Blick in den Taschenspiegel. Ja, ein «Tempo» nötig, damit die Kristalle nicht an den Nasenhaaren hängen und für die Mitarbeiter sichtbar sind. Ach, warum habe ich überhaupt mit dieser Kacke angefangen, fragt er sich und erinnert sich an sein erstes Mal: auf dieser Jacht dort vor Cannes mit diesem Franzosen, Superstar, der schon ewig aus dem Geschäft ist. Zwei Jahre später hatte der einen Herzinfarkt. Byebye mit 36. Olli hat das aus der Ferne mitbekommen. «Souvenirs, souvenirs» (Johnny Halliday). Kurz: Wenn ihn das Leben so quält, ist es nicht sein Tag. Das weiss Olli. Er muss sich konzentrieren. Willensanstrengung muss her, um das Steuerruder des Tages herum und an sich zu reissen. Nicht ins Nachdenken abgleiten.

Arbeiten! Sofort! An der Kampagne «Du sagst: Jetzt! – Wir sagen: Natürlich». Eine gute Idee von diesem Bruhin, talentierter Kerl, Preise geholt und so weiter, aber zu sprunghaft, zu wenig diszipliniert, zu sehr von sich eingenommen. Olli hat die Prozesse und Workflows höchstpersönlich strukturiert. In der Frühphase dieses Projekts hat er daran die «Explorative Rhizomatic Method» insgeheim ausprobiert, bevor jemand bei KHP&B überhaupt etwas davon wusste. Sein Fazit: einfach gut gemacht von ihm selbst, wirklich super, seine Idee, die Denkschule von Gordon F. Pasewalk ins Boot zu holen. Und damit hat er, ohne dass es jemand bemerkt hätte, die Kampagne «Du sagst: Jetzt! – Wir sagen: Natürlich» an entscheidenden Stellen geformt und geclustert und … es wird Auszeichnungen *hageln*, denn die Sache ist durch ihre Adaptationsoptionalität und ihren modular-expansiven Charakter, kurz: durch ihre Kompetitititititivität absolut auf Weltmarktimpact ausgelegt. Den «Bang-Bang-Effekt» nennt das Pasewalk in seiner «Enigmatischen Rhizinus Methode».

Wie konnte ich mich vorhin nur so hängen lassen? Diese Zweifel sind doch nicht olliesk? Sie sind nicht ich, sagt sich Olli, der endlich wieder Stärke spürt. Das notiert er, könnte etwas hergeben: «Zweifel sind nicht ich.» Wie ein Rugbyspieler beim Aufwärmen trommelt er sich jetzt einige Male mit beiden Fäusten gegen die Brust. Das pumpt auf. Power! Power! Am liebsten würde er einen Urschrei loswerden. Stattdessen sagt er zu sich: «Geht doch, Olli. Siehst du: Geht doch!»

***

Olli Bischoffs Frau: Wie heisst sie noch mal? Ist es böse von uns, dass sie in diesem Buch «Müller vier» nur ein Nebendasein führt und keine Headlines macht? Muss nicht so sein, nein. Lee-Ann ist der Name, untypisch im Kanton Zürich, weil kommt nicht von hier, sondern aus USA, wo Olli vor Jahren einige Semester MBA, Business, Economics oder Communications gemacht hat. Und ihr voller Name ist Lee-Ann Watkiss, und sie ist eine Schönheit. Nicht monroe- oder dorisdaymässig, sondern der elegant-durchsichtige WASP-Typus, einst Miss Massachusetts, die Onlineboulevardzeitung hat es am Anfang dieses Buches geschrieben. Also, wie ergeht es heute Lee-Ann Watkiss Bischoff? Schon um 7 Uhr steigt sie in ihren neuen Parka Modell «Montana Frauen Quilted Military Parka Furs Pelzkragen Kapuze Damen Jacke Mantel ‹Gracious Girl› AW *** New Style ***; Reissverschluss in der Mitte, Zentrum Systemsteuerung, um den Reissverschluss mit Abdeckung Popper Befestigung; Non-abnehmbare weiche Shaggy Faux Furs Trim Hoody mit Futter, zwei grosse Taschen vorne unten mit Flaps und Zip-Einzelheiten; Long Sleeves, bereinigt Seiten für Hoody und Taille; Shell und Futter – 100 Prozent Polyester; Furs Trim und Pile – 55 Prozent Acryl 45 Prozent Polyester; Furs Backing – 100 Prozent Polyester; Waschen 40». Obwohl, würde mich interessieren, was «Shaggy Faux Furs Trim Hoody» konkret bedeutet. Also Parka an und leicht geschminkt fährt sie zum Zähringerplatz, weil dort die Zentralbibliothek, damit sie gleich um 8 Uhr durchs Tor strömen kann. Sonst Computerarbeitsplätze und Steckdosen allesamt besetzt. In der ZB Lee-Ann Watkiss Bischoff so:

«Durkheim, É. [1897] 1995: *Le Suicide*, Paris, PUF, neu herausgg. in der Reihe ‹Quadriga›. Deutsche Ausg.: *Der Selbstmord*, Frankfurt a. M.: Suhrkamp 2002.

Edwards, G. (Hg.) 1991: *Addictions. Personal Influences and Scientific Movements*, New Brunswick u. London: Transaction Publishers.

Ehrenberg, A. 1991: *Le culte de la performance*, Paris: Calmann-Lévy, Neuauflage bei Hachette-Pluriel, 1996.»

Und so weiter und so weiter, seitenlang, wird man später alles hinten in Lee-Ann Watkiss' Habilitationsschrift nachlesen können, politische Psychologie heisst, glaube ich, ihr Fach. Ist ein Kontrast zu Jörg-Olafs Universum, nicht? Da merkt man … nicht, da sind Sie mit mir einig, ich phantasiere das nicht zusammen? Irgendwie merkt man, dass es nicht so geigt zwischen ihr und ihrem Mann. Weil hinter alldem, ja, verbirgt sich eine Wertediskussion mit vielen Seiten (Lee-Ann) beziehungsweise Tweets und Slogans (Jörg-Olaf), die auch unsere Leserschaft spalten dürfte: «Der Sorten sind zwei: Es gibt solche und andere», brachte das Diodoros auf den Punkt, des Müllers spätantiker Lieblingsdenker, der über diese

Varietäten menschlichen Seins auch schrieb: «Ohne solche gäbe es keine anderen, auch wenn sie nicht immer miteinander können.» Jeff R. G. Porter, der famos-berühmte Unternehmensberater, hat in seinem wegweisenden Management-Bestseller «Crawling To The Top-Level» (18. Auflage, 2015) dieses Spannungsfeld so beschrieben: «Hochglanz ist primär Oberfläche.»

***

Maximilian «Pope» Papst: Der Co-Founder und Vice President, ich muss gestehen, was er hinsichtlich *Kommunikation* macht, ich verstehe es nicht genau. Gestern dachte ich, es sind die internationalen … und heute tendiere ich eher dazu zu glauben, es sind die strategischen … aber vermutlich, ja, nein, das gehört zu Kings Aufgaben. Stimmt, ja. Sicher weiss ich: Papst kümmert sich vor allem um das Vermögen von KHP&B, das heisst: die Beteiligungen, und wenn er ein wenig Zeit hat, beschäftigt er sich mit Philosophie. Nicht gerade mit Geschäftsphilosophie, sondern mit der echten, klassischen.

Heute macht er seinen Homeoffice Day, der ist flexibel und wandert durch die ganze Woche. Es kann also jeden Tag treffen, dass Papst zu Hause arbeitet. Sein Homeoffice bedeutet ebenfalls Seefeld, er hat eine Duplexwohnung an der Dufourstrasse. Also Stichwort «Beteiligungen! Investment!». Darum geht es in Papsts Berufsleben meistens. Seit die Partner die Diversifizierung beschlossen haben, und es gab einige megagoldene Jahre. Jetzt ist es schwieriger. Vor allem die strukturierten Produkte, die «Strukis», machen es dem Portfolio von KHP&B nicht leicht. Weil da sind immer so Spielverderbermechanismen eingebaut, da wird das Casino zum einarmigen Banditen, wenn du nicht aufpasst. Besser gesagt: Dein Versagen gehört zum Plan. Aber Papst hat es unter Kontrolle. Sogar den Barrier Reverse Convertible. Da liegen drei Aktien im Körblein, und wenn ein Jahr lang keiner der Aktienkurse unter Niveau x sinkt, bekommt der Halter sein Geld zurück, der Coupon ist saftig, acht Prozent. Aber wenn der Kurs auch nur einmal unter Niveau x fällt, bekommst du nur einen Teil des investierten Kapitals zurück, den Coupon aber schon. Ja, die strukturierten Produkte, Papst kennt und fürchtet sie. Alle kaufen diesen Schrott, er hat es auch getan. Und wenn er den Partnern den Barrier Reverse Convertible erklären muss, gut, einfach ist das nicht und logisch auch nicht. Und wenn einer fragt, warum das Niveau x auf genau diesen Wert festgelegt ist, erklären kannst du das nur mit dem Ideenreichtum der Banken, dich auf legalem Weg über den Tisch zu ziehen, indem sie dir Gewinnaussichten vorspiegeln, dass dir vor Gier der Geifer aus dem Mund tropft. Eigentlich wollen wir gar nicht so genau wissen, wie Papst das Geld von K+ riskiert. Er weiss, was er macht, sagt er, einen Riecher hat er und Erfahrung. Und gegenüber den Partnern macht er auf Mister Knowitall. Trotzdem Konflikt mit Olli Bischoff, weil der sagte, Papst solle keine «toxischen» Finanzprodukte kaufen. Wieso auf einmal diese Kritik?

Was denkt denn der Bischoff? Dass Geld sich vermehrt, indem man es in die Sonne legt? Der hat doch keine Ahnung. Meint er, dass ich den Teil des Firmenvermögens, den wir für Investitionen freigegeben haben, vernichten will? «Ohne Risiko kein Gewinn» (John Russell Clarke). Willst du Cash sehen, musst du wagen. Dass Olli in diesem Punkt so zögerlich ist. Passt gar nicht zu ihm.

«Mister Toxic» … diese Sticheleien müssen aufhören. Es ist nicht angenehm, wenn dich einer mobbt und anfrotzelt, die ganze Zeit. Noch fataler aber: Wenn die Mitarbeiter eine solche Bemerkung aufschnappen, ein Partner kontra einen anderen … dann landet's in Kürze im Branchenklatsch. Die Mitarbeiter und -innen haben ja alle ihre Kontakte: Bei KHP&B ist dicke Luft, wird's dann heissen. Bischoff macht Papst vor der ganzen Belegschaft als «Mister Toxic» lächerlich, weil er das Geld der Firma an der Börse in den Sand gesetzt hat.

Das wirst du hinterher nicht mehr los, solche Gerüchte und Halbwahrheiten.

Hat er nämlich nicht, Papst: n-i-c-h-t! n-o-t! p-a-s-d-u-t-o-u-t! die Aktiven von K+ pulverisiert!

Denn diese Unterstellung ist eine Nullwahrheit! Stimmt nicht. Alles Lüge! Dem Portfolio von KHP&B geht es gut, zumindest den Umständen entsprechend. Papst ist ja auch nicht Ali Baba der Allmächtige. Ich habe das im Griff, im Rahmen der konjunkturellen Unwägbar ... äh ... keiten, sagt sich Papst. Auf dem Bildschirm die orangen Buchstaben von Bloomberg, die Zahlen, sie blinken. Kurzer Chat mit seinem Mann bei der Bank. Der Markt hat ruhig begonnen heute, aber mit den Entwicklungen bei ALSTOM ist die Technologiebranche in Bewegung geraten, die Volatilität und so. Vermutlich würde Papst da etwas ... und darüber tauscht er sich jetzt mit Leo M. Grunder aus, seinem Mann im Handelsraum bei der Bank. Dem kann er einigermassen vertrauen, sie haben sich mehrmals bei Anlässen getroffen und sich gegenseitig geprüft, ob sie sich strategisch vertragen. Ist wichtig, weil es geht ja doch um gewisse Summen.

«Mister Toxic» ... dabei halst Olli der Firma Ausgaben auf, völlig nutzlose. Der ist toxischer als ich bei meiner schwärzesten Performance, denkt Papst. Todgiftig, der Kerl. Die McHinckleys im Haus und gleichzeitig die «Explorative Rhizomatic Method». Kollege König hat recht mit seiner Kritik. Grotesk ist das, zwei gegenläufige Strategietools einzukaufen. Ich bekäme einen Lachkrampf, wenn es nicht auch um mein Geld ginge. Aufhören muss diese Kapitalvernichtung. Stabil wirkt er nicht, Olli, richtig aggressiv manchmal. Mischt sich in alles ein. Weiss nicht, was mit dem.

Papst schaut durch das UV-gedämmte Panoramafenster über die Dächer der nächsten Häuserzeile auf die Albiskette hinüber. Die Landschaft und das graukalte Januarwetter, sie entsprechen nicht seinem Befinden und dem der Firma. Verstehen Sie mich also bitte nicht falsch. Ist doch Quatsch, jedes Wetter tiefenpsychologisch zu deuten und zur Verantwortung zu ziehen für die Seele und den Swiss Market Index. Die Albiskette und die flachgrau gekräuselten Seewellen und das diesige Licht, die sind einfach da. Auch KHP&B ist einfach da. Papst will dafür sorgen, dass das Unternehmen Bestand hat, bis er genug Geld beisammen hat. «Nicht auf der Zielgeraden noch stolpern», sagt er sich und verwendet unbewusst ein Zitat des altgriechischen Philosophenathleten Ballistratos. Der hatte weiland die Strecke aus dem heimischen Kybele bis nach Olympia in so kurzer Zeit zurückgelegt, behauptete er jedenfalls, dass ihn seine Zeitgenossen der Lüge bezichtigten und ihn lebendigen Leibes totsteinigten. Nachzulesen in den «Malinchäischen Fragmenten» von Diodoros.

Papsts Beschluss oder Entschluss oder Plan: «Ja, ich muss etwas unternehmen.»

***

Beat R. «King» König: Der Senior Consultant sitzt bereits um 8 in seinem Büro in der Agentur. Auf dem Carducci-Drehstuhl, dem mit dem Tartan-Muster, von dem nur eine Limited Edition von 12 Exemplaren existiert. Auch er schaut in Richtung See, stellt dieselbe Wettersituation fest und rechnet im Kopf aus, was die McHinckley-Leute die Firma bisher gekostet haben – und was sie noch fordern werden. Diese Mandate haben immer eine bestimmte Laufzeit, und das Kleingedruckte bei solchen Verträgen ist so lang wie ein Telefonbuch, sofern Sie sich darunter noch etwas vorstellen können. Bei solchen Zahlungsverpflichtungen müsste dich die Controllerin eigentlich lynchen, sofern sie hierarchisch dazu befugt ist. Und dann rechnet König im Kopf aus, was die ER-Methode KHP&B schon gekostet hat und was Gordon F. Pasewalk noch fordern wird, beziehungsweise will es im Detail ausrechnen … und ruft die GL-Protokolle auf, die Rahel Stahel immer akribisch führt und nach den Sitzungen innert Kürze verschickt. Er findet nichts dazu, stösst auch nirgends auf einen Eintrag, dass ein Vertrag mit Pasewalk unterschrieben werden soll, müssten ohnehin zwei Partner unterzeichnen, damit rechtsgültig, so steht's in den Statuten der KHP&B AG. Findet an Information in den GL-Protokollen bloss einmal erwähnt, dass Olli damit betraut ist, nähere Auskünfte zu dieser Methode einzuholen. Nichts weiter. Und zu den McHinckleys gar nichts protokolliert. Ich muss besser aufpassen, was da abgeht. In der Firma tun sich Sachen auf, die nicht mehr legal sind.

Er ruft Olli an, was lächerlich ist, weil dem sein Büro ist nur einige Meter weiter. Und er weiss, dass der CEO im Office ist, hat ihn vorhin vorbeigehen hören, den Schritt kennt er. Aber klingelt ins Leere. Vielleicht hat Olli das Telefon ausgesteckt, um in Ruhe nachdenken zu können. Ist ja an dieser Kampagne, um die er so viel Aufheberei macht. Als hätte K+ noch nie solch ein Budget gehabt. Dabei hat er, König, doch regelmässig, zum Beispiel im Oktober diese wirklich grosse, grosse Kiste im Waschmittelsektor. War *sein* Kontakt, brachte für die Partner einen beträchtlichen Bonus. Da sagte Olli nicht Nein.

Kriegt Olli nicht an den Hörer, obwohl er es versucht den ganzen Tag lang. Könnte ja hinübergehen, klar, aber tut er nicht. Denn Psychologie: «Gehst *du* rüber, hast du verloren» (Harvey James), meint: An die Tür zu klopfen bedeutet, du willst was, du bist Bittsteller.

Ist durchsichtig, wenn man von Psychologie, insbesondere Büropsychologie, eine Ahnung hat. Ich will mich ja nicht brüsten und Ihnen mein Herz ausschütteln, aber die Büros und ich, wir kennen uns.

König, alle GL-Protokolle hat er jetzt durchforstet. Klartext: nirgends ein Eintrag, dass Vertragskonditionen mit Gordon F. Pasewalk festgelegt und dass Geschäftsleitung Partner X und Y ermächtigt, den Vertrag mit Gordon F. Pasewalk zu unterschreiben. Und McHinckley dito. Also deutlich und flagranti: Eigenmächtig vorgegangen, der Olli! Wird ein Thema werden an der nächsten GL-Sitzung, weil Verstoss gegen Statuten, interne Richtlinien, Weisungen, Usus, Regelungen. Nachspiel ist nur der Vorname von dem, was auf ihn zukommen wird.

Obwohl das billig wirkt, wenn man das schreibt, aber König macht es: Reibt sich die Hände, bis sie ganz warm werden. So warm wie nach einer Serie Ohrfeigen für Olli. Und metaphorisch hat er diese Ohrfeigen jetzt in der Tasche, er braucht sie nur herauszuholen und patsch, patsch, patsch. Weil alles, was recht ist. Und vielleicht hat er jetzt die Handhabe, Olli ins Abseits zu manövrieren, beziehungsweise besser gesagt: den anderen Partnern zu *beweisen*, dass sich der CEO und Co-Founder einen Dreck um sie alle und ihre «Reason To Live» (KISS, «Crazy Nights») schert.

König ertappt sich, wie er im Sessel zurückgelehnt eine Ewigkeit das rote Lichtlein seiner persönlichen Kapselkaffeemaschine betrachtet. Er kommt zum Entschluss, sich eine Tasse herausrumpeln zu lassen. Steht auf, geht zu den stangenförmigen Schachteln, wo die Teile drin sind, nimmt eine Kapsel heraus.

Will ich «Livantaccio»? Oder soll er seinem Gaumen «Pisa» oder «Convoluto Bimbam» offerieren? Egal, kommt preislich aufs selbe heraus, drückt auf den Knopf, der Geruch verbreitet sich molekular in konzentrischen Kreisen aromatisch aus der Maschine heraus und in seine Nasenflügel hinein. Es hat eine Wirkung wie in der Werbung – Jingle – langsame Kamerafahrt über glückliche Menschen, leicht angebräunt von tropischer Sonne am Pool, die durch ihre Hände frisch geröstete Kaffeebohnen rieseln lassen und heiter sinnend diesen Duft einatmen, als sei es der Atem von Odin.

So schlecht ist das Leben nicht, denkt König. «Eigenmächtigkeit» ist ein Wort mit sechzehn Buchstaben. Jetzt hat er etwas in der Hand.

***

Heinz «Sharky» Herzog: Der Vice President macht heute Akquisition. Das geht so, dass Sharky seine Kontakte pflegt, das geht so, dass er ein paar Anrufe in die Hand nimmt, das geht so, dass er viele Leute kennt nach x und mehr Jahren im Beruf und in der Swiss Communications Guild, klar ist er da aktiv Mitglied, und zu allen Branchenanlässen, Netzwerken, Wirtschaftsdingsda eingeladen. Das wäre ja noch schöner. Sein Aufgabengebiet grosse Überschneidungen mit dem von Olli Bischoff → und deshalb immer Wettbewerb zwischen den beiden. Manchmal sogar mehr als Wettbewerb. Zurück zum Tagesablauf. Akquisition geht so, dass Sharky morgens um 08:30 Uhr im Sprüngli am Paradeplatz einen Kaffee nimmt, dem und jener zunickt, vielleicht ein bekanntes Gesicht in zwei, drei Minuten Gesprächszeit einspinnt. Nie zu viel, nie zu viel, sonst wirkst du klebrig und auftragsbedürftig. Es geht so, dass es darum geht, dass er gesehen wird. Und dann zu Fuss durch die obere Bahnhofstrasse, an der ZKB vorbei, dort dem Nashorn die Seite tätscheln, das ist Sharkys persönlicher Aberglaube: dass die Kraft des Stahlnashorns auf ihn überspringt, sicher einst ein Kunstankauf, irgendwo ein kleines Täfelchen, wer's gemacht hat, aber das liest eh ohnehin niemand.

Vielleicht trifft er auch in der Nähe der ZKB jemanden, könnte sein, obwohl heute geht ja keiner mehr, der wichtig ist, selber an den Schalter, machst du elektronisch oder über den Stab. Den Portfoliomanager, den triffst du elektronisch. Darum begegnet er heute niemandem von Belang, erst recht nicht bei diesem Wetter. Aber bei der Börsenstrasse, da sieht er und ihn sieht Frank Hotz, CEO «MagnifiTech». Der sitzt im Jaguar und fährt Richtung Enge, hupt sogar vollproletarisch und winkt Sharky zu und macht die Geste: Hand-zum-Ohr-und-Sprechen, bedeutet: Lass uns telefonieren. Pardon, schlecht beschrieben, aber heute nimmt man so eine Szene ja mit dem Smartphone auf. Kannst du's sofort zeigen, was du meinst, und sparst dadurch massig Zeit. Wir könnten hier ein Video von dieser Szene einbinden. Aber eins ist klar: Der Spaziergang hat sich für Sharky gelohnt.

Beim Warten auf den 2er beim Bürkliplatz blickt er auf den See, trüb, verhangen, rechts auf der Albiskette ein Schäumchen Schnee, für mehr reicht's nie, ausser 2007, da hat's Anfang März einen halben Meter auf die Stadt hinuntergeworfen. Das wäre mal wieder schön und würde die Gemüter abkühlen.

Mit dem Tram ins Seefeld hinaus bis Fröhlichstrasse, dann ins Büro. Der jungen Frau am Empfang zugewinkt, Jessica? Nein, Rebecca. Wenn die weiss, dass du im Büro bist, werden nur die richtigen Anrufe durchgestellt. Was die alles weiss, diese Rebecca. Wie macht sie das? Von Rahel Stahel gebrieft? Oder auf inoffiziellen Kanälen?

Muss die Augen offen halten, sagt sich Sharky, damit ich weiss, was abgeht. Wer sich mit wem aus welchem Grund verbündet.

Vice President und Co-Founder Heinz Herzog beschliesst, nach einer Stunde vor dem Bildschirm, Gescheites kommt ihm nichts in den Sinn, die Suchmaschine bringt ihn nicht auf Ideen, das Akquirieren für heute sein zu lassen und sich seinem Hobby zu widmen.

Sein Hobby? Ein vorderhand noch kleines Projekt, bei dem es darum geht, Roboter besser in die Gesellschaft zu integrieren. Sie leiden nämlich unter dem Stigma, Maschinen zu sein, *künstliche* Intelligenz, und sie fühlen sich von den Robotern aus Fleisch und Blut null ernst genommen. Weil es aber verantwortungslos wäre, die Roboter weiterhin auszugrenzen, bis womöglich eine nach Rache dürstende Roboterrevolte ausbräche, wie im Science-Fiction-Roman «Robot's Revenge» von Harvey James bereits 1973 entwickelt, widmet sich Sharky liebevoll präventiv unseren blechernen Freunden, damit ihre Schaltkreise sich nicht eines Tages in einem Amok gegen uns entladen.

«Abgedreht», sagen Sie? Kann sein. Doch denken wir dran: Sharky kommt selbstständig durchs Leben, bezahlt als Angestellter, Immobilienbesitzer und Unternehmensanteilseigner Steuern – und nicht zu knapp, er fällt der Allgemeinheit nicht zur Last, Strafregisterauszug leer, Leumund unbescholten, schafft als Vice President der Kommunikationsagentur KHP&B Arbeitsplätze uswuswuswusw., da darf er für sich privat in diesem freien Land schon etwas nun ja auffällig sein. Zumal niemand unter diesem Hobby zu leiden hat. Eine Partnerschaft lebt er nicht, er geniesst das Leben als Solokonzert, ein Konzept, das durchaus auch, ich meine, verurteilen tun wir das ganz sicher nicht, weil in der Pluralitätsgesellschaft, da findet alles Mögliche Platz.

Vielleicht ist an dieser sauteuren «Explorative Rhizomatic Method», die Olli ins Haus geholt hat und über die sich King und Pope aufregen, ja wirklich etwas dran, denkt Sharky. Könnte Olli also mit seinen eigenen Waffen in den Griff bekommen: die Explorativmethode lernen und in Ollis U-Bewusstes eindringen, um das Wasser auf die eigenen Sharky-Mühlen zu leiten. Ich meine, «Wettbewerb ist gut, siegreicher Wettbewerb ist besser», wie der liberale Vordenker John Russell Clarke (1792–1914) in seinem Grundlagenwerk «Freiheit durch Freiheit» schrieb.

***

Sanel Grujic: Herr Grujic kam in diesem Buch bisher nicht vor, warum also jetzt? Quasi Quotenausländer, weil er ein Ausländer ist und der Ausländeranteil in dieser Müllergeschichte bisher viel tiefer war als in Wirklichkeit in der Schweiz? Nein. Das scheint nur so. Verschiedene Menschen in diesem Buch sind ausländischer Herkunft, auch solche, wo man es im Namen nicht sieht. Dylan «Gucci» Barmettler beispielsweise, seine Mama ist aus Kroatien. Hauptmann Vogts Mama aus Bari. Buljubasic von der Wirtschaftskriminalität, der ist Bosnier, Kollegin Vukic ist auch aus Kroatien, also ihre Eltern. Heather Brogli, der Vater ist Engländer, und Rocco Catanzaro, ich meine, da denkst du doch sofort an Apulien, obwohl selbst durch und durch Neuaffoltern. Es ist im Buch wie richtig auf der Welt.

Sanel Grujic also, wie kommt er in diese Geschichte hinein? Er war einer der IT-Spezialisten von KHP&B, zuständig für Netzwerke und Datenbanken, solche Sachen, HTML-Codes, C++ und PHP und anderes, hat aber gekündigt, 31. Dezember war sein letzter Arbeitstag. Jetzt ist er bei «Transalpine Communications». Gleiche Branche, gleiche Arbeit, besserer Lohn und kein Olli Bischoff, der denkt, Grujic steht auch noch um 22 Uhr und morgens wieder um 6 zur Verfügung. Ganz weit hat's der CEO nie überspannt, zwischen 22:30 und 05:45 war in der Regel Ruhe, ausser das eine Mal, wo er's um Mitternacht rum probiert hat. Bei KHP&B ist eigentlich Normalfall = Anrufe in die Ferien. Wenn der Chef dir anläutet, wenn du beispielsweise in Berlin im Museum für Naturkunde gerade die Rückenwirbel des Riesensaurierskeletts zählst und versuchst, den Kindern, die du mit deiner Ex hast, den Kopf vom Sauriervideo wegzudrehen, in dem ein Fleischfresser gerade voll anschaulich dem Pflanzenfresser den Schenkel ausreisst und damit davonrennt, um ihn aufzufressen, und das Blut tropft herunter.

Und wenn in diesem Moment CEO Bischoff anruft und seelenruhig sagt: «Sorry für die Störung, wo bist du gerade? Und wie ist das Wetter? Erholst du dich gut?» Und du bist hierarchisch zu etwas Höflichkeit gezwungen und nennst den Ort und die meteorologischen Rahmenkonditionen und sagst «Yes, Sir, I can boogie» (Baccara) oder was er sonst hören will. Du weisst, weder ist sein Sorry echt noch das Interesse an deinen Ferien, sondern er will bloss wissen, ob die Updates von dem und jenem Programm noch diese Woche, weil er hat ein Problem mit und braucht Support, und da fluchst du innerlich. Herr Grujic hatte längst die Kappe voll, weil irgendwo hört es doch auf. Ferien sind Ferien, sagen der Arbeitsvertrag und das Arbeitsrecht, und das Update kann noch zehn Tage warten, weil K+ ist nun mal nicht primär TurboHiTech an der Spitze, und wenn Olli so unbeholfen ist und hat seine Software vermurkst oder durch weiss welch fahrlässige Operation eine Bresche in diese Superfirewall geschlagen und durchs Surfen auf irgendwelchen Junksites im Darknet einen Käfer eingefangen, dann geht das den IT-Spezialisten in den Ferien ungefähr so viel an wie die Schuhgrösse des ersten Mannes auf dem Mond.

Das ist Vergangenheit. Bei «Transalpine» fühlt sich Sanel Grujic geschätzt. Da sagen die Leute «danke», weil sie es meinen. Ist sein Eindruck nach einem Monat. Das ganze KHP&B-Ding kocht in ihm nur gerade hoch, weil er heute in der Mittagspause, einige Sachen musste er beim Globus am Bellevue besorgen, und da hat er Ollis blauen MG-A mit dem Vinyldach gesehen, der ums Bellevue kurvte, mit ihm selbst am Steuer. Dass so einer so ein schönes Auto fahren muss. Nein, geliebt hat er Bischoff nicht, zum Glück hat er nichts mehr mit ihm zu tun.

***

SEFAR: «‹Die Sanierung und Aufwertung von Stadtteilen, ja ganzen Städten, wie zum Beispiel Zürich, gilt es mit aller Entschiedenheit und allen Mitteln zu stoppen. Denn die Wahrheit ist, es handelt sich um eine Insanisierung und Abwertung. Wohnen ist ein Menschenrecht, und dieses Menschenrecht ist heute pervertiert. Ein Grundbedürfnis wurde zur Geldmaschine. So weit hat uns die Evolution gebracht. Elementare menschliche Bedürfnisse werden für Umsatz und Profit missbraucht. Wir leisten Widerstand. Macht alle mit. Statt nur mitzumachen.› – Ungefähr so?»

In seiner Mietwohnung im Seefeld, Küche, Kaffee, schaut Jérémie Caduff vom Laptop auf und wiederholt: «Ungefähr so stelle ich mir den Inhalt vor, das sollte drinstehen.»

«Nicht schlecht», sagt ein Mann, dessen Identität noch nicht zweifelsfrei feststeht, «aber ich würde noch einiges hinzufügen. Es fehlt zum Beispiel noch …»

Satzrest geht in Krach vorbeifahrendes Tram unter. Altes Rollmaterial → 2er.

Eine Frauenstimme: «Nein, nichts mehr hinzufügen, ausser wir streichen etwas. Sonst wird's zu lang, und niemand liest es bis zum

Ende. Aber etwas knackiger müsste es sein, Jérémie, sloganartiger: Stop gentrification, Stop capitalism … weisst du, was ich meine?»

Im Hintergrund Geklapper von Tassen, Tellern und Besteck. Jemand deckt den Tisch.

Andere Frauenstimme, positiv als Ramona Herzig identifiziert: «Finde ich grundsätzlich gut, Jérémie, feil noch etwas am Text. Schau, dass er nicht zu lang wird. Sprechen wir doch endlich über die Hauptsache …»

Zustimmendes Gemurmel im Hintergrund (Männer- und Frauenstimme). Vorbeifahrendes Tram. Neues Rollmaterial → 4er.

«Die Aktion am letzten Samstag», sagt eine Männerstimme, die bisher geschwiegen hat. «Ich finde, wir sollten mit solchen Sachen weitermachen.»

***

Walter Hausammann: Ich könnte auch schreiben: *Ein unbekannter Tresorknacker.* Denn das ist Walter, wobei «Tresorknacker» ist zu einseitig. Er hat vor Jahren schon diversifiziert. Er bereitet einen Einbruch vor, genauer gesagt Hausfriedensbruch (Art. 186 StGB) nebst Sachbeschädigung (Art. 144 StGB) und Diebstahl (Art. 139 StGB). «Ding» sagt er nicht zu seinem Vorhaben, ist ihm zu deutsch, Edgar-Wallace-Slang. «Coup» zu französisch, «Projekt» zu büromässig, er selbst sagt bloss: «Ich gehe arbeiten.» Das trifft ja zu. Es ist Arbeit, Handwerk, solides, anstrengend wie als Heizungsmonteur, bloss dass bei HeizungLüftungKlima weniger herausschaut. Gut, Walter arbeitet vor allem nachts und am Wochenende, ist nicht ideal für die Gesundheit, aber was willst du: Etwas musst du machen, weil Monatsende, die Rechnungen stapeln sich. Gut, die Hehler werden immer unverschämter, drücken die Marge, «Überangebot», sagen sie, «zu viel Ware im Umlauf, ich kann dir nur und auf Kommissionsbasis» und warten, bis die Sachen verkauft sind. Deshalb hat sich Walter auf Bargeld, Kunstgegenstände und elektronische Geräte spezialisiert. Schmuck und dergleichen, hast du nur Scherereien, wirst übers Ohr gehauen und musst das schlucken, sonst ruft der die Polizei an. So läuft das heute, null Solidarität in der Branche, seit die Osteuropäer mitmischen.

Walter arbeitet am liebsten allein. Heute dieses Bürogebäude im Seefeld anschauen, damit er morgen dort «zum Rechten sehen» kann. So umschreibt er seine Arbeit auch. Hat sich in den Kopf gesetzt, dass morgen ein guter Tag sein wird, weil Freitag, da sinkt die Wachsamkeit des Büropersonals auf Tauchstation. Da kommst du an vielen Orten leicht rein, wenn du einen Pizzakarton, einen Früchtekorb, irgendwas mit dir trägst und tust, als wärst du ein Lieferant. Walter, gut, hat nicht mehr das Velokurier- und Biokaspar- und Vegiblitz-Alter, aber genau gesehen ist er eine durchtrainierte Figur, hat Bart und Haare → Wirkung «Hippieunternehmer» möglich, weil unterstützend wirkt die Hipstermode mit den Bärten.

Objekt abklären. Wie das geht? Herr Hausammann zeigt es: Geht zu Fuss durch die Fröhlichstrasse, ideal: Hudelwetter → Regenschirm als Tarnung. Kannst du vorbeigehen, siehst du, ob Überwachungskamera. Ist keine da, Walter Hausammann kennt sich aus. Tür Glas, aber massiv, Schlosszylinder versenkt, wahrscheinlich Mehrpunkt, Hausammann sieht auch das stante pede et prima vista. Gebäude ausschliesslich Büros → keine Nachtaktivität. Positiv: Nachts bist du ungestört. Negativ: Mit Lampe fällst du auf, und Lampe brauchst du. Parterre: Galerie. Sind meist optimal gesichert. Erster und zweiter Stock: Treuhand. Nichts zu holen. Dritter: auch irgendwas Büro. Unattraktiv. Vierter und fünfter: Kommunikationsagentur. Verspricht Glanz und Prestige. Positiv: oben im Gebäude anfangen, sich gegebenenfalls nach unten durcharbeiten. Negativ: schwieriger Fluchtweg, wenn oben. Lösungsansatz: definitiv tagsüber arbeiten, den Lieferanten spielen. «Beute»? Ha, wie Walter Hausammann dieses Wort missfällt! «Ziel», sagt er, «Ziel.» Ja, das Ziel? Bargeld im Tresor? Kunst an den Wänden? Zu sperrig, lohnt den Aufwand meist nicht. Jedoch kleines Kunstobjekt? Art-déco-Skulptürchen? Goldene Venus? Grosspackung Partagas, Montecristo, so etwas? Er weiss, was sich auszahlt, und er sieht sofort. Mobiltelefone, Tablets, Laptops? Kennt er. Zürich ist Land der unbegrenzten Möglichkeiten, weil hier liegt Geld herum, kann ich dir sagen, und Wert und

Gegenstände. Hausammann ist schon eines Abends – zufällig, er schwört es – an der Badenerstrasse zwischen Letzigrund und der Haltestelle Grimselstrasse in ein Bürogebäude eingedrungen, gut «eingedrungen» sagt er nicht, jedenfalls abgeschlossen war es nicht. In der Kantine war das Kleingeld und Noten für den nächsten Tag in der Kasse, die offen stand, damit durch allfällige Einbrecher nicht beschädigt. Ergab Nettoertrag 1000 Franken ohne Aufwand und gratis, bloss Nerven musst du haben, und die hat er wie Stahlseile. Und im Vorbeigehen dort noch zwei Laptops behändigt, waren im Karton, originalverpackt, Materiallager zwar verschlossen, aber vor der Tür eine Lieferung, wohl kurz vor Feierabend eingetroffen. 15 Minuten war er im Objekt, summa summa summarum rund 5000 Franken Benefiz. Glaubst du nicht, wie leicht es manchmal ist.

Und jetzt ist er in der Fröhlichstrasse, genauer: vor dem Haus gegenüber KHP&B. Altbau, Wohnhaus. Nirgends brennt Licht (zuverlässiger hibernaler Präsenzindikator) → tagsüber alle weg. So kann er leicht – wie wir bei der Polizei sagen – «Informationen erhältlich machen». Und zwar so: Zurechtgeschnittenes Stück aus PET-Flasche auf Schlosshöhe zwischen Tür und deren Rahmen einführen, klick, schon offen und Hausammann im Haus. Treppe hoch bis Etage vier. Dort nur eine Wohnung. Legt Ohr an die Tür: Stille komplett. Fenster im Vierten: gute Sicht. Schaut hinüber. Sieht. Ein Grossraumbüro. Keine ernsthafte Sicherheitsschleuse beim Eingang zu erkennen, nur Reception Desk und Frau dahinter. Ansonsten dahinter Grossraum, dort viele Menschen, tragen Kleider wie aus der Modezeitschrift, sitzen vor Bildschirmen, blicken auf, einander an, sprechen ein paar Sätze, dann wieder hypnotisierter Blick auf den Bildschirm, die Finger auf Maus oder Tastatur. Andere gehen zwischen den Tischen umher, die Köpfe vor den Bildschirmen wenden sich nicht nach ihnen um. Interessiert das Walter Hausammann? Ja, weil wichtig: Wer auf den Bildschirm konzentriert ist, achtet nicht auf die Umgebung. Trotzdem: Risiko gross, weil viele Leute im Raum und Betriebsfremder würde vielleicht bemerkt. Aber nicht ein Handwerker im Blaumann und nicht der Mann mit Pizzakartons funghi, margherita und quattro formaggi und zu jeder Pizza gratis ein

Getränk dazu. Ist das Bild dort hinten an der Wand … ist es echt? Hausammann glaubt es zu kennen. Könnte in diesem Betrieb … «KHP&B» in grossen goldenen Buchstaben an der Fassade … eine Reproduktion hängen? Aber ist unhandlich, das Ding. Nein, das ist nichts. Wertgegenstände in einem Grossraumbüro, weiss er aus Erfahrung, kannst du als ehrlicher Einschleichdieb vergessen. Da würde geklaut, was nicht niet- und nagelfest, und deshalb lässt niemand etwas liegen. USM-Büromöbel … die Schlösser knackt Hausammann mit simplem Schraubenzieher unter drei Sekunden, wenig Aufwand, noch weniger Ertrag. Nein, der vierte Stock, der gibt wohl nichts her. Auch keine Garderobe, wo in Vestons Brieftaschen mit Bargeld und Kreditkarten auf ihn warten würden.

Und einer höher? Einzelbüros, soweit Hausammann beurteilen kann, vier. Teuer eingerichtet: Bilder, dänische Lampen, ein Kristallleuchter. Und wenig Betrieb. Dort! Was? Sitzt einer am Tisch, Laptop aufgeklappt, ein blonder Mann mit schmalem Schnauz, dicke Brille. An der Seitenwand Kunst? Er sieht es nicht recht.

Ja, auf diesem Stock könnte sich Hausammann umsehen. Im fünften ist nicht ständig dieses Geläuf. Die Chefetage. Einfach sicher am vierten vorbei hochsteigen.

Das Büro daneben scheint gerade unbenutzt, kein Mensch darin. Elektronik steht herum. Chefs vergessen manchmal ihre kleinen Kommunikationsgeräte. Bekommst du gutes Geld dafür. Ein Büro weiter einer am Telefon, fuchtelt. Über die Strasse kann Hausammann den roten Kopf sehen, mit dem Fernglas sogar die geschwollenen Adern an den Schläfen, ein Gesicht, das glänzt vor Schweiss. Mächtig Aufregung, ein Herzinfarktkandidat.

Ja, der fünfte Stock könnte sich lohnen.

Ja, morgen den Lieferanten machen. Bei so vielen Frauen im Bürohaus wird er auf Blumen machen. Herzensbrecherbotschafter.

***

Gregor Meier, Medienchef Polizei: «Sicherheit durch Containment». Gregor hat schlecht geschlafen, beziehungsweise gut und tief, bis er diese Idee hatte, und dann lag er wach. «Sicherheit durch Containment» = der Slogan auf der Metaebene, der bisher gefehlt hat, um die Polizei Zürich strategisch zu positionieren. «Sicherheit»: laut Polizeigesetz und Gemeindeordnung unser Kerngeschäft. «Containment»: ruft im Kopf Bild «Container» hervor → steht also für Ordnung, bedeutet gleichzeitig «Behälter» und «Eindämmung». Darum geht es: um die Eindämmung von allen schädlichen Verhaltensweisen und Sachverhalten.

Da wird der Berater von KHP&B wieder sagen: «Ist zu umständlich. Müssten Sie erklären. Und wenn Sie die Kernbotschaft erklären müssen, ist sie zu kompliziert.»

Im Allgemeinen ist Meier zufrieden mit der Agentur. Die haben Ideen, setzen sie pünktlich und gut um. Aber sie haben ihren eigenen Kopf. Wenn sie etwas im Sinn haben, lassen sie den Kunden nicht wirklich mitreden und zeigen ihm, dass sie allein wissen, wie Kommunikation funktioniert. Manche Unterredungen mit der Agentur waren richtig frustrierend. Argumentation gegen die Wand, Rufen in die Wüste, stur wie die Esel. Und am Schluss fühlt man sich wie der letzte Depp. Vor allem, wenn einem dieser Bischoff gegenübersitzt. Der zu feste Händedruck und die zu laute Stimme. Jetzt, wo er an ihn denkt.

«Sicherheit durch Containment». Um 03:14 mit diesem Geistesblitz aufgewacht, dreissig Sekunden glücklich und innerlich erleuchtet, fast phosphoreszierend. Weil das wäre die ideale Ergänzung zu «Wir kriegen Sie!» und zur Fahndungs-App und zu «Verbrechen ist strafbar» und «Hier kommt die Hundestaffel!». Und nach den dreissig Glückssekunden sofort angenagt von diesem Blick von Bischoff. «Jörg-Olaf», ehrlich, ich meine, für den Namen kann zwar keiner etwas, der wird ihm gegeben, aber bei Jörg-Olaf Bischoff passt es. Das hat so etwas … ihm fällt das richtige Adjektiv nicht ein. Der Schnauz passt zu ihm, blond und irgendwie albern. Himmel! Und jetzt liegt Gregor Meier, Medienchef Polizei Zürich, vollwach, obwohl ihn diese Nacht kein dienstlicher Anruf geweckt hat. Nicole schläft neben ihm. Er will sie nicht wecken, hat sie schon zu oft aus dem Schlaf gerissen, steht leise auf, schlüpft in die Kleider, schnappt sich den Schlüssel, verlässt die Wohnung.

Nicole ist sich das gewohnt, sein Arbeitengehen zu unmöglichen Zeiten. Gregor bis vor drei Jahren noch richtig Uniformdienst, Schichten, Pikett, Sonderereignisse, da wundert sie sich nicht. Vor allem jetzt, wo er mehr Verantwortung. Ihr entgeht nicht, wie er aus dem Schlafzimmer schleicht, immerhin, er bemüht sich, geräuschlos aus dem Zimmer zu verschwinden. Sie wusste gar nicht, dass er heute früh raus muss. Ihre Armbanduhr zeigt kurz nach vier. Und ein Anruf auf sein Handy ist auch nicht gekommen. Sie dreht sich wieder auf die Seite, klemmt einen Zipfel der Bettdecke zwischen die Knie und schläft wieder ein.

Von draussen zieht er die Wohnungstür leise ins Schloss, steckt den Schlüssel rein, dreht ihn doppelt. Das ist auch ein Nachteil, wenn du einen Polizisten heiratest: Die gehen immer auf Nummer sicher. Und der grössere Nachteil: Uhrzeit und Wochentag spielen keine Rolle. Die «Firma» geht vor. → ins Grosse Polizeihaus.

***

Ein Psychopath: Einmal *muss* einer vorkommen in einem Müllerroman, wie in den US-Kriminalromanen oder bei den Schweden, wo der Mangel an Sonnenlicht die psychische Struktur verändert. Ja, die Software des Menschen. Natürlich können sich auch in der Schweiz und sogar in Zürich Psychopathen ansiedeln. Heiner Müller, der Theaterautor, mit dem Müller nicht verwandt, hat einmal gesagt: «Die Schweiz hat die besten Verrückten.» Als Dramatiker hat er sicher viel Verrücktes kennengelernt und kann das beurteilen, meine ich.

Der Psychopath also. Es ist faszinierend, wie verrutscht eine Welt sein kann, obwohl er äusserlich komplett normal als zum Beispiel Lehrer für Englisch und Informatik eine Fassade präsentiert, während sich in seinem Inneren Straftaten angehäuft haben, die ihn bis zum Sankt Florianstag in Regensdorf behalten würden. Vielleicht hat er bereits die eine oder andere seiner abartigen Ideen in die Tat umgesetzt: Tierquälerei beim GZ Wipkingen zum Beispiel. Auch so etwas wird in ViCLAS erfasst, weil Tierquälerei oft die Vorstufe ist von noch Ärgerem, wo sich einer dann an Menschen heranmacht. Der Polizei bekannt ist er noch nicht, erst wenn sie ihm die Straftat nach Art. 26 TierSchG (Tierschutzgesetz), beim GZ Wipkingen das Wollschwein, zuordnen kann. Fällt zurzeit also noch unter «Dunkelziffer». Das ist ein Wort, wo dir die Polizei aufstöhnt, als hätte sie Schmerzen. Weil Dunkelziffer, das frisst an deiner Leber wie der Adler Ethon bei Prometheus. So grausam waren die Tiere im alten Griechenland.

Aber warum taucht der Psychopath gerade jetzt auf in dieser Erzählung, so kurz bevor am 31. Januar gegen Abend im fünften Stock des Gebäudes an der Fröhlichstrasse im Seefeld, Zürich 8, wo die Strassen mit Gold und Werbekonzepten gepflastert sind, so kurz bevor am 31. Januar gegen Abend in seinem Büro der CEO, Co-Founder und internationale Preisträger Jörg-Olaf Bischoff einem Tötungsdelikt zum Opfer fällt?

***

Cellomusik! Jetzt dunkle, brutale, psychopathische Cellomusik ertönt, schon wieder Beethoven, der «Walkürentritt», bösartig und pervers diese Musik, angsteinflössend und hinterlistig, teuflisch dieses Brummen. Das schraubt sich, diese tiefen Frequenzen, diese fast unmenschlich niedrigen Schwingungszahlen, dass du glaubst, die Kurven zu sehen, diese Hertz-Werte, du meinst, es sind Innerortsgeschwindigkeiten, das dreht sich wie Spiralschrauben ins U-Bewusstsein des Täters hinein, der morgen mit dem Strafgesetzbuch in Konflikt kommen wird, Art. 112 ff., das sind die Kapitalverbrechen. Dann kommt die Polizei.

Oder werden es mehrere Täter sein?

Jetzt

Freitag, 31. Januar

Nun bin ich tot, es hat wehgetan, ich bin aus meinem Körper herausgefahren, habe mich über den Bürotisch gebeugt gesehen, Blut sickert aus der Wunde im Rücken, die Brille, die ich vor Jahren von Lee-Ann geschenkt bekam, ist mir von der Nase auf den Kuchen gefallen und dann nach rechts auf die Tischplatte.

Ich voll mit dem Gesicht in den Kuchen für die Mitarbeiter.

Ich habe nicht gesehen, was vorher war. Ich sass wohl mit dem Rücken zur Stichrichtung, ich habe es nicht kommen sehen. Ich hatte keine Angst. Auf einmal dieser Schmerz, aber das Messer war gut gezielt, perfekt angesetzt, sauber zugestossen, sudden death, ich war sofort tot. Jetzt *bin* ich tot. Mein Körper kühlt auf dem Bürotisch langsam aus. Einige Minuten bin ich jetzt tot. Ich sehe meinen Körper von oben. Von der Deckenlampe her? Ist Danish vintage. Höre ich Schritte, die sich entfernen? Sicher bin ich nicht, der Teppich im Korridor dämpft die Geräusche. Das Telefon klingelt, mein Körper kann das Gespräch nicht mehr annehmen.

Die Bürotür steht offen. Ich lasse sie gerne offen, ich *liess* sie gerne offen, um zu sehen, wer vorbeigeht. King, Pope, Sharky und ich, wir haben unsere Büros gleich nebeneinander, hier im fünften Stock. So sehe, *sah* ich jeweils, wer wen im Büro besuchte, ob Externe da waren, wer wem Bericht erstattete. Und wenn ich Ruhe wollte, machte ich die Tür zu.

Einen besonderen Apparat habe ich mir vor einigen Wochen angeschafft: Er erzeugt unhörbares Rauschen. Für manche Anrufe oder Face-to-face-Gespräche schalte ich ihn ein. So versteht ausserhalb des Büros garantiert keiner ein Wort, das hier gesprochen wird. Auch mit Richtmikrofonen und Wanzen nicht. Die Antirauschmaschine, ein kleines Gerätlein, habe ich von einem Bekannten, früher bei der Polizei Zürich und jetzt in Bern bei diesem besonderen Dienst. Der Kontakt zur Polizeimedienabteilung für diese lustige Kampagne, die vor Kurzem angelaufen ist, der lief indirekt über Peter Wunderli, so heisst der Ex-Offizier.

Gopfertami, wer könnte mich erstochen haben?

Geschmerzt hat es, soll keiner das Gegenteil behaupten. Ich sass am Pult, links neben mir den Gugelhopf fürs Motivationsmeeting. Ich im Sessel zur Seitenwand gedreht, den kleinen Richter vor Augen, schaue ich mir gerne an, diese Farben. Ist heute das Zwanzigfache wert. Der Gugelhopf? Um den Mitarbeiterinnen und Mitarbeitern zu danken. Mache ich immer so. Und gerne. Immer zuerst danken, das ist wichtig. Erst danken, dann fordern.

Geschmerzt hat es wie die Hölle, ein Messer im Rücken, voll durch den Körper und die Lunge hindurch. Ob die Klinge vorne wieder ausgetreten ist, weiss ich nicht, da war ich schon tot. «Wer gut getroffen wird, stirbt schnell» (Germanicus). Die Überraschung, wenn du mir nichts, dir nichts, ist gross und übertüncht zwar den ersten Teil des Schmerzes. Adrenalinschub, wenn du merkst: Alarm! Alarm! Aber was schlimmer ist als der Schmerz, ist die Empörung. Wer tut mir so etwas an? Und bis du nachschauen kannst, wer das Messer geführt hat, bist du tot. Das ist unfair, ungerecht, Beleidigung!

Und wenn du endlich voll gemerkt hast, dass du schwer verwundet und fast tot bist, bist du wirklich ganz tot.

Ich könnte mir vorstellen, dass die Klinge vorne auf Brusthöhe wieder ausgetreten ist. Der Gugelhopf natürlich versaut, unbrauchbar, vermutlich ein Beweisstück, darf keiner mehr essen. War von Sprüngli, food waste, schade drum.

Ja, «schade» ist ein gutes Stichwort. Schade, dass es vorbei ist. Schade um KHP&B, ich habe die Arbeit fast immer gerne gemacht. Schade um die Partner, gut, King hat mich geärgert mit seinem Mangel an Visionen und seiner Knausrigkeit. Pope war ein Hasardeur beim Investieren des Firmenvermögens und hat sich mit King verbündet. Und Sharky war immer ziemlich undurchsichtig, diese Robotergeschichte, die er kürzlich erzählt hat: dass sie besser in die Gesellschaft eingegliedert sein müssten, weil sie sonst gegen Menschen gewalttätig werden könnten. Ich meine, also ehrlich. Aber wir haben etwas aufgebaut. Schade für das Haus in Caux, da bin ich immer gerne hingefahren. Schade um die Jacht, ich wäre gerne noch einmal ausgelaufen, die Sonne auf der Haut, das Salzwasser. Schade um Lee-Ann, das Leben mit ihr war … ich denke, wenn einer tot ist, soll man nichts Schlechtes sagen, sondern die schönen Erinnerungen pflegen. Gilt das auch in umgekehrter Richtung? Dass die Toten nichts Schlechtes über die Lebenden sagen sollten? Vielleicht war ich nicht der Ehemann, der ich hätte sein sollen. Kinder wollten wir nicht, hat irgendwie nicht geklappt. Spielt keine Rolle mehr. Wohin mit meinem Vermächtnis? Egal.

Ich bin also tot. Vielleicht habe ich vorher Schritte gehört, die sich entfernt haben. Eigentlich ein dummer Ausdruck: Nicht die Schritte entfernen sich, sondern der Mensch, der diese Schritte tut. Doch jetzt höre ich Schritte, die sich nähern. Schritte einer Frau, Frauenschuhe, das hört man trotz des Teppichs im Korridor, weil die Schritte sind leicht.

Rahel Stahel erscheint in der Tür, stilvoll gekleidet wie immer, heute in sandfarbener Hose, weisser Bluse und feiner dunkelblauer Strickjacke, mit dieser Perlenkette, die so gut zu den Härchen in ihrem Nacken passt. In der Hand die dunkelblaue Dokumentenmappe. Gibt noch immer Papier, das physisch zu unterschreiben ist. Sie sieht mich, also mich als Leiche über dem Bürotisch. Jetzt öffnet sich ihr Mund und heraus kommt ein Schrei. Unmenschlich und laut. Und Rahel steif und starr, und die Sekunden sind eingefroren, der Zeiger an der Casio-Uhr bleibt stehen, und jetzt hinter ihr Key Account Manager Bryan Hofer, schaut über Rahels Schulter. Dieser Streber, grosses Maul, nichts dahinter, den hätte ich längst feuern müssen, jetzt ist es zu spät. Warum kommt der hoch? Hätte er endlich Informationen zu liefern gehabt? Ich hätte mich da nicht reinziehen lassen sollen, der hat zu viele Spionagefilme gesehen oder Glenn Greenwald gelesen, und die Sicherungen sind ihm durchgebrannt. Wie lange muss man tot sein, um nichts mehr mitzukriegen? Und kommt nicht irgendwann das Gefühl der Erlösung?

Und Bryan Hofer sieht von der Tür aus meinen Körper und lautlos sofort weg.

Und Rahel Stahel zückt ihr Handy und wählt eine kurze Nummer, sicher den Notruf, sagt: «Büro Olli, schnell!» Nein, das muss an den internen SiDi gegangen sein. Dann neue kurze Nummer, jetzt die Polizei, denn sie sagt überraschend strukturiert und abgeklärt: «Guten Tag, mein Name ist Rahel Stahel, Chief Office Manager bei der Kommunikationsagentur ‹König, Herzog, Papst & Bischoff› an der Fröhlichstrasse im Seefeld. Im fünften Stock liegt blutüberströmt mein Chef Jörg-Olaf Bischoff. In seinem Rücken steckt ein Messer.» Kurze Pause. «Danke, ich bleibe vor Ort. Nein, ich habe nichts angefasst.» Dann drückt sie aufs Telefon und wartet.

Das habe ich an ihr immer geschätzt: Bei Hektik, Stress und Anspannung bleibt unsere Rahel immer die Ruhe selbst. Gut, ich glaube, jetzt zittert sie ein wenig. Das ist verständlich. Ich selbst habe nie in meinem Leben einen echten Toten gesehen. Meine Eltern sind ohne mich gestorben. Ich hatte immer zu tun. Muss als Experience strange sein, wenn jemand stirbt, denke ich.

Wer hat das nur getan und vor allem weshalb? Gründe findet man immer, Gründe, um jemanden unsympathisch zu finden, vielleicht ist man ihm kompetitiv unterlegen, konzeptionell nicht ebenbürtig, hinsichtlich Standing nicht auf Augenhöhe? Das wären gut genuge Gründe, mich nicht zu mögen. Aber doch nicht, um mich umzubringen. Ein Versehen kann es ja nicht gewesen sein, dass jemand mit voller Kraft die gut entwickelten Stränge meiner Rückenmuskeln durchstösst plus die Lunge plus ich weiss nicht, was da alles noch drin ist, was es zum Leben braucht und jetzt kaputt ist.

Rahel Stahel steht da und wartet, auf die Polizei, nehme ich an. Und ich schwebe hoch und höher, ganz langsam, zuerst an der Lampe vorbei bis unter die Decke, dort bleibe ich zwei, drei Minuten. Dann durchstosse ich die Decke, nehme ich an, es fühlt sich sonderbar an, denn ich weiss nicht, wie es sich anfühlt, «die Decke zu durchstossen», vor allem weil ich kein Körper mehr bin, sondern ein was bin ich jetzt? Eine Seele? Da habe ich nie dran geglaubt. Ans Psychische schon, Neurosen, Knackse, aber die «Seele» so quasi religiös, wie ein metaphysisches Pantoffeltierchen … wie beschreiben? DASS ICH LANGSAM DAVONSCHWEBE UND UNTEN IM BLUT UND IM GUGELHOPF MEINEN KÖRPER SEHE … wenn du mental auf solche Bilder nicht vorbereitet bist, kannst du sie nur schwer einordnen und begreifen erst recht nicht. Ist ein bisschen wie ein LSD-Trip.

Ja, still für mich habe ich immer für Rahel Stahel geschwärmt. Mehr war nicht. Im Büro geht so etwas nicht. Da hatte ich mich immer unter Kontrolle.

Das Motivationshappening findet nicht mehr statt, meinen Dank an die Mitarbeiterinnen und Mitarbeiter nehme ich ins Grab mit. Dass mir das jetzt noch einfällt, ist ein bisschen läppisch. Das klingt, als hätte ich nichts Wesentlicheres im Kopf.

Dabei bin ich tot, mein Körper ist aus meinem Blickfeld verschwunden, ich bin schon über dem Hausdach, über der Fröhlichstrasse, über dem Seefeld, über dem Kreis 8, über der Stadt Zürich, ja, ich habe dich gemocht, du meine Stadt, du. Ich bin über der Schweiz, über Europa, trete ich in die Atmosphäre ein? Aus der Atmosphäre aus? Es ist heiss hier oben, sagt man, aber ich habe keinen Körper mehr, um etwas zu fühlen. Bin ich nun Energie? Gibt es ein Leben nach dem Tod? Wie lange dauert es? Wo bin ich jetzt?

Leben Sie wohl!

***

Kurz nach halb fünf steige ich die Treppe in den Fünften hoch, zwei, drei Sachen von Olli unterschreiben lassen. Das wirklich Wichtige verlangt immer nach zwei Unterschriften. Die Partner trauen sich nicht ganz, sonst beständen sie nicht auf dieser Kollektivunterschrift zu zweien. Die Glastür zwischen Treppenhaus und Korridor im Fünften ist geschlossen, feuerpolizeilich muss das so sein. Ich denke mir nichts, gesehen habe ich niemanden. Die Unterschriften und das Motivationshappening … ich will Olli auch fragen, ob für 17 Uhr alles in Ordnung ist.

Ist es nicht.

Ich bin erst wieder bei mir, als eine Hand mich am Arm packt und eine Stimme hinter mir resolut, aber leise sagt: «Kommen Sie!» Und mich aus dem Büro zieht. Drei Polizisten, sehe ich, in dunkelblauen Kampfanzügen, Helm, Visier unten, Gewehr, ich kenne mich da nicht aus. Ich jetzt draussen, sie in Ollis Büro hinein, schauen sich um, nach einigen Sekunden senken sie die Waffen. «Alles sauber», sagt der eine, und die Hand immer noch auf meiner Schulter, das Helmvisier geht hoch, eine Polizistin, sie sagt: «Sie haben angerufen?» Und ich nicke.

Und jetzt kommen zwei Polizisten in Zivil, stellen sich nachher vor als Bucher Manfred und Müller Benedikt, sie grüssen die in den Kampfanzügen und besprechen sich leise mit ihnen. Eine Polizistin, nehme ich an, ist auch dabei bei den Zivilen. Hier vielleicht vom Erzähler eine Bemerkung über Rosanna Vukic: Gemeinhin weiss man ja, dass Rothaarige besondere Begabungen haben, namentlich für Kaufmännisches und einen grünen Daumen. Bei ihr stimmt das nicht, weil ihr Talent liegt klar im Polizeilichen. «Sicherheit schafft Raum für Persönlichkeit», dieses Diktum von Franz Wilhelm Czerwinski trifft ihr Wesen recht gut. Aber zurück zum Polizeiaufgebot an der Fröhlichstrasse und zum Blickwinkel von Rahel Stahel: Sie sieht auch zwei, nein vier Männer in weissen Schutzanzügen, die in Ollis Büro gehen. Fast wie in «CSI: Miami».

«Nein, ich habe nichts berührt, ausser das da», und ich zeige in Ollis Büro hinein, auf die Akten, die mir runtergefallen sind, aus der Hand, als ich ihn so dasitzen sah.

«Gesehen? Nein, habe ich niemand.»

«Stahel. Rahel Stahel. Ich bin Chief Office Manager von ‹König, Herzog, Papst und Bischoff›.»

***

Aus der Einsatzzentrale erging um 16:37 folgender Befehl an die Sondereinheit Skorpion: «Zentrale an Skorpion: Fröhlichstrasse soundso, Kommunikationsagentur KHP&B, fünfter Stock: ein Toter in Büro gemeldet, die Requirierende vor Ort, von uns angewiesen, nach Möglichkeit dort zu verbleiben, genaue Lage unklar, bitte sofort aufklären. Antworten!»

«Skorpion an Zentrale: Verstanden, Fröhlichstrasse soundso, ein Toter in Büro, wir sind schon unterwegs, melden uns, sobald vor Ort. Ende.»

→ Kastenwagen → Limmatquai → Bellevue → Utoquai → Fröhlichstrasse.

16:43 Uhr. Sondereinheit Skorpion trifft ein. Gasmasken auf,

Treppenhaus hoch, zweiter, dritter, vierter, fünfter Stock. Glastür zum Korridor, der zu den Büros führt. Kollege Gonzalez öffnet die Glastür, Blick links, Blick rechts, im zweiten Büro rechts auf eine Frau, wohl die Anruferin, Kaderli und Wagner und Stojanovic zu ihr hin, Wagner zieht sie aus dem Büro, Kaderli und Stojanovic ins Büro. Reserve im Treppenhaus verblieben, sichert nach unten ab, falls.

«Alles sauber.»

Waffen sichern, durchatmen. Gleich kommen die Kollegen vom WD und von der Abteilung Gewaltverbrechen. Und die Pathologin Dr. Brenda Marquardt mit ihrem analytischen Geist, dem Fachwissen und unter anderem dem Thermometer zwecks Erhebung Körpertemperatur. Sie misst, notiert Zeitpunkt der Messung und genauen Wert, misst auch die Raumtemperatur und rechnet in ihrem Notizheft und sagt zum Müller: «Er ist noch nicht lange tot. Zwischen 16 Uhr und 16:20 Uhr, würde ich sagen.»

***

Es war einfacher, als ich dachte. Ich betrat das Büro, Drehstuhl Chromstahlgestell, hellgrauer Textilbezug, chic, Vitra. Er sass mit dem Rücken zur Tür, telefonierte, schaute zum Fenster hinaus. Der Teppich hat geholfen. Er hat meine Schritte nicht gehört. Das Messer trug ich im Ärmel. Als er auflegte, stand ich neben seinem Pult, schräg hinter ihm, drei Schritte entfernt, er liess den Stuhl zurückschwingen, in die falsche Richtung herum, für ihn, versteht sich. Andersherum hätte er mich gesehen. Ich war hinter ihm. Zugestochen, in den Rücken, einmal tief hinein, neben der Wirbelsäule hindurch. Ein Stich und durch. Soforterfolg. Ich habe ihn gleich erwischt, das habe ich sofort gemerkt. Er ist sofort zusammengesackt. Geräusche? Geschrien hat er nicht, das nicht, eher ein Gurgeln oder Röcheln? Schwer zu beschreiben, mir fehlen Vergleichswerte. Es hat mir nichts ausgemacht. Für ihn war es vorbei.

***

Der Müller ist im fünften Stock an der Fröhlichstrasse soundso. Mit ihm Bucher Manfred und Rosanna Vukic. Erste Befragung: die Anruferin, Rahel Stahel. Unten riegeln die Kollegen das Treppenhaus ab. Der Müller sieht sich um, einen Becher Wasser für die Anruferin will er besorgen oder einen Kaffee. Einen Uniformierten bittet er, dass er etwas holt.

Der Müller, wieder ganz im Dienst, Kostenstelle 0800 Normalarbeitszeit, keine Entschuldigungen mehr, wenn etwas nicht ist, wie es sein sollte. Die ganze Maschinerie der Polizei rollt an. Hier oben nur zwei nichtpolizeiliche Personen: Stahel und der Tote, von ihr bereits identifiziert. Dann – einen Stock weiter unten – Personalien aller Anwesenden, Grund der Anwesenheit, betriebsfremde Personen? Verdächtige Wahrnehmungen? Jemand aufgefallen? Vom fünften Stock heruntergekommen? Kurz vor dem Schrei von Stahel? Danach? Schritte im Treppenhaus? Der Lift gegangen? Nein? 65 Personen anwesend. Fehlt jemand? Wer? Jemand, der anwesend sein sollte? Und der Grund für den Gugelhopf?

Ist das die Brille des Toten, die neben dem Kuchen liegt?

Bryan «Pluto» Hofer, der Key Account Manager. Rebecca Bruggmann hat ihn die Treppe herunterkommen sehen. Sekunden nach Rahel Stahels Schrei. Wann war das? Ich weiss es nicht. Ungefähr? Hm. Wie lange nach dem Schrei? Fünfzehn Sekunden, vielleicht zehn … nein länger. Ja, fünfzehn bis zwanzig könnten es gewesen sein. Hat vielleicht das Opfer umgebracht, sich im Nebenraum versteckt und wollte dann unauffällig im Grossraumbüroloft unterschlüpfen. War nervös wie Oskar, dieser Bryan Hofer, wie Reception Desk Manager Bruggmann beschreibt: hat Kaffee geholt und den Chromstahlbehälter mit den Zuckerbriefchen umgeworfen und die Umrührplastikstäbchen fast fallen lassen.

Da blinkt in deinem Kopf das Blaulicht.

Klick, klick, die Handschellen schnappen zu.

Aspirant Mauchle, Heather Brogli und Rocco Catanzaro bringen ihn im Kastenwagen ins Grosse Polizeihaus.

Er kann einen Anwalt anrufen.

Und an der Fröhlichstrasse geht die Arbeit weiter. Zeugenbefragungen, Ermittlungsarbeit, oben im fünften Stock der WD mit seinem Technoarsenal, im vierten die Fleissarbeit. Routine? Niemals. Jeder Fall ist einzigartig, und das zu wissen, ist wichtig. Sonst übersiehst du etwas. So unbedeutend es sein mag, du musst es registrieren, erfassen, weil alle Rapporte müssen zusammenfliessen zur Auswertung. Kann nicht einer allein erledigen, und wenn ungenau rapportiert, geht Information verloren. Vielleicht das Detail, das den Fall abschliessen könnte.

Und hier die Fleissarbeit. 65 Personen, ich sagte es, da weisst du, dass der Freitag noch lang ist, denn er dauert, bis die alle identifiziert, einvernommen und rapportiert sind. Gut, allein machst du das nicht. Der Müller hat über die Einsatzzentrale bereits die Pikettreserve aufgeboten. Maximal 60 Minuten, dann werden sie hier sein.

Hypothesen hat der Müller ausser dem Vielleichtzufallstreffer Bryan Hofer vorerst keine. Sich nie sofort festlegen, sondern polizeiliche Fakten sammeln. Der Polizist muss offen sein, weil alles möglich ist: Nebenbuhler, Rivale, Psychopath, vorsätzlicher Mord, Totschlag, Streit, der schiefgelaufen und übel ausgegangen ist, Ehekrach, Raub, Terrorismus … Dick ist das Strafgesetzbuch, noch dicker die kriminalistische Fachliteratur. Der Spontantäter ist eine species rara, aber selbst damit musst du immer rechnen. Doch meistens kommt der Täter aus dem Umfeld des Opfers. Und oft: Geld als Motiv.

Aber wo anfangen?

Zuerst überprüfst du den Zivilstand → «ah, verheiratet» → Ehefrau erste Anlaufstelle. Rahel Stahel sagt: Lee-Ann Watkiss = Ollis Ehefrau. Schickst du eine Patrouille hin, eine Frau muss mindestens dabei sein. Rosanna Vukic und Bucher Manfred → Erlenbach. Einst Dorf am See, heute Refugium für Menschen, die im «Neuen Handbuch Armut in der Schweiz» der Caritas nicht vorkommen. Postleitzahl 8703 also, gleich ausserhalb der Grenze von Zurich La Merveilleuse. Hast du das Geld, hast du die Wahl: oben am Berg oder unten am See? Bischoff-Watkiss haben sich für unten entschieden. Leider Verkehrshölle Seestrasse, aber rechts abbiegen → Fischerweg. Schwappt der See in seinem Bett sanft von Thalwil nach Erlenbach, von Zürich nach Rapperswil, harmonisches Schaukeln im Takt der Erdumdrehungen, eins mit dem Kosmos, denkt niemand etwas Böses. Und hat jetzt einen Einwohner verloren, die 5325-Einwohner-Gemeinde, die auch prähistorisch schon besiedelt war.

Heikel: die Todesnachricht überbringen und gleichzeitig Informationen einholen. Für Rosanna Vukic und Bucher Manfred, letzterer 20 Jahre Polizei, ist es nicht die erste Leiche, die sie einer Ehefrau näherbringen müssen. 17:54 Uhr klingeln sie an der Bischoff-Watkiss-Wohnungstür, die Polizeiausweise sichtbar in der Hand.

Lee-Ann Watkiss erscheint in der Tür, zwischen Daumen und Zeigefinger links einen Bleistift: «Guten Abend, Sie wünschen?»

Bucher Manfred: «Wir sind von der Polizei: Bucher Manfred und Vukic Rosanna … können wir hineinkommen?»

Ist wie im Sonntagabendkrimi, denn nun vertiefen sich im Gesicht der Neowitwe die Sorgenfalten, der Puls geht zu einem 7/8- oder 15/16-Rhythmus über, leider mit Unregelmässigkeiten. Die Schwärze der letzten Januarnacht ragt wie ein Symbol ins Bild, die Tonspur wird wieder mit diesen bösen Celli bestückt, die, aufeinandergeschichtet, Cluster nennt das der Komponist, tönen sollen wie der Vorhof des Fegefeuers. Recht wirkungsvoll also, wenn auch etwas übernutzt. Die Kameraführung, die Beleuchtung, die Schnitte, jetzt, ganz kurz nur: Lee-Ann Watkiss' ahnungsvolles hellblaues Auge in der Totale, Schnitt, und jetzt vorne im Bild Bucher Manfred im ausgebeulten Wintermantel, offen, darunter der dunkle Rollkragenpullover, hinter ihm, etwas unscharf, aber noch gut erkennbar: Rosanna Vukic, schwarze Lederjacke, blauer Schal, roter Pony, Pferdeschwanz, Jeans, kniehohe schwarze Stiefel.

Genug Beschreibung.

Lee-Ann Watkiss, Witwe Bischoff, winkt die beiden ins Haus, geräumiges Entrée, balinesische oder hochbyzantinische Skulpturen, abstrakte Bilder von Casanova an den Wänden. All das hast du jetzt keine Augen für, weil du musst die Unglücksbotschaft überbringen. Bucher geht vor wie in der Sequenz aus der Polizeiausbildung: «Bitte setzen Sie sich», weil im Wohnzimmer angekommen und hier Sofa. Sie sitzt, er atmet tief durch, aber du musst es sagen, und zwar ohne Brimborium: «Ihr Mann ist tot. Es tut mir sehr leid.»

Es ist raus, und auch deshalb kommt die Polizei in solchen Situationen zu zweit: Während Bucher Manfred es ausspricht, routiniert, aber menschlich und mitgefühlvoll, beobachtet Rosanna Vukic die Person.

Frau Watkiss, die soeben von einem schweren Schicksalsschlag erfahren hat, wohl dem schwersten, seit ihr Vater als Angehöriger der US-Panzeraufklärung, 347. Regiment, bei der Operation Desert Storm auf eine Mine auffuhr, schaut einen Moment ungläubig. Doch das dauert nur ein paar Sekunden, und Bucher und Vukic sehen, wie das Gesicht von Lee-Ann Watkiss zerfällt, ihre eben noch aufrechte Körperhaltung sich auflöst, Tränen die Augen überschwemmen, die Atmung ihren Rhythmus verliert, die Mundwinkel zucken. Ihre rechte Hand zupft aus einem Blumenstrauss auf dem Salontischchen ein abgesplittertes Blütenblättchen heraus, mit beiden Händen faltet sie es exakt in der Mitte zusammen und legt es, blassblau ist es, im rechten Winkel zum Rand des Tischchens auf die Platte.

Wir lassen Frau Watkiss die ersten Schockminuten lang mit Bucher Manfred und Rosanna Vukic allein. Hochemotionale Situation, wollen wir respektieren. Wir sind ja kein Boulevardblatt. Auf der Terrasse gehen wir einige Momente die kühlfeuchte Seeluft einatmen, vielleicht rauchen wir eine, drin dürfen wir nicht. Den Garten sehen wir nicht genau, weil natürlich dunkel, aber dort hinten erahnen wir, ja gegen die Helligkeit der Lichter am anderen Seeufer heben sie sich ab, die Umrisse von Bäumen? Oder grossen Gebüschen? Reicht der Bischoff-Watkiss'sche Garten in echt bis dort hinten? Bevor wir vor Neid grün und wegen der Kälte draussen bläulich anlaufen ein Blick durch die Terrassentür ins Wohnzimmer ... Frau Watkiss scheint sich ein wenig gefasst zu haben, sie spricht, wir treten leise in den Raum, um nicht zu stören, und wir hören, wie sie sagt: «Nein, ich kann es mir nicht vorstellen», sagt sie, «und auf Ihre andere Frage: Jörg-Olaf und ich kennen uns schon fast fünfzehn Jahre. Kinder haben wir keine. Jeder hat sein Revier: er die Firma, ich die Wissenschaft. Das haben wir immer respektiert.»

«Sagt Ihnen dieses Blatt etwas?», fragt Vukic und liest vor: «Fossi, G. 1986: ‹*La psychanalyse de la dépression: nouvelles propositions théoriques*› …»

Watkiss: «Wo haben Sie das gefunden? Das ist von mir, aus meiner Bibliografie.»

Vukic: «Es lag zerknüllt auf dem Fussboden im Büro Ihres Mannes.»

«Zerknüllt?»

Bucher Manfred nickt.

Jetzt verschiebt Lee-Ann Watkiss die Lage des zusammengefalteten blassblauen Blütenblättchens, dreht es um 90 Grad und richtet es parallel zur Kante des Tischchens. Eine scharfe Kante, wenn da jemand mit dem Hinterkopf drauffiele.

Bucher Manfred und Rosanna Vukic fragen weiter. Die zerknüllte Bibliografie könnte ein Ansatzpunkt sein. Aber nicht jetzt. Todesnachricht noch frisch. Die Trauer, auf die Polizistin und den Polizisten wirkt sie so hundertprozentig wie möglich echt. Also für heute in die Zielgerade einbiegen. Vukic: «Haben Sie jemanden, der bei Ihnen bleiben kann? Eine Freundin? Einen Familienangehörigen?»

Nicken.

«Sollen wir diese Person für Sie anrufen?»

Kopfschütteln, «aber bleiben Sie bitte noch einen Moment, bis sie da ist.»

Dann überprüfen, ob das Opfer Sidekick, Seitensprung, Affäre, Liaison, wie man es auch nennen will. Ist häufig und, ich betone, *nicht* strafbar, weil 21. Jahrhundert ≠ 17. Jahrhundert und 24-Stunden-Gesellschaft ≠ moralische Hochkultur. Trotzdem, Affäre bringt oft Lösung des Falls, weil das Leben ins Stolpern. «Perturbatio cordum ad perturbationem mentium morumque ducit», wie Cato der Ältere in Stein meisseln liess. Auf Deutsch: «Herzenswirren führen zu Wirren des Geistes und der Sitten.» Zweitfrau, Sekundärgespielen und ähnliche Personen findet die Polizei meistens über Telefonlisten, Verbindungsprotokolle et cetera, bekommt sie über die Telefongesellschaft und Auswertung E-Mail. Richterliche Erlaubnis in Kapitalverbrechen Formsache.

Rohdaten genügen: anrufende Anschlüsse, angerufene Nummern, Gesprächsdauer, sagt meist genug aus. Brauchst du den Wortlaut nicht. Viele Menschen besitzen zwei Handys: das offizielle, das die Frau kennt, das zweite für die Zweitfrau, damit's keine Verwechslungen gibt.

Und Telefonate auf Herrn Bischoffs Natel, Ergebnis eben aus Handyauswertung → oft eine 079er-Nummer angerufen, genaue Ziffernfolge muss hier vertraulich behandelt werden, aber die Zahlenkombination führt zu einer gewissen Ivana Bossart. Kennen wir bisher nicht, bis dato keine Einträge im System, musst du also hinterhersteigen dieser Information. Heather Brogli ruft bei ihr an, weil schreckt weniger auf, wenn ein weiblicher Polizist anruft, auch falls in Hörweite des Anrufs ein männlicher Freund der Angerufenen. Je nachdem wird es kompliziert, und du löst sogar einen Fall von häuslicher Gewalt aus.

Anruf → keine Antwort → Beim Natel niemand zu Hause, Freitagabend haben viele Leute anderes zu tun, eine Combox springt nicht an. Anruf also pendent.

Im Eingangsbereich des Gebäudes an der Fröhlichstrasse stellt die Polizei auch die antikapitalistischen Sprayereien fest, StGB Art. 144 Sachbeschädigung. Zwar bereits letztes Wochenende begangen und bei der Quartierwache Riesbach angezeigt, aber angesichts der Entwicklungen jetzt neues Licht darauf zu werfen notwendig. Ist das Sprühzeug eine Art Bekennerschreiben? Politischer Tathintergrund? Eine Warnung? Sie sehen den Dominoeffekt, der sich auf einmal vor der Polizei Zürich auftürmt. Sie sehen, wie viele Personen so ein Fall berührt. Die Streifenwagen, an denen diese Woche die neuen Slogans, Logos, Claims und Hooklines angebracht werden sollen, schwärmen immer wieder aus und bringen welche ins Grosse Polizeihaus.

Hochbetrieb in Verhörraum 419. Sein Linoleumboden, sein abgeschabtes Mobiliar, das Oberlicht, das jeden Morgen und jeden Abend zum Durchlüften geöffnet wird, werden intensiv beansprucht. Das ganze Inventar bekommt wieder viele Geschichten zu hören, einige wahr, die meisten gelogen. Da muss der Polizeimann die Sinne beisammenhaben.

Mitarbeiter und -innen, Bekanntschaftsnetz, private Freundschaften, geschäftliche Kontakte, alles überprüfen. Schaffst du nicht heute, unmöglich. Bist du froh, wenn du die dringendsten Einvernahmen heute durchführen kannst und dir vielleicht sogar ein Korn Wahrheitsähnlichkeit in den Rapport tropft.

Ein Tötungsdelikt so wenige Minuten vor dem Wochenende, das ist natürlich nicht schön. Die Uniformpolizei hätte – je nach Schichtplan – um 18:30 Uhr Schluss und jetzt «Tschüss, schönes Wochenende». Stattdessen Tatort sichern, Perimeter sperren, Personalien aufnehmen, Leute am Heimgehen hindern, die aus dem Büro von KHP&B. Auch die wollen mal nach Hause, weil Date oder verheiratet und Kinder oder Freitagsfeierabendapéro. Aber müssen dableiben, und die Uniformpolizei kassiert voll die Übellaunigkeit. Das nächste Mal dann wieder am Sonntag, die Fussballwinterpause ist leider vorbei, wenn du fürs Stadion eingeteilt bist. Egal, ob die Weissblauen oder die Blauweissen Heimspiel, rund um den Letzigrund hast du zu tun. Risikospiel ist fast immer, ausser gegen Vaduz. Du fragst dich, was das mit Fussball zu tun hat, dieses Adrenalin oder Testosteron oder was könnte es sonst sein, versteht doch niemand, was die Freude dran sein soll, jemanden auf den Kopf zu hauen, in die Eier, in die Nieren, in die Schienbeine zu treten, den Nacken. Vielleicht enthält das Pyrogift gehirnerweichende Substanzen, ich weiss nicht. Oder es geht nur ums Krawallmachen. Mit Fussball hat das nichts zu tun. Hauptsache für dich als Polizisten: Du musst nicht ins Getümmel. Aber vermutlich musst du schon, doch erst am Sonntag, falls sie wieder blöd tun. Gegen wen spielen sie eigentlich?

Aber zurück zum aktuell vorliegenden Tötungsdelikt. Abtransportiert haben sie Jörg-Olaf Bischoff bereits. Der WD war da, Spuren gesucht, drei Stunden alles genau. Die Pathologin war hier, die Kollegen von der Abteilung Gewaltverbrechen sind im Einsatz. Die Namen der Kommunikationsagenturmitarbeiter stehen in deinem Notizbuch, allesamt. Reto Kaufmann, Sabina Basic, Yvonne Rohner und du, ihr habt euch die Ausweise vorzeigen lassen, alle Personalien aufgenommen. Keine Maus könnte unbemerkt noch im Haus sein, höchstens ist jemand sofort nach der Tat verschwunden.

Bald 20 Uhr.

Und der Müller und Heather Brogli, sie kopieren sich jetzt aus dem Notizbuch des Gefreiten Yasar die Präsenzliste raus. Das Praktische am Tatort Büro ist, mit Sicherheit steht ein Kopierer herum, heute eher Ausdruck: kopierfähiger Drucker. Sie fangen bei den Bestandteilen der Abkürzung «KHP&B» an mit dem Auswerten. König, Herzog und Papst? Bischoff ist abgehakt, ich meine: tot, also von der Liste.

«Herzog» steht auf der Liste, ist vor Ort, Vermerk: «gibt an, nichts zu wissen.»

«König» auch auf der Liste, Vermerk: «dito.»

Papst fehlt.

Der Müller zu Brogli: «Holen wir Herzog und König.»

Und Brogli zur Uniformpolizei: «Bringt ihr uns bitte Herzog und König ins Sitzungszimmer dort?», und deutet auf die Glastür gegenüber dem Empfang im vierten Stock. Kaufmann, Basic, Yasar und in blitzschneller Interpretation ihrer Blickkontakte Catanzaro, Brogli und der Müller sofort ausgeschwärmt, weil wo sind Herzog und König? Wer hat ihre Namen notiert? Ja, Yasar, der müsste wissen, wie sie aussehen. Funkkontakt hinunter. Die Skorpione noch nicht abgerückt, eine Doppelpatrouille auch vor dem Haus, Yasar gibt die Beschreibung von Herzog und König durch … Es ist einfach: Sie sitzen auf der Treppe zwischen erstem und zweitem Stock, starren vor sich hin und wissen sich nichts zu sagen.

Aber wo ist Papst?

***

Jérémie Caduff, SEFAR-Mitglied, sieht auf dem Nachhauseweg ins äussere Seefeld gegen 18 Uhr Unmengen von Polizei vor dem Bürohaus, wo vor einer knappen Woche die Aktion stattfand. Sprühdosen gegen Kapitalismus. Vier, fünf Streifenwagen, graue Kastenwagen, mindestens zwei, sicher auch Zivilfahrzeuge. Sein

Herz klopft: sicher unsertwegen! Das Kapital nimmt uns zur Kenntnis. Es muss.

Jetzt, die abziehenden Skorpione, Kampfanzug, Helme, Maschinenpistolen, schuss- und stichsichere Westen, das ist schon imposant und sieht aus wie Diktatur oder Robocop. Eine späte, aber heftige Reaktion auf unsere Aktion, denkt Caduff. Toll, ein so grosses Polizeiaufgebot. Das muss ich den anderen erzählen.

Nachher

Erster Tag nach dem Mord, Samstag, 1. Februar

Strasser ist nicht nach Hause gegangen gestern Abend. Sam und die Kinder würden ihn vermutlich vermissen, wenn sie zu Hause wären. Aber sie sind gestern nach Rüschlikon gefahren, zu Sams Eltern. Soviel er weiss. Endlich hat es drei, vier Zentimeter geschneit. Genug, damit die Kinder schlitteln, Schneemänner bauen und Schneeballschlachten machen können. Recht haben sie, immer nur nützlich sein, das ist ungesund. Von ihnen könnte Matthias Strasser viel lernen, wenn er die Zeit dazu hätte.

Die Zeit ... Wieder eine Ausrede. Ich muss mich ändern, denkt er, ich muss an mir arbeiten. Er denkt an Olli und den Gugelhopf, an den perfiden Früchtekorb, den Schokoriegel an seinem Arbeitsplatz, an den Scheissverdammtenscheissschokoscheissriegel. Ist doch keine Motivationshilfe für erwachsene Menschen! Ist doch kein Gleitmittel für besseres Arbeitsklima! Ist rein gar null und nichts, ausser ein Schlag mitten hinein, voll links einer und mittenrein rechts ein zweiter, eine Salve von Watschen, ein Trommelfeuer von Beleidigung, ein Tritt in den, nein ein diplomatisches Wort dafür denkt er nicht, sondern das, was es ist: Arsch.

Unkompliziert war es, einen Unterschlupf zu finden. Roger hat ihm sofort geholfen, als ihn Strasser am Freitagnachmittag angerufen hat. Er hat keine Fragen gestellt und bloss Ja geantwortet.

«Du hast Glück, dass du mich noch erwischst, ich fliege heute Abend ab», hat er gesagt, «Rotes Meer, tauchen, das brauche ich bei diesem Wetter. Ich lege dir den Schlüssel.»

«Ein bisschen was an Vorräten ist da», hat Roger auch gesagt, «Tiefgekühltes halt, Teigwaren und so. Und die Läden sind ja nicht weit.» Roger hat nicht nachgefragt, als Strasser etwas von «Problemen» gemurmelt hat. Kennt ja jeder, den Impuls, sich einfach einmal für ein paar Tage in nichts aufzulösen und durchzuatmen. Die Polizei würde nicht auf Roger kommen. Roger und Strasser haben keine nachweisbare Verbindung, weder schicken sie sich E-Mails, noch telefonieren sie. Treffen sich manchmal in der

Mittagspause am See, weil beide arbeiten im Seefeld. Kennen sich seit ewig, Gymnasium. Und weil Roger seit seiner Scheidung allein wohnt, ist sein Haus für zwei Wochen frei.

Das kleine Haus am Stadtrand von Dietikon. Hinter dem Haus der Wald und der Bach, vor dem Haus die Geleise der Bremgarten-Dietikon-Bahn, die fünfzig Meter weiter oben die Rechtskurve in Richtung Mutschellen macht. Durchgangsregion. Da schaut keiner genau hin, was ist, wenn du nicht gerade morgens um drei Metallica aufdrehst, weil da kaum jemand ist.

Strasser hat auf dem Sofa geschlafen, nach einer DVD, an die er sich nicht mehr erinnern kann. Unruhiger Schlaf war's, mit Drehen und Wälzen. Reibt sich die Nacht aus den Augen. Ja, Kaffee muss jetzt sein. Und weiter? Warten. Worauf? Bis sich die Aufregung legt. Und dann?

***

Samantha Scheiwiller Strasser und die Kinder verbringen auch diesen Tag bei Sams Eltern in Rüschlikon. Sie werden nochmals hier übernachten. Den Kindern gefällt es bei den Grosseltern, erst recht mit dem Schnee. Nicht viel, aber reicht schon, sagt Vater Scheiwiller, für ein paar Schneebälle und ein paar Schneeschafe, und sie gehen raus an die Luft. Sam hat etwas Freizeit, und wenn abends die Kinder schlafen, kann sie mal Freundinnen treffen, mit ihnen in die Stadt essen gehen oder Kino oder tanzen. Braucht Mats nicht im Detail zu wissen. Interessiert ihn, denkt sie, auch nicht wirklich. Er wirkt manchmal auf sie wie eine Schildkröte, die Kopf, Beine und Schwanz unter dem Panzer in Sicherheit bringt.

Während des Tages hat sie versucht, ihren Mann zu erreichen. Wie gestern auch. Sein Mobiltelefon ist aus. Wählt weiter: Festnetz zu Hause, da geht der Beantworter an. Er wird sehen, dass sie's versucht hat.

Macht sie sich Sorgen? Nicht wirklich. Sie freut sich eher, mal nicht zu Hause zu sein – und ohne ihn. Entlastung hat sie durch ihre Eltern. Die sind noch fit und freuen sich an den Kindern.

Viel ausgetauscht haben sie sich nicht in den vergangenen Wochen, Matthias und sie. Sex? Reden wir nicht davon. Weil ein halb Bewusstloser, der spät und ausgelaugt heimkommt, ist keine Sexmaschine. Der will bloss den Kopf in den Sand stecken und Ruhe. Und Samantha mittlerweile auch. Matthias wird im Büro sein, denkt sie, wie an drei von vier oder fünf von sechs Samstagen. Vielleicht ruft er zurück. Wenn nicht heute, vielleicht morgen, könnte sein.

***

Samstag → schwieriger Tag für Ermittlungen, weil die Personen zerstreut, zu Hause, beim Einkaufen, Zweitwohnung, Städtereise, auf freier Wildbahn oder Familienspass grenzenlos: Shoppi Spreitenbach, Aquadingsda Pfäffikon, liegt so praktisch an der Autobahn. Aber für die Polizei Zürich Samstag = auch guter Tag, weil die Zeuginnen und Zeugen und potenziellen Mutmasslichen alle privat anzutreffen sind, isoliert vom Gruppendenken des Arbeitsplatzes, in casual, etwas lockerer vielleicht. Und deshalb gute Gelegenheit, sie unabhängig voneinander zu befragen.

Also, Polizeiarbeit.

Die lange Präsenzliste, ich meine, am Begehungstag kommst du damit sicher nicht bis zum Ende durch. Die Kollegen von der Uniformpolizei, eine umfangreiche Liste haben sie da gemacht, sogar zwei und die dann zusammengeheftet, und doppelt unterschrieben Basic, Rohner, Kaufmann, Yasar, damit wir sicher sind, dass seriös und alles. Verlierst du ja leicht die Übersicht, weil so ein Büro mit potenziellen Zeugen, möglichen Verdächtigen, emotional vermutlich Getroffenen, mit Menschen, die per definitionem auch ein U-Bewusstes haben, das aus ihnen herausbrechen kann oder im Gegenteil völlig verstockt. Ich sage dir: Das ist ein Flohzirkus: haben Hunger, wollen weg, sind aufgewühlt, wollen zum Rauchen rausgehen, haben Verabredungen.

Auffindung Leiche gestern kurz nach 16:30 Uhr. Denke systematisch: Zu der Uhrzeit wohl nicht Vollbestand in der Agentur, werden Sie sagen, weil so ist es in Büros: Am Freitag flattern die Vögelchen gerne früher aus. Doch Einwand: Motivationsanlass Gugelhopf und Prosecco von CEO Olli persönlich. Da kannst du nicht spurlos weg sein, weil der Chef hat Augen und Zuträger, die für ihn die Ohren spitzen. Fehlst du nicht einfach so, weil Konsequenzen holla.

Und wer macht sich im Büro 365 im Grossen Polizeihaus solche Überlegungen? Der Müller, und zwar seit 7 Uhr bei voller Dunkelheit des Himmels über Zurigo. Weil Abgleich Präsenzliste und vollständige Personalliste und Differenz Ferienplan und Stundensaldo und externe Termine und Krankheit und Diverses. Da hat er genug Stoff zum Denken, bevor die Kolleginnen und Kollegen zum Rapport einrücken.

Zentral: Wer war zum ungefähren Tatzeitpunkt vor Ort? Wer nicht? Wer war weshalb vor Ort? Wer weshalb nicht?

Und die da waren: ihr Verhältnis zum Getöteten?

Und die nicht da waren: denen ihr Verhältnis?

Ich höre Sie seufzen, liebe Leserin, lieber Leser, und ich finde, Sie haben richtig recht. Weil das eine Mordsarbeit ist, wo in so einem Fall auf uns zukommt. Wobei «zukommt» kein gutes Wort, denn «zukommt» hiesse von selbst und mühelos à la Naturgesetz oder Physik. Eher ist es jedoch in Wirklichkeit so, dass wir die Arbeit entstehen lassen. Wir strukturieren sie und machen sie und stossen auf das eine und auf das andere und ziehen Schlüsse und leiten gegebenenfalls daraus Massnahmen und weitere Schritte ab. Du hast Namen und Namen und Namen, alle mit Adresse, Geburtsdatum und Telefonnummer, lässt du dir immer auch gleich geben, damit du nicht suchen musst. «Jeder gesparte Handgriff erlaubt dir schneller zwei weitere» (Sir Malcolm Doddle, KBE).

65 Namen auf der Liste, in Worten: fünfundsechzig. Da bist du froh um jede Kollegin und jeden Kollegen, die dir für den Fall zugeteilt sind.

8 Uhr dann, im Besprechungszimmer 112 im Grossen Polizeihaus. Auf den Müller warten jetzt Barmettler, Bucher Manfred, Vukic, Brogli, Hossli, Rocco, Buess und Aspirant Mauchle. Automatenkaffee oder Wasser für alle, ein kurzes «Guten Morgen» vom Müller, dann verteilt er Fotokopien der Namensliste. Zuteilen, wer wen aufsucht und befragt.

Priorität: die drei Partner nochmals ausführlicher befragen als König und Herzog gestern. Aber fünfzehn Stunden nach der Tat fehlt Papst noch immer. Indizien gegen ihn bislang keine, Spuren auch nicht, aber Auswertung noch im Gang. Also liegt zumindest vorderhand bis dato kein Tatverdacht gegen Papst vor. Aber seine Abwesenheit, da massiert sich der Polizeimann die Schläfen, was könnte die Abwesenheit von Vice President Papst bedeuten? Verdacht? Doch eine Fahndung anzuordnen, findet der Müller, wäre verfrüht. Nicht zuletzt aus Kostengründen. Vielleicht taucht er noch auf?

***

09:03 Uhr, Seefeld, Frühstückstisch. Die Zeitung liegt vor Jérémie Caduff. «Starwerber im Seefeld ermordet» und blablabla et cetera, brauche ich hier nicht zu wiederholen. Wir wissen es ja seit gestern. Aber Jérémie, Mitglied der «Seefeld Army», erfährt es jetzt. Deshalb das Polizeigrossaufgebot gestern in der Fröhlichstrasse. Und der Artikel gekrönt von Foto Bischoff und Foto Bürogebäude Fröhlichstrasse und dort noch immer links im Eingangsbereich unzweifelhaft und klar gesprüht: das Dollarzeichen, das Symbol des britischen Pfund Sterling, das Eurozeichen und dann der kategorische Imperativ «Haut ab, ihr Säcke». Und «SEFAR». Auf den Glastüren haben sie's offenbar schon weggeputzt.

Haben Jérémie und Ramona Herzig Ende letzter Woche dorthin gesprüht.

Und das ist spätestens jetzt ein Problem.

Weil da starb einer in diesem Haus. Und wenn die Polizei diesen Tod verknüpfen sollte mit den Sprayereien. Ewig bräuchten sie wohl nicht, um herauszufinden, wer SEFAR ist. Vielleicht nur eine Suche im Netz. Denn bestimmt hat einer mal die SEFAR-Buchstaben oder einen Slogan gepostet, geht ja alles so flott von der Hand: Electronic Rebel Chic.

Das wäre mal ein Slogan für eine Kampagne, geht es Jérémie durch den Kopf. Für eine Kampagne gegen alle diese Geschäftemacher und Werbebüros und Anwaltskanzleien und Zahnärzte und VIP-Coiffeure und Boutiquen mit Dingen, die du nicht wirklich brauchst und die das Seefeld geentert haben.

Hey, die Sprayereien sind jetzt ein Problem, sagte ich.

Doch Jérémie und seine – ist «Freunde» das richtige Wort? –

haben diesen Mann nicht getötet! Obwohl, denkt er beim Lesen des Artikels, CEO und preisgekrönt und international und Branchenleader und exzellent vernetzt, das sind Wörter, die nicht supersympathisch klingen, denkt Jérémie Caduff. Aber Unsympathie ist kein Grund, denkt er nur eine Millisekunde später. Selbst dieser Politiker mit den Zähnen und dem Lächeln, als wollte er dich beissen und mit Volksverblödung infizieren, der könnte vielleicht privat ein vergnüglicher Gesprächspartner sein. Theoretisch. Solange du nicht über Politik sprichst mit ihm, das ist klar. Gewalt gegen Menschen – das geht gar nicht, oder?

Das sind Grundfragen der Aktion, über die SEFAR noch wird diskutieren müssen.

Aber halt! Jetzt sicher nicht. SEFAR darf nirgends mehr in Erscheinung treten. Bis auf Weiteres. Wir dürfen die Flyer nicht an der Uni und an der ZHdK auslegen. Nichts posten, twittern, verlinken, bloggen, nichts. Jetzt leisetreten, Kopf runter, stillhalten.

Keine Aktivitäten mehr, keine Treffen, keinen Kontakt.

Wie anstellen? Nicht von allen weiss er, wo sie wohnen. Anrufen könnte er sie nicht. Und falls ihn die Polizei bereits beobachtet, würde er die SEFAR-Aktivisten, ja «Aktivisten»! Das ist das Wort, das ich vorher gesucht habe. Er würde sie nicht aufsuchen und warnen können, sonst hätte die Polizei gleich alle in der Tasche. Und vom Überwachungsstaat liest man ja dies und das. Und ihm fällt das Wort «NSA» ein, die grosse transatlantische Abhör-Daten-Absaug-und-Durchforst-Agentur. Wenn die Schweiz solches auch macht, o nein, dann steht der Verhaftungswagen womöglich schon vor der Tür.

Jérémie Caduff geht aus der Küche ins Wohnzimmer, schaut aus dem Fenster. Draussen alles ruhig. Der 4er fährt vorbei, eine Velofahrerin, ein dunkelgrüner Jaguar.

Das, das sind genau die, die er meint.

Aber kein unauffälliger Kastenwagen. Keine Männer in sportlichen Schuhen und reissfester Jacke, die auf dem Trottoir herumlungern. Keine Uniformen. Soweit er es beurteilen kann.

***

Aspirant Mauchle holt in der Zelle Key Account Manager Bryan «Pluto» Hofer. Sie erinnern sich: seit gestern in Haft. Jetzt → Verhörraum 419, kennen Sie vermutlich von Ihren Aufenthalten im Grossen Polizeihaus. Beige gestrichene Wände, abwaschbar, Linoleumboden aus den sechziger oder siebziger Jahren in Grau oder Hellbraun, so klar lässt sich das nicht mehr bestimmen. Darin schlierenartige Muster, die an Marmorierungsversuche erinnern. Bestimmt ist die Herstellerfirma längst bankrott. Der Wetrok ist unzählige Male darübergefahren, ein nasser Wischmopp auch, mehrere tausend Mutmassliche und später Verurteilte haben sich über diesen Belag bewegt. Der Boden ist stumpfer geht es nicht. Und im Raum der festgeschraubte Resopaltisch und die beiden fest im Boden verankerten Stühle. Fern und fahl das Oberlicht, das der Polizist mit einem Hebelmechanismus öffnen kann, um den Angstschweiss des Befragten verdampfen zu lassen.

Angstschweiss, den gibt es hier, oft.

Pluto steht allein in 419, wandert vier Schritte hin und drei her. Tür von aussen abgeschlossen: metallisch klickten die Schlüssel, das Geräusch hallt in seinem Kopf nach.

Jetzt hört er im Korridor Schritte, sie kommen heran, nähern sich, bleiben stehen, sind da. Erneut Schlüssel im Schloss, die Tür schwingt langsam auf und quietscht dabei. Eine Polizistin, zwei Polizisten, sieht er, alle in Zivil.

Sehen nicht brutal aus oder gemein oder solche Wörter, sondern kalt, technisch, nach Polizei, nach der Wucht des Strafgesetzbuchs und der Strafprozessordnung.

«Guten Tag, Herr Hofer», sagt der mit den wenigen kurzen dunklen Haaren, «mein Name ist Müller. Das sind meine Kollegen Bucher und Hossli.»

Eine Handbewegung, sie heisst: «Setzen Sie sich.»

Komfortabel ist der Stuhl nicht, denn «in der Bequemheit steckt, o Fortuna, der Stachel der Lüge» (Diodoros). Hofer folgt der Anweisung.

Wenn du eine solche Untersuchung führst, Art. 112 StGB, da lässt du keinen leichtfertig wieder raus. Die Öffentlichkeit ruft heutzutage sogar nach persönlicher Haftung von Behördenmitgliedern, wenn einer auf freien Fuss gesetzt wird, der hinterher etwas verbricht. Herr im Himmel, mit einem Polizeilohn, da könntest du maximalstens für einen Fünfermockendiebstahl haften, aber dann wäre Schluss. Und die moralische Haftung, das ist ein Problem, das der Müller von seinem Schusswaffenvorfall kennt. Die moralische Haftung bedeutet schlechte Träume, Gedanken, wo du nie als möglich erachtet hättest, ein mieses Gefühl vor dir selbst, vor – ja – Gott und der Welt und dem Toten, den der Müller erschossen hat. Juristisch ist die Schuld zwar ausgeräumt, aber diesen Dammbruch in der Persönlichkeit, künftig erlebst du die Realität als Blackbox. Ohne Therapie kommst du nicht mehr auf die Beine. Regelmässig die fünfzigminütige Stunde bei Herrn Borowski, mit Wunden-von-der-Seele-Reden, mit Fragestichen direkt ins Herz, mit Zwischenbemerkungen und Kommentaren des Psychotherapeuten. Und weiterhin geht der Müller ab und zu an den Rigiplatz zu Borowski. Dem Müller seine psychische Situation erinnert bei genauerem Hinsehen ein bisschen an den Filmblockbuster «Nackt unter Wölfen». Besonders an die Szene, wo Brittany am Kiosk die Zigaretten und das Bier holt, und unter den Fussballmagazinen lauert schon, grün und schleimig, die «Hand des Schicksals», die in wenigen Sekundenbruchteilen – Cellomusik! – nach dem Arm von Brittany greifen will, um sie ins Verderben der bakteriell infizierten Tiefkühltruhe hinunterzuzerren. Gut, das Machwerk überzeugt nicht in jeder Hinsicht, aber Gänsehaut macht diese Szene schon. Der Müller und seine Kolleginnen und Kollegen gehen deshalb mit umsichtigem Vorgehen vor und hoffen, dass nichts Dummes schiefläuft.

Du behältst also einen wie Bryan Hofer drinnen, so lange es nötig ist und das Gesetz dir sagt: «Du darfst!»

«Kaffee?», fragt der Müller und stellt ihm den Becher ungefragt hin, egal, ob zwei oder drei Zuckerwürfel oder mit ohne Milch oder mit, das interessiert den Verhörbeamten nicht. Ist ein Signal: Er ist der Meister hier.

Und bei einem Key Account Manager, kommen Sie, machen wir zusammen einen Test, was fragen Sie einen Key Account Manager als Erstes?

Klar: Personalien und solche Sachen, Rechtsmittelbelehrung tutti quanti, weil Rechtsstaat. Und dann? Logisch, auch die Polizei will wissen, wie ein Angehöriger dieser Berufsgruppe seine 42 Stunden pro Woche hinter sich bringt.

Genau das fragen ihn die Kollegen jetzt, der Müller, Bucher Manfred und Janine Hossli.

Die Aufnahme läuft, und die Antwort von Hofer geht so: «Als Key Account Manager übernehme ich die Betreuung von bestehenden sowie die Akquisition neuer Kunden. Als verhandlungsstarke Persönlichkeit erkenne ich Kundenbedürfnisse, bin sehr serviceorientiert und bringe ein gewinnendes Auftreten mit. Gute Kommunikations- und Präsentationstechniken sind für mich selbstverständlich. Ich weiss, welche Themen die Kommunikationsbranche bewegen, und die Schweizer Medienlandschaft ist mir geläufig.»

«Gut, äh, was heisst das im, sagen wir, praktischen Arbeitsalltag?», fragt da im Verhörraum 419 der Polizist, aktuell Hossli, also die Polizistin.

Und Hofer: «Meine Hauptaufgaben sind: Ich berate unsere Auftraggeber, um deren Arbeit noch erfolgreicher zu gestalten. Ich gewinne aktiv neue Geschäftspartner in der ganzen Schweiz und sichere damit den Geschäftserfolg von Kay plus –»

Hossli: «Von was?»

Hofer: «K+, so nennen wir KHP&B intern manchmal.»

Tönt eckig, die Abkürzung, aber sie träufelt von Hofers Lippen wie Honig im «Dschungelbuch» von den Lippen der Schlange Kaa.

Und ohne ein- oder auszuatmen, vermutlich hat er auf anaerobe Verbrennung umgestellt, kommuniziert Hofer weiter: «… Ich arbeite gemeinsam mit unseren internationalen Partnern an der Akquise spannender Kundenprojekte. Ich stärke die Beziehung zu bestehenden und neuen Kunden. Ich habe massgeblichen Anteil an unserem guten Ansehen in der Branche …»

Danke, das reicht, kann ich mir jetzt mehr darunter vorstellen, will der Polizist da sagen, weil, sagen wir's ehrlich: Es tönt langweilig, was der zu tun hat, aber hallo. Aber «bremse den Redefluss des zu Vernehmenden nur mit triftigem Grund», schreibt Sir Malcolm

Doddle in seiner grundlegenden kriminalistischen Schrift «How To Fight Crime», denn «manchen bringt erst sein Redefluss hinter Gitter».

«… ich setze Direktmarketing-Aktionen und Kundenbindungsmassnahmen um …»

An Kundenknebelungsmassnahmen denkt da der Polizist allmählich, entgegen jeder Dienstvorschrift.

«… Und schliesslich bin ich das Gesicht von KHP&B auf Branchenveranstaltungen und Kundenanlässen.»

«Danke, das reicht», sagt der Polizist schnell, damit es im Text nicht weitergeht. Aber es geht nicht weiter, denn es ist aus mit dem Ausformulieren des Stellenprofils.

Hofer schweigt trotzdem nicht: «Der Ehrlichkeit halber muss ich sagen: Ich bin erst *Junior* Key Account Manager.»

Und der Müller als Verhörleiter zuckt beim Wort «Ehrlichkeit» zusammen, denn was in diesem Raum schon gelogen wurde … der Müller sagt noch einmal: «Danke, das reicht.»

Der Müller, Bucher Manfred und Janine Hossli wissen bereits, dass weder am Messer in Olli Bischoff noch am Gugelhopf noch sonst wo im näheren Perimeter der Leiche auch nur das kleinste Fitzelchen von Junior-Key-Account-Manager-DNS klebte. Die Kleider des Festgenommenen, die Haut desselben und seine Haare, weder die auf dem Kopf noch die Körperbehaarung, nirgends DNS des Getöteten. Sie hatten nichts miteinander. Zu tun, meine ich, Körperkontakt. Kriminaltechnisch ist Hofer sauber. Mit dieser neuen japanischen Technik kommen die Resultate sehr schnell, wenn auch teuer.

In Übereinstimmung mit dem Standardwerk «Criminal Interrogation and Confession» von Inbau, Reid und Buckley gilt es nun für den Verhörbeamten, ins Denken des Gegenübers einzudringen.

Es folgen Fragen nach der Zufriedenheit in der Agentur, nach der persönlichen Beziehung zu Rahel Stahel («Wähle manchmal den Umweg», Sun Tzu), mit anderen Kolleginnen und Kollegen. Die Frage nach dem Verhältnis zur Hierarchie, nach der Lohnzufriedenheit, der Besonnung der Büroräumlichkeiten («Überrasche manchmal den Gegner», derselbe) und der Geruchsabsonderung der Topfpflanzen. Letzteres als Fangfrage, denn es gibt keine Blumentopfflora im Büroloft von KHP&B.

«Gibt es welche?», fragt Hofer zurück und scheint ehrlich erstaunt.

Hossli setzt noch eins drauf: «Warum nennen manche Kollegen Sie Pluto?»

Hofer so: «Das war mein Pfadfindername, weil mich alle dorthin wünschten.» Und muss lachen, nur kurz, bis er merkt: Hey, ich bin ja in Polizeigewahrsam in einer Mordsache, lustig ist das nicht.

«Lustig ist das nicht», sagt Hossli, und wir merken: Die Polizeitaktik, bei einem vermutlich Nichtabgebrühten eine weibliche Beamtin beim Verhör mit einzusetzen, die funktioniert. Weil eine Frau unter Umständen in einem männlichen Klienten nicht so sehr ein Bedrohungsszenario auslöst, sondern die Zunge lockert.

Den Testosteronpegel gewinnbringend ummünzen.

Trotzdem: Aus Bryan Hofer bringen sie nichts Fallrelevantes heraus. Kein Täterwissen. Er sei in den oberen Stock gegangen, sagt er, beteuert er, wiederholt und unterstreicht er, in Jörg-Olaf Bischoffs Büro, um den Vorgesetzten zu fragen, ob er für den geplanten Motivationsevent noch etwas tun könne, ihm etwas abnehmen, Flaschen öffnen, Mineralwasser in den Raum tragen, Gläser abzählen, Häppchen bei Strozzi holen, irgendetwas fotokopieren.

Der Müller: «Warum wollten Sie das?»

Hofer zurück: «Warum?» Es klingt wie ein Blöken.

Der Müller: «Ja. Warum?»

Und Hofer zuerst so zischendes Ausatmen, Augenrollen. Er rutscht hin und her, du merkst, du hast eine Vene in ihm getroffen, und er sagt: «Also, ich bin noch nicht, äh, also ich will doch –»

«Ich bin noch nicht was?»

«Noch nicht lange in der Firma.»

«Also wollen Sie doch?»

«Also, nicht ewig *Junior* Key Account Manager bleiben, sondern das Junior asap streichen.»

«Asap?», will der Müller fragen, aber Hossli morst ihm mit

den Augen, dass sie ihm so schnell wie möglich diesen Ausdruck erklären wird.

«Und deshalb wollen Sie Flaschen öffnen, Mineralwasser herumtragen, Häppchen holen und irgendetwas fotokopieren?»

Denken Sie nicht, der Müller ist stutzig von Begriff oder langsam beim Denken, das muss bloss alles hieb- und stichfest auf dem Tonband sein, damit die Staatsanwaltschaft zufrieden und der Verteidiger sich verzweifelt. Obwohl: Geständnisse werden überschätzt. Indizien, materielle Beweise, Aussagen von Belastungszeugen sind wichtiger. Die Wissenschaft triumphiert über das Blabla. Das Geständnis ist nicht mehr als die Schokosauce auf dem Bananensplit.

Der Müller fasst nach: «Welche anderen Extradienstleistungen haben Sie für Herrn Bischoff ausgeführt?»

Und diese Frage = so absurd, dass der Befragte denkt, sie wissen etwas, aber hat keinen Schimmer was, weil «Wissen ist ein weites Feld» (Diodoros zugeschrieben).

Hofer also: «Was meinen Sie?»

Der Müller, Bucher Manfred und Janine Hossli sehen: Die Finger des Befragten zittern ein wenig, und er ballt sie zur Faust, damit sie das lassen. Und die höhere Transpiration, wie sie nun vorliegt, kann, ich betone: kann, durchaus ebenfalls ein Indikator dafür sein, dass das Strafgesetzbuch für diesen Klienten den einen oder anderen attraktiven Artikel bereithält.

Der Müller: «Etwas für ihn getan, etwas für ihn besorgt, ihm bei etwas behilflich gewesen, etwas für ihn ausgeführt … muss ich weitere Synonyme aufzählen? Kommen Sie …»

Und dass der Polizeimann hier das brutale Wort «Synonym» einsetzt, was Hofer ans Wort «Pseudonym» denken lässt, was nicht weit entfernt ist von «Aliasname(n)», und schon bist du mitten im Verbrecherverzeichnis. Wirklich gibt es in der RIPOL-Eingabemaske ein solches Feld. Da beginnt Hofers Kreislauf bereits zu schlingern, weil «etwas für ihn getan», das wäre seine geplante Informationszulieferleistung aus dem Betrieb, wenn das dort bloss niemand erfährt, und «etwas für ihn besorgt» … woher weiss dieser Polizist, dass er für Olli einmal, nein zweimal, aber wirklich nur zweimal, ich schwöre es, insgesamt zwei

Portionen Kokain besorgt hat? Das Zeug zirkuliert ja überall in rauen Mengen. Wenn du von deinem privaten Wochenvorrat etwas abzweigst, um deinem Chef auszuhelfen, der sonst herumtelefonieren und etwas *warten* müsste, bis er es von anderswoher bekäme, womöglich von dubiosen Leuten. Wirklich verdient hat Hofer am Konsum von CEO Bischoff nichts, man ist ja nicht so. War der Selbstkostenpreis. Woher er das Pulver hatte, wird die Polizei auch wissen wollen, und wenn er sagt, «von einem gewissen Stefan», den er an einer Party getroffen hat, «nein, ich weiss nicht, ob er wirklich so heisst, und keine Ahnung, wo er wohnt oder wie ich ihn kontaktieren könnte», dann werden sie ihm nicht glauben, obwohl es ist wahr, was ihm gerade durch den Kopf gegangen ist.

Nur: Es hat auch Zeit gebraucht, bis ihm all das durch den Kopf gegangen ist, und deshalb hat der Polizist gemerkt, dass er das Gewissen von Hofer melken kann.

Der Müller: «Wir wissen alles. Mit einer detaillierten Aussage können Sie sich viele Scherereien sparen. Zum Beispiel diese Befragung. Wir sind zu dritt, wir können stundenlang so weitermachen.»

Und das willst du nicht, weil es voll mühsam ist: Du lebst vielleicht 75 Jahre lang, das sind gerundet und ohne Schaltjahre 657'000 Stunden. Hofer ist bei dieser Befragung zwar erst 26 Jahre alt. Doch Zeit zum Vergeuden hat auch er nicht. Willst du wirklich einige dieser läppischen paar tausend Lebensstunden to go hier im Verhörraum 419 verbringen? In Gesellschaft von diesem Müller und diesem grossen Breiten, der so trainiert aussieht und seine Zähne ständig in eine Karotte schlägt, und dieser gefährlichen Braunhaarigen?

Und was macht der Rest der Polizei, während der Junior Key Account Manager beim Verhör durch den Müller, Bucher Manfred und Janine Hossli seine Nervosität aus sich herausschwitzt?

Die ausgerückten Kolleginnen und Kollegen befragen weitere Mitarbeiterinnen und Mitarbeiter der Kommunikationsagentur. Sie entdecken drei inoffizielle Liebesverhältnisse verheirateter Members of Staff, was die Polizei nicht interessiert, plus vier Fälle von Drogenkonsum (synthetisch), plus ein unautorisiertes

Ausleihen eines Geschäftsfahrzeugs zum Privatgebrauch, drei Fälle von falschen Einträgen im Stundenerfassungstool, mehrere Hinweise auf üble Nachrede nach Art. 173 StGB und Verleumdung nach Art. 174 StGB, Letzteres schwer zu beweisen, da Aussage gegen Aussage, das alte Lied der Polizeiarbeit. Aber von all den Kinkerlitzchendelikten zu Mord liegt eine lange Strecke Weges unter den Sohlen des Planeten.

Über den Verstorbenen Jörg-Olaf Bischoff ist nichts wirklich Schlechtes in Erfahrung zu bringen, sondern grundsätzlich Positives. Keine Feinde, «beliebt ist vielleicht nicht das richtige Wort, aber fair» und Tenor ebenfalls: «verlangt viel». Umgänglich, intelligent, geistreich, spricht viel, manchmal humorvoll, leistungsorientiert, ab und zu laut. Freundlich, grundsätzlich schon, lässt wenig Nähe zu, manchmal etwas, sagen wir, bizarr.

«Wie meinen Sie ‹bizarr›?», will Dylan Barmettler von Georgina Meili (32) wissen, Human Resources KHP&B, die dieses Wort gebraucht hat, um Bischoff zu charakterisieren.

Georgina Meili: «Der Blick vielleicht, Sekundenbruchteile, nein, aber, das ist vielleicht zu subjektiv, dieser persönliche Eindruck, bitte vergessen Sie das wieder, ich habe nichts gesagt ...»

Über den Ermordeten generell viele Adjektive und solche Wörter.

Nochmals Georgina Meili: «Nein, echte Freunde hatte Olli unter den Mitarbeitenden vermutlich nicht. Aber welcher Chef hat das schon?»

Viele Mannstunden investiert die Polizei Zürich, viele. Bis zum Beispiel Bryan Hofer ein Dokument unterschrieben hat, «Geständnis», wenn Sie es pathetisch wollen: zweimalige Lieferung Kokain an den nunmehr Verstorbenen, mit approximativ Datum plus Menge, aber ohne Lieferantenpersonalien, weil «ein mir unbekannter namens Stefan, von dem ich weder Familiennamen noch Handynummer weiss», das schreibt dir keine Polizistin, kein Polizist in den Rapport. Sonst lacht sich der Sachbearbeiter des Staatsanwalts über dich krumm.

Bucher Manfred: «Und weshalb waren Sie wenige Minuten vor Herrn Bischoffs Ermordung in seinem Büro?»

Hofer: «Das haben Sie mich doch schon gefragt.»

Bucher Manfred: «Das war mein Kollege. Jetzt will *ich* es wissen. Warum waren Sie oben?»

Hofer seufzt, würde am liebsten die Augen rollen, wie er es macht, wenn ihn seine Freundin, um genauer zu sein, seine *Ex*freundin, etwas gefragt hat. Aber Hofer weiss, bei der Polizei rollst du nicht mit den Augen. Das spürt er tief in sich drin, und langsam ist er müde von der Fragerei. Antwort also kurz und schmerzlos: «Wegen des Motivationshappenings. Ich wollte sehen, ob ich dem Chef etwas helfen könnte. Etwas heruntertragen. Prosecco holen. Brötchen streichen meinetwegen, irgendwas!»

Was macht der Müller jetzt mit Hofer? Das Geständnis geht an die Staatsanwaltschaft, aber laut Spurenlage und Aussage Hofer und weil keine anderslautende Zeugenaussage aus KHP&B Verwicklung in Tötungsdelikt unwahrscheinlich. Sagt der Müller schliesslich, weil muss die Zellen freihalten für Wichtiges, denn die Wochenenddelinquenz hat bereits angefangen, sagt er also: «Gehen Sie nach Hause, aber halten Sie sich zu unserer Verfügung.»

***

Und die Hierarchie? Riecht es zwischen den Partnern von KHP&B nach Schwefel? Priorität, ich erinnere: Täter oft im innersten Kreis → engste Mitarbeiter, im aktuellen Fall: die Partner von der Chefetage.

König und Herzog gestern erstmals befragt. Betroffen, getroffen, oder wie soll man sagen, wie sie waren? Ja, sie waren «schockiert»? Aber heute sind Leute durch ein seltsames Karomuster oder falsche Schuhwahl «schockiert». Darum verwendet die Polizei so grosse Wörter ungern. König und Herzog sind, wie zu erwarten war, nachdenklich, durcheinander, empört, eben … unter Schock. Da sind Aussagen oft nicht hundert Prozent. Doch jetzt Begehungstag plus eins → genauere Einvernahme möglich. Und nötig.

Zuerst habhaft wird die Polizei Heinz «Sharky» Herzogs. Circa 15:30 Uhr. Rüschlikon, hoch oben, eine dieser Strassen, die den Höhenkurven entlang den Berg umschmeichelt.

Weisser Kubus, fast fensterlos zur Strasse hin. Davor geparkt ein schwarzer Mercedes, glänzt sogar noch in der Dämmerung eines Hochnebeltags. Muss Sharkys sein. Abklärung Kontrollschild → ist Sharkys. Aus dem dunkelblauen Mondeo ausgestiegen, Barmettler und Buess, klingeln an dieser stylishen Demeure. Er öffnet in persona.

«Kommen Sie herein.» Lässt sie durch, winkt sie in einen grossen Raum hinüber. Der Kubus innen ein riesiges Wohnzimmer mit Treppenaufgang, oben wohl das Schlafzimmer, links ein Raumtrenner, hüfthoch aus dezent bordeauxblau eingefärbtem Beton, dahinter frei stehend der Bulthaup-Küchenblock, Induktionsherd, Stahl glänzt, von einer Schiene hängen Chromstahlkellen, Schaber, Messer, Grillzange, auf dem Korpus eine Alessi-Drahtschale mit Früchten. Die hat Buess noch nie gesehen, die Früchte, meine ich, Gucci schon, in Stylemagazinen. Jetzt eine Sitzgruppe, was sage ich: eine Sofazone, fünf-, sechsplätzig, kommt darauf an, wie eng die Leute sitzen wollen, in der Farbe dieser hellgrauen Katze, die bei uns immer ums Haus schleicht.

«Nehmen Sie Platz.» Und geradeaus, da hörst du auf zu atmen, weil mit so einer Sicht wirst du selbst nie wohnen. Der Himmel, okay, gerade grau in grau, der Pfannenstiel mit seiner sanft gestreckten Rundung, darunter Erlenbach, Küsnacht, der See. Dienst ist Dienst, aber der See ist der See. Schauen Barmettler und Buess halt. Vier, fünf Sekunden lang, mehr ist nicht. Darfst dir nicht viel anmerken lassen, sonst nimmt dich der Klient nicht ernst und denkt, allein schon mit einer exotischen Kaffeesorte kann er dich beeindrucken, dass du in die Knie gehst.

«Kann ich Ihnen etwas zu trinken anbieten? Kaffee? Mineralwasser?»

«Nein, danke», sagst du da als Polizist, weil das ist kein Höflichkeitsbesuch. «Wir haben einige Fragen.» Ein dummer Satz, denn klar ist, dass die Polizisten den dunkelblauen Mondeo mit der Wackelkontaktheizung nicht zum Spass hier heraufgefahren haben.

Und dann fragt Barmettler: «Vielleicht haben Sie sich seit der Befragung gestern einige Gedanken gemacht? Wer könnte Ihren Geschäftspartner getötet haben?»

Diese Frage stellst du immer, die Lösung bringt sie nie. Stellen musst du sie dennoch trotzdem. Antwort negativ.

Barmettler: «Hatte Herr Bischoff Feinde?»

Und präzisiert, dass sowohl privat als auch geschäftlich gemeint. Antwort negativ.

«Hatten Sie abseits von der Firma Kontakt mit Herrn Bischoff?»

Herzog: «Seit Langem nicht mehr.»

Barmettler: «Warum nicht?»

Herzog: «Wenn man so eng zusammenarbeitet, will man privat nicht auch noch dieselben Gesichter sehen.»

Barmettler: «Hatte Herr Bischoff dieselbe Einstellung?»

Herzog: «Wie meinen Sie das?»

Barmettler: «Hatte Herr Bischoff vielleicht mit der einen oder anderen Person aus der Firma privat engeren Kontakt?»

Und Herzog: «Sie meinen, ob er jemanden gebumst hat?»

Und Barmettler: «Das haben *Sie* gesagt.»

Herzog: «Sorry, unter den Partnern sprechen wir gerne Klartext.»

Barmettler: «Wir sind nicht Ihre Partner. Sondern ich habe Ihnen eine Frage gestellt.»

Herzog: «Ich weiss es nicht. Ich lasse niemanden überwachen, und es interessiert mich auch nicht. Solange die Arbeit und der Ruf der Firma nicht darunter leiden, können die Mitarbeiterinnen und Mitarbeiter tun, was sie wollen. Auch die Partner.»

Barmettler: «Was wurde über Herrn Bischoff getuschelt? Sagen Sie es mir, Sie erleichtern uns die Ermittlungen.»

Herzog: «Da kann ich Ihnen beim besten Willen nicht weiterhelfen. Fragen Sie Ollis Frau, vielleicht kann sie Ihnen dazu etwas sagen.»

Barmettler: «Wie war das Verhältnis unter den Partnern von KHP&B? Gab es Spannungen zwischen Herrn Bischoff und dem einen oder anderen von Ihnen?»

Herzog denkt kurz nach: «Ach, wo gehobelt wird, fliegen immer Späne. Aber deswegen bringt man doch keinen um!»

Barmettler: «Also keine schwerwiegenden Differenzen?»

Herzog: «Ach wo! Wer erzählt Ihnen denn so etwas!»

Und jetzt hört man, wie der Wind von Westen in Richtung

Osten unmittelbar vor Herzogs Kubus vorbeistreicht, die winterstarren Rasenhalme, die sich darunter hinwegducken, scheinen im Chill-Effekt aufzustöhnen. Vom Seeufer gegenüber, vermutlich die Anlegestelle von Erlenbach, leuchtet rot das Blinklicht der Sturmwarnung auf.

«Niemand erzählt uns so etwas», sagt Barmettler, «bisher niemand.»

Und die hellgraue Sofazone unter Heinz Herzogs, Roman Buess' und Dylan Barmettlers Podexen knarrt leise.

Und Intervention jetzt Buess: «Was mich noch interessieren würde: Warum nennt man Sie in der Firma Sharky?»

Herzog lacht: «Woher haben Sie denn den? Ich bin nun mal der älteste der vier Partner. Ich weiss, in welche Richtung die Fische schwimmen. Und wenn es nötig ist, fresse ich sie.»

Die Polizisten stehen auf, deblockieren die Kniescheibe, die knackt, Barmettler die Visitenkarte dem Befragten hingestreckt. «Wenn Ihnen etwas einfallen sollte, etwas Ungewöhnliches, das passiert ist oder das Herr Bischoff gesagt hat, etwas, das Sie beobachtet oder auf dem Korridor aufgeschnappt haben …»

«Danke, ich habe zwar schon die Ihres Kollegen, von gestern», sagt Herzog, nimmt die Karte und bringt die beiden Polizisten zur Tür.

«Vielen Dank, Herr Herzog, Sie haben uns sehr geholfen», sagt Buess.

Das sagst du fast immer.

Im Auto Buess zu Barmettler: «Er scheint nicht besonders um seinen Geschäftspartner zu trauern.»

Barmettler: «Wirklich nicht. Lukratives Geschäft offenbar, diese Agentur. Die Einrichtung: der aktuelle Jahrgang eines halben Dutzends Designzeitschriften. Könnte ich schon nachvollziehen, wenn hinter dem Mord etwas Geschäftliches stände …»

***

König, der erste Buchstabe in der Abkürzung KHP&B? Den wollen der Müller und Bucher Manfred genauer befragen, ergänzend zum gestrigen Erstgespräch. Pluto, ehrlich, diese Spitznamen, den haben sie vorhin laufen lassen, allerdings mit Ruf Urs und Archetti Olivia im Schlepptau, die zur Tarnung ein Paar spielen, was ihnen nicht schwerfällt, weil sie eines sind.

Der Müller und Bucher Manfred also in Richtung Königsdomizil nach Witikon hinauf. Lustig, dass sich die Partner sternförmig ums untere Seebecken gruppiert haben. Drusbergstrasse bei der grossen Kurve, da sind wir bei den höheren Weihen der Stadtzürcher Geografie. Solche Leute wollen am Morgen kurz nach der Dämmerung und am Wochenende kilometerweise joggen gehen. Hier brauchst du nur zweimal umzufallen, bist du im Wald. Aufs Klingeln am Könighaus antwortet niemand. Also ums Gebäude herum. Hinter dem Haus ein Swimmingpool, natürlich jetzt ohne Wasser, sondern mit Plane darüber.

Plane über dem Swimmingpool. Da denken Sie, liebe Krimileserin, lieber Krimileser, natürlich an ungesetzliche Handlungen nach Art. 111–113 StGB, also vorsätzliche Tötung, Mord und/oder Totschlag.

Und der Müller und Bucher Manfred können das selbstverständlich nicht ausser acht und Betracht lassen. Stellen Sie sich vor: Die wollen einen vernehmen, der wurde inzwischen ermordet, sie kommen zu seinem Haus, klingeln brav, denken, er ist was weiss ich wo, also alles in Ordnung, doch unter der Plane über dem Swimmingpool liegt die Leiche, sie finden sie nicht, weil sie haben nicht nachgeschaut – und irgendwann kommt es aus. Nebst Disziplinarverfahren wegen Schlamperei lachen jahrelang ganze Aspirantenklassen über dich.

Also beide zur Plane hin, ist hellblau, darauf einige Blätter, im winterfeuchten Rasenmatsch, zu dem der geschmolzene Schnee geworden ist, keine Spuren von Schuhen. Mehrschichtige Schaumfolie, am Poolrand eingehakt. Bucher Manfred löst einen Haken, der Müller auch, Manfred noch einen, der Müller auch.

Ein Geruch? Nein, das könnte auch nicht sein, denn gestern war Beat R. König noch lebendig in der Firma. Er könnte seither nicht zu riechen begonnen haben, zumal bei diesen Temperaturen, bei denen sich die Geruchsmoleküle träge bewegen und der Verwesungsprozess noch nicht eingesetzt hätte.

Und nun: die Plane angehoben und daruntergeschaut. Es ist

dunkel, riecht nach nichts. Bucher Manfred die Taschenlampe raus und runtergeleuchtet, hin und her, vor und zurück.

Nur ein bisschen wohl Regenwasser, bisschen Dreck, vielleicht Pflanzenteile, sonst Luft.

«Gut … aber wo mag er stecken?», sagt der Müller. Sie haken die Plane wieder fest, jetzt → Terrasse. Die Rollladen vor den Fenstern unten, massiv, keine Beschädigungen erkennbar, zwei kleine Fenster im EG ohne Rollladen, vergittert. Ums Haus herum: überall verbarrikadiert. Keine Spuren von Schraubenziehern, Bohrern, Vorschlaghämmern, Glasschneidern. Nichts.

Und bevor Sie mich fragen: Lebt König allein? Hier die Antwort: Seit Scheidung vor zwei Jahren ja. War eine teure Angelegenheit.

«Die Nachbarn», sagt der Müller, und sie gehen hin.

Aber Fehlanzeige, Resultat zéro. Ich könnte bizarre Begegnungen mit eigenbrötlerischen Randexistenzen aus dem oberen Mittelstand skizzieren, die Kubikmeter von Erstdrucken von Schachproblemen sammeln, ohne sie je lösen zu wollen. Vielleicht wäre hier der Ort für einen Einblick in die lebenslustige Studenten-WG, die das Haus der verstorbenen Grossmutter bewohnt, bis die Erbengemeinschaft sich über die Pläne für die Liegenschaft einig wird, oder einen älteren Herrn, dessen gepflegtes Gartengrundstück direkt an die Parzelle des Gesuchten grenzt? Das alles lasse ich aus, weil es nur Zeilen füllen würde, die Ermittlungen aber nicht voranbringt. Niemand hat König heute gesehen, die WG weiss nicht einmal, von wem der Müller und Bucher Manfred sprechen, obwohl sie ein Foto dabeihaben. Andere Personen auch nicht gesehen, keine Streuner, keine Zeugen Jehovas, niemand aufgefallen, der das Quartier nach einbruchsrelevanten Zielen ausgekundschaftet hätte.

Ergebnis: König ist nicht auffindbar. Muss nichts Kriminalrelevantes bedeuten, weil viele mögliche Szenarien.

Da musst du als Polizei eine Risikoeinschätzung vornehmen. Wägst ab: Bedrohungsszenario? Unklar.

Planungsgrad? Vermutlich hoch: 65 Personen in unmittelbarer Nähe des Opfers und trotzdem (bisher) unbehelligtes Entfernen vom Tatort. Spricht für umsichtige Vorbereitung.

Tatentschlossenheit? Gross, weil Tatwaffe. Ein Messer trägt niemand zufällig auf sich, zumal in einem Bürogebäude kein Schnitzkurs.

Spuren? Detailbericht vom WD steht aus. Personenschutz für Mitarbeiterinnen und Mitarbeiter der Agentur? Personenkreis müsste eingegrenzt werden. «Denk immer ans Budget» (Jörg-Olaf Bischoff, «Was bleibt», in: «The Art of Art Direction», No. 9b/2014, Publikationsprojekt des Nachlasses). Personenschutz nur für die Partner? Aber was, wenn unter allfälligen Zielpersonen ein verhasster Abteilungsleiter, wo nicht Partner ist? Dann fällt die Medienmeute über die Polizei her, wenn etwas passiert. Abwägen, abwägen. Der Müller denkt, während sie in die Stadt hinunterfahren.

Nach dem Abendessen im Grossen Polizeihaus, die Kantine bietet an: 1) Lasagne al Forno (Herkunft Fleisch: Fragen Sie an der Theke), 2) Quorn-Schnitzel mit Ebly auf Saisongemüse-Coulis mit Biosesamsalat, 3) Schweineschnitzel und Pommes frites mit gedünsteten Bohnen (Herkunft: Ägypten). Der Müller nimmt die Drei, Bucher die Zwei, schmeckt gut, kann ich empfehlen, ist immer auch ein Salat dabei. Aber den Satz habe ich begonnen mit «nach dem Abendessen», also will man nun wissen, was dann geschieht, also jetzt ab nach Erlenbach, dem hinterbliebenen Wohnort von Bischoff.

Hat man vielleicht Erwartungen: Dass dort überall Vintage-Bentleys herumstehen, mit Burberry-Textilien tapezierte Bootshäuser und Schockbeleuchtung an jeder Hausecke, eine silberglänzende Deutsche Dogge mit Bulgari-Halsband, und die Personen tragen auch zum Fensterputzen Manolo Blahniks, die Frauen sind eher blond und die Männer tendenziell im Anwalts-, Investmentbanker- oder Zahnarztberuf. Das stimmt manchmal überzeugend genau, ist aber in anderen Fällen nur Vorurteil. Und als Polizei müssen wir uns an die Fakten halten und allen Einwohnerinnen und Einwohnern, die sich auf dem Gebiet des Kantons Zürich aufhalten, dieselbe Rechtspflege und Unrechtsverfolgung zukommen lassen. Das verlangt das Polizeigesetz und ist nur gerecht.

Erlenbach also.

Komfortzone am See.

Polizeiseitig Aufgebot wie gestern: Bucher Manfred und Rosanna Vukic. Nochmaliger Besuch bei Witwe Watkiss Bischoff. Trägt heute Schwarz, Augen verweint, Make-up fast null, hat wohl wenig Ruhe gefunden. Bei ihr eine Freundin, stellt sich vor als Rose Jones-Carter, US-amerikanische Staatsangehörige, wohnhaft in Zollikerberg.

Und Bucher Manfred noch einmal Thema «Wissenschaft», weil ist überraschend, erwartest du nicht von der Frau eines Kommunikationsmoguls und ehemaligen Miss Massachusetts. Er fragt also: «Welche Wissenschaft?»

Und Lee-Ann Watkiss Bischoff steht vom Sofa auf → Bücherregal → Exemplar «The Art of What – Concepts of Creative Clampdown in Western Culture», so oder ungefähr ähnlich heisst das Werk, konnte es mir nicht exakt merken, aber zum Glück sagt sie: «Im Schnittbereich von Psychologie, Soziologie, Philosophie und Politikwissenschaft.»

Das, denkt Bucher Manfred, bringt mich nicht viel weiter, aber Rosanna Vukic nickt mit ihren gefährlichen roten Haaren und sagt: «Natürlich, ja.»

Manfred wird sie nachher fragen, was dieser Schnittbereich ist, weil Manfred, halten Sie ihn bitte nicht für limitiert oder so, aber Primär- und Sekundärliteratur ist weniger seine Stärke. Hingegen praxisbezogenes Handeln.

Daher (Bucher Manfred): «Eine andere Welt, die Wissenschaft, als die Kommunikationsagentur, die Ihr Mann gegründet hat …»

«Du musst diese Frage nicht beantworten, Lee-Ann», sagt Rose Jones-Carter.

«Warum nicht?», sagt Frau Watkiss. «Ich habe nichts zu verbergen. Und wenn die Polizei so schneller kann finden den Schuldigen, ich liefere gerne alle Informationen.»

Dann eine kleine Pause und schliesslich Frau Watkiss: «Pardon, was war die Frage, bitte?»

Daher Bucher Manfred erneut: «Eine andere Welt, die Wissenschaft, als die Kommunikationsagentur, die Ihr Mann führte …»

Und jetzt formuliert sie: «Ja. Aber das bedeutet nichts. Ich finde, es ist besser, wenn nicht beide Ehepartner in derselben Sauce schwimmen, wenn ich es so salopp ausdrücken darf.»

«Sind Sie glücklich verheiratet?», fragt Bucher Manfred mit einer kurzen Pause vor dem GL von glücklich.

Watkiss: «Nicht unglücklicher als andere Paare.»

Bucher Manfred: «Was heisst das?»

Watkiss: «Ach! Was weiss ich. Wir haben zusammengelebt und waren manchmal froh, dass uns der andere in Ruhe gelassen hat. Doch manchmal war es …», und jetzt drückt die «Kraft der Tränen» (Anaklet von Hippo) aus den Drüsen heraus, «… ja, manchmal es war ziemlich lustig und schön.»

Rose Jones-Carter, die Freundin, mischt sich wieder ein, und das ist hier in der Wirklichkeit in Erlenbach wie in jedem Kriminalroman oder -film, nämlich ebenfalls ein Standardsatz: «Bitte, jetzt ist es genug, Sie sehen doch …»

Und die Polizisten werfen sich einen Blick zu, der immer als «vielsagend» beschrieben wird, damit es einen Cliffhanger gibt und das Buch zum Pageturner wird.

***

Und Rosanna Vukic und Bucher Manfred zurück ins Grosse Polizeihaus. Bucher Manfred von dort gleich weiter → Altstetten, Tatort aufnehmen (Messerstecherei). Vukic → Wiedikon, bei Festnahme von mutmasslichem Drogenhändler in Privatwohnung mithelfen. Der Müller im Büro, er koordiniert. Fokus in diesem Moment: Die IT-Spezialisten haben die Metadaten von Jörg-Olaf Bischoffs Mobiltelefon ermittelt. Sie haben festgestellt: Von diesem Natel aus sind, wie bereits festgestellt, mehrere Anrufe an eine gewisse Ivana Bossart erfolgt.

Heather Brogli hat endlich Glück und eine jüngere Frauenstimme am anderen Ende der Funkwellen. Brogli sagt «Polizei» und «haben einige Fragen an Sie» und «wichtig» und «nein, telefonisch geht das nicht» und «am besten jetzt gleich» und «wo sind Sie gerade?». Ivana Bossart willigt ein und nennt ihre Wohnadresse. Brogli und der Müller machen sich gleich auf den Weg und fahren → Birmensdorferstrasse, gleich um die Ecke von der Post

8036. Ist es das Haus, in dem Holderegger von «HeHo Records» wohnt oder gewohnt hat in «Müller und die Tote in der Limmat»? Oder ist es das Nachbarhaus?

Und den Wagen einfach auf dem Trottoir abgestellt, auch wenn das der Chef nicht gerne sieht, weil Schild «Polizei» unter der Windschutzscheibe sieht aus nach Privileg («dürfen parkieren, wo sie wollen, diese …!»), dabei sind sie im Einsatz und immerhin Tötungsdelikt, da schminkst du dir die Parkordnung völlig ab.

Die Gegensprechanlage summt, nein: der Türöffner. Treppe hoch → zweiter Stock, steht sie an der Wohnungstür, «Ivana Bossart», sagt sie, sieht aus wie Spielerfrau von Fussballprofi. Lange Haare, enges Top, siehst du die Formen, die Haut gebräunt wie durch Permanentskiferien und Lippen, in der Realität gibt es das gar nicht, «kommen Sie herein, worum geht es?»

Merkst du gleich, wenn jemand ungewohnt im Umgang mit der Polizei: Mischung aus Angst, Neugier und Normalbehandlung-wie-Mensch.

Und der Müller als Senior Officer: «Kennen Sie einen Jörg-Olaf Bischoff?»

Frau Bossart: «Was ist mit ihm?»

Müller: «Die Antwort ist also ja?»

Bossart: «Ja.»

Der Müller: «Und?»

Bossart: «Er hat mich angerufen, immer wieder, manchmal abends, manchmal nachts.»

Müller: «Weshalb?»

Frau Bossart schaut ihm in die Augen und sagt mit den unglaublichen Lippen: «Warum ruft ein Mann über 40 eine Frau von 26 Jahren zu Hause an? Manchmal abends, manchmal nachts, immer wieder?»

Nun, muss der Müller die Frage neu formulieren, sonst wirkt er fast schwer von Begriff und sozial eingeschränkt: «Welchen Vorwand gab er an, dass er Sie anrief?»

Etwas ungelenk, die Frage, aber schon besser.

«Eine Stelle … er hat mir eine Stelle in Aussicht äh gestellt, ich bin Kauffrau mit Marketingplanerdiplom.»

Der Müller portioniert jetzt die Fragen falsch, gleich drei aufs

Mal: «Aber wie kam er auf Sie? Wieso ruft er Sie an? Woher kennen Sie ihn?»

Frau Bossart, das goldene Kettchen um ihren Hals scheint leise zu klingeln und das lange Haar elektrisch: «Ich habe einmal meinen Freund von der Arbeit abgeholt, er arbeitete bis Ende Dezember bei KHP&B, da bin ich mit Jörg-Olaf Lift gefahren und ins Gespräch gekommen.»

Und Heather Brogli: «Name des Freundes?»

Und Ivana Bossart: «Sanel Grujic, er ist Informatiker. Und genau seinetwegen hätte ich nie einen Job bei KHP&B haben wollen.»

Und Müller: «Wieso wegen Ihres Freundes nicht?»

Bossart: «Was er mir über Jörg-Olaf erzählt hat. Dass er ihn zu egal welcher Zeit anruft wegen irgendwelcher Computerprobleme, auch abends, frühmorgens, nachts und in den Ferien. Und dass er kaum ein Dankeschön bekommt, sondern immer noch mehr ausgequetscht wird.»

Hätte man nun nicht vermutet: Sieht aus wie Spielerfrau und argumentiert fast wie Gewerkschaft.

Der Müller, pardon, ja ist eine Suggestivfrage, Würmer aus der Nase ziehen: «Und Sie glaubten ihm das Jobangebot nicht, sondern vermuteten etwas anderes hinter diesen Anrufen?»

Sie verzieht nur diese Lippen und lächelt dann den Müller an.

Brogli: «Und Sie haben ihn nach dem Gespräch während der gemeinsamen Liftfahrt nie mehr getroffen?»

Sie schaut ins Leere, nur knapp neben dem Müller seinem Blick vorbei, während das Gespräch so lange schweigt, wie es sich der Drehbuchautor denkt.

Der Müller: «Weiss Ihr Freund davon? Von diesen Anrufen?»

Heather Brogli: «Wie würden Sie ihn beschreiben? Ist er der eifersüchtige Typ?»

Ivana Bossart: «Wer? Sanel?»

***

Sitzungszimmer 112, 23:05, Schlussbesprechung für heute: Wer ist das Kernteam? Der Müller, Barmettler, Bucher Manfred, Vukic, Brogli, Hossli und Rocco, und selbst der Chef, Hauptmann Vogt, bewegt seinen Körper in den Raum hinein. An der Wand, darf nicht fehlen, die Tafel mit den Fotos des Ermordeten, verschiedene Winkel, Totale, Nahaufnahmen, in Farbe. «Ein schönes Brillengestell», würde der Polizeistilpapst Gucci sagen, «ein stilbildender Schnauz», aber weil es um den Tod geht, behält er die Bemerkungen für sich. Zynismus, Sarkasmus, das können wir im Dienst nicht brauchen, allenfalls nach einem Einsatz, wenn sich der Polizist die Anspannung aus der Seele wegverpuffen muss.

«Was haben wir?», die Anfangsfrage vom Müller.

Vukic: «Also, Manfred und ich haben die Witwe befragt, eine Wissenschaftlerin, was nicht recht zu einem Kommunikationsmogul passt. Nichts Auffälliges sonst. Sie gibt an, nichts über Feinde ihres Mannes zu wissen. Von Spannungen innerhalb der Firma weiss sie nichts. Sagt sie. Und das Verhältnis der Witwe und des Toten scheint nicht übermässig entfremdet gewesen zu sein. Sie haben sich offenbar Freiheiten gelassen. Das meine ich nicht unbedingt sexuell. Ihre Trauer wirkt echt, aber wir werden sie im Auge behalten und bei Bedarf weiteren Befragungen unterziehen.»

Brogli: «Der Müller und ich, wir sind auf eine gewisse Ivana Bossart gestossen, Strafregisterauszug leer, die Freundin eines ehemaligen Mitarbeiters von KHP&B. Jörg-Olaf Bischoff hat ihr laut ihrer Aussage einen Job in Aussicht gestellt, im Gegenzug für sexuelle Dienste. Sie hat das nicht klar benannt, sich aber deutlich genug ausgedrückt. Ob ihr Freund, ein gewisser Sanel Grujic, für das Tötungsdelikt verantwortlich sein könnte, er erinnert sich gemäss Frau Bossart nicht in positivem Sinn an seine Arbeit bei KHP&B …»

Der Müller fasst die Person Rahel Stahel zusammen. Enge Mitarbeiterin des Toten, ihr Verhältnis zu ihm angeblich eher distanziert, aber berufliche Wertschätzung und so weiter. So weit ersichtlich kein privater Kontakt Stahel ↔ Bischoff. Fand die Leiche. Von den Ereignissen vermutlich noch zu stark aufgewühlt, um konkret weiterzuhelfen.

Barmettler: «Des Weiteren haben wir drei intime Beziehungen unter Mitarbeiterinnen und Mitarbeitern von KHP&B entdeckt, allesamt ausserehelich und den übrigen Mitarbeitern offensichtlich nicht bekannt. Die Namen sind …», er blättert in seinem Notizbuch, «Krähenbühl Eliane und Battiston Cyril sowie Füglistaller Marilyn und Hasler Edith und ferner Eidenbenz Daniel und Maurer Cathy. Alle nicht Mitglieder des Kaders. Solche Beziehungen sind ja strafrechtlich unerheblich …»

Rocco Catanzaro: «Ausserdem besteht dringender Verdacht auf Verletzung des Betäubungsmittelgesetzes durch mindestens vier Personen. Konsum von Kokain in vermutlich geringen Mengen. Die Namen stehen in meinem Notizbuch in meiner Jacke, die auf dem Rücksitz des Wagens Limmat 5 liegt und gerade unterwegs ist zu einem Einsatz.»

Schmunzeln in der Runde, ist jedem schon passiert, dass die Jacke ohne dich zu einem Einsatz irgendwo da draussen gefahren wird. Wenn du Glück hast, klaut dir der Festgenommene nicht dein Portemonnaie, wenn er auf dem Rücksitz sitzt und der Kollege neben ihm gerade durch den Funk oder was weiss ich abgelenkt ist.

Der Müller: «Dann haben wir schriftlich von diesem Bryan Hofer, dass er Bischoff zweimal mit geringen Mengen Kokain versorgt hat. Aber von da zum Tötungsdelikt … Wir haben ihn nach der Befragung entlassen. Ruf und Archetti, die ihn observieren, sagen, er sitzt in seiner Wohnung und sieht fern.»

Der Müller: «Von Ivana Bossart haben wir vorhin gesprochen. Wie weit sind wir mit der weiteren Auswertung der Mail- und Telefonkontakte von Jörg-Olaf Bischoff?»

Bucher Manfred: «Das Problem ist: Die erfahrenen IT-Leute sind in den Ferien, einer hat ein krankes Kind zu Hause, Sepp hatte einen Unfall. Aber morgen sollten Widmer und Antic wieder im Dienst sein.»

Der Müller nickt. Da merken Sie: Die Polizei hat eine Mannschaftsstärke, die nicht immer stark ist. Warum, das will ich hier nicht diskutieren, sonst meinen Sie noch, ich will mit diesem Buch Politik machen.

Aber jetzt mit Vukic weiter: «Dann haben wir ein paar Bagatelldelikte: unerlaubtes Ausleihen eines Geschäftsfahrzeugs, Arbeitszeitbetrug, Verleumdung … aber bisher nichts, was auf einen Zusammenhang mit dem Tötungsdelikt deuten könnte.»

Bucher Manfred: «Diese Sprayereien im Eingangsbereich des Bürohauses … sie sind laut Anzeige bei der Quartierwache Riesbach eine knappe Woche alt. Denen sollten wir auch nachgehen: ‹Haut ab, ihr Säcke› und die Symbole von Dollar, Pfund und Euro … vielleicht ein politischer Hintergrund? Irgendwelche Wirrköpfe, die für die Revolution morden?»

Klingt irr, aber a priori ausschliessen darfst du nichts.

Barmettler: «Und Heinz Herzog, genannt Sharky, Partner von KHP&B, der sich nicht besonders freundlich über Bischoff geäussert hat. Details findet ihr im Rapport. Aber wenn er in die Tötung verwickelt wäre, hätte er sich diplomatischer geäussert. Meine Meinung. Aber aus seinen Aussagen schliesse ich, dass die Partner nicht mehr gut konnten miteinander. Die hatten Streit.»

Und mit der Person Herzog beim Kern, denn Frage natürlich fett gedruckt: Wo sind König und Papst?

«Wie heisst noch mal Papsts Vorname?» Dylan Barmettler fragt es.

«Maximilian ohne ph», sagt der Müller.

«Maximilian ohne ph? Hör auf!», lacht jemand. Da merkt man, die Polizei ist im Kopf nicht mehr topfrisch.

«War schon gestern Nachmittag nicht im Büro. Wir wissen nicht, wo er sich zum Tatzeitpunkt aufgehalten hat», sagt Rocco Catanzaro und blättert in der Präsenzliste vom Tatort, «König haben wir im Objekt ja noch angetroffen und einer ersten Befragung unterzogen, genau wie Herzog.»

Musst du also eine Fahndung rauslassen, bevor sich der Feierabend anschleichen kann. Bilder von Papst und König haben sie von der KHP&B-Webseite, das geht jetzt ins RIPOL, an die Flughafenpolizei, die Bundespolizei, die Grenzwache, alle Quartierwachen und Streifen. Geht unkompliziert, braucht trotzdem Zeit, bis du die Maske ausgefüllt hast, das Bild hochgeladen, alle Häkchen gesetzt. Macht Brogli. Die wird nicht lange Gefreite bleiben, schwör ich dir, die ist auf der Überholspur.

«Was ist für Zeit?», fragt der Müller, weil seine Plastikswatch ist stehen geblieben, und Rocco zeigt ihm seine Bahnhofsuhr: 23:30 Uhr. Das Polizeikorps beginnt zu gähnen, weil im Einsatz seit 8 Uhr. Der Müller schickt alle heim, Viertelstunde Privatleben und nachher sollen schlafen gehen, weil morgen geht's weiter.

Und der Müller auch nach Hause → Wiedikon. Die Zweizimmerwohnung mit dem halbrunden Balkon draussen um die Fassadenecke herum, wo er raucht, wenn er Luft schnappen muss, und in das bisschen Stadt hinausschaut, das er von dort sehen kann: die Abfallecke beim Schulhaus vis-à-vis, nach rechts in Richtung Weststrasse, nach links die Biegung hoch in Richtung Birmensdorferstrasse.

23:55 ist der Müller endlich daheim, die nasse Jacke zum Trocknen über der Badewanne aufhängen, die Espressomaschine ausspülen, sie mit Wasser füllen, das Alusiebchen darüber mit Kaffee, den Aufsatz drauf, Gas an, Funke, denk jetzt nicht daran, dass das Gas aus einem Despotenstaat kommt, sondern daran, dass Erdgas grün ist. Er setzt das Ding auf. Zu dieser Uhrzeit Kaffee → «No Sleep Till» (Beastie Boys), aber nicht «Brooklyn», sondern «Denkresultat». Er muss in Ruhe hirnen. Der Müller fischt das feuchte Telefon aus der Jackentasche. Anruf jetzt → Kathrin Flubacher, die Philosophieprofessorin seines Herzens. Nur Combox da und der Müller: «Hallo, ich bin's. Wir können uns heute nicht mehr sehen, ich muss nachdenken, ein Fall, an dem wir arbeiten. Ich bin zu Hause, falls du anrufen magst, sonst melde ich mich morgen. Gute Nacht.»

Und der Kaffee jetzt in der Küchenluft und verbreitet sich in den kleinen Korridor und ins Wohnzimmer hinüber, wo der Müller eine volle Tasse mit hin nimmt, stark und eine Menge, die für eine Grossfamilie reichen würde. «Premium giant maxi tall extra large», würde das in dieser Kaffeeshopkette heissen, die überall Filialen eröffnet und macht, dass es am Stauffacher aussieht wie in Oakland oder sonst an einem x-beliebigen Ort auf der Welt. Da stirbt der Lokalkolorit aus.

Der Müller in den Sessel, das Bücherregal ihm gegenüber, lehnt sich zurück, Tasse an die Lippen: heiss, wie er es mag. Und schaut sich die Buchrücken an, müsste er endlich ordnen, sind zwei Schichten voreinander, findet er ja nichts mehr. Seine Gedanken, sie schweifen aus. Im Nacken, er spürt einen feinen

Luftzug, die Fenster undicht? Und Fröhlichstrasse, Drusbergstrasse, Erlenbach, Rüschlikon, Verhörraum 419, Büro 365. Und Rahel Stahel, die schöne Büromanagerin, und Bryan Pluto Hofer und die fehlenden Geschäftspartner, das ewige Mysterium namens psychopathischer Spontantäter, Todeszeitpunkt zwischen 16 und 16:20 Uhr … Manchmal kann der Müller einfach dasitzen, und im Kopf denkt es für ihn. Eine Viertelstunde, eine halbe Stunde, ich weiss nicht, wie viele Minuten vergehen, der Müller im Sessel, die Tasse vor ihm auf dem Boden, fast meditativ, er rührt sich nicht. Und als wir einige Minuten später wieder zu seinen Augen hinsehen, wir merken: Eingeschlafen ist er.

Zweiter Tag nach dem Mord, Sonntag, 2. Februar

Als die Sonne heute oberhalb der Hochnebeldecke über Zürich und seiner Polizei aufgeht, liegt der Leichnam des gewaltsam zu Tode Gekommenen weiterhin in Dr. Brenda Marquardts pathologischem Institut an der Rämistrasse in einer der Kühlschubladen. Und der Müller wacht im Sessel in Wiedikon auf. Mit dem rechten Fuss kippt er dabei die Kaffeetasse um, zum Glück leer.

Sein erster Gedanke: Nackenschmerzen. Sein zweiter: Wo sind König und Papst? Fehlen sie noch immer?

Kaffee und Frühstück Müller, all das Private inklusive SMS an die Philosophin überspringen wir. → 8 Uhr, Grosses Polizeihaus, die Dinge ordnen, die Sachen strukturieren, Prioritäten setzen, Aufträge ausgeben. Klingt moderner als «Befehle ausgeben», aber es sind welche, weil die Polizei = militärähnlicher Betrieb = klare Befehlsketten = klare Zuständigkeiten. Verantwortung Müller.

Nach dem Rapport gehen Barmettler, Vukic, Hossli, Brogli, Buess und Aspirant Mauchle ab, um die lange Personenliste abzuarbeiten. Im Zentrum: die Geschäftsaktivitäten von Jörg-Olaf Bischoff und seine privaten Verhältnisse. Das ist heute das Wichtigste. Müssen deshalb mit den IT-Leuten in die Räume von KHP&B hinein, richterliche Erlaubnis sagte «okay», die Spezialisten stehen bereit.

Der Müller und Bucher Manfred sowie Rocco Catanzaro plus die IT-Cracks Herbert Widmer und Goran Antic → Fröhlichstrasse. Hauswart Anton Boos schliesst um 08:34 die Eingangstür im Parterre auf. Rahel Stahel, von Limmat 9 (Aufschrift demnächst: «Gleich um die Ecke steht deine Zelle») zu Hause abgeholt, trifft um 08:38 ein, überreicht dem Müller den Badge → Zutritt zu KHP&B-Räumen.

«Soll ich hierbleiben?», fragt sie den Müller.

«Sie sehen furchtbar aus», sagt der und merkt, was er gesagt hat. Darum fügt er hinzu: «Ich meine: Sie haben sicher kaum geschlafen. Die Kollegen werden Sie wieder heimfahren. Ruhen Sie sich aus, wir melden uns, wenn wir Sie brauchen.»

Stahel nickt, der Müller winkt der Besatzung von Limmat 9 zu, die das Gespräch mit angehört hat und sagt: «Danke.»

Stahel in Limmat 9 ab.

Im fünften Stock, Büro Bischoff, die IT-Spezialistenpolizisten Widmer und Antic machen sich hinter die Computer und gehen alle übers Mailkonto des Ermordeten gelaufenen Nachrichten durch. Alles so 1001110101011001101000011011111010101 01, kannst du dir vorstellen. Spätestens seit NSA-Enthüllungen jedem klar: Kompromittierendes nur mündlich und nie, nie, nie übers weltweite Netz, weil das www wirklich weltweit offen steht. Aber sie finden trotzdem etwas, und zwar auf der Festplatte, weil aus dem Eingang gelöscht, aber natürlich noch vorhanden. Aggressive Mails, ich sage dir: Wörter wie «unterirdisch», «versagt», «Erwartungen konsequent enttäuscht», «Mandat gegen die Wand gefahren», «Scheissstrategie», «überlege mir rechtliche Schritte», «absolute Unfähigkeit», «katastrophal beraten», «Vertrauen missbraucht», solche Sachen, drei, vier, viele, und unter den meist kurzen Mitteilungen fehlen die «freundlichen Grüsse», was ein Minimalerfordernisfirnis der Zivilisation, jedoch aber hingegen steht da der Absender: «LR», was in Kombination mit der Mailadresse ohne Denkleistung ergibt: Laurenz Rüttimann, Volkswirtschaftsdirektor des Kantons Zürich.

Fast keine Schimpfwörter und nichts, keine Ehrverletzungen und Drohungen, so blöd wäre ja keiner, aber im Ton klar heikel, muss man genauer hinsehen.

Herbert Widmer, der die Entdeckung gemacht hat, pfeift durch die Zähne und sagt: «Beni, kommst du mal?» Und der Müller kommt und sieht und sagt: «Da muss ich mindestens einen Anruf machen.» Nämlich an Hauptmann Vogt, Leiter Abteilung Gewaltverbrechen, egal ob Sonntagmorgen oder was, sofortiger Dienstweg nötig. Und er geht nach nebenan, ins Büro Herzog, das unverschlossen. Jetzt dürfen Sie nicht meinen, unser Müller geniesst es, einmal in einem Chefbüro sich auf einen teuren Vintageledersessel aus der gegerbten Haut einer ausgestorbenen Tierart zu setzen (Beutelwolf), die Schuhe auf der blank polierten Platte aus seltenstem Tropenholz, gewonnen aus den Planken einer spanischen Galeone, die 1503 vor Santo Domingo de Naranja y Limón sank und von einer Geheimmission der Nazis auf der Suche nach versunkenen Schätzen geborgen wurde und 1945 schliesslich … aber was erzähle ich da? Polizeirealität ist glamourfrei und der Müller gar nicht der Typ, in Herzogs Büro zu schwelgen, braucht bloss Stille, um Hauptmann Ralph Vogt, Chef Abteilung Gewaltverbrechen der Polizei Zürich, aus einem Brunch mit Freunden herauszuklingeln. Im Hintergrund Kinderlärm, Erwachsenenstimmen, Kaffeetassen. Und er sagt ihm, dass im Mailverkehr des Toten der Name des Regierungsrats in möglicherweise kompromittierender Weise – fasst kurz zusammen – aufgetaucht ist. Weshalb aus Müllers Sicht die Vernehmung des Volkswirtschaftsministers höchstwahrscheinlich unabdingbar, um voranzukommen.

Vogt hört zu, kann zuhören, stellt der Müller fest, und beendet das Gespräch mit: «Danke, Müller. Ich rufe sofort den Kommandanten an. Er oder ich werden sich so schnell wie möglich melden.»

Und Vogt Anruf Polizeikommandant Oberst Roland Nägeli und Nägeli Anruf → Staatsanwaltschaft und Nägeli Anruf → Polizeivorstand. Politisch nicht unproblematisch: Wenn Polizeivorstand und Volkswirtschaftsdirektor ungleiche Partei → Gefahr eines Lecks, und schon liest die Bevölkerung alles über die Mails in den Sonntagszeitungen, bevor überhaupt etwas geklärt ist. Und wenn die beiden Politiker gleiche oder befreundete Partei → Warnung unter Gleichgesinnten, sprich: Kollusionsgefahr.

Beides kann die ermittelnde Behörde nicht brauchen. Nicht in dieser Phase und auch sonst nicht.

Auftrag vom Müller → Rocco: Internetrecherche zwecks Klärung Verbindung Volkswirtschaftsdirektor und Jörg-Olaf Bischoff. Macht er vor Ort an der Fröhlichstrasse, von einem Polizeilaptop aus, damit nicht Unbefugte den Suchverlauf abfragen und Informationen über die Ermittlungen gewinnen könnten. Nutzt dazu verschlüsseltes Polizei-WLAN. Sucht über die Maschinen, findet Treffer über Treffer, zum Beispiel Online-Newsportale, dort zum Beispiel Schlagzeile «Dreamteam für die Wiederwahl?» mit grossem Bild (lächelnd, v.l.n.r.: KHP&B-CEO Jörg-Olaf Bischoff, Volkswirtschaftsdirektor Dr. rer. oec. Laurenz Rüttimann, dessen Gattin, die Millionenerbin und Kunsthistorikerin Salomé

Fischer Rüttimann, Parteipräsident Joseph «Sepp» Stöckli). Dort auch Klatschmeldung, Rubrik «Society»: «Ein sicherer Wert auch auf der Tanzfläche» mit Bild Rüttimann und Frau. Er gleitet in weissem Hemd und dunklem Brooks Brothers Fitzgerald Fit Narrow Tonal Stripe 1818 in Slippern von Fratelli Rossetti mit der kleinen schnieken Schnalle über das Fischgrätparkett des, ja vermutlich, Zunfthauses zur Meisen. Während sie ein rückenfreies Kleid von Dries van Noten in unzürcherisch schrillem Apfelblau trägt, als wäre sie die Kaiserin des Tangos. Aber Rocco findet auch den Artikel «Regierungsrat Rüttimann und Kommunikationsagentur streiten sich um richtige Wahlkampfstrategie», bestückt mit Porträtfotos Regierungsrat und Jörg-Olaf Bischoff. Zitiert werden anonym «gut unterrichtete Kreise», Inhalt ist also vielleicht wahr und vermutlich frei gelogen. Durch Umfragen abgestützt und vielleicht leicht verlässlicher ist der Text mit der Schlagzeile «Wahlchancen schrumpfen: Werte im Keller».

Rocco zeigt alles dem Müller. Könnte ein Ansatzpunkt sein, denkt der. «Dem müssen wir wirklich nachgehen.»

Rocco speichert die Links zu den Artikeln ab. Widmer und Antic saugen die Informationen von der Festplatte des Toten und aus seinem E-Mail-Konto.

«Er hat auch ein privates», sagt Antic zum Müller. «Ich habe schon reingeschaut. Auf den ersten Blick nichts Auffälliges, aber wir werden es im Detail auswerten.»

11:07 Uhr verlassen sie das Büro von Jörg-Olaf Bischoff an der Fröhlichstrasse. Unter dem Bürotisch noch immer der Blutfleck, der von der Tischplatte heruntergetropft und in den hellgrauen Teppich eingesickert ist.

Und der Müller zurück im Büro 365 im Grossen Polizeihaus, seinem Büro. Noch immer die Wände kahl, er lehnt sich auf dem Stuhl nach hinten, sich strecken, im Körper knackt es. Gegenüber die Raufasertapete, nicht mehr richtig weiss, in deren Angesicht sind schon viele Polizeiideen entstanden. Doch Müller ist noch nicht im richtigen Modus für Ideen.

Was hilft? Einige Schritte in den Korridor zum Kaffeeautomaten. Der neue ist leiser und der Kaffee besser, die Becher aus

Pappe statt aus dem dunkelbraunen Plastik. Wahrscheinlich mit dem Kaffee jahrelang Weichmacher aus dem Becher ausgewaschen und hinuntergeschluckt, denkt der Müller, aber in der Pappe, ist da wirklich nichts Schädliches drin? Klebstoffe? Chlor?

Mit dem Kaffee zurück ins Büro, der Müller. Er schaut sich die Unterlagen von Rocco an: Regierungsrat Rüttimann hat offenbar die Kommunikationsstrategie des Toten für falsch gehalten und ihn für die sinkenden Wahlchancen verantwortlich gemacht. Motivation für ein Tötungsdelikt? Warum nicht, denkt der Müller, haben schon andere für weniger gemordet. Die naheliegende Möglichkeit ist manchmal die richtige und manchmal kreuzfalsch. Da gibt es keine Regel.

Hasste der Volkswirtschaftsdirektor den Werbemogul?

Hasste irgendwer sonst den CEO von KHP&B? Am zweiten Tag post mortem ist das Opfer natürlich noch nicht voll transparent durchleuchtet. Die Erfahrung zeigt: Da poppen womöglich noch neue Hypothesen und Personen auf.

Und diese Sprayereien gegen den Kapitalismus? «SEFAR» die Unterschrift. Was könnte da …

Das Telefon klingelt. Aspirant Mauchle meldet, Sanel Grujic sitze im Verhörraum 419. Der Müller sagt, er kommt gleich. Trinkt vorher in Ruhe den Kaffee aus und wartet ein Weilchen.

Wenn einer allein in Raum 419 ist, den abgenutzten Linoleumboden mit dem kryptischen Schlierenmuster vor Augen, die bis Schulterhöhe abwaschbar beige gestrichenen Wände, den festgeschraubten Resopaltisch, die beiden im Boden verankerten Stühle sieht, das Oberlicht, das ein wenig, wie es der Name sagt, Licht oben hereinlässt und einige Luftmoleküle aus dem Kreis 4, vielleicht ein Geräusch: vor Kälte mit den Zähnen klappernde Krähen auf einem Hausdach, eine ferne Sirene, die sich nähert, das Kreischen von Tram 3 oder 14 auf den feuchten Schienen. Dann geht dem zu Befragenden einiges durch den Kopf, was ihn nicht unbedingt frohgemut stimmt. Der Rechtsanwalt ist noch nicht eingetroffen, und der Wartende denkt: Hoffentlich nützen das die Polizisten nicht aus. Aber die sind auch nicht da. Raum 419 ist trostlos, hoffnungslos. Und selbst wenn du nichts angestellt hättest, würdest du dich, Tendenz steigend, etwas schuldig fühlen. Denn die Mauern dünsten Schuld aus und Lügen und Fragen und Geständnisse. Und weil die Polizisten noch immer nicht eingetroffen sind, werden deine Beine schwer, und du setzt dich auf den unverrückbaren Stuhl, dessen Lehne ergonomisch leicht falsch konstruiert ist. Die Unterkante der Lehne drückt gegen dein Kreuz. Du müsstest entweder mehr gross sein oder ein Kind, damit sich die Lehne an deinen Rücken schmiegen würde. Aber du bist beides nicht. Und du horchst auf Schritte vor der Tür, aber du hörst keine. Und plötzlich ein Schlüssel im Schloss, ein Mann kommt herein (es ist Gustav Weiermann, der Quasimodo vom Grossen Polizeihaus), schwarze Ringe unter den Augen, eine Warze auf der Stirn, sein Atem rasselt, in der Hand hält er etwas, was ist es? Fotos mit ... Eulen? Ja, Eulen. Und sein Blick ist dir unangenehm, weil er knapp an dir vorbeischaut, dir genau nicht in die Augen, er keucht und sagt heiser: «Pardon, ich dachte, der Kollege sei hier.» Doch du glaubst ihm das «Pardon» nicht, weil dafür ist er schon zu lange allein mit dir in diesem schäbigen Raum. Riecht er sogar, der Mann? Nach altem Pfeifentabak?

Und der Anwalt, der nicht kommt. Sanel Grujic hatte bisher nie einen Anwalt nötig, kennt auch keinen, aber hat bereits im Streifenwagen nach einem Rechtsbeistand verlangt und die Kollegen haben einen bestellt.

Der Mann mit der Warze und dem lauten Atem macht sich wieder davon, schliesst die Tür nicht ab, weil jetzt zwei Männer und eine Frau hereinkommen. Sie, die kurzen Haare dunkel geschnitten, mit Augen wie Laserpointer und mit einem Notizbuch in der Hand, die Männer Mitte vierzig, der eine mit Aktenkoffer und im Jackett, der andere mit Kurzhaarschnitt Stufe sechs Millimeter, was die Glatze maskiert, und einer geschälten Karotte in der Hand. Er beisst gerade hinein und das Krack hallt in Raum 419 hinein, bricht sich an der entfernteren Wand und dringt in Grujics Gehör ein. Der Karottenesser bleibt in der Tür stehen, kaut zu Ende, schluckt.

«Mein Name ist Müller», sagt dann der Müller, der in der anderen Hand zwei Klappstühle hereinträgt, «das ist meine Kollegin Brogli, und das ist Ihr Anwalt, Doktor Martin Kuoni.»

Sanel Grujic schüttelt Kuoni die Hand. «Nicht dass ich dächte, ich bräuchte einen Anwalt, aber ich will sichergehen, dass alles korrekt abläuft», sagt er.

«Das ist Ihr gutes Recht», sagt der Müller. «Kaffee? Mineralwasser?»

Grujic: «Nein, danke. Ich habe nicht vor, lange hierzubleiben.»

Handbewegung Müller → Setzen. Grujic und ihm gegenüber der Müller auf die festgeschraubten Stühle. Brogli und der Anwalt auf die Klappstühle, jeweils hinter ihrer, wie soll ich sagen, «Partei»? Werde ich beim Überarbeiten einen treffenderen Ausdruck finden. Von links nach rechts also: Brogli, der Müller, der Tisch, Grujic, Doktor Kuoni, der Ausgang.

«Wir vernehmen Sie als Zeugen in einem Mordfall», sagt der Müller.

Sprachlosigkeit Grujic, daher einige Sekunden vergehen. «Wie bitte?»

Heather Brogli sitzt hinter dem Müller und übernimmt. Von Grujics Platz ist sie nicht zu sehen. Er schaut frontal den Müllermann an, hinter dem Broglis Frauenstimme hervortönt. Verwirrend, wenn einer das das erste Mal erlebt. Das zweite Mal nur noch lächerlich, deshalb nicht wiederholbar.

«Sie kennen Jörg-Olaf Bischoff.»

«Natürlich. Das wissen Sie, diese Frage haben Sie gestern Abend schon meiner Freundin gestellt. Ich habe bis Ende Dezember in seiner Firma gearbeitet.»

Brogli: «Warum haben Sie gekündigt?»

Grujic: «Ich habe eine bessere Stelle gefunden. Besser bezahlt und ohne einen Chef, der mich in den Ferien anruft und morgens um sechs und abends um elf.»

Brogli, hinter dem Müller hervor, der Grujic mit leerem Gesicht anschaut: «Wie war Ihr Verhältnis zu Jörg-Olaf Bischoff?»

Grujic: «Korrekt.»

«Sie mochten ihn nicht?»

«Ich habe nicht bei KHP&B gearbeitet, um jemanden zu mögen, sondern um die IT zu betreuen. Sympathie für den Chef war im Lohn nicht inbegriffen. Ich habe mich immer korrekt verhalten. Steht im Arbeitszeugnis. – Aber sagen Sie mir jetzt, was Olli Bischoff und ich mit einem Mordfall zu tun haben.»

Kuoni: «Mein Mandant hat das Recht, genauer zu erfahren, weshalb er hier ist.»

Der Müller schaut weiter Grujic an, Heather Brogli sagt: «Sie lesen keine Zeitungen?»

Grujic: «Sport, IT, Reisen …»

Brogli: «Verbrechen?»

Grujic: «Nein.»

Der Müller: «Jörg-Olaf Bischoff wurde ermordet.»

Offenbar liest auch Ivana Bossart weder die Rubrik «Vermischtes» noch den Online-Boulevard und hat nach der gestrigen Befragung Bischoff nicht gegoogelt, sonst wäre dieser Satz kein Überraschungsmanöver. Herr Grujic völliges Erstaunen, sofort die Rückfragen «Wann denn? Wo denn? Warum denn? Von wem?», da gibt der Ermittler natürlich nichts preis. Erstens dazu nicht verpflichtet, zweitens fragst du weiter, damit der Befragte im Stress von Verhörraum 419 vielleicht Täterwissen von sich gibt.

Grujic scheint wirklich komplett ahnungslos.

Und Brogli jetzt: «Ihre Freundin, Ivana Bossart, sie sagte uns gestern, Jörg-Olaf Bischoff sei hinter ihr her gewesen. Er habe ihr einen Job versprochen und sie privat kontaktiert. Und ihr eindeutige Angebote gemacht.»

«Ja, das passt zu ihm», sagt Grujic den Polizisten, «Ivana hat mir davon erzählt. Sie hat ihm gesagt, er solle sie in Ruhe lassen.»

Brogli: «Und das hat er getan?»

Grujic, er lacht sogar jetzt: «Sie kennen Ivana nicht. Sie kann sehr … deutlich werden.»

Der Müller: «Und Sie haben deswegen nie etwas gegen Herrn Bischoff unternommen?»

RA Kuoni hebt zwar die Hand, will die Befragung unterbrechen, um sich mit seinem Mandanten zu besprechen, aber Grujic sagt: «Nein, so einem hätte ich nichts angetan. Dafür wäre ich mir viel zu schade. Totschweigen, ignorieren, ja. Aber physisch irgendetwas … um Himmels willen. Ins Gefängnis gehen wegen so einem … Ich habe im Leben Besseres zu tun, können Sie mir glauben. Olli ist mein ehemaliger Chef, überhaupt gab es in dieser

Firma mindestens vier Chefs: K, H, P und B. Das war mir einfach zu kompliziert.»

Heather Brogli und der Müller, er wirft ein Auge über seine Schulter zu ihr, ein Blickkontakt reicht aus, sie sagt: «Vielen Dank für Ihre Auskünfte, Herr Grujic. Sie dürfen gehen. Wenn Ihnen noch etwas einfallen sollte, rufen Sie uns bitte an.»

Der Müller lasert Grujic nochmals beidäugig. Der wendet den Blick nicht ab.

Grujic und RA Kuoni, Gustav Weiermann bringt sie zum Ausgang.

«Den können wir wohl ausschliessen», sagt der Müller. Er und Brogli sitzen noch in 419. «Macht nichts, wir haben noch genügend potenziell Verdächtige», und rollt die Augen, dass Brogli lachen muss, und sie sagt: «Die Nummer mit der Karotte war gut. Fast hätte ich dich mit Manfred verwechselt.»

Flirtet die Polizei jetzt auf Arbeitszeit? Muss man wissen, dass zwischen dem Müller und Heather Brogli Ozeane von Generationen und ihren Spezifizitäten liegen. Allein das Computerzeitalter, es ist ausgebrochen, als der Müller längst Bartwuchs hatte, aber Brogli noch im Sandkasten spielte. Bis der Müller das erste Mal das Wort «Fahndungs-App» gehört hat, war er 46, Brogli erst 28. Darf man gar nicht den Verdacht haben, dass die jemals etwas anderes miteinander haben könnten, als Kollegen zu sein. Aber so ein bisschen Entlangdribbeln an der Genderfrage, unverbindlich und unverfänglich, das machen sie schon, vielleicht sogar ein wenig Süssholz.

Jetzt ins Müllerbüro. Brogli auch. Klingelt das Telefon: Goran Antic, der IT-Spezialist, sagt, er hat dem Müller die Telefonlistenauswertung von Jörg-Olaf Bischoffs Apparaten gemailt. Schön, wie er sagt «Apparate». Hört man nicht mehr oft, sagt er absichtlich. Ist Festnetz Büro, Festnetz Wohnung, Handy. Erfahrung: Handymetadaten zuerst überprüfen, weil von unterwegs kann man am besten unbelauschte (durch Ehefrau, Mitarbeiter) Telefonate führen. Antic hat's dazugeschrieben: Bischoff meistens die eigene Wohnung angerufen, häufig abends, mutmasslich wenn auf dem Heimweg, an Geschäftsessen und Anlässen.

«Diese Daten müssen wir abgleichen. Agenda, mögliche Zeugen …», sagt der Müller. «Willst du einen Kaffee?»

Brogli: «Nein, sonst übersäuert sich mir der Magen.»

Der Müller: «Willkommen im Club.»

Auffällig auf Antics Liste: Bischoff hat – ausser Ivana Bossart – auch mehrmals Rahel Stahel angerufen, Festnetzanschluss und Natel. «Ausserhalb der Bürozeiten» ist diplomatisch ausgedrückt. 22:37, 06:12, 21:20 … solche Zeiten.

«Stahel», sagt Heather Brogli, «die darauf bedacht ist, dass wir verstehen, dass ihr Verhältnis zum CEO korrekt, aber distanziert war – und vor allem rein geschäftlich.»

«Ja, Stahel», sagt der Müller, «haken wir also nach. Doch zuvor …» Er schüttelt den Arm mit der Uhr. «Kalorienzufuhr.»

12:30. Die Treppe hinunter ins halbe Souterrain. Der Mannschaftsbestand wochentagbedingt gelichtet. Die Kollegen von der Tagesschicht zum grössten Teil draussen in sweet Zurigo Recht und Ordnung verbreitend. Die vom Nachtdienst zu Hause, hoffentlich schlafend. Die Spezialdienste mit den Bürozeiten erst morgen wieder an Bord. Aber der eine oder die andere vom Bischoff-Fall im Haus. Der Müller und Brogli setzen sich zu Barmettler, Buess, Bucher Manfred, Antic und Vukic. Als Spezialkreation des Kantinenküchenchefs gibt es heute «Himmel und Hölle». Kartoffelstock, Apfelmus drauf, hast du hinterher wieder Kalorienkraft für die Arbeit. Wer nett fragt, kriegt kostenlos Nachschlag.

Danach der Müller, Brogli und Bucher Manfred mit dem dunkelblauen Ford Mondeo → 8155 Niederhasli. Sie erwischen den Wagen mit der Heizung, die funktioniert.

«Passt nicht so recht, finde ich», sagt der Müller im Auto, ziemlich laut, weil muss den Motor übertönen, der klopft seltsam, «Stahel und Niederhasli –»

Brogli, am Steuer: «Warum meinst du?»

Der Müller: «Äh, ich meine, Stahel ist für mich eher der städtische Typ. Enge, Seefeld, Universitätsviertel, Bahnhofstrasse … Elegant-businessmässig –»

Brogli: «Ah, elegant-businessmässig … und ich bin ein Landei?»

Müller: «Warum du?»

Brogli: «Ich bin in Niederhasli aufgewachsen.»

Auf dem Rücksitz lacht Bucher Manfred in sich hinein.

Der Müller: «Nein, nein, so meine ich das nicht, Landei und so.»

Brogli: «Sondern?»

Geht das mit dem Flirten einfach weiter? Vor Zeugen sogar? Der Müller sucht im Kopf die Formulierung einer Antwort, Bucher Manfred kommt helfend dazwischen und sagt zu Brogli: «Du weisst, dass der Müller auch ein Landei ist? Aus einem Weinbaudorf im unteren Reusstal. Im Aargau sogar.»

Der Müller vom Beifahrersitz aus einen Blick in den Rückspiegel gefeuert, Katjuschasalve im Vergleich Kinderspielzeug, aber sieht Bucher Manfred nicht, weil der Rückspiegel für die Augen der Fahrerin eingestellt ist.

Brogli: «Aargau! Du Armer! Ist es wahr, dass ihr dort immer noch Menschenfleisch esst?»

Sie lacht, aber nicht hämisch und mit Sätzen voller Perfidie wie «Schnauz und weisse Socken und Eigenheim und Rasenmäher» in petto, sondern mehr anders, so wie ... ja, wie denn eigentlich? Kollegial?

Zum Glück der dunkelblaue Ford Mondeo jetzt vor dem Stahelhaus.

«Wie nah standen sich der CEO und die schöne Bürochefin wirklich?», würde über die folgende Befragung in der Boulevardpresse stehen. Doch Art. 320 StGB (Amtsgeheimnis) und der fleckenlose Charakter von Müller-Brogli-Bucher verhüten, dass etwas davon in die Welt hinausdringt.

Und Stahel zu Hause, öffnet die Tür, bequem angezogen: Jeans und hellblauer Merinopullover, lederne Hausschuhe, die Haare in Ordnung. Rahel Stahel scheint nicht überrascht, aber müde. «Setzen Sie sich doch.» Sofa. «Nehmen Sie einen Kaffee?»

«Nein danke, es wird nicht lange dauern.»

«Wir haben einige ergänzende Fragen», sagt der Müller.

«Ja?», sagt Rahel Stahel.

Brogli: «Herr Bischoff hat Sie in den letzten Wochen mehrmals angerufen, privat.»

Zögersekundenbruchteil? «Ja.»

Der Müller: «Weshalb?»

Stahel: «Geschäftlich. Es ging immer um Geschäftliches. Berichte, die er gelesen oder im Postfach nicht gefunden hat. Er wollte meine Meinung über die ‹Explorative Rhizomatic Method› hören –»

Bucher Manfred: «Die was?»

Stahel: «Die ‹Explorative Rhizomatic Method› … ein neues Kreativitätstool, das wir auf Ollis Initiative eingekauft haben und zurzeit implementieren.»

Bucher Manfred, ratlos, schaut zum Müller. Der signalisiert mit den Augenbrauen: Brauchen wir im Moment nicht im Detail zu wissen.

Der Müller: «Beispielsweise hat er Sie um 23:17 Uhr am Montag, 13. Januar, angerufen?»

Stahel: «Das ist möglich … ein Nachteil dieses Jobs. Aber erstens werde ich gut bezahlt, und zweitens entscheide ich selbst, ob ich einen Anruf entgegennehme. Und wenn ich hundert Prozent Ruhe will, schalte ich das Handy aus beziehungsweise stecke ich das Festnetztelefon aus.»

Auch das klingt plausibel. Und die uns vorliegenden Metadaten beweisen: kurze Anrufe, wohl kaum Telefonschmachtereien, private Verwicklungen höchst unwahrscheinlich. Vergebens nach Niederhasli gefahren, für nichts Sanel Grujic ins Grosse Polizeihaus geholt. Dieser Tag überstürzt sich vor Ergebnislosigkeit. Manchmal ist die Polizeiarbeit so. Also freundliche Verabschiedung, wiederum «wenn Ihnen etwas einfallen sollte …». Jetzt ins Auto, zurück stadteinwärts. Wo der Müller vor vielen Jahren unter all den Immigranten aus der Innerschweiz, Jugoslawien, den Philippinen, Deutschland, Niederhasli und dem Aargau untergeschlüpft ist, um sich zuerst zu verpuppen (die Polizeischule) und dann als Stadtzürcher wiedergeboren zu werden.

Es stimmt nicht, dass Stadtzürcher, wenn sie über die Stadtgrenze in die Stadt hineinfahren, vor Freude jauchzen. Aber fast. Doch genug Sentimentalität, hier geht alles auf Arbeitszeit.

Brogli nach Funkspruch Einsatzzentrale («Verdacht auf illegalen Spielklub an der Bernerstrasse») mit einem anderen Team nach Altstetten. Man hilft, wo man kann. Der Müller und Bucher

Manfred zuerst zum Kaffeeautomaten und dann mit dem Lift bis ganz nach oben, sechster Stock, raus auf die Terrasse. Eine Zigarette der Müller. In der Hoffnung, wie der Wind die Rauchschwaden wegträgt, bringe er auch die Lösung näher. Es ist nicht alles nur eine Frage der Fähigkeiten («skills»), sondern auch der Kenntnisse («knowledge») und des Zeitpunkts.

Manchmal kann der Müller einfach dastehen, mit der Zigarette wie in diesem Moment, aber denken Sie nicht, wir machen Reklame für Tabak, weil er ist teuer, macht süchtig und ist wenig gesund. Rauchen, kauen und schnupfen Sie ihn also nicht. Aber dem Müller hilft er manchmal schon, damit es für ihn denkt, sich die Gedanken bei ihm lösen. Und jetzt gerade joint manpower mit Bucher Manfred, der nicht mehr raucht. Er hält den Pappbecher mit dem Kaffee fest, und diese Idee formuliert jetzt der Müller: «Streit unter den Partnern von ‹König, Herzog, Papst & Bischoff› … Diese Möglichkeit müssen wir weiterverfolgen. Bischoff hat die anderen über den Tisch gezogen. Oder jemand hat gedacht, er habe es getan. Oder ein anderer hat die Partner betrogen, Bischoff ist dahintergekommen, hat sich verraten und ist umgebracht worden.»

Bucher Manfred: «Oder Konkurrenzkämpfe in der Kommunikationsbranche. Ich weiss, das tönt nach schlechten Filmen.»

Der Müller, einen Zug später: «Oder eine Drogengeschichte. Bryan Hofer hat ja zugegeben, dass Bischoff Kokain konsumierte. Vielleicht nicht nur sporadisch – und darum brauchte er viel Geld?»

Bucher Manfred: «Er verdiente doch genug. Aber Drogengeschichten … gut möglich. Da wird manch einer irrational. Komm, wir gehen wieder rein. Mir ist's zu feucht und zu kalt hier draussen.»

Der Müller zieht noch einmal, macht eine Wolke und drückt den Stummel aus. Ein feiner Rauchmantel umhüllt ihn noch im Korridor. Riecht eigentlich fürchterlich. «Eigentlich» streichen. Schmeckt aber gut. «Führe uns nicht in Versuchung» (Vaterunser).

Und der Kopf überlegt natürlich weiter: überhaupt nicht sicher, dass der Täter ein Mitarbeiter. Vielleicht ein Externer? Aber den Spontantäter, den bösen Fremden, statistisch gibt es den fast nicht.

Sicher ist: Wir wissen noch kein bisschen, wer es gewesen sein könnte. Der unbekannte Täter, die unbekannten Täter, und es ist nicht eine Frage der Geschlechtergerechtigkeit und Gleichstellung, dass ich auch schreiben muss: die unbekannte Täterin, die unbekannten Täterinnen sind weiterhin auf freiem Fuss. Obwohl meistens sind es solche mit dem Y-Chromosom, die delinquieren.

Unsicher ist: Besteht Gefährdungspotenzial für die übrigen Partner von KHP&B und vielleicht auch für normale Kadermitglieder oder nur für Mitarbeiter bestimmter Abteilung(en) oder Hierarchiestufen?

Das einzugrenzen und einzuschätzen, dafür braucht die Polizei, eben, «skills» und «knowledge» – plus Arbeit, Arbeit und Arbeit und nicht selten einen Lastwagen voll Glück. Als Damoklesschwert schwebt das Budget über der Realität. Du kannst nicht Polizeischutz für das gesamte Personal von KHP&B beantragen und organisatorisch leisten sowieso nicht. Plus allenfalls die Angehörigen von Bischoff und den übrigen Partnern, sofern sie welche haben, polizeischützen. Musst du realistisch bleiben, hoffen und … beten.

Ist die Täterschaft eine Gefahr für andere?

14:27 Uhr. Von Oberst Nägeli und Staatsanwaltschaft trifft telefonisch beim Müller das «Go!» ein. Sie dürfen den Volkswirtschaftsdirektor Laurenz Rüttimann aufsuchen. Da fährst du vom Grossen Polizeihaus quer durch die ganze Stadt und auf der anderen Seite den Berg hoch, Bucheggplatz, Bucheggstrasse, die Winterthurerstrasse wieder stadteinwärts, Letzistrasse hoch, dann Hadlaubstrasse. Statistisch gesehen, könnte hier fast jeder Passant ein Professor sein. Die Kurven der Germaniastrasse hinauf, du meinst, es geht auf eine Passrundfahrt, solche Serpentinen hat die Stadt Zürich! Vorbei am Theater Rigiblick, an der Bergstation der Seilbahn, dann nicht links weiter den Zürichberg hoch, sondern rechts «Am Hang» (Markus Werner) entlang, dort steht ein Haus, längst nicht ganz so gross wie Downton Abbey, könntest du nicht mehr heizen heute, kosten- und CO_2-mässig untragbar, aber imposant. Ja, 8044 Zürich, Freudenbergstrasse, der Name passt, weil Freude am Berg bekommst du bei dieser Aussicht, und wenn du es dir leisten kannst, hier zu wohnen, erst recht. Darf man als Aussenstehender nicht zu sehr in diesen Verhältnissen schwelgen, sonst packt einen mit spitzen Krallen der Sozialneid und zerfetzt einen, als wäre man Marxist.

Aus dem Auto steigen jetzt der Müller, Bucher Manfred, Rosanna Vukic und von der Staatsanwaltschaft ist es Michael Moosberger, der Mann mit den Krawatten und der Stimme wie eine Metallfräse. Das Aufgebot bestätigt Ihnen, liebe Leserin, geschätzter Leser: Die Chose ist politisch heikel.

Und sie klingeln an der Tür, es öffnet, so stellt sie sich Ihnen vor, als der Müller den Dienstausweis vorgezeigt und die Kollegen namentlich präsentiert hat, Salomé Fischer Rüttimann, die Frau des Regierungsrats.

«Wir wollen zu Ihrem Mann.»

Sie bittet sie (einladende Handbewegung) herein. Und sind schon unterwegs dorthin, stürmt Regierungsrat Dr. oec. Laurenz Rüttimann aus dem (offenbar) Wohnzimmer in die (so muss man es nennen) Eingangshalle heraus, winkt mit beiden Händen ab und ruft: «Ohne meinen Anwalt sage ich kein Wort.»

Sie können sich nicht vorstellen, wie oft wir diesen Satz hören.

Der Müller: «Bitte, rufen Sie ihn an.»

Der Regierungsrat: «Das tue ich gleich.»

Der Müller nickt, Rüttimann entfernt sich in einen Nebenraum.

Szenerie? Nun, «Luxus» ist ein Wort mit fünf Buchstaben, genau wie «Kunst» und fast wie «Design». Zwei Richtungen wetteifern im Haus der Rüttimanns: die eher konservative Linie von Laurenz (Perserteppich, dunkles Holzbuffet, ein kleines Ankergemälde, steht dort hinten nicht sogar eine Hellebarde?) und die funktionalistisch-bauhäusliche von Salomé (ja, die berühmte Liege, von der es immer heisst, sie sei wenig bequem, aber ich habe sie noch nie ausprobiert).

Frau Fischer Rüttimann macht erneut die einladende Handbewegung zum Wohnzimmer hin und aufs Sofa zu: «Bitte, setzen Sie sich. Möchten Sie einen Kaffee?»

Auch diesmal unisono ein «Nein». Wenn wir auch nur in fünfzig Prozent der Fälle Ja sagen würden, würden wir nach Feierabend stundenlang sinnlos vor uns hin trommeln wie das Schweinchen in dieser Batterienreklame.

Vukic fügt hinzu: «Wir werden Sie nicht lange stören.»

Oder war es in der Batterienreklame ein Hase?

Frau Fischer Rüttimann schweigt.

Die Polizistin, die Polizisten, der Staatsanwalt sitzen auf dem Sofa, und ihre Augen schauen aus dem Fenster. Nach vorne, zur Strasse hin, die Fernsicht auf den Uetli und die Albiskette, unten die Stadt der Städte. Nach links ein Rasen, Büsche, Nadelbäume, auf dem Nachbargrundstück eine Gruppe von drei Birken, die ihre blattlosen Äste traurig hängen lassen. Magnetisch schwenkt der Blick zurück zum Vorigen, der Bombenaussicht, das glaubst du nicht. Doch Vorsicht: Blödsinnig starren sollst du als Polizist nicht, sonst psychologisch im Nachteil gegenüber Befragten. Und, ehrlich, du siehst so was ja nicht zum ersten Mal. Du warst ja für Ermittlungen schon an der Kurhausstrasse, oberhalb vom Dolder, du hast Befragungen durchgeführt an der Susenbergstrasse, der Rütistrasse, der Sonnenbergstrasse … all diese 8032er- und 8044er-Strassennamen, du kennst viele Häuser von innen. Weil aussen glänzt alles, aber innen manchmal im Gegenteil. Man ist abgebrüht, und wenn nicht, wird man es. Weil du siehst viel.

Frau Fischer Rüttimann, sie steht immer noch zwischen Eingangsbereich und Wohnzimmer, sagt: «Verzeihen Sie, ich könnte jetzt Konversation machen, wie es sich gehört. Das Wetter, die Aussicht, den Uetliberg dort drüben, die Baustellen in der Stadt unten … Aber Sie hören sicher viel Gerede den ganzen Tag lang. Also sage ich lieber nichts. Mein Mann wird gleich zurück sein.»

Und überlässt sie dem Sofa, der Aussicht, dem Uetliberg dort drüben.

Endlich ein Mensch, der schweigt, wenn es nichts zu sagen gibt, denkt der Müller. Findet er vorbildlich, sollte Schule machen. Privat schweigt er gerne.

Einige Minuten später, Laurenz Rüttimann kommt ins Wohnzimmer, kurz flackert der Blick, weil sich die Staatsangestellten unbeaufsichtigt mit der Fernsicht beschäftigen, dann montiert er in sein Gesicht ein Lächeln. «Ich kann meinen Anwalt leider nicht erreichen, deshalb kann ich Ihnen im Moment keine Auskunft geben. Ich bedaure.»

Lächelt wie dieser Nationalrat. Wenn er die Zähne entblösst, meint man, er beisst zu und man bekommt davon Tetanus, wählt seine Partei und ist sofort gegen alles. Und der Regierungsrat sagt jetzt doch: «Worum geht es denn?»

Moosberger: «Um eine Ermittlung in Sachen Mord.»

Der Regierungsrat, nun, bleich ist er ohnehin, weil nonstop in Sitzungen, Besprechungen, Meetings, Interviews, Briefings und Blablabla, aber das Restblut weicht aus seinen Kapillargefässen im Gesicht. Wo fliesst es eigentlich hin? Muss ich mal herausfinden.

«Wie gesagt», versucht er wieder zu lächeln und sucht einen Tonfall voller Dezidiertheit oder wie das heisst, «ohne meinen Anwalt kann ich keine Fragen beantworten.»

«Melden Sie uns, wenn Ihr Anwalt auffindbar ist, zum Beispiel morgen um neun Uhr», sagt der Müller, als fallführender Polizeioffizier muss er das letzte Wort in Anspruch nehmen, und es ist ein «kategorischer Imperativ» (Kant).

Der Müller klopft mit der Kante seiner Visitenkarte zweimal auf die Fläche des Corbusier-Beistelltischchens und legt sie neben die Fernbedienung. Er und Bucher Manfred, Rosanna Vukic und Michael Moosberger von der Staatsanwaltschaft erheben sich, verabschieden sich, entfernen sich, verfügen sich ins Auto. Downtown.

***

Vanessa Unternährer hat gerade ihren Espresso auf den Boden ihrer Küche verschüttet. Sie war doch Freitagnachmittag in Ollis Büro, etwa um 15 Uhr muss das gewesen sein. Die Spurensicherung wird bestimmt ihre DNS gefunden haben, oder Textilfasern, Hautzellen, das Papiertaschentuch, das sie in Ollis Papierkorb geworfen hat. Und wenn sie ihren Namen noch nicht wissen, werden sie ihn bald herausfinden. Irgendwer sieht immer etwas, das ist der Vorteil dieser transparenten Bürolandschaften. Und der Nachteil eben die mangelnde Privacy, weil kaum wer ein Einzelbüro und Ollis Bürotür höchst selten geschlossen, ja normalerweise offen, wenn er inhouse ist. Sieht immer jemand etwas, auch wenn's ihn nichts angeht.

Und sie erinnert sich: Ollis Bürotür war offen, auch als sie am Freitagnachmittag dort war. War da nicht ein Schatten im Korridor? Jemand ging leise an Ollis offen stehender Bürotür vorbei, als sie auf dem Teppich kniete? Und als sie nachher die Treppe hinunterstieg, hat bestimmt jemand sie gesehen. Und ausgesagt, dass sie zu dieser Zeit vom fünften Stock herunterkam.

Warum sie der Polizei nicht gemeldet hat, dass sie zu dieser Uhrzeit oben war? Vielleicht war sie die Letzte, die den CEO lebend gesehen hat. Sie müsste sich melden. Aber weswegen? Sie hat nichts Ungewöhnliches wahrgenommen. Bischoff verhielt sich nicht anders als sonst. Er war freundlich, fast herzlich, aber seine Augen haben nicht mitgelächelt. Neu war das nicht, diesen Zug hat Vanessa Unternährer an ihm ab und zu festgestellt. Dass er innerlich und äusserlich in verschiedenen Stimmungen schwang. Kann man das so sagen?

Aber warum nicht der Polizei melden, dass sie etwa um 3 Uhr nachmittags in Ollis Büro war? Und diesen Schatten gesehen … hat sie den wirklich? Der war ja hinter ihr, in ihrem Rücken, als sie …

Die würden sie in die Zange nehmen, stundenlang. Das verkraftet sie nicht. Und was die aufgrund der Spurenlage denken würden? Und wenn Cyril davon erführe! Cyril ist ihr Mann. Der steht in letzter Zeit unter Starkstrom, bildet sich das und jenes ein, kontrolliert, das hat sie letzte Woche festgestellt, die Anruflisten auf ihrem Natel. Einen Riesenkrach hatten sie deswegen, laut ist's geworden, und am Schluss hat Vanessa Cyrils Handy gepackt und aus dem Fenster geworfen. Ob sich das wieder einrenken wird? Noch mehr Unfrieden kann sie nicht brauchen. Es macht sie müde, unglaublich müde. Und sie braucht ihre Energie für die Arbeit. Sie ist ja damit betraut, die Implementierung der «Explorative Rhizomatic Method» im Unternehmen zu überwachen. Knifflige Sache, viele Mitarbeiterinnen und Mitarbeiter skeptisch, ja bockig. Und umgekehrt, eben, der Druck von oben, vor allem von Olli Bischoff, den sie noch am Freitag zu beschwichtigen versuchte. Im ersten Moment, fand sie, durchaus erfolgreich. Und wenige Minuten danach hat ihn jemand ermordet.

Soll Vanessa die Polizei anrufen? Man weiss ja vom Fernsehen, dass selbst «scheinbar Nebensächliches» und sogar «wenn Ihnen *irgendetwas* einfällt», wie es die TV-Kriminalisten beim Abschied von Befragten jeweils sagen, weiterhelfen kann, weil die Polizei Informationen sammelt und verknüpfen kann, weil sie hat die Tools dafür.

***

Für Gregor Meier, Leiter Kommunikation Polizei Zürich, bedeutet Sonntag «generell gut», weil ist zu Hause und ruhig. Seine Frau heute zwar Dienst (Triemlispital, Viszeralchirurgie, also all die weichen Sachen und Organe in der Bauchhöhle, gibt es viele davon, und schmerzhaft und krank können die sein, haben wir keine Vorstellung von) und Gregor deshalb allein daheim. Abseits vom Bürobetrieb im Homeoffice endlich Zeit für Grundsätzliches, weil Zeit und Brainpower benötigt es viel, das neue Kommunikationskonzept, die «i2p»-Strategie, wie er sie für sich nennt («institution to public»). Ob sich die Bezeichnung irgendwann öffentlich lancieren lässt? Und im Grossen Polizeihaus, nicht immer herrscht dort die austarierte Mischung von Betriebsamkeit und Ruhe, die der Kreativität zuträglich ist. Im Grunde gar nie, weil *da* ein Anruf Tageszeitung wegen neuem Zebrastreifenregime in der Enge, *dort* Anruf Lokalradio wegen Verkehrszählung Wollishofen Seestrasse, *hier* Anruf Tageszeitung Schiffbruch Segelboot vor Zürihorn, wer segelt denn auch im Winter! Anruf Radio-Regionaljournal wegen Verrichtungsboxen Altstetten. Gerücht: Hundesteuererhöhung? Abfallsackpolizeiverschärfung? Bussenquotevorgabe für Polizei? Und besonders attraktiv natürlich für Alt und Jung: die Kriminalfälle. Wenn es Tote gibt, wollen sie zusehen. Das interessiert sie alle, ob öffentlich-rechtlich oder privat, ob elektronisch oder Print, Bild und Ton. Und sogar die Sprachwissenschaft interessiert sich ja für die Polizei. Nie hört es auf, von Montag früh 07:30 Uhr bis Freitag 18 Uhr, manchmal übers Wochenende («Wasserwerfer beim Letzigrund», «Risikospiel», «Ausschreitungen bei Demo»), einer von seiner Abteilung ist immer auf Pikett, und Gregor Meier und sein (noch kleines, aber gemäss Konzept Meier deutlich auszubauendes) Team schaufeln den Medien Inhalte heran. «Besser gestern als heute», weil der journalistische Schlund ist unersättlich. Als Polizei wirst du häufig trotzdem angepflaumt.

Jetzt im Homeoffice, Kollege Meier am Bürotisch, Computer an, Blick auf Mietshäuser in Altstetten, denken Sie nicht, die Polizei kann sich privat viel leisten, also bis ins mittlere Kader sicher nicht, und er denkt prinzipiell nach über die grossen Bögen, längerfristigen Ziele und die strategische Richtung der internen und externen Kommunikation der Polizei Zürich.

Der Sonntag, Wasserglas und Espresso mit Schäumchen, Zeit für die grossen Würfe. Nicht beschränkt durch die wenigen Quadratmeter des Büros im Grossen Polizeihaus. Nicht die Gedanken kastriert durch den Putzmittelgeruch auf der Etage. Nicht die Schere im Kopf durch interne Anrufe, durch Rapporte und Organigramme. Sonntag: endlich freistil ausschwärmende Ideen.

Das Schäumchen klebt an Gregors Oberlippe. Er leckt es ab, sieht zwar das Februarwetter, kümmert ihn nicht. Denn er hat letzte Nacht, als er schlaflos lag, eine Ideenkette entwickelt. Hören Sie zu:

Projekt «Police Lounge». Kommunikative Fläche («Forum») für Kontakt Bürger – Polizei («community policing») zwecks Austausch, Sensibilisierung, Verringerung Distanz Institution – Mensch, «et cetera», notiert sich Gregor, muss er noch definieren. Eine Art stilvolle Espressobar, ein Fragezeichen setzt er dahinter, ein «Police Sushi Takeaway» wäre vielleicht wünschenswert, aber wohl vermessen, weil Assoziation mit Luxus. Deshalb besser sparsameres Gastrolayout («world food»?). Einzurichten als «mixed zone» im Erdgeschoss des Grossen Polizeihauses an der Kasernenstrasse, aus Gründen Sicherheit Separateingang fürs Publikum vermutlich von der Zeughausstrasse her, Panzerglassichtfenster auf Personaleingang: eintreffende, ausrückende, abtretende Polizistinnen und Polizisten sollen sichtbar sein («Transparenz»), vermutlich sogar durch «Police Lounge» durchgeschleust, dort vielleicht den Feierabendespresso oder das Pausenmineralwasser einnehmen, um präsent und ergo für die Bürgerinnen und Bürger ansprechbar zu sein.

«Das ist super von mir», sagt Gregor laut zu sich selbst. Der Klang vom Wort «super» im Zusammenhang mit dem Dativ von «ich» … schon schön, tut gut. Verurteilen wir nicht diesen Satz und den, der ihn ausgesprochen hat. Weil wenn dich niemand streichelt, musst du es selbst tun: dich aufbauen, dich bestärken, dich anfeuern.

«Mach hinter jeden Tag ein +», könnte Gregors Motto sein. Wo hat er das bloss gesehen? Vielleicht lassen sich damit die Arrestzellen im Grossen Polizeihaus beschriften? So viele Streifen- und Mannschaftswagen, wie die Kommunikationsabteilung sich schon Slogans ausgedacht hat, hat die Polizei Zürich gar nicht. Braucht er Zusatzflächen.

Und das Beste an der «Police Lounge»: Das Konzept ist modular ausbaubar und variabel. Mögliches Element, ja, das ist eine weitere Idee, an der Gregor arbeitet: die «Police Shisha Bar», ein Customer-Touchpoint, wo die Bürger in Gesellschaft von Polizeibeamten aus Wasserpfeifen legale Substanzen rauchen dürfen. Zweifeln Sie vielleicht am Return on Investment dieser strategischen Option? Die Polizei wird immer gerne als Verhinderer, Blockierer, Spielverderber dargestellt. Warum, meine ich, soll die Polizei Zürich nicht zeigen, dass sie cool ist und das Leben mega bejaht? Dass sie geniessen kann und sich allem Verbrechen zum Trotz an der Existenz freut? Und diese positive Grundeinstellung gerne mit dem Bürger/der Bürgerin zu teilen gewillt ist. Polizistinnen und Polizisten, so der Subtext von Gregor Meiers Kommunikationskonzept, sind zwar Amtspersonen, die besonderen Pflichten und Aufgaben unterliegen. Aber im Kern sind sie und folglich auch das Gesetz, das sie vertreten, Repräsentanten des gesellschaftlichen Konsenses, der demokratisch legitimierten Gesetze, ja gewöhnliche Bürger, die – er weiss: Pathospathospathos! – der Gesellschaft dienen. Nicht umsonst wird in wenigen Tagen auf manchen Streifenwagen der Claim «dienen und helfen» stehen, auf einer 3D-Folie, die, wenn bewegt, den Schriftzug wechseln lässt zu «schützen und stützen».

Ja, Gregor ist zufrieden mit sich, muss er ehrlich gestehen, endlich bekommt er eine Plattform für seine Ideen, das macht er wirklich super. Und die Kommunikationsagentur «König,

Herzog, Papst und Bischoff», ja nun, grundsätzlich *unzufrieden* mit denen ist er nicht. Mit der Leistung, meine ich. Aber seit einigen Tagen sinkt sein KHP&B-Glückslevel steil. Sie haben die Rechnung geschickt. Die haben das Budget gesprengt und die Warnung davor, hat er beim Nachlesen festgestellt, in den klein gedruckten AGBs hinterrücks eingebaut gehabt. Er hat also keine Handhabe. Wenn er es sich genauer überlegt: Sie haben ihn immer vollgelabert mit Ausdrücken. Zuckerbrot, Honig und Morgenröte. Blablabla. Zielführend war das nicht. Hatten, sobald der Auftrag schriftlich erteilt war, auf einmal etwas Arrogantes, diese Herren von der Agentur. Mit dem unglücklichen Bischoff hatte Gregor am meisten zu tun. Hat nicht wirklich zugehört, findet er. Bei manchen Stichwörtern wie auf Knopfdruck einen Sermon abgespult und vor Dynamik nur so losgequollen, als wäre er nicht ganz gesund. Aber international preisgekrönt. Ideen? Ja, haben sie schon bei K+, konkretisieren speditiv. Qualitativ i. O., kann man nichts sagen. Aber atmosphärisch, die Vibrations … Ganz benennen kann er das Problem nicht. Vielleicht ist das so, wenn du dich in eine neue Funktion hineinarbeitest: Die Hälfte der Vorgänge macht dir Muffensausen.

Und weil Gedanke an KHP&B, die Gedanken von Gregor jetzt → aktueller Fall. Könnten wir nicht diesen Fall in die Fahndungs-App einspeisen? Damit die Bevölkerung sich in die Ermittlungen einbringen kann, als reales Pilotprojekt quasi schwebt ihm vor. Hm, schwierig durchzusetzen: Hauptmann Vogt, zwar Leiter Abteilung Gewaltverbrechen, aber infolge Matrixstruktur auch bei Gregors Abteilung mit einem Wörtchen im Spiel. Zwar gutes Verhältnis Gregor und Vogt, aber der Hauptmann gegenüber der Fahndungs-App skeptisch, weil befürchtet Unruhe in der Bevölkerung: «Jagen Sie mit uns: den Mann mit den Süssigkeiten vom Kinderspielplatz!» Aufruhr, Treibjagden, Kesseltreiben, Übergriffe, Bürgerwehr? Gregor hat Vogt noch nicht überzeugt. Kommandant Oberst Nägeli sowieso wenig aufgeschlossen gegenüber Social Media. Den muss er erst gar nicht anbohren. Für den kann es ruhig im konservativ-klassischen Kommunikationsstil weitergehen: «Sachdienliche Hinweise», «Die Polizei bittet um ihre Mithilfe», «Vermisst wird seit …» mit Foto in der Zeitung.

Die Fahndungs-App, die Kollege Gregor Meier zu einem wichtigen Arm der neuen Kommunikationsstrategie erkoren hat und der Mannschaft schon kommuniziert, war mit ein Paradepferd im Gesamtkonzept von KHP&B, die ihn – zu einem Tarif, ich war wirklich leichtsinnig, darauf einzugehen, denkt er, zum Glück wird das erst nach dem Halbjahresabschluss Mitte Juli in der Rechnung auftauchen. Noch habe ich Zeit, mir gegenüber Hauptmann Vogt und Oberst Nägeli eine Rechtfertigungsstrategie zurechtzulegen. Wo war ich gerade, satzbautechnisch? Hm, ja … Sauer ist er schon geworden auf diesen Bischoff, der ihm den Floh ins Nest gesetzt hat, die Fahndungs-App als Speerspitze ins Öffentlichkeitsbewusstsein hinauszuposaunen. Da hätte es bestimmt, denkt er, geeignetere Tools gegeben. Genau wegen solcher Fragen hat er doch seinerzeit die Agentur kontaktiert. Lange bevor öffentlich wurde, dass er Leiter Kommunikation würde.

Fast geplatzt ist er, weil er das so lange geheim halten musste.

Noch eine Idee notiert Gregor jetzt: Die Gedankenfigur der «originellen Ermittlung» könnte die Denkvorgänge der Polizistinnen und Polizisten kreativ beflügeln, sie sollen «die Polizeiarbeit völlig neu denken», wie er kürzlich im kleinen Kreis beim Pausenkaffee unter Polizeioffizieren gesagt hat. Ohne spöttische Kommentare war das abgelaufen, Zustimmung, ja! Zustimmung kam, gemurmelt und mit Augenbrauen, vom einen oder anderen. Darauf lässt sich aufbauen. Vor allem, wenn Oberst Nägeli – das hat er in diesem Moment fast klar gespürt – in diesem Punkt auf deiner Seite ist. Und vom Kommandanten rieseln die Gedanken jeweils eine Hierarchiestufe hinunter zu Hauptmann Vogt. Ihn muss Gregor ganz gewinnen, damit er seine PR-Ansätze vollumfänglich stützt. «Revolutionär» sind sie, ist Gregor überzeugt und auch davon, dass, wenn das gesamte Konzept erst einmal umgesetzt ist, die ganze Stadt darüber sprechen wird. Und in der Kommunikationsbranche wird er streuen, wer dahintersteckt.

Dass die Polizeikommunikation die Abschussrampe für eine grossartige Laufbahn von himself sein könnte, so weit hat er bis heute gar nie gedacht. Es verunsichert ihn und versetzt ihn in einen fieberhaften Zustand.

«Sicherheit bietet Raum für Persönlichkeit» … wo ist das jetzt her? Es ist von irgendwo in Gregor Meiers Sinn hineingekommen. Dünnbrettbohrerei? Zügeln wir uns, vielleicht könnte es, mag sein, gescheiter sein als ein Joint Venture von mir, meiner Wenigkeit und meinem Selbst.

***

2142 Meter über Meer, von der anderen Talseite glitzert schroff der Piz Lischana herüber. Motta Naluns, oberhalb von Scuol, kurz nach Mittag. 80 Kilometer Skipiste, davon 30 blaue, 37 rote und von ihm besonders frequentiert: 13 schwarze. Die Rede ist vom ortsabwesenden, für weitere Auskünfte im Unterland dringend benötigten Beat R. König. Er schwingt seine erfolgreiche Persönlichkeit gerade auf Skiern durch den Schnee, der funkelt und glänzt wie Paradies. Blauer Himmel, kein Wölkchen, während wir in Zürich … davon male ich kein Bild, weil Wetterbemerkungen, da überkommt einen leicht der Überdruss, wenn man im Unterland unter dem grauen Deckel vor sich hin früstelt. König hat sich vorhin auf der Terrasse des Bergrestaurants unters Normalvolk gemischt (Schnipo) und trainiert jetzt die Kalorien wieder aus dem Körper hinaus. Motta Naluns. Nicht so coolissimo wie Flimslaaxfalera, nicht Glamoursanktmoritz und Luxuspontresina, wo König eine Zweitwohnung hat, sondern real, weil in Scuol. Da hast du alles, was du in der Stadt hast: Läden, WLAN und Zeitungen.

Dass sein Geschäftspartner tot ist, beunruhigt Beat R. König. Ja, er hatte mit Olli Auseinandersetzungen, heftige, letzten Montag an der letzten … Ollis überhaupt letzter GL-Sitzung, also vor Zeugen. Im Furor hat er Olli danach sogar mit einer Untersuchung durch einen externen Wirtschaftsprüfer gedroht, als Ultima Ratio auch mit einer Anzeige. Eine blödsinnige Dummheit, das nicht hinter verschlossenen Türen an der GL-Sitzung zu diskutieren, sondern im vierten Stock, vor dem Eingang zum Meeting Room. Unweit vom Kaffeeautomaten. Stand da gerade jemand? Der sich erinnern könnte? Er weiss es nicht. Und sein Zornesvorschlag, die McHinckley-Equipe auf Olli zu hetzen, die sowieso im Haus ist, das war im Klartext die Drohung, Ollis Curriculum unlöschbar zu makulieren. Weil wenn die McHinckleys mit ihrem weltweiten Netzwerk und ihren Datenbanken einen Eintrag in Umlauf setzen, wäre Olli immer und ewig geschädigt worden. Untragbar als Verwaltungsrat, Mandatär, als irgendwas von Wasauchimmer.

Aber, Hölle noch mal, «nicht einmal ein Fels bleibt unbeweglich, der Frost vermag ihn unversehens zu sprengen» (Sun Tsu).

Die Worte kommen jetzt hoch und in den Sinn: «Was für ein Irrsinn, gleichzeitig Gordon F. Pasewalks ‹Explorative Rhizomatic Method› inklusive teuerstem externem Monitoring und die Analyse und strategische Supervision von McHinckley & Partners einzukaufen», so hat es König dort beim Kaffeeautomaten formuliert. Und dann eben die magischen Wörter «Wirtschaftsprüfer» und «Anzeige». Während hinter ihm drei, vier Mitarbeiterinnen und Mitarbeiter darauf warteten, ihre Chipkarte in den Schlitz einzuführen. Vielleicht hat er auch nicht «Irrsinn» gesagt, sondern Schwachsinn. Oder Stumpfsinn oder Starrsinn.

Hat er es geflüstert, gezischt, gemurmelt oder laut und deutlich?

Dumm, einfach nur. Aber wer rechnet schon mit einem Mord an Olli?

Mindestens Papst und Herzog wissen von diesem Krach. Stahel, die im Meeting Room sass, die Tür war sicher nicht ganz zu, hat vielleicht auch alles mitbekommen. Und vielleicht die Members of Staff beim Automaten? Wer war es nur? Ist das die Quittung dafür, dass König sich nicht wirklich besonders innig für andere Menschen interessiert? Er sieht zwar (manchmal), dass welche vorhanden sind, aber bewusste Wahrnehmung oder gar Interesse? Vergiss es. Sie sind Pappkameraden, Silhouetten, Figuranten.

Nach Ollis Tod und der kurzen Vernehmung durch die Polizei an jenem fatalen Freitag ist König in die Berge verschwunden, nicht in die Zweitwohnung in Pontresina, wo man ihn leicht fände, sondern in Scuol ins Hotel, falschen Namen eingetragen. Einen Fehler nach dem anderen. Sieht alles unsauber aus, verdächtig, denkt er, nach Kurzschluss. Nach Dummheit. Nach schlechtem Gewissen und Schuld.

***

Drei Polizeikontakte hat sie bisher überstanden: Befragungen Freitag noch im Büro und heute Nachmittag zu Hause. Und zusätzlich gestern am Morgen von einem Streifenwagen zu Hause abgeholt, damit sie ihnen den Büroschlüssel übergibt, und wieder heimgefahren.

Die Beamten waren zur Befragung in ihrer Wohnung. Im Raum sind noch immer ihre «vibrations» (Bob Marley), ihre «Schwingungen» (Heinrich Hertz), wie Rückstände, sicher DNS-Spuren auf dem Sofa, wo sie sich hingesetzt, auf dem Wasserglas, das sie berührt haben. Unangenehm waren sie nicht, weder unhöflich, auch nicht ärgerlich-psychologische Nummern, auch keinen Druck. Nichts einzuwenden, keine Kritik, sie machen ihre Arbeit wie ich meine.

Sie waren sogar nett.

Aber etwas stimmt nicht. Rahel Stahel ist keine Aura-Tante, deren Biorhythmus nach dem «vierwindigen Strahlenprinzip» des «Siebten universellen Weges» (Sri Bschüssig, eingetragenes Warenzeichen) oszilliert.

Als die Polizisten vor zwei Stunden gegangen sind, hat sie die Wassergläser abgeräumt und dann gelesen. Konzentrationsschwierigkeiten. Die Feuilletons und Wirtschaftsseiten der Zeitungen dieser Woche, die sie immer erst Sonntag aufarbeiten kann, gelesen, aber was drinstand, weiss sie nicht mehr. Und drei, vier Seiten in einem Buch. Beigbeder: *«Un roman français»*. Ein Buch wie eine Werbesendung für Grossmäuler. Aber heute ist nicht der Tag dafür. Olli Bischoff ist erst 48 Stunden tot. Sie hat ihn an seinem Tisch sitzen sehen und das Blut und das Messer, den Gugelhopf und das eine Auge, das offen stand.

Gegen 17 Uhr hat sie in ihrer Wohnung in Niederhasli das Wohnzimmerfenster aufgerissen. Trotz der Kälte steht es seither offen. Dann hat Stahel das Sofa mit dem Bürstenaufsatz des Dyson abgesaugt und mit dem feuchten Lappen abgewischt, auch den Couchtisch. Jetzt nur die Wassergläser im Geschirrspüler, aber sofort nötig Intensivwaschstufe zu starten: hohe Temperatur, lange Dauer und vorsorglich drei Schaufeln Pulver hinein. Damit der Schaum und die Enzyme und was da alles drin ist, alles abtöten.

Und dann hat sie gemerkt, was sie tut: das Fenster offen seit einer Stunde? Zwei? Zweieinhalb? Dunkel ist es längst, sie noch immer in der … sie fröstelt …

Den Toten hat sie gefunden. Sie hat den Toten gefunden. Warum hat sie den Toten gefunden? Sein leeres Auge, das nicht auf dem Gugelhopf lag, hat sie angeschaut. Sie hat sein leeres Auge angeschaut. Warum hat sein leeres Auge sie angeschaut? Das Messer und das Blut und der Kuchen. Das Blut und der Kuchen und das Messer. Sie und der Tote allein im Raum. Allein im Raum: sie und der Tote. Warum der Tote und sie allein im Raum? Und auf dem Teppich der Blutfleck.

Sie hat das Wohnzimmerfenster offen stehen, die Luftmoleküle rauslassen, die die Polizisten ein- und ausgeatmet haben. Nicht weil schmutzig, nicht weil unangenehm oder brutal gewesen. Sondern weil «die Sache» brutal ist. Olli tot im Büro, Rahel Stahel vermutlich, nimmt sie an und die Polizei scheint das auch zu denken, wenige Minuten nach dem Mörder in Ollis Büro. Vielleicht hat sie ihn im Treppenhaus noch gekreuzt? Und erinnert sich nicht. Hat sie jemanden gesehen? Ist jemand an ihr vorbeigewischt? Oder aus dem Augenwinkel, als sie zuvor noch im vierten Stock war, gleich beim Eingang mit Rebecca Bruggmann vom Reception Desk ein paar Kleinigkeiten besprochen und noch etwas geplaudert hat über das geplante Motivationshappening zum Beispiel und ob Jungstar Felix Bruhin wieder wie ein Pfau mit geschwollenem Kamm im gesamten Weltreich K+ herumstolzieren wird. Sie haben gelacht. Und vielleicht in diesem Moment, vielleicht ist genau da jemand die Treppe hinunter entwischt? Oder hat sie den Lift gehört? Hat sie nicht, glaubt sie. Aber wer kann sich seiner Wahrnehmungen sicher sein? Ist doch die sogenannte Realität ein «kulturell-gesellschaftlich codiertes Konstrukt» (Michel Foucault), aber an den denkt Stahel jetzt wirklich nicht.

Sondern daran, dass auch sie jetzt tot sein könnte. Wenn sie einige Minuten früher in Ollis Büro hochgegangen wäre.

Schock nennt sich dieser Zustand.

***

Sagt man immer: im Kriminalroman keinesfalls zu viele Personen auftreten lassen. Korrekt. Wir stellen jedoch fest: Die Ermittlungen weiten sich aus. Die Lage erfordert es. Nur schon, dass zum Tatzeitpunkt 65 natürliche Personen bei KHP&B an der Fröhlichstrasse als anwesend registriert. Plus vielleicht weitere, unregistrierte. Unbefugte. Betriebsfremde. Gelegenheitsmörder. Betriebsangehörige, die sich aufgrund ihrer Kenntnis von Gebäude und Gepflogenheiten nach der Tat unbemerkt entfernen konnten. Pardon, sorry, müssen wir alles durchgehen, ausschliessen, bis wir die Täterschaft festgestellt haben. Hauptmann Vogt und Moosberger von der Staatsanwaltschaft wollen zwar schnell ein Ergebnis. Aber nicht irgendeines, sondern das richtige. Die Arbeit der Polizei verläuft nicht linear und selten als dramaturgisch perfekter Spannungsbogen.

***

19:20 Uhr. Jetzt Feierabend. Die Polizei will privat, Teil 1. Der Müller soeben aus dem Grossen Polizeihaus, dieser Tag endet nie, hatte ich das Gefühl. Habe es immer noch, weil in der Hosentasche klingelt es. Der Müller unterwegs zum Stauffacher, weil dort Tram 14, bekommt Anruf vom Linguisten Eiholzer, der will einen Verlag gründen, Name: «Die Wortkommission».

«Kostet das nicht Geld, ein Verlag?», fragt der Müller.

«Ich habe einen Geldgeber», sagt Eiholzer. «Ich möchte Sie als polizeilichen Fachberater für die Mitarbeit gewinnen … oder wenn Sie eine andere Bezeichnung vorziehen: als Consultant.»

Der Müller rollt die Augen, was der andere durchs Telefon nicht sieht.

«Ich danke Ihnen für Ihr Angebot, aber ich bin Polizist in Vollzeitanstellung. Ich dürfte keinen Arbeitsvertrag eingehen, auch nicht als Nebenerwerb –»

«Ich würde Ihnen kein Geld zahlen, alles würde auf rein intellektuell-kollegialer Basis ablaufen.»

Noch besser, denkt der Müller und sagen tut er: «… und ich bin ans Amtsgeheimnis gebunden, Artikel 320 des Strafgesetzbuchs, und habe wirklich keine Zeit, bin voll beschäftigt, tut mir leid.» Die Anfrage freut ihn zwar, aber passt nun wirklich nicht in den Cursus vivendi oder wie man dem sagt. Will trotzdem ein freundliches Wort zu Eiholzer sagen: «Aber der Name, ‹Wortkommission›, der ist gut. Obwohl, etwas fernsehmässig ist er schon.»

Woher hat der meine Natelnummer? Meine Visitenkarte habe ich ihm nicht gegeben. Muss ich morgen Gregor Meier fragen. Ob der die Nummer rausgerückt hat? Public Relations?

Dann der Müller voll privat. Was er jetzt tut, wohin er geht, geht uns nichts an. Stichworte nur: Prof. Dr. phil. I Flubacher, Kulturerlebnis. Vorhang.

Und jetzt die letzte Szene dieses Tages. Die Polizei privat, Teil 2, natürlich auch erst nach Feierabend: Bucher Manfred und Dr. Brenda Marquardt. Es hat auf die Minute gereicht fürs Theater. Schiffbau. Die Akteurinnen und Akteure liefen gerade ein, als sich die beiden setzten. «Elektra». Die verstossene Elektra denkt am Grab ihres Vaters nur an eines: sich an ihrer Mutter Klytaimnestra für deren Gattenmord zu rächen. Mit ihrem Liebhaber Aigisth hat sie Agamemnon getötet, der soeben aus Troja zurückgekehrt war. Ein Stück über Rache. Grausig menschlich.

Dritter Tag nach dem Mord, Montag, 3. Februar

Achtung, fertig, Montag! Das Schwungrad der Woche trommelt los und läutet die nächste Runde der arbeitenden Existenz ein. «Die frische Energie bringt die Ideen der Ruhe fruchtbar zum Tragen», wie es der vergessene chinesische Philosoph Hang Them im 3. Jh. n. Chr. in seinem leider verschollenen Hauptwerk «Die Kraft des viereckigen Tropfens» formulierte.

Jeder Polizeitag beginnt mit einem Rapport. «Besprechung» können Sie dem auch sagen, «Sitzung» klingt zu bürohaft, «Meeting» zu businesslike. Ziel ist klar: Faktenabgleichung und Koordination, Befehlsausgabe.

Ort: Grosses Polizeihaus. Genauer: Zimmer 112. Kaffee im Pappbecher, Mineral mit und ohne im Plastikbecher. Hier ist Zürich Sparta.

Anwesend: Müller Benedikt, Bucher Manfred, Heather Brogli, Rosanna Vukic, Janine Hossli, Gustav Weiermann, Rocco Catanzaro, Dylan Barmettler, Aspirant Mauchle. Plus/minus das Kernteam in diesem Fall. Und Gregor Meier ist auch da, notiert etwas in sein iPad, in ganz kleinen Buchstaben, damit es niemand lesen kann.

«Wo stehen wir?», sagt der Müller, und wir sehen, wer gerade vor drei Sekunden noch zur Tür hereingewischt ist: Hauptmann Vogt, er sitzt jetzt dabei, ein Zeichen, dass die Polizeiführung dieser Ermittlung besondere Wichtigkeit beimisst. Vermutlich ein Artikel erschienen, irgendwo. Oder Anruf Lobby → Justizdirektor → Polizeivorstand → Kommandant Nägeli → Hauptmann Vogt.

Das Wesentliche an diesem Montagmorgen, dritter Tag nach Begehung des Kapitalverbrechens: Auswertung Liste Anwesende KHP&B bisher ergebnislos. Wird fortgesetzt. Auswertung Privatleben Bischoff bis anhin ergebnislos. Wird fortgesetzt. … Der Rapport dauert 20 Minuten. Wir verlassen ihn vorzeitig, denn anderswo ereignen sich Sachen, die ich in real time berichten will:

08:14 Uhr, eingehender Anruf bei Notrufzentrale Polizei Zürich. Anruferin: Frau Samantha Scheiwiller Strasser, General-

Wille-Strasse (Nummer notiert), Feldmeilen. Gegenstand des Anrufs: Vermisstmeldung Ehemann. Matthias Strasser, Geburtsdatum sowieso soundso, also 43, wohnhaft selbe Adresse. Letzter Kontakt: Freitagmorgen, 31. Januar, circa 07:45 Uhr, eheliche Wohnung, Ehemann brach auf zum Arbeitsplatz. Seither keinerlei Kontakt, weder über Mobiltelefon noch über Festnetz. Keine Antwort auf persönlicher Handynummer, keine Antwort auf Büronummer. Arbeitsort: KHP&B, Fröhlichstrasse, Zürich.

«Und da kommen Sie erst jetzt zu uns? 72 Stunden, nachdem Sie ihn das letzte Mal gesehen haben?», sagt der Kollege am Telefon. «Verschwindet er öfter einfach so, ohne Ihnen zu sagen, wohin?»

Die Anruferin: «Ich weiss, was Sie denken, aber ich war mit den Kindern verreist. Ich befürchte, ihm ist etwas zugestossen.»

«Also», sagt der Kollege am Telefon, «besondere Kennzeichen? … Letztmals gesehen am … Freitag, 31. Januar? Richtig? Okay. Eine Vermutung, wo er sich aufhalten könnte? Freunde, bei denen er sein könnte? Freunde? Keine wirklichen? Arbeitskollegen, ja, engere Arbeitskollegen? Gab es, bevor er verschwunden ist, einen Ehestreit?»

***

Die Maschine drückt das Heisswasser durch die mit Kaffee gefüllten Aluminiumkegel. Unten fliesst es dunkelbraun in eine dickwandige weisse Tasse mit Goldrand. Zweimal. Regierungsrat Laurenz Rüttimann trägt die beiden Tassen zum Küchentisch. Sich schnell aussprechen, dann muss er los. Es kommt nie gut an, wenn einer bei Beginn einer Aussprache unter Eheleuten auf die Uhr schaut und denkt, die Frau bemerkt es nicht. Fast zwanzig nach sieben, ihm bleiben noch etwa 20 Minuten, dann kommt der Wagen. Heute Termine, Termine, ich singe Ihnen keine Melodie darüber.

«So», sagt der Volkswirtschaftsdirektor, während er die Tassen sanft auf den Tisch stellt, sodass das Löffelchen auf der Untertasse leicht, aber vernehmlich, gegen das Porzellan schlägt. «Was hast du auf dem Herzen?»

Nicht unklug: das Gegenüber unter «Zugzwang» (Aljechin) setzen, das Anliegen zu formulieren. Als dämmerte in Laurenz

Rüttimanns Kopf nicht seit Wochen, dass es ein Anliegen gibt. Gott, ein Anliegen am Montagmorgen, wenn ein Sitzungstag von der gröberen Art bevorsteht und die Polizei sich auch noch melden wird! André Luginbühl, sein Anwalt, hat ihm in der Nacht eine SMS geschickt und die Termine koordiniert.

Regierungsrat Dr. oec. Laurenz Rüttimann, in seinem Büro auf der Volkswirtschaftsdirektion verhört! Bestimmt halten nicht alle Mitarbeiter dicht. Er wird seinen Stabschef Vonlanthen anweisen, strikt für absolute Verschwiegenheit zu sorgen. Von ihm aus mit Kündigungsandrohungen. Verschleierungsmassnahmen fallen ihm ein: Die Polizisten könnten mit Pizzakartons das Amtsgebäude betreten, zur Tarnung dreimal Prosciutto für den Chef …

«Hörst du mir zu?», sagt in diesem Moment Salomé Fischer Rüttimann. Sie wirkt eher wenig amused und hat im klassischen Ehekrachsatz sogar das dramaturgisch zweifelhafte «überhaupt» weggelassen, so rasiermesserscharf ärgerlich ist sie.

«Ja», sagt ihr Mann, «natürlich.» Dabei hat er keine Ahnung, was Salomé ihm gerade gesagt hat. Dass sie ihr Vermögen verspekuliert hat? Dass der Vermögensberater ihr Geld veruntreut hat? Dass der Onkologe ihr einen positiven Befund mitgeteilt hat? Dass sie ein Kind adoptieren möchte?

Oder ist es, fällt ihm ein, das klassische Thema: «Es liegt nicht an dir, es liegt nur an mir, ich will dir nicht wehtun, mir läge viel daran, dass wir in freundschaftlichem Kontakt bleiben, und ich möchte alles in gegenseitigem Einvernehmen regeln, bitte verzeih mir, aber wir leben nur einmal, und ich bin zum Schluss gekommen, dass …»

Doch Laurenz Rüttimann hat keinen Schimmer, was seine Frau gerade zu ihm gesagt hat.

«Besprechen wir das …», nein heute Abend komme ich erst um 23 Uhr und bin dreivierteltot, und morgen muss ich ebenfalls sehr früh los, und bis ich weiss noch nicht genau, «… am Mittwoch? Da kann ich wahrscheinlich gegen 19:30 Uhr zu Hause sein. Oder wollen wir in der Stadt irgendwo? Etwas essen gehen?»

Salomé Fischer Rüttimann steht auf und verlässt die Küche.

***

Der Berufskriminelle Walter Hausammann ist mit dem Ertrag seiner Blumenliefer-Exkursion in die Kommunikationsagentur recht zufrieden: zwei bronzene Figurinen aus einer dieser Epochen, mit erotisch-mythologischen Motiven, die antik aussehen, und dazu etwas «Elektroschrott», wie er die Kommunikationsgeräte nennt, weil sie spätestens in einer Jahreszeit überholt sind. Weil er sein berufliches Netzwerk pflegt und lösungsorientiert handelt, wird er einen guten Preis dafür bekommen, Übergabe heute Nachmittag auf dem Parkplatz beim «Fressbalken». Würenlos AG. Fast Heimat von Müller Benedikt. Warum nur, o Kanton AG, kommst du als Hehlereidrehscheibe in diese Akte?

Und diese Szene, die Hausammann im Vorbeigehen in diesem Geschäftshaus vom Korridor aus durch eine offene Bürotür gesehen, nun «gesehen» ist ein zu deutliches Wort, mehr *erahnt* hat: eine Frau auf den Knien auf dem Teppich, die Waden, er erinnert sich, und dahinter, hinter dem Bürotisch der blonde Mann mit Schnauz und Brille, den er am Donnerstag beim Ausspähen des Objekts vom Haus gegenüber her durchs Fenster gesehen hatte ... Walter Hausammann besitzt keine lebhafte Phantasie, aber er bräuchte nicht viel davon, um aus dieser Situation Schlüsse zu ziehen. Stimmen also die Räubergeschichten, die man sich über Chefbüros erzählt? Die Anekdote hat er in sein mentales Fotoalbum eingeklebt, das er nur sich selbst weitererzählen kann.

***

08:55 Uhr, Fröhlichstrasse, vierter Stock, Büroloft von «König, Herzog, Papst und Bischoff». Superstar Felix Bruhin scheint zu schweben. Eine erfolgreiche Woche, das wünscht er sich. Er ist sich sicher, er wird sie haben.

Denn Olli Bischoff ist weg, «Forever and Ever» (The Rubettes). Und «Shake Baby Shake» (Seeed) gehen die Lieder in seinem Kopf. Er weiss, anthropologisch ist das ein No-Go, seine Reaktion, weil er müsste – vielleicht nicht – trauern, aber mindestens Nachdenklichkeit, Betroffenheit, Zurückhaltung, eines dieser emotionalen Assets ausspielen.

Es geht nicht.

Er kann es nicht.

Aber beherrschen, immerhin, das kann er sich. Ich meine, Felix Bruhin tänzelt seinen Körper nicht mit wogenden Hüften quer durch die Tischreihen, zum Fenster, zum Kopierer, nach hinten zu dieser Krähenbühl, nach rechts zu den Schergen vom Controlling, im Zickzack durch das Geschwader der Kreativen, die Hände in die Luft, die Beine im Kreis und vor und zurück und eins und zwei und Schritt und Rumba Rumba und ein Frohlocken fett gedruckt im Gesicht.

Weil der Meister der Nichtwertschätzung tot ist.

Weil der Apostel der Schokoladenstängel und Früchtekörbe tot ist.

Weil der CEO, der das Geschick hatte, o ja, in der Vergangenheit darf Felix Bruhin für immer von ihm denken, das Geschick hatte, sich die Erfolge der Mitarbeiter aufs eigene Palmarès zu nageln, er ist T.O.T., D.E.A.D., und zwar völlig.

Die Supernova findet nur in seinem Kopf statt. Der Komet kreist bloss geistig um ihn. Supertexter Felix Bruhin ist von diesen Girlanden der glühenden Freude nichts anzumerken. Nun gut, vielleicht federt sein Schritt ein Mü mehr heute, weil die Gelenkflüssigkeit, die schlaflose Nacht hat sie öliger und damit geschmeidiger werden lassen.

Partner Bischoff ist tot. Der Weg ist freiii füüür – und deshalb eben «Shake Baby Shake» – freiii füüür Feeeliiix Bruuuhiiin, Ladies and Gentlemen, please welcome award winning … astonishing … appealing … und was man sonst noch sagen würde, jedenfalls hyperbolisch, panegyrisch, myrrhisch und adorant … Go, Bruhin, go!

Willkommen, neue Woche. Willkommen, neuer Tag. Willkommen, neues Leben.

***

Seit Samstagmorgen haben wir nichts mehr von Matthias Strasser, Strategic Creative Operations, gehört. Er hat die letzten Tage in dem Haus am Stadtrand von Dietikon übernachtet. Die Läden vorne zur Strasse raus und zur Linie der Dietikon-Bremgarten-

Bahn sind geschlossen. Roger hat sie zugemacht, bevor er zum Flughafen gefahren ist. Strasser lässt sie so.

Unter anderen Umständen könnte man sagen, Strasser macht eine Zen-Übung in Langeweile. Jetzt kann er sich nur langweilen. Seine Musik hören übers Smartphone oder Surfen ist nicht, sie würden ihn orten und hätten ihn gleich. Rausgehen geht nicht, jede Streife dürfte sein Bild haben.

Was macht er? Er würde lange schlafen, wenn er könnte.

Ich fragte: Was macht er? Nachts hat er wach gelegen, nicht von Eos bis Aurora, aber wach. Umgedreht und wieder eingeschlafen, aufgestanden, Schluck Wasser, Toilette, sich wieder hingelegt. Regelmässig zu atmen versucht, eingeschlafen, erneut aufgewacht. Wieder aufgestanden und den dicken Vorhang einige Zentimeter zurückgezogen und gesehen, wie das Licht der Natriumdampfstrassenlaternen gelbfahl durch den Spalt ins Zimmer fällt. Bis gegen eins gab die Bahn den Zeittakt. Und am Morgen, das gelbliche Licht verschwand, das graue löste es ab, eigenartigerweise nicht wirklich gerädert gefühlt. Nur ein bisschen.

Die körperliche Verfassung nicht so schlecht, wie sie sein könnte. Die psychische? Nun gut, ist ein griechisches Wort. Passt, weil in Strassers Psyche tatsächlich eine Art griechischer Salat. Kommt nicht aus dem Nichts, dass er nicht schlafen kann.

«Überlastung», «Übermüdung», «zu viel», wir können für Matthias Strassers Befinden viele Wörter zwischen Anführungszeichen klemmen.

Instantkaffee ist da. Das Küchenfenster geht nach hinten raus, zum Wald hin, das Grundstück ist mit Bäumen und Büschen überwuchert. Aus dem Wald sähe ihn keiner, ausser er käme nah ans Haus heran. Um nah heranzukommen, müsste er einen Grund haben.

Der Grund heisst Jörg-Olaf Bischoff.

Um nah heranzukommen, müsste einer eine Funktion haben. Aber wenn die Polizei ihm auf der Spur wäre, wäre sie längst da. Hätte er bereits die Hände auf dem Rücken in Handschellen → Kastenwagen → Polizeiposten → Verhör.

Vielleicht sind sie noch nicht dahintergekommen. Sie haben seinen Namen noch nicht. Wissen nicht, wo er sich aufhält. Wissen nichts von Roger. Er hat niemandem von ihm erzählt, denkt er. Die im Büro kennen seinen Namen nicht und auch Sam nicht. Sam. An sie hat Strasser seit Freitagabend oft gedacht. Was sie wohl gerade tut? Ob es ihr etwas ausmacht, dass er verschwunden ist? Er ist ja nicht vor ihr ausgerissen, aber erklären kann er das jetzt nicht.

Telefonieren geht nicht. Versuchen, sich übers Smartphone ins WLAN eines Nachbarn einzuwählen und ihr eine Mitteilung schicken, ohne dass sein eigener Rechner als Absender … Quatsch. Sie fänden schnell jedes WLAN in Dietikon.

Sogar Frischbackbrötchen findet er im Tiefkühlfach.

Olli, *Herr* CEO Bischoff … wenn er an ihn denkt, beschleunigt sein Herz und wird schneller und rast dahin, dass er denkt, es könnte vielleicht eines Tages eine Vollbremsung vollziehen. Vermutlich wäre das das Beste. Weil Sam und die Kinder, er macht ihnen nur Schande. Er ist ein schlechter Vater, immer müde, geistig abwesend, gereizt, müdemüdemüde. Er ist ein schlechter Strategic Creative Operations Executive: mit nur noch Ideen, die nicht einmal ihn selbst interessieren. Die Firma ist ihm egal, die Reportings und Besprechungen, Briefings, Rebriefings und Debriefings, die Konzepte und Kennzahlen, die «Explorative Rhizomatic Method» dieses Deutschen, der mit amerikanischem Akzent spricht … wie ging das? Subkutane Verästelungen aufspüren, um auf breiter Front das Kundenfeld umzuackern? Das Marktfeld auf der Basis von empirisch vermuteten Psychologiespielchen mit einem filigranen Bombenteppich kundenorientierter Botschaften überziehen, die sich über unbewusste Gedankenfliessrichtungen flächendeckend im Gehirn der Zielpersonen ausbreiten?

Was bedeutet das, fragt sich Strasser. Bedeutet das etwas?

Die Frischbackbrötchen senden ihre künstlichen Duftstoffe durch die Küche zu seiner Nase. Er öffnet den Backofen und scharrt sie mit einem Holzlöffel auf einen Teller heraus. Am Kaffee dürfte er sich jetzt nicht mehr den Mund verbrennen.

Olli und diese Methode … als hätte ich nicht genug zu tun. Ich schaffe meine Arbeit schon heute kaum. Er hat nichts davon hören wollen. Wann war das, als ich erstmals deswegen in sein

Büro marschiert bin? Ende Oktober? Ja, kurz bevor der Spätherbst richtig unfreundlich wurde.

«Ich kann dafür sorgen, dass dir jemand Arbeit abnimmt», hat Olli damals gesagt. Es klang, findet Strasser noch immer, wie die Ankündigung einer Kündigung. Und die kann er sich nicht leisten, weder im Oktober noch jetzt. Er hat eine Familie zu versorgen, eine Hypothek zu bezahlen, und was die Krankenkasse kostet, das Auto und die Ferien. Obwohl, grosse Sprünge machen sie gar nicht.

Er hat den Wink mit der Kündigungsandrohung verstanden, sich für die Zeit für die Unterredung bedankt, sich ruhig verhalten und weitergearbeitet. Sogar einen kleinen Bonus eingestrichen mit dem Dezemberlohn. Beschwichtigungstaktik.

Am schönsten war es, als Strasser über den Jahreswechsel und in den ersten Januartagen fast allein im Büro war. Klar, als Ladenhüter wirkst du wie der Trottel vom Dienst, aber du kannst endlich in Ruhe arbeiten.

Am schönsten waren die Reportings an die Geschäftsleitung, die er Stahel geschickt hat: «Walu kalu billibilli beng, raba da waga la buru buru deng» und «Rumba humpa ding dang ramalama ding dong» und, besonders schön: «Be-bop-a-lula».

«Be-bop-a-lula, she's my baby» ... Am schönsten war es mit Rahel Stahel im Bett.

Und am Freitag, als Strasser aus der Mittagspause kam, stand in jeder Tischreihe ein Korb mit Äpfeln und Bananen und Birnen und anderen Nichtsaisonfrüchten, Lychees, Mangos und Sachen, da weiss man weder wie sie heissen, noch wie sie schmecken, geschweige denn, wie man sie isst, nur, dass Pestizide daran kleben. Diese Früchtekörbe, für jede Tischreihe einer, wie eine Salve von Früchtekörben im Raum verteilt. Und an jedem Arbeitsplatz ein Schokoherzchen in roter Aluminiumfolie und ein ballaststoffreicher Getreideriegel mit der Aufschrift «Finde die unterirdische Verbindung – ERM».

Er hat sich hingesetzt, das Herzchen gegessen, den Riegel ausgepackt und in den Altpapierpapierkorb geworfen. Und dagesessen.

Und eineinhalb Stunden später vielleicht, es könnte gegen

Viertel nach drei gewesen sein, in den fünften Stock hochgegangen, auf der Treppe die Unternährer vom Stab getroffen, die kam von oben, war wohl bei Olli, mit dem hat sie in letzter Zeit viel zu tun. Sie wirkte aufgewühlt. Oder aufgekratzt? Jedenfalls rote Wangen, deuten auf einen angeregten Kreislauf hin.

Die Unternährer könnte ihn identifizieren, hat sicher gemeldet, dass sie ihn gesehen hat, wie er die Treppe hochstieg.

Und dann er in Ollis Büro, mit Olli hinter seinem Tisch, er telefonierte gerade, auf seinem Tisch ein Gugelhopf, sicher für den Anlass um 17 Uhr, Strasser kennt den Ablauf. Und dann.

Etwas anderes denken. Ich muss an etwas anderes denken. Ich denke im Kreis herum. «Was geschehen ist, ist geschehen» (Shakespeare, «Macbeth»). In diesem Haus kann ich noch einige Tage bleiben, denkt er. Ich darf bloss nicht hinaus. Im Wohnzimmer steht ein Bücherregal. Roger hat einen populären Geschmack, aber keinen schlechten.

Sam muss er im Ungewissen lassen.

Waschen kann sich Strasser hier, aber die Kleider sind ein Problem. Seit Freitagmorgen ist er nicht aus ihnen herausgekommen. Geplant war das ja nicht, er hat nichts dabei, nur was er auf dem Leib trägt. Auswaschen kann er die Sachen schlecht. Er sässe nackt in der Wohnung, denn Rogers Sachen passen ihm wirklich nicht. Er fängt langsam an zu stinken.

***

Maximilian Papst und Beat R. König tauchen am Montagmorgen nicht in der Agentur auf. Gegen 10 Uhr meldet es Rahel Stahel der Polizei. Sind nicht zur GL-Sitzung gekommen, hat sie dreimal versucht, König zu Hause zu erreichen, und dreimal auf dem Natel, Papst dito ohne Erfolg. Protokolle von Swisscom werden diese Anrufsversuche von Stahel bestätigen. Macht sich nicht von selbst, auch das musst du abklären. «Ein Wort ist nur ein Wort, doch manchmal ist es mehr, nämlich Lüge» (Diodoros).

Was Stahel erst nachher merkt, weil zuerst denkst du claro an die Logenplätze: Matthias Strasser, SCO, taucht auch nicht auf.

Weil Bischoff = toter Partner, und Papst + König = Partner,

aber hoffentlich nicht «tote», da reagierst du als Einsatzleiter – sprich: Müller – schnell und schickst einen Wagen hin. Jetzt zu Papsts Wohnung, weil bei Königs Haus warst du selbst schon, ohne die Zielperson anzutreffen. Wenn die Hauptpersonen im Büro fehlen ... und das am Wochenanfang nach diesem einschneidenden Mordsfreitag, da kommst du doch als Chef ins Büro und beruhigst die aufgewühlte Belegschaft. Musst du!

Dylan Barmettler und Janine Hossli von der Polizei Zürich machen sich auf den Weg an die Dufourstrasse im Seefeld: Niemand antwortet, als sie unten bei «Papst» klingeln. Hinein kommst du leicht, per Läuten bei anderen Bewohnern und Aussprechen des magischen Wortes «Polizei».

Seltsam: Die Eingangstür von Maximilian Papsts Duplex ist nicht abgeschlossen. Auf strafrechtlich relevanten Vorgang weisen die Einbruchspuren an der Wohnungstür hin: Schlosszylinder sauber angebohrt und herausgezogen. Ist zwar ein gutes Schloss, Mehrpunkt und alle Schikanen, aber wenn die Täterschaft viel Zeit und keine Störung hat, knackt sie dir ad libitum, was sie will.

Und diese Liegenschaft, unten Anwaltspraxen und Wochenende-in-den-Bergen- und Schönheit-per-Medizin-Einwohner, sprich Oberklasse, da hat der Einbrecher alle Zeit der Welt.

Hossli und Barmettler läuten sofort der Einsatzzentrale an und fordern Verstärkung an. Erwarten erfahrungsgemäss Verwüstung und womöglich einen Toten, der rücklings auf dem Flokati liegt, von der Wucht des Schusses hintenüber niedergestreckt, in der Brust ein Loch, aus dem es nicht mehr bluten würde, weil schon geronnen. Der Rigor hätte ihn, je nach Tatzeitpunkt, längst voll steif gemacht. Das machst du nicht oft: Barmettler und Hossli ziehen die Waffe aus dem Holster, entsichern, Kugel in den Lauf. Aber nicht hinein, sondern absichern und warten, bis ... vielleicht der Disponent wirklich etwas übervorsichtig und katastrophales Kostenbewusstsein, das gibt Krach mit der Finanzkommission des Gemeinderats: Das geht ratzfatz, jetzt sind sie da: die Skorpione, Rudi Markovic und seine Leute übernehmen. Der Trupp hinein, Gucci und Janine im Hintergrund.

Erster Eindruck: viele Quadratmeter. Zweiter Eindruck: das Panoramafenster Richtung See. Dritter Eindruck: nicht billig möbliert. Spiegel und Gemälde, das Kuhfellsofa von Giovanni Arbusti und die Pendelleuchte von Morten Olsen Olsen von Olsen Olsen & Partnern, der Basel Chair von Morrison, Radierungen von Zaugg und Ratzikowsky, Bilder von wie heisst der noch, es liegt mir auf der Zunge, eines dürfte von Rauch sein, und das dort drüben? Ich höre jetzt auf. Ja, ein Richter hängt da auch. Vierter Eindruck: Die Wohnung kaum durcheinander, da sehen wir andere Verwüstungen, sage ich Ihnen, also der Einbrecher vermutlich erfolgreich. Hat schnell gefunden, was er wollte.

Weit und breit keine Leiche.

Trotzdem den WD anfordern, kommt. Spuren sichern. Vielleicht normaler Einbruch, kennen Sie, kennen wir, kommt vor. Die Zahlen sinken dank Schwerpunktaktionen.

Die Skorpione rücken ab, als der Müller und Bucher Manfred eintreffen. Wollen sich umsehen. Man muss sagen: KHP&B ermittlungstechnisch schon sehr im Fokus.

Liegt vielleicht eine Entführung nach StGB Art. 183 oder 184 vor? König, dessen Haus der Müller und Bucher Manfred ja gestern leer und still wie einen Fisch angetroffen haben, und Papst, hat jemand sie entführt? Weil die Häufung von verschwundenen Partnern überdurchschnittlich hoch ist: 50 Prozent. Und von toten Partnern: 25 Prozent. Nur Herzog hält sich nach gegenwärtigem Wissensstand an einem bekannten Aufenthaltsort auf.

Hätten wir? Ich meine: die Polizei. Hätten wir Papst und König besser schützen müssen? Antwort lautet zweimal: «haben wir nicht». Nämlich a) die Mittel und b) die Paranoia. Deshalb nicht gleich ab Begehungstag Personenschutz für die überlebenden Partner von «König, Herzog, Papst und Bischoff». Weil bisher null Hinweise, dass ein Täter es auf diese Personen abgesehen haben könnte. Konjunktiv = wichtig. Wissen wir nicht, können wir aber jetzt, wo ein Partner tot und zwei verschwunden, dringend zu vermuten beginnen.

Ich erinnere an die Budgetrealitäten.

Zu viele unsichere Variable in der Gleichung des Falles. Aber, ich räume das ein, eigenartige Häufung von Verbrechen und Vergehen im Umkreis von K+.

Viel neues Business für einen Montagmorgen und ziemlich komplex. Der WD ist da. Hossli und Barmettler bleiben bei der Einbruchsache Papst dran. Aspirant Mauchle hilft ihnen. Der Müller und Bucher Manfred wieder ab, nahtlos weiter mit der Tasklist.

Gegen halb 10 ruft Doktor André Luginbühl, Anwalt des Volkswirtschaftsdirektors, beim Justiz- und Polizeidirektor an. Operativ ist der ja nicht und Aufgabenteilung und Organigramm, Pflichtenheft und Unabhängigkeit der Justiz und so fort. Also Weiterleitung an die Polizei. Dort die Hierarchie hoch zum Polizeivorstand und herunter zu Oberst Nägeli und weiter zu Hauptmann Vogt, dauert eine Weile. Dann die Hierarchie weiter herunter und direkte Folge davon: Das Handy von Müller Benedikt klingelt, gerade als er an der Dufourstrasse vor der Papstwohnung in den anthrazitfarbenen Volvo einsteigt. Die Floskeln (wenige) und den genauen Wortlaut (kurz) lassen wir weg, weil Beeilung nötig. Um 11 kann RA Luginbühl im Büro seines Mandanten, des Volkswirtschaftsdirektors Laurenz Rüttimann, sein. Bucher Manfred gibt Gas Richtung Bellevue.

Und der Müller unterdessen → Anruf → Staatsanwaltschaft. Ein Wagen wird Michael Moosberger jetzt von dort abholen, im Grossen Polizeihaus Vukic aufpicken und hinüberfahren, wo Bucher Manfred und Müller jetzt hinsteuern. Montag gegen Mittag, das Central ein Verkehrschaos, holst du schon einmal das magnetische Blaulicht aus dem Handschuhfach, setzt es aufs Dach und Sirene ein. Damit durchkommst. Neumühlequai ist die Adresse.

Und lustig: Am Central, wo die Strasse rund um die Tramhaltestellen herum führt, als hätte die Stadt Zürich hier schon in rauer Vorzeit den Verkehrskreisel erfunden, wen sehen der Müller und Bucher Manfred da ebenfalls in der Autokolonne stecken? Den Streifenwagen Limmat 2 mit Moosberger von der Stawa und Vukic. Winken. Aber auch Lichthupe Bucher Manfred an den Uniformierten am Steuer von Limmat 2: «Blau ein!», heisst:

Schalt du auch das Blaulicht ein! Mit doppelter Blaublinkerei sind sie nach fünf Minuten um den Tramkreisel rum.

Zehn nach 11 wird es dann doch, bis die Truppe durchs Vorzimmer ins helle Regierungsratsbüro mit Kunst an der Wand gewinkt wird.

RR Rüttimann am Schreibtisch, RA Luginbühl stehend, einen halben Schritt schräg hinter ihm. Ihre Gesichter: entschlossen. Ihre Haltung: abwartend. Ihre Taktik: kooperativ.

«Erzählen Sie uns von Ihren Kontakten zu Jörg-Olaf Bischoff», fängt der Müller an. Kein «bitte», kein «s'il vous plaît», kein «Herr Regierungsrat».

RR konsultiert RA per Blick.

«Die Agentur ‹König, Herzog, Papst und Bischoff› hat meinen Wahlkampf koordiniert, bis ich ihr das Mandat entzogen habe», sagt Rüttimann. «Sie wissen bestimmt aus den Medien: Meine Umfragewerte sind katastrophal. Ich werde vermutlich die Wiederwahl nicht schaffen.»

Der Müller: «Wie war Ihr Verhältnis zu Herrn Bischoff?»

Eine Sekunde, zwei Sekunden.

Rüttimann: «Sie wissen es, sonst würden Sie mich nicht fragen.»

Der Müller: «Herr Rüttimann, die Fragen stellen wir. Wie war Ihr Verhältnis zu Herrn Bischoff?»

Rüttimann: «Ich mochte ihn nicht.»

Der Müller: «Und haben ihn trotzdem mit der Wahlkampagne betraut? Erzählen Sie mir etwas, das ich glauben kann. Am besten die Wahrheit.»

Eine Sekunde, zwei Sekunden. Da könnte ich nun schreiben, was im Kopf des Müllers und des Volkswirtschaftsdirektors vor sich geht. Was sich im Hirn der ebenfalls anwesenden Vukic, Bucher Manfred und Moosberger abspielt. Welche Strategie sich RA André Luginbühl, sagte ich schon, er ist ein international Eminenter seines Faches, überlegt hat. Aber ich kann das jetzt nicht im Detail erklären, weil ich höre, dass der Müller das wichtigste Wort der Rechtspflege und der Polizeiarbeit wiederholt, wenn es auch philosophisch ein höchst zweifelhafter Begriff ist und meist nur als Annäherung rekonstruierbar: «Die Wahrheit.»

Und RA Luginbühl → aufmunternden Blick → RR Rüttimann. Das könnte man als Hörspiel gar nicht machen, diese Passage hier, weil diese Augensprache, die ist total pantomimisch.

«Zuerst mochte ich Bischoff ganz gerne. Eine einnehmende, gewinnende Persönlichkeit auf den ersten Blick. Wenn auch ein Freund grosser Worte.»

Der Müller: «Ein Grossmaul?»

RA Luginbühl: «Dieses Wort hat mein Mandant nicht gebraucht.»

Der Müller nickt.

Rüttimann: «Bischoff und seine Agentur haben mich schlecht beraten. Sie haben die Europasache in den Vordergrund gerückt … und das ist schiefgegangen. Dieses Europading interessiert zurzeit niemanden. Es wirkt langweilig und bürokratisch. Doch Bischoff überzeugte mich, es würde der Knüller werden. Die Kampagne ist in die Hose gegangen. Ich habe fast den Eindruck, Bischoff hat sie absichtlich gegen die Wand gefahren.»

RA Luginbühl hüstelt. Rüttimann bricht ab.

Der Müller: «Kurz: Sie hatten eine Wut auf Herrn Bischoff.»

Rüttimann: «Das wissen Sie doch, sonst wären Sie nicht hier.»

Der Müller: «Eine sehr grosse Wut?»

Rüttimann: «Ja, aber ich habe ihn nicht umgebracht.»

Eine Sekunde, zwei, drei. Vor den Bürofenstern fliegen in V-Formation drei Enten vorbei, zwei mit grünem Kopf, eine braun gescheckt. V wie Victory?

Der Müller: «Sie haben nie irgendetwas gegen Herrn Bischoff unternommen?»

Rüttimann will etwas sagen, sein Anwalt legt ihm die Hand auf den hellblauen Hemdsärmel, Rüttimann sieht Luginbühl an, deutet ein Kopfschütteln an und sagt zum Müller und den anwesenden Zeugen, denn das ist *ein* Grund, dass du als Polizist ausser bei scheissgefährlichem Undercover nie allein im Einsatz bist: «Ich will Ihnen eine Geschichte erzählen.» Wie er sich bei diesem Satz im Sessel einige Grad aus der Senkrechten zurücklehnt, da siehst du auf einmal wieder diese Körpersprache der Präpotenten, Mächtigen, der Herren in fortgeschrittenem Alter, die immer etwas zu laut und zu lang reden. Die sind oder waren so lange am Drücker, dass du weisst: Der ist gewohnt zu sprechen, anzuordnen,

Weisungen zu geben, Aufträge zu verteilen, Rechenschaft zu verlangen, seine Erkenntnisse und Grundsätze zu referieren. Aber zuhören? Hat diese Sorte nicht gelernt.

Schluss jetzt, er spricht schon: «Das Maximum an Illegalität war nur in Gedanken, und zwar gegen einen Karikaturisten gerichtet. Er hat mich … sagen wir … unvorteilhaft dargestellt. Ich war ausser mir.»

RA Luginbühl geht dazwischen: «Laurenz, du musst das nicht erzählen. Gedanken verstossen gegen kein Gesetz.»

RR Rüttimann: «Das sage ich ja, André. Genau das sage ich ja.»

Und wieder zu den drei Vertretern und der Vertreterin von Recht und Ordnung gewandt: «In meiner Wut hatte ich die Idee, dem Karikaturisten, er wohnt in Winterthur, einige Heisssporne der Jungpartei vorbeizuschicken. Nichts Böses, Handgreifliches, nur ein bisschen Einschüchterung.»

Der Müller: «Nötigung nach Artikel 181 StGB?»

Luginbühl: «Wir sprechen über Gedanken, nicht über eine Tat.»

Rüttimann zum Müller: «Es war eine schlechte Idee, eine Idee, die ich unter dem Eindruck der neuesten Umfragewerte hatte, ich war einfach nur noch wütend, ich hätte Bischoff den Hals umdrehen können.»

Sekundenbruchteil.

Einwurf Luginbühl: «Ist bloss eine Redewendung!»

Rüttimann: «Und an dem Tag, als ich kurz davor stand, die Jungpartei anzufragen, wählte ich stattdessen die Nummer meines Anwalts hier.» Und schaut RA Luginbühl an. Und sechs Wörter mehr: «Der hat mir den Kopf gewaschen.»

Jetzt muss der Volkswirtschaftsdirektor lachen. «Was der mich zusammengestaucht hat! So was von zusammengestaucht. Zitierfähig ist das nicht. Er hat gesagt –»

Und er lacht und lacht, er wird rot, läuft richtig rot an, dunkelrot wie dieses hässliche Hautschlabberzeug am Kopf eines Truthahns, bevor er gebraten ist. Vermutlich schneidet man es weg, bevor man ihn isst.

Und der Müller, Bucher Manfred, Rosanna Vukic, Staatsanwalt Dr. iur. Michael Moosberger und Rechtsanwalt Dr. iur. André Luginbühl schauen zu, wie Dr. oec. Laurenz Rüttimann, in Abwahl begriffener Volkswirtschaftsdirektor des Kantons Zürich, sich die ganzen Emotionen, Spannungen und Frustrationen, die Angst und all die Jahre karrierebewusster Selbstkontrolle aus dem Leib lacht. Als wäre er ein Experte auf dem «Gang Qi», dem vorletzten oder letzten Level des «Weges der lachenden Wolke» (Sri Bschüssig).

Unterlassung der Nothilfe nach Art. 128 StGB?

Nein. Sein Studienfreund RA André Luginbühl ist zwar fassungslos, erkennt aber keine Gefährdung für Leib und Leben seines Mandanten. Der Müller und seine Kollegen kennen Rüttimanns Verhalten (Lachorgie oder -krampf) nur als seltene Option ganz hinten im Anhang des Polizeilehrbuchs. Und Salomé Fischer Rüttimann, die Frau des Regierungsrats, wenn sie dieser Szene beigewohnt hätte, sie hätte ihren Mann so gelöst, so befreit, so … freigesprengt … kann man das so sagen? Sie hätte ihn erlebt wie nicht einmal während der Zeit, als sie sich kennengelernt haben.

Bumm, bumm, bumm! Herrn Rüttimanns Seele explodiert sich von allen Zwängen los. Nicht dass er sich jetzt zack in einen Hipster verwandeln und ihm wow ein Bart wachsen würde, er plötzlich Converse-Schuhe anzöge und solche Sachen. Er kennt sein Alter, es wäre vollaffig, und die Mode ist seither zwei, drei Haltestellen weitergezogen. Aber Sie wissen, was ich meine: «Rollt erst mal der Stein, so rollt er lange» (Ovokles).

Mist, denkt der Müller, obwohl auch ihm dämmert, dass die Gesichtszüge des Magistraten in Richtung Glück entglitten sind. Mist, der war's nicht. Von wegen Victory.

***

Rahel Stahel, die Arbeit, sie muss unter allen Umständen funktionieren, findet sie, als Chief Office Manager, denn «in der Krise zeigt sich dein wahres Gesicht» (Rodney Maxwell). Trotzdem zerbricht sie sich den ganzen Tag immer wieder den Kopf, wer's gewesen sein könnte.

Nicht nur Papst und König, auch Strasser fehlt im Büro. Stahel sieht seine seltsamen Reportings an die GL vor sich, lustig, absurd und vielleicht sogar abnormal.

Ein bisschen wahnsinnig? Aber lustig immerhin, in einer Branche, wo nicht viel gelacht wird.

Hätte sie sich bloss nicht auf ihn eingelassen. Doch sexy ist er, findet Stahel, nicht so oberflächlich wie viele andere Kollegen … und wenn man so viel arbeitet wie sie, könnte man da überhaupt jemanden kennenlernen, der nicht aus der Branche ist?

Nein, sie bereut es nicht. Aber wenn Matthias sie aus Berechnung angebaggert und abgeschleppt hat? Er sie nur benutzt hat? Es die ganze Zeit darauf abgesehen hatte, sich von ihr ins Bett locken zu lassen, damit sie diese … ja, lustigen und … fahrlässig schwachsinnigen … ja, unwiderstehlich komischen, wer hat schon den Mut, so was zu tun … diese Berichte nicht weiterverfolgt. Die Partner hätten Strasser sofort rausgeworfen, wenn sie die Reportings gesehen hätten … und ehrlich gesagt, so total hochprozentig gesund im Kopf kann Mats ja nicht sein, solche Berichte zu versenden.

Traut Stahel Strasser so viel Kalkül zu? Falschheit?

Wenn er Olli umgebracht hat und sie vor einigen Tagen mit ihm im Bett war: Was fällt dann auf mich zurück, fragt sie sich.

***

Vanessa Unternährer schaut sich im Grossraumbüro, in der Kaffeepause, beim Rauchen auf der Terrasse, über Mittag bei Strozzi verstohlen um: Wie schauen sie die Leute an? Guckt jemand seltsam? Lacht jemand? Tuscheln sie, wenn sie den Raum verlässt?

Ach, nur nicht paranoid werden. Ich habe mir nichts vorzuwerfen.

Wenn die Polizei nun in Ollis Büro meine DNS findet? Am Boden und das Taschentuch? Man liest ja in den Zeitungen ständig von den aktuellen forensischen Möglichkeiten, «CSI: Miami» und diese ganzen Serien, das wird nicht alles erfunden sein, da arbeiten doch auch Fachleute mit.

Wer war der Schatten, der vor Ollis offener Bürotür vorbeiging, als ich gerade …

Und als ich die Treppe runterkam, war da Strasser. Der ging gerade hoch. Was wollte er oben?

Beim Kaffeeautomaten, sie fühlt Blicke zwischen den Schulterblättern, und als sie sich umdreht, Felix Bruhin heisst dieser Texter, er schaut sie an. Er lächelt. Liegt etwas Unverschämtes in seinem Ausdruck? Unmerklich ein Nicken von ihm, aber Unternährer merkt es. Was denkt der? Was glaubt er? Bruhin ab. Selbstgefällig, ja, das ist das Wort für Bruhin. Wie er geht, diese Bewegungen. Sie kann es nicht beschreiben, aber es gefällt ihr nicht.

Und jetzt Nathalie Schobinger vom Konzeptteam: ein Blick von der Seite, zwischen den Haaren hindurch. Wie die stakst auf ihren Beinen und aus den Augen Blitze schleudert, brauchst du fast einen Waffenschein für diesen Wimpernschlag.

Was zirkuliert da? Welche Gerüchte? Welche News?

Ach, sagt sich Vanessa Unternährer, ich muss runterkommen. Das ist wegen dieser verfluchten «Explorative Rhizomatic Method», deren Implantierung in den Betrieb sie überwacht. Olli persönlich hat sie damit betraut, sie regelmässig zu sich gerufen, und sich öfters in seinem Büro mit ihr besprochen. Sieht im Grossraum jeder, wenn du zum Eingang gehst, und durch die Glastür: dass du hochgehst.

Eine Auszeichnung, diese neue Aufgabe, diese Methode, fand sie zuerst. Weil es ist ihre erste strategische Aufgabe, die sie projektverantwortlich durchführt. Klassische Matrix-Position: zuständig über Abteilungen, Linien und Hierarchiestufen hinweg. Klang gut. Eine Scheissaufgabe, denkt sie jetzt. Weil die Kolleginnen und Kollegen, hat sie beobachtet, sie seither auf Distanz halten. Ihr geht es mit dieser verdammten Methode nicht gut: Weil sie den Prozess der «Knospung» initiieren und die «Bestäubung» und «Befruchtung» der Mentalkapazitäten des «Thinktanks K+» durch diese Methode mit auslösen und … Die Terminologie, die surrt ihr im Kopf herum, alles O-Ton von diesem Gordon F. Pasewalk. Der kam ihr nun wirklich schräg herein, weil er sich unwiderstehlich fand. Zum Glück gab es keinen Firmenanlass mit ihm, extern, abends, in lockerer Stimmung, wie das die Firma sonst gerne dekretiert.

Aber nicht an Pasewalk denkt Vanessa Unternährer jetzt, wo sie die Schobinger vom Konzeptteam beim Kaffeeautomaten hat stehen lassen, sondern an Freitagnachmittag in Ollis Büro. Und etwa eine Stunde später wurde er umgebracht.

Und sie im Büro von unbekannt gesehen. Sie ist sich fast sicher, dass jemand im Korridor vor dem späteren Tatort war. Und ihre DNS auf dem Teppich und im Papiertaschentuch im Papierkorb.

Es ist eine Frage der Zeit.

***

Bisher haben sie mich noch nicht gefunden, obwohl ich Bischoff am Freitagnachmittag getötet habe. Schon 72 Stunden vergangen seither. Freitag, ungefähr um halb vier war's, ich habe nicht genau auf die Uhr geschaut. Ich fasse es nicht, wie einfach es war: rein, umbringen, raus. Und offensichtlich hat mich niemand gesehen. Glück? Ja, sicher. Planungserfolg kann's nicht wirklich gewesen sein. Wie man einen Mord plant, weiss ich nicht. Woher sollte ich. Mir fehlt die Erfahrung.

Ha, ha, ha!

Ich weiss, Lachen ist deplatziert. Aber das Ganze hatte etwas Irreales: Ich gehe rein, er wendet mir den Rücken zu, ich steche in ihn hinein, in den Rücken, er stirbt, das merkt man, habe ich gemerkt. Das merkt man, wenn einer stirbt. Und dann sofort weg. Gesehen hat er mich nicht. Er hat nicht mitbekommen, wer ihn getötet hat.

Und nicht einmal ein Geräusch hat er von sich gegeben. Offenbar habe ich gleich richtig getroffen: in den Rücken, an allen Knochen vorbei, vermutlich direkt ins Herz. Es muss direkt das Herz gewesen sein, sonst hätte er gezappelt oder geschrien. Es wäre nicht so leicht gegangen. Vielleicht wäre er sogar aufgesprungen und hätte sich gewehrt. Es hätte ein Blutbad gegeben. Ich meine: eines mit *vielen* Stichen, *vielen* Wunden, *vielen* blutenden Stellen an seinem Körper.

Oder hatte er eine Waffe im Schreibtisch, mit der er auf mich hätte schiessen können?

Die Frage stellt sich nicht. Weil es anders gekommen ist: ich rein, getötet, ich raus.

«Krass», sagen Sie? Krass die ganze Sache? Ja, gebe ich zu.

Alltäglich ist es nicht, einen Menschen zu töten. Aber es musste sein. Nach allem, was er getan hatte, musste es sein. Es gab keinen anderen Weg.

***

Am Nachmittag denkt Stahel, sie muss jetzt Strassers Absenz im Büro der Polizei melden. Um sich selbst zu schützen. Weil wenn die Polizei erfährt, dass a) sie und er und b) er verwickelt ist in die Sache, dann wär's nicht gut für sie. Aber auch, wer weiss, falls Strasser der Täter, ob er noch jemand anderen im Visier hat. Vielleicht sie? Weil jemanden töten, das ist grundsätzlich krank. Und wenn einer einmal getötet hat, was weiss ich davon, ob bei so einem nicht alle Dämme brechen können. Liest man ja: von Serientätern.

Stahel sagt es am Telefon dem Müller, dass auch Matthias Strasser, Strategic Creative Operations, nicht im Büro erschienen ist.

«Warum melden Sie uns das erst jetzt um … 16:09 Uhr?», will der Müller wissen.

«Es ist mir erst jetzt aufgefallen», lügt Stahel.

Der Müller: «Und erst jetzt haben Sie ihn zu Hause angerufen, ob er krank ist?»

Stahel: «Ja.»

Der Müller: «Muss ein wichtiger Mitarbeiter sein, wenn Sie seine Abwesenheit erst am Nachmittag um 4 Uhr bemerken.»

Was soll Rahel Stahel auf so einen giftigen Satz antworten? Kannst du gar nichts Vernünftiges darauf sagen, weil es nichts Vernünftiges zu sagen gibt. Und so merkt der Müller, dass Stahel lügt.

«Sie versuchen nicht zufällig, diesen Strasser zu schützen? Ihn rauszuhalten aus unserer Ermittlung?»

Und ich meine, polizeilich, da hast du grosso modo zwei Möglichkeiten von Motiven: private («cherchez la femme») und geschäftliche («How To Be a Millionaire», ABC).

Aber: sich nicht zu früh auf eine Hypothese festlegen. Das weiss der Müller. Weil eine Idee, die alle anderen Optionen «überstrahlt», wie wir sagen, kann dir im Weg stehen, sodass die Ermittlung stockt wie der Esel am Berg.

Fakten sammeln, Wahrnehmungen sammeln, dann erst Hypothesen formulieren.

Und der Müller sagt Stahel natürlich nicht, dass Strasser bereits heute Morgen durch seine Frau vermisst gemeldet, weil will Stahel in der Luft hängen lassen und sehen, wie sie das Netz der Stille, das er jetzt unerbittlich aufzieht, löchrig zu argumentieren versuchen wird.

Und wirklich sagt sie: «Ich war mit anderem beschäftigt, und da habe ich erst jetzt gemerkt, dass Strasser fehlt.»

Der Müller, brutal kühl sagt er in den Hörer: «Nachdem wir sie wiederholt gebeten haben, uns jede auffällige Wahrnehmung, jede Unregelmässigkeit zu melden ...?» Und er murmelt etwas, das wir als «Begünstigung» und «Beihilfe zu ...» und «Behinderung der Ermittlung» dechiffrieren würden.

Rahel Stahel schweigt und ist erstaunt, wie die Augen trügen können: Dieser Polizist, er sah doch recht nett aus mit diesen kleinen Falten um die Augen und dem wachen Gesichtsausdruck, den kurzen spärlichen Haaren, dem kleinen Bauchansatz und der sonoren Stimme, die nicht mehr sagte als nötig. Und jetzt kommt er ihr so tiefgekühlt herüber.

«Wir werden uns noch einmal unterhalten müssen», sagt der Müller in den Hörer, «wir melden uns in Kürze. Auf Wiederhören, Frau Stahel.»

Eine Gewitterwolke, die der Müller da in Aussicht stellt. Es beunruhigt Stahel, dass der Polizist eine weitere Befragung ankündigt. Wann genau? Was wollen sie über Strasser erfahren? Hat der Olli umgebracht? Da sitzt du wie auf Nadeln. Nehmen Sie das nie persönlich, diese polizeiliche Verstörungstaktik. Der Müller und seine Kollegen machen nur ihre Arbeit. Die beinhaltet auch: Du musst die Ressourcen wirtschaftlich einsetzen. Weil sie sind beschränkt. Und du bist unter Druck, weil Vorgesetzte, Politiker und Medien unbedingt sofort Ergebnisse wollen. Politiker und Medien, vor allem Medien wissen nicht, nein: *wollen* nicht wissen, dass Polizeiarbeit eine Hölle von Arbeit ist und Zeit braucht.

Weil das Opfer des Tötungsdelikts, Jörg-Olaf Bischoff, eine Stütze des Gewerbes der Stadt Zürich, des Kantons, ja einer der Branchenleader des Landes war, er ruhe in Frieden, ist der Druck auf die Ermittler natürlich gross. Jeder Polizeioffizier hat schon erlebt, dass er in der Zeitung steht – zum Glück nicht namentlich, weil den Namen des Einsatzleiters oder des leitenden Beamten in einem bestimmten Fall kriegen sie nie heraus. Oder es kommt vor, dass dich auf einmal die Hierarchie anklingelt. Oder der Chef sitzt plötzlich bei jeder Besprechung dabei. Und du kannst dir vorstellen, dass der Chef *seinen* Chef am Hals hat und der den Kommandanten und der den Polizeivorstand und der den Justiz- und Polizeidirektor, und höher hinauf geht es nur in ganz seltenen Fällen. Wenn sich Bern und seine Dienste einschalten … Dem Müller sein ehemaliger Chef Abteilung Gewaltverbrechen, Hauptmann Peter Wunderli, der ist jetzt dort oben beim Nachrichtendienst des Bundes.

Weil du so unter Druck bist, kommt es dir recht gelegen, wenn dich die schöne Bürochefin anlügt, weil dann hast du endlich einen Ansatzpunkt.

***

Die Polizei arbeitet weiter ihre Listen ab. Geschäftliche Kontakte, private Kontakte, checken und gegenchecken, fragen und weiterfragen. Die IT-Spezialisten weiterhin an Festplatte und E-Mail-Verkehr und Gesprächsverbindungen, in der Hoffnung, das Opfer habe nicht irgendwo ein unbekanntes Prepaid-Handy, von dem keiner etwas weiss.

Da läufst und fährst du Kilometer, sprichst mit Bürgerinnen und Bürgern, die dir nicht alle wohlgesinnt sind, aber nervös. Weil wenn dich die Polizei Fragen fragt, kommt dir in den Sinn, dass du vor Kurzem einem «Schafseckel» gesagt hast, und du fragst dich, ob du bei der Steuererklärung wirklich alles vollständig eingetragen und beigelegt hast. Weil mit deiner Unterschrift hast du das bestätigt, und es wäre ein Delikt, falls. Oder das Rotlicht, das du missachtet hast, oder zufällig durch ein Badezimmerfenster in der Nachbarschaft, das seitens der daraufhin betrachteten Person unwissentlich offen stand, länger als nötig, ich will nicht ins Detail gehen, hinübergeschaut. «Alle sind wir Sünder» (Reverend Beat-Man) und «Der Sünde Sold ist der Tod» (Römer 6, 23). Das kann einen kribbelig machen, weil im Hinterkopf wissen wir: Blütenweiss ist unser Gewissen nicht. Der Wissenschaftliche Dienst der Polizei Zürich könnte darin mindestens im Nanobereich Spuren von ungesetzlichem Handeln detektieren.

Die Fahndung nach König, Papst und Strasser, sie hängt noch nicht an der grossen Glocke. Zum Glück! Wenn die Polizei 72 Stunden nach Begehung eines Tötungsdelikts an die Öffentlichkeit täterätätä mit Pauken und Posaunen, die Medien … was die würden! Vom Polizeivorstand würden sie verlangen, dass er sagt: «Ruhe bewahren bitte, kein Grund zur Aufregung.» Und wenn der Bürger das hört, natürlich hat er dann Anlass zur Beunruhigung und Aufregung und Doppelverriegelung und Schockbeleuchtung und zu all den vielen -ung-Wörtern, wo es sonst noch gibt im Wörterbuch. Ja sogar Panik quillt in ihm auf.

Willst du das als Einsatzleiter? Dem Kommandanten, dem Polizeivorstand, den Kollegen, dem Bürger dieses Prokrustesbett hinwerfen?

Die Fotos und Namen der drei Vermissten hast du deshalb erst an alle Patrouillen gegeben, ferner an die Polizeien der Schweiz und der deutschen Kantone Baden-Württemberg und Bayern. Des Weiteren an die Flughafenpolizei und die Grenzwache. Erhöhte Aufmerksamkeit.

Und die Einbruchsache Dufourstrasse Wohnung Papst darf dir auch nicht aus dem Sinn.

Beweist der aktuelle Ermittlungsstand ein Chaos im Kopf von Müller Benedikt? Nein, ich kann Sie beruhigen. Die Auslegeordnung mag chaotisch wirken. Aber der Müller, Bucher Manfred und Rosanna Vukic handeln. Sie sitzen schon in Limmat 24 und fahren nach Niederhasli raus.

Vierter Tag nach dem Mord, Dienstag, 4. Februar

In der Nacht keine News bezüglich der Vermissten. Bis dato nicht aufgetaucht an Wohnort und Arbeitsplatz, nicht erreichbar über Festnetz und Natel, Königs Zweitwohnsitz in Pontresina leer, die Kollegen von der Kantonspolizei Graubünden haben noch gestern Abend dort geklingelt und durch die Fenster geschaut. Der Schnee ums Gebäude ist seit Wochen unberührt. Da gibt der Müller in Abstimmung mit seinem Chef, Hauptmann Vogt, frühmorgens trotz aller auch von Gregor Meier angeratener Vorsicht die Fotos elektronisch raus. 7 Uhr. Jetzt auch an alle Polizeiposten zum Aushängen und an die Medien, im Internet verbreitet sich das sofort, weil Strom gibt es heute beinahe überall. Und im Print wird es morgen stehen.

«Gesucht werden folgende Personen», und dann die Beschreibungen von König, Papst und Strasser und der Satz: «Sachdienliche Hinweise zum Aufenthaltsort dieser Personen bitte unverzüglich an den nächsten Polizeiposten oder an die Notrufnummer 117.»

Beat R. König, «King» für die Freunde, verschwunden so kurz nach dem Tod des Geschäftspartners. Könnte selbst tot, entführt oder tatverdächtig sein. Vielleicht verunfallt und hilflos bei diesen Temperaturen auf dem Grund eines Tobels im Zürcher Oberland.

Maximilian Papst, «Pope» für die Freunde, auch seine Rolle ist unklar.

Matthias Strasser, in der Firma kein Spitzname bekannt. Was mag mit dem los sein?

Herrgott, als Polizeimann musst du mental und psychisch offen sein für alle Optionen. Meistens kommt es noch schlimmer, als du es dir hättest vorstellen können.

Einer der unschlagbarsten Vorteile der Realität ist, dass immer wieder etwas passiert, was dich voranbringt (oder manchmal zurückwirft). Jetzt gerade tun die Ereignisse Gutes. Einen kann die Polizei nämlich von der Vermisstenliste streichen: (Kausalsatz) Denn wieder aufgetaucht am Arbeitsplatz, jetzt erreichbar über Festnetz und Natel, gerade hat er im vierten Stock Rebecca Bruggmann am Empfang zugewinkt, wortlos seine physische Post aus dem Fach geholt und mitgenommen und ist die Treppe zur Partneretage hochgestiegen: Maximilian Papst.

So früh am Morgen, das widerspricht allen Vorurteilen gegenüber der Kommunikationsbranche: Es ist 08:16 Uhr.

Details wird er gegenüber der Polizei aussagen müssen. Reception Desk Manager Bruggmann weiss, dass die Polizei ihn sucht, weil hat ein Newsfenster offen, dort die dreifache Vermisstenanzeige gesehen. Sie will zum Telefon greifen, da klingelt ihres, auf dem Display sieht sie: «0003». Das ist Papst himself.

«Komm bitte mal rauf», sagt Papst aus dem Hörer zu Rebecca Bruggmann, keinen Namen, kein gar nichts. Ist ihm egal, mit wem er spricht? Er ist bekannt dafür, dass er sich gut konzentrieren kann und sehr genau, aber mit Menschen? Hat er vielleicht Asparagus?

Trotz der Absätze ist sie schnell oben. Papst steht vor seinem Schreibtisch und zeigt auf das Sideboard unterhalb der gerahmten Urkunden, Zertifikate und Diplome, und Bruggmann fragt sich, worauf er sie hinweisen will, denn er zeigt ins Leere.

Weil da, wo er hinzeigt, da ist nichts, und da war zuvor etwas: Die Figurinen aus diesen Epochen, mit erotisch-mythologischem Motiv, griechisch oder babylonisch, jedenfalls irgendwo aus dem Osten. Haben viel Geld gekostet, oder waren es Geschenke von diesem Reeder, die Kampagne «Too clever to sink», war es das?

Jedenfalls: Diese Figurinen, sie fehlen.

«Die Figurinen fehlen», sagt Rebecca Bruggmann.

«Und da auf dem Tisch, ich hatte meinen Blackberry auf dem Tisch liegen lassen. Hast du eine Ahnung, wo er sein könnte?», fragt Papst.

Bruggmann, fast wird sie rot, aber nicht vor Scham, sondern vor Wut, weil was geht sie Papsts Büro an? Sie sitzt unten am Reception Desk, hier oben hat sie gar nichts zu schaffen. Sie sagt: «Ich war seit Wochen nicht hier im fünften Stock.» Dreht sich auf den Absätzen um und kehrt eine Etage tiefer an ihren Arbeitsplatz zurück, greift sich den Hörer und wählt die 117. 08:24 Uhr.

Kann die Polizei die soeben eingeleitete öffentliche Suche nach

Papst abblasen. Aber für den Betroffenen ist so eine Aktion ärgerlich: wenn du als vermisstes Gesicht im ganzen Land verbreitet wirst und die Leute und der Boulevard Verbindungen herstellen: «Papst? War das nicht dieser … Mörder? Hat der nicht den Mogul im Seefeld gekillt?», werden sich manche noch in 10 Jahren exakt erinnern. Reputationsschaden ist nur der Vorname des Sachverhalts. Glauben Sie mir: Die Polizei nimmt solche Gefahren ernst. Wir posaunen Ihre Personalien nicht leichtfertig ins Universum aller 12 Stadtkreise, in den Kanton oder sogar ins Internet hinaus. An die Öffentlichkeit wenden wir uns nur, wenn Gefahr im Verzug ist.

Fünf Minuten später ist der Wagen da. Mit dem Müller, Heather Brogli und Rocco Catanzaro. Zwei Uniformierte sichern das Treppenhaus. Das Trio in den fünften Stock → Büro Papst.

Der will jetzt den Polizeibeamten die Leerstellen auf dem Sideboard zeigen und die verschwundene Kommunikationselektronik, aber der Müller: «Darum kümmern wir uns später, jetzt haben wir wichtigere Fragen.»

Papst will eine Geste machen, die please sit down bedeuten würde, aber sieht: So viele Sitzgelegenheiten gibt es gar nicht in seinem Büro, also erhebt er sich aus dem Sessel, umkurvt den Schreibtisch, setzt sich von vorne auf die Platte.

«Was für wichtigere Fragen?»

Und nun spricht der Müller die klassische Frage aus: «Wo waren Sie seit Freitag, sagen wir 14 Uhr?»

«Und sagen Sie mir nicht, Sie waren zu Hause», sagt der Müller.

Papst: «War ich nicht. Aber warum sollte ich Ihnen das nicht sagen?»

Der Müller: «Sie wissen gar nichts?»

Papst: «Was sollte ich denn wissen? Was ist los?»

Der Müller: «Wo waren Sie seit Freitag, 14 Uhr?»

Papst: «Ich war meditieren.»

Der Müller: «Was?»

Papst: «Ja, meditieren. Erstaunt Sie das?»

Der Müller: «Ich meine: mit wem?»

Papst: «Ich kann Ihnen die Namen geben. Aber wozu das alles? Was ist los?»

Der Müller: «Was wissen Sie?»

Papst: «Worüber?»

Jetzt wird es langsam grotesk, dieses Gespräch, weil da prallen zwei offensichtlich grundverschiedene Wissensstände aufeinander: Der Polizeimann Müller weiss etwas, der Kommunikationsmann Papst vermutet nicht einmal, dass es etwas zu wissen gäbe.

Der Müller: «Beginnen wir von vorn: Freitag, 14 Uhr. Wo waren Sie da?»

Papst denkt nach. «Hier, in meinem Büro, ich habe gearbeitet.»

«Den ganzen Tag, bis Sie die Firma verlassen haben, waren Sie in Ihrem Büro?»

«Nein, natürlich nicht. Am Mittag war ich essen, in der ‹Ente›, ein- oder zweimal war ich im Vierten, etwas besprechen und einen Kaffee holen.»

«Sie haben hier im Büro eine eigene Kaffeemaschine», sagt Brogli.

«Ja, aber unten kann ich die Temperatur des Betriebs nehmen», sagt Papst, «als Mitverantwortlicher für diese Firma muss ich das. Be prepared!» Und er lächelt.

Jetzt sagt der Müller: «Und Ihren Geschäftspartner, Herrn Bischoff, haben Sie den am Freitag auch gesehen?»

Papst überlegt kurz, sagt: «Ja, ich hatte sogar eine Auseinandersetzung mit ihm. Nein: einen Krach!» Er lächelt wieder. «Aber das geht vorbei.»

Er weiss wirklich nichts, denkt der Müller.

«Wann hatten Sie diesen Krach mit Herrn Bischoff?»

Papsts innere Agenda wird abgefragt. «Das muss gegen Viertel vor drei gewesen sein. Ja, weil danach habe ich Feierabend gemacht.»

Der Müller: «Und worum ging es bei diesem Streit?»

«Er stichelte wieder einmal, nannte mich ‹Mister Toxic›, weil ich seiner Ansicht nach das Firmenvermögen in toxischen Finanzprodukten angelegt haben soll. Dabei erziele ich fast immer erstklassige Renditen. Und ich gab ihm Kontra mit den Kosten für die Berater von McHinckley, die wir seit Herbst im Haus haben, und mit den überzogenen Lizenzgebühren für die ‹Explorative Rhizomatic Method›, die wir *auch* ihm zu verdanken haben.»

Papst läuft warm.

«Was für eine Methode?», fragt der Müller.

«Ein Managementtool, an dem Olli einen Narren gefressen hat. Wenn es Sie inhaltlich interessiert, fragen Sie am besten Vanessa Unternährer vom Stab. Sie ist da näher dran als ich.»

Er wedelt mit der Hand durch die Luft, du denkst er verscheucht dieses Managementtool wie eine Schmeissfliege.

Und der Müller jetzt: «Herr Bischoff wurde am späteren Freitagnachmittag getötet. Wo waren Sie zu diesem Zeitpunkt?»

Und jetzt wird der Dialog vorübergehend komplett seltsam, weil schwerhörig ist der Kommunikationsfachmann nicht, auch keine lange Leitung oder einen Knopf darin, sondern Abgleich Wahrscheinlichkeit und Realität führt zum Urteil, dass ein Systemfehler vorliegt.

Papst also: «Er wurde was?»

Der Müller: «Getötet.»

Papst, dem aufgeht, dass er vorher kristallklar ein Motiv offengelegt hat, sagt: «Oh nein!»

Nun das Prozedere: Zeugen dafür, dass am Freitag circa Viertel vor drei Krach mit dem nachmaligen Opfer? Keine. Zeugen dafür, dass circa 15 Uhr Feierabend? Ja, in der Tiefgarage den Hauswart getroffen, zwei, drei Worte gewechselt («die Wetteraussichten», schneidet eine Grimasse), dann ins «Haus der Stille» gefahren, Kappel am Albis. Zeugen für Ankunft? Ja, die Réceptionistin des Seminarhotels, die registrieren bestimmt, wann man eingecheckt hat. Dort sonst jemanden getroffen? Ja, Urs Baumann, einen Freund aus der Maschinenindustrie, sie kennen sich von einer Burnout-Therapie vor drei Jahren. Papst hat ihn etwa um Viertel nach vier im Hotelrestaurant getroffen, Kaffee, dann die Meditation. Acht Teilnehmerinnen und Teilnehmer plus die Leiterin, Marianne Metzger. Kontakt zur Aussenwelt? Null. Natel et cetera, alles seit Freitag ausgeschaltet, kein TV, kein Radio, keine Zeitungen. Nur Stille.

«Eine eiserne Regel. Und Frau Metzger kontrolliert streng.»

Und der angesprochene Krach mit Jörg-Olaf Bischoff?

«Das haben Sie mich doch vorhin schon gefragt.»

«Und jetzt frage ich Sie nochmals.»

Um Kosten ging es, sagt Papst, die Kosten für die Berater von McHinckley und diese Methode, von der wir gesprochen haben.

Rocco Catanzaro notiert auf dem iPad die Namen und Stichworte. Ständiger Blickkontakt Müller → Rocco → Heather Brogli → Müller.

Schliesslich sagt der Müller zu Papst: «Besten Dank, Herr Papst. Das wäre alles für den Moment.»

Auf Wiedersehen gegenseitig und hinaus. Dort Dank an die beiden Kollegen von der Uniformpolizei, die das Treppenhaus gesichert haben, für den Fall, dass Papst hätte fliehen wollen. Die zwei Uniformierten fahren weg → Patrouille. Der Müller, Brogli und Rocco in den Lift.

Der Müller: «Was meint ihr?»

Brogli: «Natürlich müssen wir die Aussagen überprüfen, aber ich denke nicht, dass er der Täter ist.»

Rocco nickt. Und der Müller sagt: «Das sehe ich auch so.»

***

Nicht einmal ein Chief Office Manager funktioniert unter allen Umständen. Heute fehlt Rahel Stahel im Büro, die Polizei hat ihr erlaubt, sich telefonisch abzumelden und zu lügen: «Ich bin krank.» Seit gestern Abend ist sie nämlich im Grossen Polizeihaus. Vom Müller, Bucher Manfred und der Vukic persönlich zu Hause abgeholt, nein, mit- und festgenommen. Weil Verdacht: Lügnerin oder Mitwisserin. Zahnbürste und Schlafanzug durfte sie mitbringen, im Grossen Polizeihaus dann ausgesackt wie Standard, befragt, ob Medikamente, Plastikflasche Wasser mit hineingegeben → Zelle.

Geschieht nicht aus Gemeinheit, Sadismus und solchen Gefühlen, sondern wegen Kollusionsgefahr.

Falls Verbindung Stahel + Strasser = Verwicklung in Tötungsdelikt möglich.

Psychologisches Surplus: Eine Nacht in der Zelle, wenn du das vorher noch nie durchgemacht hast, das setzt dir zu, weil du dich fragst, was mit dir geschehen wird, nachts, wenn das Licht ausgeht. Kommen dann Flöhe? Ratten? Quält dich das Gewissen?

Und manchmal hilft eine solche Nacht, um zum Frühstück ein Geständnis protokollieren zu können.

Stahel, geschlafen hat sie auf der plastifizierten Matratze, auf die

die Polizei ein Betttuch gelegt hat. Richtig beziehen, einen Sinn hätte das nicht gehabt, weil in der Polizeizelle hältst du dich nur kurz auf. Entweder kommst du frei oder ins Bezirksgefängnis. Ja, geschlafen hat Stahel. Nicht gut, wohl erst weit nach Mitternacht eingeschlafen, genau weiss sie das nicht, weil es war zu dunkel, als dass sie die Zeiger ihrer Uhr hätte sehen können. Und die Glocken von St. Jakob, bis in die Arrestzellen im Grossen Polizeihaus klingen die nicht hinein.

Wer in der Zelle schlafen kann: Ist das ein gutes Zeichen für die Polizei oder ein schlechtes? Damit Sie verstehen, was ich meine, formuliere ich das nochmals: Deutet der Schlaf der Festgenommenen auf Schuld hin oder auf Unschuld? Das ist der erste Teil der Frage. Der zweite ist: Schuld woran?

7 Uhr: Das Licht in der Zelle geht an. Polizeimann Gustav Weiermann schliesst die Zellentür auf und stellt ein Tablett auf den kleinen Tisch, massiv, in die Wand eingelassen. Kaffee, Wasserglas, zwei Scheiben Brot, Butter, je einmal Honig und Erdbeerkonfitüre, beides in Portionenpackung. Dazu ein stumpfes Messer und eine weisse Papierserviette mit Stadtwappen. Die Zürileuen links und rechts davon brüllen.

«Guten Morgen und guten Appetit», sagt Weiermann und ab. Ist so taktvoll, Stahel nicht anzuschauen, denn die Unschuldsvermutung gilt bis zum allfälligen Schuldspruch eines ordentlichen Gerichts. Weil zerzaust ist sie, die Haare und um die Augen herum dunkle Ringe und die Gesichtshaut fast etwas erodiert. Manche werden aufgrund einer Nacht im Grossen Polizeihaus welk. Allein durch die Entwurzelung aus dem normalen Umfeld wegen.

An der Decke: Leuchtstoffröhren, weiss, energiesparend, vergittert.

Plafond: Sichtbeton.

Die Wände: bis in Höhe 2.05 Meter Ölfarbe, abwaschbar, rosa. Darüber 15 Zentimeter Sichtbeton.

Der Boden: Ölfarbe, abwaschbar, rosa. Neigt sich leicht zur Ecke rechts der Zellentür hin.

Dort: in Boden eingelassenes, kreisrundes Gitter, Durchmesser 15 Zentimeter. Ablauf, wenn Zelle mit dem Schlauch gereinigt werden muss.

Auch: Metall-WC ohne Brille, ohne Deckel.

Daneben: Metall-Lavabo mit Wasserhahn. Einteilig, massiv.

Jetzt, wo die Leuchtstoffröhren den Raum ausleuchten, sieht Rahel Stahel den Raum, in dem sie übernachtet hat. Während sie schlief, hat sie im U-Bewussten ihre Gedanken sortiert. Wirklich Appetit hat sie nicht, aber setzt sich dennoch auf den Plastikstuhl am Tisch, streicht sich eine Schnitte, nimmt einen Schluck Kaffee. So schlecht schmeckt das nicht. In Wahrheit ist's der gleiche Kaffee, den auch die Kollegen vom Nachtdienst trinken. Und sie beisst ab und kaut das Butterbrot.

Sie will eine Aussage machen. Will beantworten, was die Polizisten wissen wollen. Weil etwas zu verbergen hat sie nicht.

Klopft an die Zellentür, man kennt das aus den Filmen und Büchern, aber hier im Grossen Polizeihaus ist immer die Realität los, nicht diese erfundene Fiktion, wo Ihnen der Autor erzählt, was er will. Rahel Stahel klopft an die Zellentür. Das sieht Aspirant Mauchle im Dienstraum, wo der Monitor an ist, da hast du den Überblick, was in den Zellen passiert, vor allem bei Suizidalen ist das hilfreich, damit du einschreiten kannst.

Aspirant Mauchle also Telefon → Müller. Der ist im Seefeld bei K+ mitten in Vernehmung von Papst. Mauchle soll es bei Bucher Manfred probieren. Ist im Haus, fährt gleich hoch in den Verhörraum 419, Janine Hossli dabei und das Aufnahmegerät in der Jackentasche, falls nötig. Mauchle hinunter in den Zellentrakt und mit Weiermann die Stahel geholt. Was beschreibe ich das hier des Langen und Breiten in extenso?

Jetzt fokussieren: Verhörraum 419, anwesend: Rahel Stahel; Janine Hossli, Bucher Manfred. Zeit: 09:02 Uhr.

Erstes Thema: «Beziehung Rahel Stahel → Matthias Strasser?»

Antwort: Frau Stahel gibt an, jahrelang gut mit Herrn Strasser zusammengearbeitet zu haben. In der Mittagspause am 30. Januar, dem Vortag des Tötungsdelikts an Jörg-Olaf Bischoff, habe sich die kollegiale Sympathie dann unversehens in ein einmaliges sexuelles Verhältnis verwandelt. («Einmalig» im Sinne von «einmal stattgefunden habend», Anm. d. Verf.) Auf den Grund für diesen Wandel des Verhältnisses angesprochen, berichtet Frau Stahel, einerseits seit Längerem von der physischen Erscheinung und dem gewinnenden Wesen von Herrn Strasser beeindruckt gewesen zu sein. Andererseits aber auch durch seinen Mut, ihr zu Handen der Geschäftsleitung sinnlose Reportings abgeliefert zu haben, deren Wortlaut aus Lautmalerei und Rock'n'Roll-Gestammel bestanden habe. Diese Berichte habe sie sexy gefunden. Denn gewöhnliche Reportings seien das Gegenteil. Auf unsere Frage, weshalb es bei der einmaligen Abhaltung eines sexuellen Kontakts geblieben sei, erklärt Frau Stahel, dafür gebe es zwei Gründe: 1.) sei Herr Strasser verheiratet, was sie grundsätzlich mehr oder weniger respektiere, 2.) habe dieser Sexualkontakt zeitlich nur einen Tag vor Jörg-Olaf Bischoffs Tod und auch Matthias Strassers Verschwinden stattgefunden, sodass es allein schon zeitlich nur schwerlich zu einer Wiederholung des Vorgangs hätte kommen können.

Zweites Thema: «Beziehung Rahel Stahel → Jörg-Olaf Bischoff?»

Antwort: Frau Stahel wiederholt ihre diesbezüglichen Aussagen vom 31. Januar und 1. Februar. Es habe sich um einen korrekten, strikt geschäftlichen Kontakt gehandelt. Das Private sei in den Jahren der Zusammenarbeit nie über unverbindlichen Smalltalk hinausgegangen. Es habe zwischen ihr und Herrn Bischoff weder Freundschaft noch Feindschaft bestanden. Sie hätten beide Kaderpositionen unterschiedlicher Hierarchiestufen in diesem Unternehmen bekleidet. Zu grösseren Reibereien sei es nie gekommen.

Drittes Thema: «Wann letzter Kontakt Stahel → Strasser? Sichtkontakt, telefonischer, mündlicher oder sonstiger Kontakt?»

Antwort: Frau Stahel erklärt, ihn am Freitag, 31. Januar, circa um 15 Uhr zuletzt gesehen zu haben, und zwar im Grossraumbüro im vierten Stock der Fröhlichstrasse. Er habe am Computer gearbeitet und in keiner Weise auffällig gewirkt. Während der Aufregung um Herrn Bischoffs Tod habe sie Strasser nicht mehr bemerkt.

Viertes Thema: «Verhältnis Strasser → Bischoff?»

Antwort: Frau Stahel verfügt über keine Informationen, die ihr eine substanzielle Beantwortung dieser Frage ermöglichen würden. Sie wisse diesbezüglich nichts zu sagen.

Fünftes Thema: «Aufenthaltsort Strasser?»

Antwort: Frau Stahel gibt an, sie könne diese Frage nicht beantworten, weil sie darüber nichts wisse.

Sechstes Thema: «Die seltsamen Reportings von Herrn Strasser, weshalb nicht an die GL weitergegeben beziehungsweise weshalb Strasser deswegen nicht gerügt, wie es aufgrund der hierarchischen Position möglich gewesen wäre?»

Antwort: Frau Stahel gibt an, sich auch aufgrund dieser phantasievollen, ausgefallenen, humorvollen Berichte von Herrn Strasser angezogen gefühlt zu haben. Durch diese Berichte hätten sich in ihren Augen die inneren Qualitäten Herrn Strassers offenbart. Sie habe die Berichte nicht weitergeleitet, weil diese sicherlich negative Konsequenzen für Strasser gehabt hätten.

Siebtes Thema: ob es niemandem in der Geschäftsleitung aufgefallen sei, dass diese Berichte nicht eingetroffen seien.

Antwort: In der Firma zirkulieren laut Frau Stahel grosse Mengen von internen E-Mails, sodass niemand mehr den Überblick habe, niemand dieser elektronischen Flut Herr werde, und vermutlich auch sehr viele Mitarbeiterinnen und Mitarbeiter den grössten Teil dieser Mitteilungen einfach wegklicke. Höchstwahrscheinlich deshalb habe niemand bemerkt, dass sie, Frau Stahel, Herrn Strassers Reportings und Milestones nicht an den GL-Verteiler weitergeleitet habe.

Wir meinen: alles Top-Antworten! Geht auf, fehlt nichts, wirkt nichts konstruiert oder seltsam. Ende der Vernehmung: 12:22 Uhr. Bucher Manfred und Janine Hossli durchaus zufrieden. Würden zwar gerne endlich die mutmassliche Täterschaft hinter Schloss und Riegel anketten. Aber es muss die richtige mutmassliche Täterschaft sein. Wenn du die Bürochefin von «König, Herzog, Papst und Bischoff» wieder freilassen musst, weil sie bei gegenwärtigem Ermittlungsstand mit an Sicherheit grenzender Wahrscheinlichkeit ein reines Deuxpièces hat, kannst du immerhin eine potenziell verdächtige Person von deiner Tasklist streichen.

***

Im Restaurant des Hotels Scheuble, Mühlegasse, da wo die Strasse von der Limmat in Richtung Seilergraben den Knick schon gemacht hat, entsteht an einem der hinteren Tische dicke Luft. Man muss Salomé Fischer Rüttimann zugutehalten, dass sie das nicht per SMS macht, wie es heute Mode ist.

Vielleicht vertraut sie auch darauf, dass der halböffentliche Rahmen Severin Eiholzers mögliche Reaktion zivilisieren wird. Extreme Gefühlsäusserungen will in Zürich niemand sehen, ausser wenn man im Stadion oder sonst wo Eintritt bezahlt hat. Dann darfst du, weil du amortisierst.

Trennung Fischer Rüttimann + Eiholzer steht bevor.

Kurz und schmerzlos, plant es Salomé Fischer Rüttimann, soll sie vonstattengehen. Deshalb steht vor ihr nur ein Kaffee, während sich Severin Eiholzer wundert, weshalb um 10 Uhr ein Treffen im Hotelrestaurant. Vielleicht, um nachher nach oben zu gehen? Eine Variante, eine Variation, ein anderer Treffpunkt, denn im Scheuble waren sie nie. Ihm fällt jetzt der Himmel auf den Kopf. Für den Linguisten ist es eine Überraschung, dass die Kunsthistorikerin, Millionenerbin und Regierungsratsgattin seiner nicht mehr bedarf.

Im Restaurant sitzt noch niemand, weil zu früh für Mittagszeit, zu spät für Hotelgästefrühstück. Salomé Fischer Rüttimanns Taktik der mässigenden Wirkung durch Anwesenheit einer Öffentlichkeit greift also nicht.

Eiholzer sitzt da, ein Schlückchen vom Espresso im Mund, und hört Salomé sagen: «Ich will es mit Laurenz noch einmal versuchen. Ich kann's dir auch nicht erklären. Er ist ein verwandelter Mensch. Vielleicht wandern wir nach Kanada aus oder eröffnen einen Laden für Anglerzubehör in Bora Bora, werden Hüttenwarte auf der Monte-Rosa-Hütte, bauen eine alte Fabrik in Südengland zu einem Kulturzentrum um, eröffnen eine Pension in …»

Eiholzer hört es und glaubt kaum, was seine Ohren wahrnehmen: Der «grosse Langweiler» (Salomé noch vor wenigen Tagen!) ist zum Tangotiger geworden, zum Astronauten, zum Cowboy, zum Ritter Löwenherz, zum «Wild Boy» (Duran Duran). Und Salomé, wie ein willfähriges Metallstück lässt sie sich von diesem Magneten anziehen.

Soll er flehen? Soll er weinen? Soll er toben? In Melancholie versinken? Beschwören?

Hättest du gerne, denkt er. Hättest du gerne. Trinkt den Espresso aus, schnipst die Schokobohne in Richtung gegenüber, legt einen Fünfliber auf den Tisch und sagt mit Eiseskälte: «Schade, Salomé. Tschüss und alles Gute.»

Zur Garderobe → Mantel und Schal und Adiós.

***

Die Ferienecke der Schweiz ist nicht nur ein Hort blauer Wolken und ungetrübten Sonnenscheins. 10:03 Uhr, Graubünden. Wo genau? Unterengadin. Präziser: oberhalb von Scuol. Noch genauer: Motta Naluns, schwarze Piste → Talstation Gondelbahn. Über Nacht hat es geschneit, die Pistenfahrzeuge haben noch bei Dunkelheit begonnen, die Abfahrt zu präparieren. Die Querfurchen, wo die Pistenfahrzeuge in den Schnee gedrückt haben, sind noch kaum von Skikanten durchkreuzt.

Einer schwingt sich ins Tal. Er trägt, ich weiss nicht, das muss die Skimode der Saison sein, gehobene Variante, designt von einem Ex-Slalomweltmeister. Beat R. König auf der Piste, technisch einwandfrei: gute Haltung, elastische Bewegungen, kein Raser, kein Schleicher, flüssig, rund, harmonisch, schnell.

Kalt ist es, Morgenkälte, trotz Sonne und Pipapo. 15 Grad minus? Dürfte hinkommen. Um den Kopf, vors Gesicht hat er einen Schal gebunden. Viel Platz auf der Piste. Die meisten sitzen noch im Hotel oder in der Ferienwohnung im Tal unten beim Frühstück. Es ist Königs erste Abfahrt heute. Die Skier knirschen auf dem harten Schnee.

Er sieht die Männer nicht, die ihn geortet haben. Hinter ihm, oberhalb des ersten Steilhangs, den er gerade meistert. Die Männer tragen schwarze Skianzüge, Mützen, Skibrillen, Handschuhe. Sie rühren sich nicht. Nur die Atemwolken aus ihren Mündern zeigen, dass sie keine Puppen sind.

Jetzt, der eine hebt eine Hand, scheint dem anderen etwas zu sagen. Dann rammen sie die Stöcke in den Schnee und schieben sich an. Fahren los. Noch eleganter als König, noch schneller, lautlos und mit einem Quantum Aggressivität im Fahrstil. Knapp zwei Minuten nur, und sie fahren direkt hinter König. Von den Kanten von dessen Skiern spritzt anmutig Schnee auf, von ihren Kanten spritzt brutal Schnee auf. Sie scheren aus: der Grössere nach links, der Festere nach rechts. Zangenbewegung, sie schneiden ihm von beiden Seiten den Weg ab.

***

Der Briefträger ist früh dran. Im Briefkasten an der General-Wille-Strasse in Feldmeilen liegt ein Umschlag, links Firmenlogo, rechts adressiert an lic. iur. Samantha Scheiwiller Strasser. Darin liegen, zusammengefaltet, drei klein bedruckte Seiten umfassend und absenderseitig bereits unterschrieben, der Arbeitsvertrag, den Sam bei ihren Gängen an den Beatenplatz ausgehandelt hat. Günther Jakob von «Breakthrough Personnel Services» hat gute Arbeit geleistet, sogar im Sinne der Klientin. Weil seine Provision zahlt nicht Sam, sondern «Nordwest Investments». Die sind eng dran und brauchen dringend genau diese Juristin mit exakt diesem Profil und Erfahrungsschatz, dass sie Herrn Jakobs Provision mit Handkuss übernehmen.

Dass der Arbeitsvertrag von «Nordwest Investments» jetzt im Briefkasten liegt, weiss Sam noch nicht. Sie wird es vielleicht später erfahren, falls sie heute von Rüschlikon zurückkommt. Dort hat sie auch diese Nacht verbracht, bei ihren Eltern und mit den Kindern. Anna und Valentin tollen gerne bei Grossmutter und Grossvater im Garten und im Haus herum. Sams Anruf an Schule und Kindergarten: «Krankheit in der Familie».

Sam braucht Zeit, um einiges zu regeln. «Nachdenken braucht Zeit», sagt Diodoros, doch er legt auch Wert darauf, festzuhalten: «Nachdenken ist unsichtbar, scheint oft fruchtlos, wirkt häufig wie Untätigkeit, jedoch …», und nach diesem hochinteressanten Jedoch bricht das Fragment ab! Uns ist klar, dass hier ein Kerngedanke von Diodoros' Kognitionstheorie unwiederbringlich verloren gegangen sein muss. Unzählige Abhandlungen gibt es darüber, welcher Inhalt diesem Jedoch folgen könnte.

Ja, Sam muss nachdenken, weil sich klar werden. Denn wenn

dein Mann einfach so verschwindet. Ich meine: Ehekrise, okay, hat sie vielleicht. Ja, hat sie ganz gewiss – und er natürlich auch, obwohl darüber gesprochen, so richtig, haben sie bisher nicht. Aber von Ehekrise zu spurlosem Verschwinden? Ist schon ein Gump. Dass er so verschwindet, will niemand. Fühlst du dich miserabel, im Stich gelassen, wegrationalisiert, ausgewechselt, weggeworfen, abserviert. Aber machst dir natürlich auch Sorgen. Die Polizei hat sich bisher auch nicht gemeldet.

Sam weiss gar nichts.

Woher sollte sie auch?

Gibt es Gründe?

Wer könnte etwas wissen? Vielleicht jemand in Matthias' Büro? Weil dort hat er sich am meisten aufgehalten. Zu Hause, da war er mehr oder weniger auf Zwischenstopp zwischen Überstunden und zu langem neuem Arbeitstag.

Sam verabschiedet sich von ihren Eltern, drückt Anna und Valentin noch einmal fest und steigt in den Wagen. Ihr Ziel: Fröhlichstrasse, «König, Herzog, Papst und Bischoff».

***

Im Haus an der Bremgartnerstrasse in Dietikon, kurz bevor die Dietikon-Bremgarten-Bahn und die Strasse den Knick nach rechts machen. Die Fensterläden zur Strasse sind weiterhin geschlossen, zum Wald hin hat er leise, leise die Storen des Wohnzimmers hochgezogen.

Sonst fängst du an zu spinnen, so im Halbdunkeln. Weil draussen wird's ja auch nicht mehr richtig hell.

Freitagabend, Samstag, Sonntag, Montag, Dienstag, ja, jetzt ist Dienstag. Die Zeit ist lang, langweilig ist ihm, langweilig. Seit der Kindheit nie mehr so langweilig wie jetzt. Er liest, natürlich, er liest. Aber immer lesen, tagelang? Und so spannend Rogers Bücher auch sein mögen, immer nur lesen? Luft! Bewegung! Das bräuchte er. Aber sich hinauswagen, unter die Menschen, ja Menschen müsste er auch wieder sehen. Er merkt quasi anthropologische Unzufriedenheit, weil allein die ganze Zeit.

Im Wohnzimmer sitzt er, zum vom Dauerregen niedergedrückten Garten hin, zum Wald schaut er vom Sessel aus. Das Buch auf die Armlehne gelegt. Er hört dem Regen zu, er vernimmt ihn durchs geschlossene Fenster. Öffnen kann er's nicht, weil ein offenes Fenster bei einem Haus, dessen Bewohner in den Ferien ist ... Ein neugieriger Nachbar, der etwas bemerkt? Bestimmt streift dann und wann jemand durch den Wald und stellt dann fest, dass ... zu dieser Jahreszeit vielleicht ein Jäger, Spaziergänger, eine Kita, die Pfadfinder. Ihm fallen hundert Personen ein, die in diesem Moment das Bedürfnis haben könnten, zwischen der Bremgartnerstrasse und der Reppisch durch den Wald zu streunen. Zwischen dem Geräuschteppich des Regens, der sich jetzt, wenn er genau hinhört, in unzählige kleine Geräusche der Millionen von Regentropfen auflöst, zwischen diesen Geräuschen entdeckt er ... hat ein Ast geknackt? Die Treppe in den oberen Stock? Der Wind, ist's der Wind, der das? Jemand an der Tür?

Er riecht an sich. Er riecht nicht mehr gut. Die Kleider, Ersatz hat er nicht dabei. Und Rogers Kleider im Schrank, brauchen dürfte er die schon, denkt er, aber nicht seine Grösse, Roger ist schlanker und grösser. Und die Unterwäsche, nein, die könnte er nicht anziehen. Das wäre zu intim. Er riecht an seinen Kleidern. Schweiss, und was ist das am Nacken und am Hals? Talg? Rieche ich so, wenn ich alt bin? Jetzt schon? Er fühlt sich schmutzig. Seit Freitag.

Er hätte nicht in Olli Bischoffs Büro gehen dürfen. Hätte nicht. Dürfen. Er hatte dort nichts zu suchen.

Wenn Unternährer, die die Treppe herunterkam, ihn gemeldet hat? Vielleicht hat sie ihn ja gar nicht wahrgenommen. Weil sie selbst etwas zu verbergen hat? Was machte sie im fünften Stock?

Die Lebensmittel, die im Haus waren, sind bald aufgebraucht. Heute war er bei den Dosenravioli angelangt. Viel tiefer geht's nicht mehr. Tiefer wäre nur, wenn nichts mehr da wäre.

Und richtig schlafen? Ja, das wäre was. Richtig schlafen. Ohne auf den Wind zu lauschen, auf Kies unter Schuhsohlen, auf ferne Sirenen, die ausgeschaltet werden, wenn sie sich nähern.

Und Sam anrufen. Damit sie Bescheid weiss.

Und die Zeit zurückdrehen, zurück bis Freitagnachmittag, gegen halb 4.

***

Lagebericht in Sachen SEFAR: Jérémie Caduff, Spiritus rector der «Seefeld Army», schaut aus dem Fenster seiner Wohnung auf die Seefeldstrasse hinunter. Tram 2, Tram 4, Bus 912, Bus 916. Die Trams fahren stadteinwärts und stadtauswärts, die Busse nur herein. Jérémie Caduff sieht nichts Merkwürdiges. Kein Wagen mit Insasse, der Zeitung liest. Keine Männer in etwas schäbiger Casualkleidung mit sprintgeeignetem Schuhwerk. Lederjacken tragen sie gerne. Niemand, der drüben an der Bushaltestelle Wildbachstrasse sitzt und die Augen spazieren schauen lässt.

Am Freitag war so viel Polizei in der Fröhlichstrasse.

Sogar Spezialkräfte waren da, da meinst du, du bist im Kriegsfilm.

Und seit dem Freitag, als das Grossaufgebot an der Fröhlichstrasse war, totale Ruhe im Quartier.

Jérémie Caduff fühlt sich teilgelähmt. Die Körperfunktionen, ich zähle sie nicht auf, sie funktionieren vegetativ noch normal, aber das andere, zum Beispiel intellektuelle Leistung, das will nicht recht. Jetzt sich um «Totalität und Unendlichkeit. Versuch über die Exteriorität» kümmern, fordert einen schon im Normalzustand.

Zu viel Ruhe hier.

Es kann nicht sein, dass Sprayerei und Mord in kurzem Intervall am selben Ort auftreten, und die Polizei zieht keine Schlüsse. Blöd sind die nicht, denkt Caduff. Und statt einkaufen zu gehen, in den Hörsaal, zu Ramona Herzig oder zur Brotarbeit in diesen Bioladen mit dem guten Brot, der erstklassigen Olivenmarinade und dem Gemüse aus regionalem Anbau, steht er am Fenster und schaut auf die Seefeldstrasse hinunter.

Keiner schaut hoch, niemand beobachtet seinen Hauseingang, keine Polizei in der Nähe. Soweit er das beurteilen kann. Aber kann er das?

***

«Kollege Müller, wir haben ihn festgenommen», sagt die Stimme aus dem Müller seinem Büroapparat. Der Kollege von der Kantonspolizei Graubünden, Venzin Pius.

«Ich glaube, wir kennen uns», sagt der Müller, «Sils-Baselgia?»

«Ja», sagt Venzin, «Müller und das Lächeln des Hundes.»

«Was?»

«Ja, es gibt sogar ein Buch von dieser Ermittlung: die Wohnung mit Blick auf den Silsersee, der Mann, dessen Partner in Zürich ermordet wurde.»

Der Müller: «Natürlich erinnere ich mich an den Fall.» Vom Buch will er nicht sprechen. Es ist ihm nicht recht, dass er in Büchern vorkommt. Er macht seine Arbeit, der Müller, möglichst gut, und ist froh, dass er wieder voll ins Korps integriert ist, die Kollegen, die Ressourcen, der Polizeiapparat bedeutet für ihn Sicherheit, auch innerlich.

Jetzt voll konzentriert: «Wie und wo habt ihr ihn festgenommen?»

Und Pius Venzin erzählt kurz, dass er und Derungs Tarcisi auf Motta Naluns, keinen Widerstand, alles problemlos. «Ich nehme an, wir sollen ihn euch so schnell wie möglich überstellen? Besser gestern schon als heute?»

Der Müller: «Gerne, danke, gute Arbeit, Kollegen.» Und ganz pragmatisch: «Sollen wir euch einen Wagen raufschicken?»

Venzin: «Nicht nötig. Wir haben einen ganzen Kastenwagen voll mit euren Delinquenten, die bringen wir euch morgen ins Unterland.»

Und er lacht. Mag der Müller, diesen Humor. Auch er würde gerne einen Kastenwagen voller Delinquenten in eine andere Stadt bringen, wo dann die Kollegen von dort und deren Staatsanwaltschaft sich darum kümmern würden. Bloss: Ein Kastenwagen voll weniger entlastet die Polizei Zürich nicht wirklich. Müsste ein Airbus oder ein ICE sein.

Geortet haben sie König über Handyfunkwellen. Er hat es nicht sein lassen können, auf seinem iPhone die Mails zu checken. Und mit dem Foto, das die Polizei Zürich verbreitet hat, hey, die Kantonspolizei Graubünden schläft nicht.

Dem Müller sein Telefon klingelt noch einmal. Anrufer: Maximilian Papst. Gegenstand des Anrufs: genaue Verlustmeldung aufgrund Einbruch Duplex Dufourstrasse. Kleine Inventarliste hat der Geschädigte schon gemailt. Müller ruft sie während des Telefonats auf, hier zusammengefasst das Wichtigste: einige hundert Franken Bargeld, vermutlich um die 700, drei Ringe (Gold, Weissgold, Platin), leider fotografisch nicht dokumentiert, was hilfreich wäre, in Fremdwährung vermutlich ungefähr 250 Euro in Noten, goldene Manschettenknöpfe mit Onyx, «nichts Teures, eine Erinnerung an den Grossvater».

«Keine fehlenden Unterlagen?», fragt der Müller. «Kein Laptop weggekommen, iPhone oder Ähnliches?»

«Nein, gar nichts. Meine geschäftlichen Dokumente liegen auf dem Firmenserver. Die sind physisch überhaupt nirgends vorhanden.»

«Und niemand hat sich am Computer in Ihrem Heimbüro zu schaffen gemacht?»

Papst: «Sieht nicht so aus. Das Sicherheitssystem von K+ ist ziemlich gut. Bisher ist unseres Wissens kein Hacker durchgekommen.»

«Kein Safe gestohlen? Eine Geldkassette?»

«Nein, so etwas besitze ich nicht. Meine Wertsachen liegen in einem Bankschliessfach.»

Der Müller, unpolizeilich: «Hm.» Weil denkt nach. Er erinnert sich an die Kunst, die in Papsts Wohnung hängt. Alles noch da. Kunst stiehlt einer nur, wenn er die Absatzkanäle dafür hat. Hat der normale Einbrecher nicht. Ergo: Deutet auf normalen Einbruch hin. Bargeld und Ringe.

«Danke für Ihren Anruf», sagt der Müller, «wir werden uns zu gegebenem Zeitpunkt wieder bei Ihnen melden.»

Wobei «gegebener Zeitpunkt», ich meine, oft gibt es den gar nie, weil ohne Foto der Ringe ist erst recht nichts zu machen, und die Aufklärungsquote bei Einbruch, o Gott, erinnern Sie bitte keinen Polizisten daran. Ein Profi, der kommt fast überall rein und auch wieder heraus, und zwar mit Handschuhen und Werkzeug, ergo nur Zerstörungs- und keine DNS-Spuren. Die ganze Bevölkerung einem Doppelhelixdetektionstest zu unterziehen, verstösst gegen Budgetmöglichkeiten und das Gebot der Verhältnismässigkeit.

Einbruch Duplex Papst Dufourstrasse, denkt der Müller, ja, vermutlich normaler Einbruch und vorderhand ad acta.

***

Klar machst du dich zum Affen, wenn du am Arbeitsplatz deines Mannes auftauchst, um zu fragen, ob jemand weiss, wo der Angetraute abgeblieben sein könnte. Und warum sollte gerade sie mehr erfahren als die Polizei, die nach der Vermisstmeldung nichts von sich hören liess? Es hat etwas Entwürdigendes für Sam Scheiwiller, dass sie jetzt bei K+ am Empfang steht, zu Rebecca Bruggmann sagt, wer sie ist, den Namen und die Funktion und ihr Begehren. Die Reception Desk Managerin schüttelt bedauernd den Kopf und die blonden Haare, die sie hinten hoch- und zusammengesteckt hat, «haben fast alle so», denkt Sam, sagt aber: «Wer könnte etwas wissen?»

Und merkt in diesem Moment, dass Matthias immer nur von Workflows und Ärger gesprochen und Kuriosa erzählt oder Dinge wie die «Explorative Rhizomatic Method», bei der sie sich bis heute nicht sicher ist, ob sie real ist oder eine branchenironische Phantasie ihres Mannes. Merkt also, dass er nie davon gesprochen hat, dass er in der Firma einen Vertrauten hat, einen Freund oder meinetwegen eine Kollegin.

Und sie muss nachfragen: «Wie bitte? Pardon –»

Denn hat gemerkt, dass Bruggmann tatsächlich einen Namen genannt hat.

Und Rebecca Bruggmann nochmals: «Rahel Stahel, Chief Office Manager. Vielleicht weiss sie etwas.»

Und Sam fragt jetzt mit einem Blick.

«Nein, sie ist nicht da. Sie ist heute krank. Ich werde ihr ausrichten, dass Sie da waren, in Ordnung?»

Nicken und «danke, auf Wiedersehen» und durch die Glastür ins Treppenhaus. Und Sam spürt im Nacken keine Blicke voller Neugier, keine Tratschsalven, die losbrechen, weder Flüstern noch Schadenfreude. «Des Menschen Scham und Unsicherheit bläst

Nichtigkeiten zu Riesen auf» (Oswin von Occam). Und Sam jetzt vor der Lifttüre → Gelegenheit, nochmals nach rechts durch die Glastür zu schauen. Die Reception Desk Managerin nicht plötzlich am Telefon mit verschwörerischer Miene, niemand im Grossraumbüro blickt von der Arbeit auf oder starrt Sam Scheiwiller hinterher, die am Arbeitsplatz ihres Mannes aufgekreuzt ist, um vielleicht etwas über den Aufenthaltsort ihres verschwundenen Mannes zu erfahren.

Draussen ist es garstig. Sie rennt zum Auto, setzt sich hinters Steuer, holt das «Telefon» hervor (die Anführungszeichen sind Absicht, um zu zeigen: Man macht heutzutage mehr anderes mit dem Gerät, als zu telefonieren). Googelt also diesen Namen «Rahel Stahel» und findet Badminton und Branchennews und sogar ein Bild. Sieht eine schöne Frau von plus/minus dreissig, wacher Ausdruck, blaue Augen, blondes Haar, hinten hochgesteckt, lächelt ins Bild herein. Wirkt sportlich, zupackend, freundlich, intelligent. Viele positive Dinge, die manche Leute in ein Bild hinein- oder eher daraus herauslesen. Und die Suchmaschine liefert Sam im elektronischen Telefonbuch eine Nummer in Niederhasli. Nein, da raus fährst du für eine Information nicht unbedingt. Also wird das «Telefon» doch Telefon, die zehn Ziffern eingegeben, tuut tuut tuut tuut tuut tuut tuut, siebenmal, nach wie oft Läutenlassen bricht man den Versuch ab? Angenommen, die Angerufene liegt mit Kopfschmerzen oder einem Liebhaber im Bett, wie oft darfst du es klingeln lassen, bevor sie dich hasst? Weil auf dem Display, dort wird sie später sehen, dass von deiner Nummer der lästige Anruf kam, der nicht mit Klingeln aufhören wollte. Also würde sie dich nicht zurückrufen oder hässig und kurz angebunden und sicher nicht kooperativ.

Nach siebenmal hat Sam abgebrochen. Stahel nimmt den Anruf nicht entgegen. Eine Combox, wo Sam draufsprechen könnte, kommt nicht. Vielleicht hätte sie draufgesprochen.

Fünfter Tag nach dem Mord, Mittwoch, 5. Februar

Spätes Frühstück. RR Laurenz Rüttimann und Salomé Fischer Rüttimann zu Hause an der Freudenbergstrasse. Die kahle Birkengruppe im Garten von Bürkis wiegt sich im eisigen Februarwind, doch die Eheleute schmieden gemeinsame Zukunftspläne. Die «postpolitische Lebensphase», so der Noch-Regierungsrat etwas pathetisch, soll Form annehmen. Ein A4-Block liegt auf der Armlehne des Sofas, Wörter werden darauf notiert: Namen von Ländern, Städten, Landschaften, ferner Verben, die sich auf Tätigkeiten beziehen, die mit dem, was Laurenz Rüttimann seit Jahren macht, nichts zu tun haben.

Er hat genug von der ganzen Sache. Von Öffentlichkeit und Ochsentour, von PR und Kampagnen, von imagegerechtem Vorgehen und wählerorientiertem Agendasetting, Fototerminen, Interviewterminen, informellen Hintergrundgesprächen, von unendlichen Sitzungen, Besprechungen, Empfängen, Repräsentationspflichten, Kompromissen, Deals, Absprachen … und von den Medien, die in jedes Wort irgendetwas hineininterpretieren. Wenn er ein Wort sagt, wird es interpretiert; wenn er es nicht sagt, wird interpretiert, ob er es absichtlich nicht gesagt hat.

Und diese Opportunisten und Karrieristen und Hinterbänkler und Schaumschläger und Wadenbeisser und …

Ja, das kann ihn alles, und zwar gründlich.

Linke Spalte: «Kanada» steht auf dem A4-Block und «Neuseeland» und «Route 66» und «lesen» und «ausruhen» und «ein Buch schreiben», weil über die Jahre hat Laurenz viele liberale Sachen notiert, die er ausarbeiten möchte.

Rechte Spalte: «New York» steht auf dem A4-Block und «Seidenstrasse» und «abstrakte Kunst» und «Ausstellungen» und «Überblick gewinnen» und «für die Banksy-Monografie recherchieren», weil das eine oder andere hat Salomé bereits gesammelt und Gespräche geführt, um den Londoner vielleicht – es wäre ein Durchbruch – der Anonymität zu entreissen.

So füllt sich das Blatt. Mal schreibt sie, mal er. Denken Sie nicht, das Paradies auf Erden sei ausgebrochen, weil laut Milton ist es ohnehin verloren. Doch der Haushalt Rüttimann bemüht sich, es wieder aufzubauen. Es ist nie zu spät für den Versuch eines Neuanfangs.

«Nimmst du auch einen Kaffee?», fragt der Regierungsrat, der sich mittlerweile auf seine Abwahl freut.

Im Zimmer nebenan der Klingelton: «Another One Bites The Dust», obwohl Salomé dafür zu jung ist. Sie nickt zur Kaffeefrage und sagt zur Telefonsache: «Ich nehme das rasch.» Und aus dem Zimmer. Auf dem Display nur «XXX». Sie drückt das grüne Telefönchen. Am Ohr: nichts. Vielleicht ein Atmen? Oder ist es ihr eigenes Schnaufen?

«Hallo?», sagt sie. «Hallo?»

Nur Atmen. Hört sie jemanden atmen? Oder ist es Stille? Ist es ihr Herzschlag?

Gesprächsabbruch. Sie legt das Natel ab, es klingelt wieder. Erneut spricht niemand. Ihr «Hallo» fühlt sich blöd an. Als exponierte sie sich, als böte sie ihre Stimme schutzlos dar. Sie schaltet das Mobiltelefon aus, legt es wieder auf den Tisch und geht zurück ins Wohnzimmer.

***

«Stahel», sagt Rahel in ihr Natel. Sam konnte es doch nicht bei einem einmaligen Versuch lassen und hat sie heute endlich erreicht.

«Scheiwiller», sagt Sam, «Scheiwiller Strasser … ich bin die Frau von Matthias.»

Da muss Stahel jetzt ruhig bleiben. Weil eineinhalb Stunden Lust, daraus willst du ja keine Riesengeschichte werden lassen. Deshalb abwarten.

«Ja», sagt sie, «was kann ich für Sie tun?»

«Mein Mann ist verschwunden, seit Freitag schon. Und ich dachte, vielleicht wissen Sie mehr darüber?»

Stahel, sachlich: «Ich? In der Agentur ist er auch nicht aufgetaucht, seit Montagmorgen nicht mehr. Das habe ich der Polizei bereits gemeldet.»

Scheiwiller: «Ich auch. Vielleicht hat er zu jemandem im Büro etwas gesagt? Wohin er gegangen sein könnte?»

Stahel: «Das weiss ich nicht.» Hat sie etwas schnell gesagt. Zwar wahrheitsgetreu, aber fügt hinzu, damit sie nicht unfreundlich und kurz tönt: «Ich kann in der Firma herumfragen, wenn Sie wollen.»

Sam: «Gerne, tun Sie das bitte. Hat er in der Firma einen besonders guten Kollegen? Jemanden, mit dem er sich austauscht? Mit dem er häufiger die Mittagspause verbringt?»

Stahel denkt nach, sagt: «Nicht dass ich wüsste. Er arbeitet je nach Projekt mit unterschiedlichen Leuten zusammen. Aber jemanden, der speziell ... keine Ahnung.»

«Ja», sagt Sam und denkt: Keine Ahnung, was er denkt, mit wem er es in der Firma zu tun hat, wie es in ihm aussieht. Ich weiss nicht einmal, was er in der Agentur genau tut. Sie sieht durchs Fenster im Homeoffice ihres Vaters in Rüschlikon. Heute wird es wirklich nicht richtig hell.

«Danke, Frau Stahel», sagt sie, «schade, dass Sie mir nicht helfen konnten.»

Aber sie drückt Stahel noch nicht aus der Leitung, scheint auf etwas zu warten. Stahel an ihrem Handy ebenso. Die Linie steht noch. Leichtes Rauschen, das Wetter, das sich zwischen die Telefone und die Sendemasten geschoben hat, ist alles elektrisch, Wellen, Strömungen, Spannung.

Rahel Stahel: «Sie sind erstaunlich ruhig.»

Sam Scheiwiller: «Wie meinen Sie das?»

Stahel so: «Sie haben die Zeitung noch nicht gelesen heute? Die Boulevardzeitung?»

Sam nickt, weil nein, also weil Bestätigung der Verneinung, also im Grunde nicht nein, sondern ja. Ich will sagen: Sie hat die Zeitung noch nicht gelesen.

Sam nun kurz noch: «Danke, auf Wiederhören.»

Und sofort wieder «Telefon» in Anführungszeichen: Das Ding wird wieder Online-Maschine.

Sam aus allen Wolken, weil wenn du etwas gedruckt siehst, denkst du im ersten Moment immer, es ist wahr. Da steht: Matthias der Mörder von Jörg-Olaf Bischoff!

Gott, wo muss man nicht überall durch im Leben. Der eigene Mann ein Mörder und wahrscheinlich deshalb auf der Flucht. Ich meine, das musst du zuerst einmal verdauen.

Auf Seite zwei der Zeitung sogar ein Foto von ihr: Sam Scheiwiller Strasser im Fadenkreuz des Boulevards. Nein, kein Leck bei der Polizei. Die Boulevardzeitungen hatten Strassers Namen, weil ja die Polizei Bilder und Namen veröffentlicht hat. Die Kombinationslust von Boulevardzeitungen kennt man ja. Weil Strasser noch immer unbekannten Aufenthalts → kleine «Recherche» per elektronischem Telefonbuch → Nummer und Adresse in Feldmeilen → und zweiter Name unter diesem Anschluss: Samantha Scheiwiller Strasser.

Dicke Buchstaben daneben: «Die schöne Mörderbraut». Irgendwo in der Internet-Bildersuche findest du immer etwas.

Und noch ein Foto: «So luxuriös lebt der Mörder», mit einem Jaguar vor dem Mehrfamilienhaus, in dem sie wohnen. Gut, ist Eigentumswohnung, stimmt schon. Aber der Jaguar gehört weder ihr noch Matthias, sondern stand zufällig dort. Oder vom Journalisten dort platziert?

Zum Glück für Sam sind sie und die Kinder bereits bei ihren Eltern in Rüschlikon. Und Scheiwiller heisst doch der eine oder andere. Da telefoniert der Boulevard nicht schweizweit alle ab bis über den See hinüber.

***

Der Müller wird heute eine Stunde später zur Arbeit kommen, weil er muss vorher zu Andreas Borowski, dem Psychotherapeuten am Rigiplatz. Hat ihm geholfen nach dem Schusswaffenvorfall im Mai. Neun Monate her, dass der Müller im Dienst einen Flüchtigen erschossen hat. Lange daran herumgemacht, dann auf Kostenstelle 0600 Krankheit gearbeitet, weil allein herumsitzen, ohne Arbeit, das hältst du im Kopf nicht aus. Und mit Herrn Borowskis Hilfe allmählich der Müller wieder den Berg zu einem ausgeglicheneren Wesen erklommen, «gesund» oder «normal» oder «geheilt» worden, sofern es das überhaupt in Reinform gibt.

Der Wahnsinn ist eigentlich immer präsent, mal lauert er im U-Bewussten, unversehens bricht er einen Sekundenbruchteil hervor. Eine kleine Verschiebung im Realitätsempfinden, ein falsches Wort im ungünstigen Moment und → zack → haut's dich aus dem Gleis.

Gut, ein Schusswaffenvorfall ist kein Glacéschlecken, sondern eine Art psychischer Nierenstein. Weil der Müller Gewissen und Ethik und nicht schiesswütig. Die Waffe gehört halt einfach zur Arbeit. Am liebsten lässt er sie in der Tasche.

Und heute Morgen bei Herrn Borowski, das ist Nachbearbeitung, Sitzung Nummer drei, seit der Müller wieder hundert Prozent im Einsatz. Das Rothko-artige Bild in Rot an der Wand in Herrn Borowskis Sprechzimmer, es hat auch heute Morgen dem Müller sein Herz gewärmt.

Zum 37. Mal mindestens befragt Borowski heute den Müller und ruft ihm die Erinnerung von der Müllerstrasse nochmals auf. Es ist nicht, wie wenn du mit einer glühenden Zange in der Wunde herumstocherst, sondern eher wie ein Fenster, das aufgeht. Die Erinnerung im Müller drin ist nicht mehr heiss, weil sie wird gekühlt durch die Gesprächstherapie. Ziel: Er soll keine Angst haben, dass es wieder passiert. Weil wenn einer Angst hat, dass es sich wiederholt, ist die Chance grösser, dass es tatsächlich passiert. Zweitens, nicht psychologisch, sondern objektiv gesehen: Dem Müller vorher in 20 Jahren Polizei nie so etwas, nie. Und nach dem Gesetz von Wahrscheinlichkeit und Therapie vermutlich nie mehr, sofern … sofern behandelt. Dem Borowski ist er natürlich dankbar. Müller weiss, allein wäre er da nicht rausgekommen, aus den Schuldgefühlen und der Angst.

Nach der Borowskisitzung der Müller → downtown → Grosses Polizeihaus, Raum 419. Frisch aus Graubünden eingetroffen, danke sehr, liebe Kollegen «von da oben» (Bierreklame): Beat R. König, etwas zerknittert von der Nacht in der Polizeizelle in Scuol und dem Transport in die schönste Stadt der Welt, wie unlängst ermittelt wurde, nicht von der Polizei, sondern von Marketinghaien, die nichts Besseres zu tun hatten.

Jetzt Königs Befragung. Anwesend polizeiseitig: Müller, Bucher Manfred und das Aufnahmegerät. Anwesend auf Zeugenseite: der zu Vernehmende und RA Roland Wüest. Haben sich vorher eine Viertelstunde zu zweit beraten.

Zuerst Begrüssung und guten Morgen und Geplänkel, den Kaffeebecher hingestellt, die Frage «Warum bin ich hier?» angehört und mit «Dazu kommen wir gleich» und dann gleich dazu gekommen, nämlich der Müller direttissimo: «Wir haben Sie am frühen Freitagabend nach der Straftat an der Fröhlichstrasse ein erstes Mal befragt. Warum sind Sie danach spurlos verschwunden, ja abgetaucht?»

König: «Ich bin nicht verschwunden, ich bin Ski fahren gegangen.»

Der Müller: «Einfach so Ski fahren? Ihr Geschäftspartner ist tot, und Sie reisen ins Unterengadin? Halten Sie das für eine normale Reaktion?»

RA Wüest greift ein: «Über Normalität müssen wir hier nicht diskutieren. Das ist eine philosophische oder psychologische Frage.»

Der Müller will nicht diskutieren, sondern fragt nach: «Ihr Geschäftspartner wird in den Firmenräumlichkeiten erstochen, und Sie gehen Ski fahren! Das verstehe ich nicht.»

In den Wänden des Grossen Polizeihauses hört König jetzt die Steigleitung der Zentralheizung knacken, ganz leise dehnt sie sich. Von draussen, weit entfernt und gedämpft durch die Mauern und das geschlossene Oberlicht aus Sicherheitsglas, das Tram. Muss ein historisches sein, es quietscht in der Kurve wie eine Metallfräse.

Den Müllerblick aushalten muss König jetzt. Dabei steht Bucher Manfred mit einer geschälten halben Gurke aus dem Treibhaus, und dabei sitzt RA Wüest mit seiner Aktenmappe. Bucher Manfred beisst hinein, Beat R. König trinkt einen Schluck aus dem Kaffeebecher, der Müller schaut und atmet ein und aus.

«Ich bin nicht geflohen», sagt König, «ich habe mich nicht versteckt. Ich habe keinen Grund dazu.»

«Fühlten Sie sich bedroht?»

König: «Von wem? Weswegen?»

Der Müller: «Von der Täterschaft, die Herrn Bischoff ermordet hat, zum Beispiel.»

RA Wüest wirft ein: «Dass mein Mandant noch am Freitagabend

in die Berge gefahren ist, ist eine klassische Übersprungshandlung. Man sollte etwas tun, tut aber etwas ganz anderes, vielleicht das Falsche. So einfach ist das. Er hatte den Wunsch nach Ruhe, wollte abschalten, den Tod des Compagnons vergessen.»

Der Müller: «Ich wiederhole meine Frage: Sind Sie aus Angst aus Zürich abgereist?»

Die Steigleitung in der Wand knackt lauter. Auch eine Toilettenspülung ist zu vernehmen. Das Brauchwasser rauscht im freien Fall.

König: «Es ist, wie mein Anwalt sagt: Ich wollte den Kopf freibekommen. Natürlich, es sieht seltsam aus, dass ich am Freitag weggefahren bin.»

Der Müller: «Und nicht in Ihrer Wohnung in Pontresina übernachtet haben, sondern im Hotel Belvédère.»

Bucher Manfred beisst ein Stück von der Gurke ab. Kaut langsam, lautlos.

Der Müller: «Und unter falschem Namen.» Er liest von einem Zettel ab: «Rolf Pozzi ...»

RA Wüest: «Auch der falsche Name lässt sich psychologisch erklären: Herr König wollte ein anderer sein, wollte nicht der Geschäftspartner des bedauernswerten Herrn Bischoff sein. In Ruhe abschalten, die Unbeschwertheit wiedergewinnen ... vielleicht vor der Realität fliehen? So könnte man sagen.»

Zu seelisch ist das, denkt der Müller. Er braucht Beweise. Der WD hat nichts geliefert, was König belasten würde. Aber das sagt er nicht. Verhöre sind manchmal wie Gesprächstherapie: Auf einmal tun sich neue Blickwinkel auf.

Der Müller schwenkt um: «Wie war Ihr Verhältnis zu Jörg-Olaf Bischoff?»

Da reicht kein Ja und kein Nein, da müssen mehr Wörter her. König trinkt einen weiteren Schluck aus dem Kaffeebecher. Ist kalt und jetzt leer.

Bucher Manfred: «Nehmen Sie noch einen?»

König nickt. Bucher kurz weg. Die Tür knallt schwer hinter ihm ins Schloss, Echo von fern im Korridor des Grossen Polizeihauses.

Geht ja ganz passabel, denkt der Müller, obwohl kein Ergebnis in Sichtweite. Aber nichts da von Verstocktheit und Schweigesucht, auf die sich manche im Verhörraum 419 versteifen. Der Kunde spricht. Ihm liegt, scheint's, daran, dem Polizisten sein Verhalten begreiflich zu machen. Könnte was werden, denkt der Müller.

Als Bucher Manfred mit dem frischen Kaffee und einer rohen Karotte zurückkommt, fragt der Müller nochmals: «Wie war Ihr Verhältnis zu Herrn Bischoff? Sagen Sie mir jetzt nicht, Sie seien Geschäftspartner gewesen.»

Und König: «Wir hatten einen Konflikt, ja.»

Der Müller: «Wer ‹wir›?»

König: «Eben, Olli und ich. Und Pope und Olli.»

Der Müller: «Schlangengrube Büro? Worum ging es bei diesem Konflikt?»

König seufzt: «Das ist eine lange Geschichte.»

Der Müller, ich muss unterstreichen: Er meint es nicht zynisch, sondern sachlich-nüchtern-objektiv und ermunterungsvoll: «Wir haben Zeit.»

RA Wüest: «Mein Mandant hat sehr schlecht und wenig geschlafen und heute Morgen die Fahrt von Scuol nach Zürich mitgemacht, hinten im Kastenwagen. Ich beantrage eine Unterbrechung dieser Befragung.»

Der Müller: «Mit der Folge, dass Herr König länger bei uns bleiben muss. Bis Klarheit herrscht.»

RA Wüest: «Sie haben keine Handhabe, Herrn König länger hierzubehalten.»

Bucher Manfred schlägt die Schneidezähne in die Karotte.

Der Müller: «Doch. Zum Beispiel Fluchtgefahr, Kollusionsgefahr oder den Schutz von Herrn König vor einer eventuellen Gefährdung durch einen Täter, der noch immer auf freiem Fuss ist.»

RA Wüest: «Eine Viertelstunde Pause ist das Mindeste, worum ich Sie bitte.»

Der Müller steht auf, legt den Hebel um, der das Oberlicht öffnet. Soll etwas frische Luft hereinkommen. Die Polizisten ab.

Eine Viertelstunde später. Selbes Setting. Alle aufgefrischt. «Ready, steady, go!» (Paul Oakenfold).

Der Müller: «Beim Konflikt zwischen Ihnen und Herrn Bischoff waren wir. Worum ging es da?»

König: «Um Geld und um den Einfluss in der Firma.»

Der Müller: «Könnten Sie sich genauer ausdrücken?»

«Um die Rhizinus … pardon, die ‹Explorative Rhizomatic Method› und McHinckley. Das kostet Unsummen und lief über Bischoffs Tisch. Ohne formellen Beschluss und offizielle Genehmigung durch die Partner.»

Der Müller, er kennt die Rhizomatische Methode ja von der Befragung Stahel, aber fragt dazwischen: «Was für eine explorativ…?»

Seufzen des Klienten. Müller Benedikt und Bucher Manfred schauen sich an. Manfred zermalmt zwischen den Backenzähnen den Rest der Karotte, der Müller hat Lust, in den sechsten Stock hochzufahren und auf der Terrasse eine zu rauchen.

König: «Die ‹Explorative Rhizomatic Method› von Gordon F. Pasewalk ist ein neues Managementtool, das die Kreativität der Mitarbeiterinnen und Mitarbeiter optimal an unterbewusste Gedankenverästelungen im Gehirn der Konsumentinnen und Konsumenten andocken lassen soll.»

Der Müller hat in Raum 419 ja schon viel gehört, Flunkereien, Lügen und Trallala, containervoll bewusste Täuschungsversuche und Schwachsinn, der, wenn du ihn aufeinanderstapelst, bis zum Mond reichen würde. Aber die Pasewalk-Methode gehört zu den humorvollsten Erzählungen, die er in seinen 20 Polizeijahren erleben durfte. Wider alle Lehren der Handbücher lässt er sich treiben. Es ist stärker als die Vernunft: Die «Gedankenverästelungen»- und «Andocken am Gehirn»-Thematik löst nicht nur die Verstocktheit von König, sondern auch beim Müller einen Lachkrampf aus. Das ist natürlich peinlich, weil unprofessionell. Du kannst doch nicht während eines Verhörs den Befragten voll Rohr auslachen, das sieht weder die Strafprozessordnung noch das Polizeilehrbuch vor. Macht der Müller – müssen wir exakt und fair sein – ja auch nicht, sondern lacht über diese Explorativmethode. Dabei ist sie vielleicht gar nicht so absurd, wie es scheint?

«Schön, dass Sie das von der lustigen Seite betrachten können», sagt König, und sein Gesicht ist kurz wolkenfrei.

«Unterbewusste Gedankenverästelungen?», fragt der Müller und gibt den Ahnungslosen. «Haben Sie ‹unterbewusste Gedankenverästelungen› gesagt?» Der Müller hat den Schalter gefunden, um König zum Reden zu bringen.

«Genau», sagt König, «und das kostet uns fünfstellige Summen: das Kick-off-Seminar, die Handouts, die Implementierung der Methode, die Überwachung der Implementierung und die Begleitung des Konsolidierungsprozesses –»

«Nicht so schnell, nicht so schnell», sagt der Müller und lacht wieder.

Aber jetzt Rückgewinnung der Verfassung. «Also waren Kostenexplosion und Eigenmächtigkeit die Streitpunkte?»

König nickt.

Der Müller fürs Aufnahmegerät: «Herr König nickt.»

Und König, bevor der Müller weiterfragen kann, fügt an: «Und damit Sie das von mir erfahren und nicht durch irgendwelchen Büroklatsch: Ja, ich habe Bischoff mit einer Anzeige gedroht und einer externen Wirtschaftsprüfungsstelle. In der letzten GL-Sitzung und am Kaffeeautomaten war das, Montag der letzten Woche. Da ist es mit mir durchgebrannt. Der Ärger darüber, dass er für diesen Gordon F. Pasewalk und die McHinckleys derart viel von *unserem* Geld ausgibt, ohne dass wir das verbindlich beschlossen hätten. Er hatte den Auftrag, *abzuklären*, ob die ‹Explorative Rhizomatic Method› und ‹LTS4CB› etwas für uns –»

«LT wie bitte?»

«LTS4CB … ‹Long Term Strategy 4 Creative Businesses›, die Alternative zur Explorativeundsoweiter von der Firma McHinckley.»

Himmel, Befragungen gibt es, da denkst du, du erforschst fremde Welten.

König lädt ab: «Beides ist arschteuer …»

RA Wüest guckt irritiert. König so weiter: «… und empirisch nicht abgestützt. Sie sehen, wie ich mich aufrege über diese Geschichte. Kann ich bitte eine Zigarette haben?»

Und im Grossen Polizeihaus ausser vor dem Hintereingang und auf der Terrasse im sechsten Stock alles voll rauchfrei und verboten, aber Geheimtipp Verhörraum 419: Da lässt du den einen oder anderen smoken, dann kannst du selbst auch eine runterziehen, vor allem wenn du Hauptmann Vogt hinterher frohe News überbringen kannst.

Zwei Zigaretten zieht der Müller aus dem Paket in der Jackentasche, RA Wüest schaut begehrlich, der Müller fragenden Blick zu ihm: «Auch eine?» Und Wüest: «Danke, nein, ich habe vor einem Jahr, drei Monaten und 12 Tagen aufgehört.»

Briquet → Feuer → Müller und König.

Der Müller in Worten: «Und diese Drohungen?»

König: «Wie gesagt: Ich habe von einer Anzeige gesprochen und von einer Überprüfung durch eine neutrale Stelle. Vermutlich habe ich ihm auch gesagt, ich drehe ihm den Hals um. Oder ich lege ihn auf den Grill, bis er gestreift ist wie … wie …»

«… ein junges Wildschwein», macht der Müller den Vergleich fertig.

«Ja», sagt König und schaut den Müller genau an. «Sie denken assoziativ, Sie haben Phantasie, wollen Sie nicht … Was für eine Vorbildung haben Sie?»

Kann man denken: Jetzt geht das zu weit. Ich meine: dem Verhörbeamten einen Job anbieten. Viel schuldiger nach Art. 322ter StGB (Bestechung) kannst du dich in deinem Leben nicht aufführen. Obwohl, wenn dein Gewissen fleckig ist, willst du doch den Polizisten nicht in deine Nähe ziehen. Schon komisch, denkt der Müller: König bietet mir fast einen Job in seiner Kommunikationsagentur an, der Linguist Eiholzer will mich als Fachberater für einen Verlag namens «Die Wortkommission» … man könnte meinen, wir stecken mitten im Wirtschaftswunder.

Und die Befragung geht eine Weile weiter, RA Wüest ist recht heiter gestimmt mittlerweile, König auch, als sässe er hier bei Herrn Borowski in den psychotherapeutischen 50 Minuten. Bucher Manfred löst den Müller ab, geht noch einmal plus/minus die gleichen Themen durch, bekommt die nämlichen Antworten. Zweieinhalb Stunden dauert die ganze Chose. Dann Blickkontakt Müller ↔ Bucher. 20 gemeinsame Jahre bei der Polizei, verstehen sich blind, die beiden.

«Herr König», so der Müller, «Sie können gehen. Aber bevor Sie das nächste Mal irgendwohin fahren, informieren Sie uns. In Ordnung?»

König nickt. Alle stehen auf, Händeschütteln, auf Wiedersehen. Beat R. König, Senior Consultant und Partner von KHP&B, steht unter dringendem Unschuldsverdacht. Mangels Kläger fällt auch der Tatbestand der Drohung dahin.

«Was machen wir eigentlich mit Bryan Hofer, dem Key Account Manager?», fragt Bucher Manfred den Müller.

«Ich denke, den können wir vergessen», sagt der. «Ein Würstchen mit Geltungsdrang. Der war ja völlig durch den Wind, als wir ihn befragt haben. Der hat weder den Mumm noch den Wahnsinn, jemanden umzubringen. Dem Chef ein bisschen Kokain weiterverkaufen, um sich wichtig zu machen, okay. In der Firma herumschnüffeln, okay –»

Bucher Manfred: «Kein besonders ausgeglichener Zeitgenosse …»

Müller so: «Schon nicht, nein.»

Bucher Manfred: «Ich würde ihn gerne noch einmal befragen.»

Müller: «Gut. Frag Hossli, ob sie gerade an etwas Dringendem ist, sonst nimmst du sie mit.»

Und in diesem Moment ruft Dylan Barmettler an, die Telefongesellschaft meldet: Ortung eines Blackberry, der im Büro Papst gestohlen wurde. Koordinaten ergeben: Effretikon, eine Adresse in einem ruhigen Wohnquartier. Mietshaus, 8 Partien. Anruf → Richter → Durchsuchungsbefehl. Schickst du ein Team hin. Haus umstellen, eindringen, Treppenhaus sichern. Das Signal des Geräts verfolgen. Führt in den dritten Stock. Klingelschild: «Walter Hausammann».

Klingeln, öffnet, sofort mit dem Gesicht zur Wand, Handflächen flach auf die Mauer, abgesucht, du weisst nie, ist er allein in der Wohnung, hat er eine Waffe, einen angespitzten Schraubenzieher im Ärmel. Durchsuchung: Blackberry! Hat weder Quittung noch plausible Erklärung für Vorhandensein. Reicht für Exkursion → Grosses Polizeihaus. Denn Seriennummer des Geräts beweist Präsenz Hausammann am Tatort. Pech gehabt.

Im Abfalleimer zum Vorschein kommt sogar ein Trambillett Haltestelle Fröhlichstrasse, 31. Januar, 15:20, also Begehungstag.

Deutet auf Abwesenheit Hausammann vom Tatort zum Tatzeitpunkt. Glück gehabt, aber hallo. Sagst du ihm natürlich noch nicht.

Trotzdem: Mitkommen. Handschellen, das Treppenhaus hinunter, an Nachbarn vorbei, die sich gleich das Maul zerreissen werden über den verhafteten Mieter vom dritten Stock. Der im Transit hinters Gitter auf die Rückbank, ein Kollege links, einer rechts. Mit Walter Hausammann ins Grosse Polizeihaus.

Vernehmungsbeamte: Müller Benedikt, Bucher Manfred.

Kernpunkte der Befragung: Wann an Fröhlichstrasse? Mitte Nachmittag, wohl etwa um drei. Weiss es nicht sooo genau. (Gute Antwort, weil wenn einer sein Alibi von vor x Tagen wasserdicht auswendig abfeuert, ist oft etwas faul.) Was dort mitgenommen? Den Blackberry, den die Polizei in der Wohnung beschlagnahmt hat. Ach, kommen Sie, das kann nicht alles gewesen sein? Doch. Nein. Ach. Und schliesslich: Ja, Elektronik und diese Figurinen aus einer Kunstepoche. Und etwas beobachtet? Nein, was sollte ich? Etwas Aussergewöhnliches?

Muss jetzt schmunzeln, trotz des Ernsts der Lage: Weil ihm die bizarre Beobachtung vom Tag des Einschleichdiebstahls einfällt, die Räubergeschichte aus dem Bürohaus.

«Ich ging an einer Bürotür vorbei. Die stand offen. Ich sah ganz kurz hinter einem Pult einen blonden Mann mit Schnauz. Und auf dem Boden vor ihm kniete eine Frau.»

«Woran haben Sie das gesehen? Dass es ein Mann und eine Frau waren?»

«Ein Grosser mit Schnauz, das muss ein Mann sein. Und die Frau, ich meine, ich habe die Schuhe gesehen und die Waden, die Oberschenkel steckten in einem Rock.»

«Im Vorbeigehen haben Sie all das gesehen?»

«Ja», sagt Hausammann, «im Vorbeigehen. Es ist, als hätten meine Augen diese Szene fotografiert … weil …»

«Weil was?»

Walter Hausammann lacht. «Weil man doch immer diese Bürogeschichten hört, nicht?»

Und zwinkert. Aber das ist nicht aussagerelevant, deshalb Nachfrage: «Welche Bürogeschichten?»

«Die vom Chef und der Sekretärin.»

Aber der Müller geht nicht darauf ein, ist an dieser Geschichte nur aus einem Grund interessiert: Walter Hausammann hat offenbar eine der letzten Personen gesehen, die mit dem Opfer zu tun hatte. Und Hausammann selbst hat das spätere Opfer noch lebendig gesehen.

Und der Einbrecher fügt hinzu: «Er hatte blonde Haare und einen Schnauz, und sie spitze schwarze Schuhe mit einem Absatz ungefähr so lang.» Und zeigt es mit den Fingern.

«Und die Farbe des Teppichs? Erinnern Sie sich daran auch?»

Hausammann denkt eine Sekunde nach. «Ja. Hellgrau und dunkelgrau, eine Art Schottenkaro. Ein wenig Blau noch darin?»

Der Müller und Bucher Manfred tauschen einen Blick: Der hat tatsächlich durch die geöffnete Tür in Bischoffs Büro geblickt, als der CEO und eine andere Person darin waren.

«Sah die Situation in diesem Büro nach einer Auseinandersetzung aus? Streit? Kniete die Frau auf dem Boden, weil sie zum Beispiel niedergeschlagen worden war und sich gerade wieder aufzurichten versuchte?»

Hausammann perplex: «Nein, Auseinandersetzung kann man das, glaube ich, nicht nennen. Eher das Gegenteil davon … die Geschichte vom Chef und der Sekretärin … muss ich deutlicher werden?»

Der Müller: «Nein, ich denke, auf der Tonaufnahme dieser Befragung ist das jetzt explizit genug.»

Und da weisst du, dass du mit dem Wissenschaftlichen Dienst sprechen musst, mikrokleine Details vielleicht in der Spurenlage. Unbekannte DNS, die sich bislang niemand hat erklären können. Hautschüppchen auf dem Teppich. Hausammann hat beschrieben und eine Zeichnung gemacht, wo ungefähr die Frau gekniet haben muss.

«Ihn habe ich von der Seite gesehen, sie schräg von hinten.»

Und jetzt die genaue zeitliche Eingrenzung. Zuerst der Tag: «Das war am Freitag, 31. Januar?», fragst du da.

«Am Tag, als ich in diesem Bürohaus gearbeitet habe, ja.»

Dann die Stunde: «An die Uhrzeit, erinnern Sie sich an die ebenso genau wie an das Muster des Teppichs?»

Hausammann: «Ungefähr 3 Uhr … Eher kurz nachher. Fünf nach? Zehn nach? Genau weiss ich es nicht. Eine Videokamera zur Überwachung gibt es nicht, das weiss ich. Dort können Sie nicht nachschauen.»

Bucher Manfred: «Das wissen wir, danke sehr.»

Und der Müller legt ihm das Trambillett auf den festgeschraubten Resopaltisch.

«Kennen Sie das?»

«Ein Trambillett der VBZ.»

Bucher Manfred: «Jetzt nicht bocken. Sie waren bisher sehr kooperativ, Herr Hausammann.»

Müller jetzt: «Das stammt aus Ihrer Wohnung. Es lag im Mülleimer in Ihrer Wohnung. Es stammt vom 31. Januar, Haltestelle Fröhlichstrasse, 15:20 Uhr.»

Was soll Hausammann jetzt damit? Deshalb schweigt er und wartet.

Müller: «Sind Sie nach Ihrem Hausfriedensbruch und Diebstahl in den Räumlichkeiten von ‹König, Herzog, Papst und Bischoff› auf direktem Weg zur Tramhaltestelle gegangen?»

«Ja.»

«In welchem Tempo?»

«Normal. Erstens hatte ich die Tasche mit den Gegenständen dabei. Und zweitens geht es darum, sich unauffällig zu entfernen. Das wissen Sie ja.»

Und er zwinkert wieder. Das macht er zu oft. Zusatzpunkte kriegt er dafür nicht.

Bucher Manfred: «Danke, Herr Hausammann. Für den Moment ist das alles.»

Und der Einbrecher → Zelle → und bald die Akte → Staatsanwaltschaft. Immerhin die Aufklärungsquote in Sachen Einbruch gesteigert. Was die Polizisten ahnen, aber beweisen können sie es nicht, und der Kunde ist nicht so dumm, es ihnen zu verraten: Als Schweizer Qualitätshandwerker mit schauspielerischem Geschick verdient sich Walter Hausammann seit etlichen Jahren den Lebensunterhalt mit Eigentumsdelikten. Am liebsten ohne Sachbeschädigung, weil die konventionellen Einbruchsmethoden a) zu viele Spuren hinterlassen, b) physisch recht anstrengend sind und c) ihm beim Brachialen die geistige Herausforderung fehlt.

Die kniende Frau. Die müssen sie finden. Und sie rufen noch einmal beim WD an. Hofstetter Erwin, der leitet dort die Untersuchung: «Ja, DNS-Spuren auf einem Papiertaschentuch und auf dem Teppich, eine Person weiblichen Geschlechts, das kann ich bestätigen.» Das erhärtet Hausammanns Beobachtung. Wer ist diese unbekannte Frau?

***

Frischprodukte, er will welche. Salat, Zucchetti, Treibhaustomaten, egal, ob die genetisch oder mit Atomenergie reifgeheizt sind. Einen Apfel, ja, einen Apfel. Orangen. Das Frischegefühl! Matthias Strasser will es. Wer für zwei Wochen wegfliegt, hinterlässt kaum Vitamine in seinem Haushalt, ausser vielleicht O-Saft im Tetrapack und irgendwelche Brausetabletten. Deshalb hat Strasser in Rogers Haus nur Teigwaren, Konserven und Tiefkühlkost gefunden und ein paar angetrocknete Feigen. Tut dir ja das Zahnfleisch weh mit der Zeit.

Frisches braucht er, und Kleider, weil seine sind wirklich … nein! Waschen wollte er sie zwar, im Keller unten, aber die Maschine, er kommt damit nicht zurecht. Sie springt nicht an.

Also rausgehen, in die Migros. Einfach die Bremgartnerstrasse hinunter, einige hundert Meter sind es nur, dann links, ist er früher einmal vorbeigefahren, ein grosser Klotz, einen ganzen Block breit, siebziger Jahre wahrscheinlich, muss eine grosse Filiale sein.

***

Heinz «Sharky» Herzog, in seinem Einzelbüro im fünften Stock sitzt er in diesem Moment. Auf Papier hat er Schemata aufgezeichnet und Organigramme und sich Tabellen und Zahlenreihen ausdrucken lassen. Geht er alles durch jetzt, «akribisch», sagt man in solchen Momenten, um zu zeigen, dass man dieses Wort auch schon gehört hat. Sharkys Geisteskraft blitzt und funkelt in diesem Moment vor lauter Akribie.

Er hat ein Organigramm von K+ ohne Jörg-Olaf Bischoff gezeichnet. Er hat den Wert von Ollis Firmenanteil berechnet. Seine Witwe wird nicht einsteigen wollen, denkt er. Sie wird sich auszahlen lassen. Sharky Herzog besitzt die liquiden Mittel, um den gesamten Anteil des verstorbenen Partners zu übernehmen.

Falls King und Pope nicht wollen.

An den Stimmrechten müsste sich natürlich etwas ändern. Und an dieser «Explorative Rhizomatic Method» (Lösung: raus!) und an der Präsenz der McHinckley-Berater (Lösung: raus!). Zu diesem Schluss ist er seit Freitag gekommen. «Das Wissen über die Vorgänge in der Firma muss wieder strikt internes Wissen werden», hat er auf einem Spickzettel für die nächste GL-Sitzung notiert, und: «Der Mittelfluss muss wieder auf die zentralen Laufwerke der Mühlen geleitet werden.»

Nein, zum Verbrecher macht ihn das nicht. Wir haben Herrn Herzog überprüft. Das Wort «Alibi» muss ich jetzt erwähnen. Für Freitagnachmittag hat er eines. Er war zum Tatzeitpunkt bei einem Kunden in Dübendorf und erst nachher an der Fröhlichstrasse, wo wir ihn auch das erste Mal befragt haben. Elektronische Verbindungen und E-Mails, alles ausgewertet, inklusive gelöschter Daten, die noch auf der Festplatte kleben. Alles durchgeprüft, die Metadaten, Protokolle, Keywordsuche mit kritischen Begriffen, erzeugt durch die Softwarealgorithmen der Spezialisten von Interpol und Nachrichtendienst des Bundes.

Überprüfung von Herzog bis in seinen Rhesusfaktor hinein, seine Dioptrien gespiegelt und alle Parameter doppelgecheckt.

Sehr geehrter Herr Herzog, wir freuen uns, Ihnen mitteilen zu können, dass die Staatsanwaltschaft gegen Sie keine Strafuntersuchung einleiten wird.

Schreibt natürlich keiner, so einen Brief, weil bei der Polizei Zürich, Abteilung Gewaltverbrechen, wir sind ja kein Schreibbüro. Könnten sonst fast der Gesamtbevölkerung einen Brief schreiben. Der Müller und seine Kollegen, wir haben anderes zu tun.

***

Dort draussen im Sitzungszimmer beim Eingang, diese Unruhe, was ist los? Was wollen diese Polizisten? «DNS-Abnahme», sagt Krähenbühl von der Grafik und setzt hochmütig hinzu: «Nur von uns Frauen wollen sie das. Euer Genmaterial interessiert die nicht die Bohne.»

Ach, Quatsch, immer dieses Bürogelaber!

Am Computer sitzt er, macht dies und das, verwaltet die Key Accounts und solche Sachen, pflegt sie, aktualisiert die Daten, gelegentlich eine E-Mail intern, auch einmal ein Anruf extern. Mittwoch kurz nach der Mittagspause. Exakt die Hälfte der Woche ist um. «Junior Key Account Manager» muss ich korrekterweise schreiben. Der wahre Key-Account-Zampano ist Hofmann, die spielt bei der Handlung in diesem Buch keine Rolle. Deshalb kommt sie erst hier vor, fast am Schluss dieser Geschichte. Will nur sagen damit: Bryan «Pluto» Hofer hat bei seinem Kontakt mit dem CEO mehrere Hierarchiestufen übersprungen. Ginge ja, wenn zum Beispiel gemeinsame Begeisterung für Golf oder Lalique-Flacons, aber wenn Geschäftliches im Spiel, schwankt heftig ein Ungleichgewicht in der Beziehung zwischen oben und unten, fünftem Stock und viertem, Einzelbüro und Grossraum. Aber weil Kokain im Spiel, kommt die Polizei wieder zu ihm.

Er sieht sie vom Arbeitsplatz aus, durch die Glastür, dort kommen sie herein, einen Gruss sagen sie für Rebecca Bruggmann am Empfang. Eine Handbewegung von Bruggmann in Richtung Sitzungszimmer, eine Kopfbewegung der Polizisten, die wohl bedeutet: «Wir sehen ihn, Sie brauchen sich nicht zu bemühen.»

Das ist Hofer aufgefallen: Dass die so eiskalt höflich sind, dass du damit Beton zerschneiden könntest. Wenn die «Guten Tag» sagen, fühlst du dich schon wie in Untersuchungshaft, und wenn sie sich mit «bis zum nächsten Mal» verabschieden, schläfst du drei Nächte schlecht, weil du fürchtest, sie kommen dich holen und tun dir weiss was an, im Detail willst du dir kein Gemälde davon machen.

Ja, und jetzt sind sie da. Dieselben, die ihn schon einmal vernommen haben: der grosse Massige mit der Karotte in der Hand und eine braunhaarige Sportliche, kann sicher Karate. Der

Grosse hat ihn ins Auge gefasst und die Zähne zu einem Begrüssungslächeln gebleckt. Die Sportliche sieht aus, als wolle sie ihn anspringen und niederringen.

Hofer weiss, dafür würde sie nicht länger als eine Sekunde brauchen.

Bucher Manfred so: «Guten Tag, Herr Hofer.»

Janine Hossli dito. Und Bryan Hofer auch und geschluckt und fragt sich, ob er fragen soll: Was wünschen Sie? Aber lässt es bleiben, weil so ruhig ist er nicht.

Glaubt ihm die Polizei nicht, dass er die ganze Wahrheit bereits gesagt hat? Denken sie, er lügt? Und was für einen Hölleneindruck macht das: Du bist am Arbeitsplatz, unter den Zerberusaugen der Hierarchie, büschelst deine Key Accounts und Dinge und Sachen, und die Polizei kommt ins Büro. Da siehst du dich gleich die Glastür beim RAV aufstemmen, «Regionales Arbeitsvermittlungszentrum», bestimmt nicht ab dem ersten Tag arbeitslosengeldberechtigt, weil selbst verschuldet, Betäubungsmittelgesetz und so. Zudem mit der Geschichte am Hacken schwer zu vermitteln. Wenn die anderen im Unternehmen erfahren, dass Pluto sich vom CEO als, nun ja, Spitzel hat anwerben lassen, als drittes und viertes Ohr des B in KHP&B, dass er Teil eines Sicherheitssystems war, das Olli in der Firma aufbauen wollte … dann ist hier für ihn eh bald Schluss.

Eigentlich voll paranoid.

Hofer merkt kaum, dass er jetzt mit Bucher und Hossli, so sind die Namen des Polizisten und der Polizistin, im Sitzungszimmer beim Eingang sitzt. Vom Reception Desk schaut Rebecca Bruggmann durch die Glastür herüber. Hören kann sie von ihrem Platz aus ja nichts. Der Massige lässt nun die Jalousien zum Grossraum herunter.

Dann geht es schneller, als er gedacht hätte, bis es auf dem Tisch liegt. Ergebnis zusammengefasst: Ja, der Befragte Hofer hat Jörg-Olaf Bischoff zweimal kleine Dosen Kokain besorgt (wissen wir schon) und ihm (das ist neu) hinterher gedroht, in der Firma die Nachricht zu verbreiten, dass er schnupft. Die Gegenoffensive Bischoff – den anmassenden kleinen Mitarbeiter einzubinden und zu kompromittieren – machte ihn zum Spitzel. Zwar in Hofers

Augen unangenehm, weil dadurch Aussenseiterposition bei K+, positiv jedoch das Versprechen, das «Junior» vor dem «Key Manager» zu streichen. Über den Hergang des Verbrechens weiss er nichts, klingt glaubhaft, gibt erneut zu Protokoll: «Ich habe mit dieser Tat nichts und gar nichts zu tun.»

Gut, reichlich irrationale Geschichte, aber «manchmal ist der Mensch etwas unzurechnungsfähig» (Ausonius).

Gut, wenig *wirklich* Neues, aber du musst fragen, fragen und fragen, und manchmal kommt trotzdem etwas heraus.

Bucher und Hossli einig: Hofer dürfte als Tatverdächtiger ausscheiden. Darf aus dem Besprechungszimmer. Im Unternehmen sehen alle, dass er schwitzt, weil ihn die Polizei in der Zange gehalten hat. Darf wieder an den PC. Die Köpfe seiner Kolleginnen und Kollegen drehen sich auf ihren Halsgelenken zwischen der Polizei und Hofer um und ihm hinterher, du meinst kurz, im Raum sind rundherum Eulen.

***

Bei der 117 geht ein Anruf aus Dietikon ein, den die Einsatzzentrale dem Müller durchstellt. «Also, erzähle ich das Ihnen halt noch einmal», sagt der Anrufer.

Zusammenfassung jetzt: Ein Mann, dessen Foto kürzlich in der Zeitung war, wurde im Löwenzentrum in Dietikon gesehen. Ja, in der Migros. Er kaufte Lebensmittel, Unterwäsche, Socken, zwei Hemden und eine Hose. Der Zeuge stand an der Kasse hinter ihm und sah, dass er bar bezahlte. Und weil er glaubte, ihn in der Zeitung gesehen zu haben, folgte er ihm. Erstaunlicherweise nahm er trotz der grossen Einkaufstüte nicht die Bahn, sondern ging zu Fuss, erklärt der Zeuge.

Und bevor das zu detailliert wird, fragt der Müller: «Und wohin ist er gegangen?»

«Dazu komme ich gleich. Ich möchte Ihnen nur zuerst –»

«Bitte, Herr …»

«Huber, Eugen Huber. Wie die Strasse in Altstetten.»

Ziemlich dringend dem Müller sein Ton jetzt: «Wohin ist er gegangen?»

Und er nennt endlich die Adresse an der Bremgartnerstrasse. Der Müller «danke» und ruft die Zentrale an, damit sie die Stadtpolizei Dietikon zur Absicherung hinschicken und zwei Fahrzeuge bereitstellen. Er ruft das Team zusammen. Treffpunkt in drei Minuten auf dem Parkplatz hinter dem Grossen Polizeihaus. Sie besammeln sich unter einem Plakat mit der Aufforderung: «Fahnden Sie mit!»

***

Als Salomé Fischer Rüttimann aus dem Haus geht, sie muss zur Verwaltungsratssitzung eines alteingesessenen mittelständischen Unternehmens, das unerwartet dem Haus Konstruktiv einen grösseren Betrag in Aussicht gestellt hat, schaltet sie ihr Mobiltelefon wieder ein. Sofort vibriert es los. «Pling»: eine SMS. «7 verpasste Anrufe, Nummer unbekannt».

Und schon wieder ein Vibrieren, das den nächsten Anruf ankündigt.

«Es reicht», sagt sie ins Gerät hinein, «es reicht. Ich melde diese Anrufe der Polizei. Wenn Sie noch einmal anrufen, wird Ihre Telefonnummer ermittelt, dann haben Sie ein Problem.»

Ganz kurz nur: elektrostatisches Rauschen im Gerät.

«Du willst nicht wirklich, dass ich ein Problem bekomme», sagt eine Männerstimme, sie kennt sie. Er sagt: «Ich wollte nur deine Stimme hören.»

«Nun hast du sie gehört. Ich will nicht, dass du mich anrufst», sagt Frau Fischer Rüttimann. «Verstehst du? Ich will es nicht!»

«Ich weiss, es tut mir leid, dass ich im Scheuble davongelaufen bin. Ich –», sagt der Linguist. Ein Satz, den schon 100'000 Autorinnen und Autoren für eine vergleichbare Situation verwendet haben. Seine ehemalige Liebhaberin (warum eigentlich sagt man: der Liebhaber, aber die Geliebte? Und höchst selten: der Geliebte und fast nie: die Liebhaberin?) sagt einen Satz, der nicht origineller ist, aber nah an der wirklichen Realität: «Das spielt keine Rolle mehr. Ich denke, ich habe mich klar ausgedrückt: Es war schön. Es ist vorbei. Ich will nicht mehr. Alles Gute.»

«Aber –», sagt er noch, doch sie hat ihn aus dem Natel gedrückt, sie schaltet es wieder aus. Dabei muss man doch erreichbar sein. Business und so.

***

Die Stadtpolizei Dietikon hat, zurückgestaffelt, das Gebäude in der Bremgartnerstrasse umstellt gehabt und beobachtet, bis die Polizei Zürich eintrifft.

«Niemand kam heraus, niemand ging hinein», sagt der Kollege.

Vier positionieren sich vor dem Haus (Müller Benedikt, Bucher Manfred, Hossli, Brogli), drei dahinter im Garten (Barmettler, Vukic, Buess). Da ziehst du schon die Waffe, in einer solchen Situation.

Auch der Müller. Gottogott, der Müller hat erstmals seit Mai wieder die Waffe in der Hand. Schiessen gegangen ist er nicht, obwohl Hauptmann Vogt das wollte. Der Müller, wir wissen es, hat nie gerne geschossen, weil nicht an Gewalt interessiert, sondern an Philosophie und Büchern (und ein bisschen natürlich auch an den Fussballern der Stadt Zürich). Das Schiessen, im Mai hat er gesehen, was damit geschehen kann: Er hat einen Flüchtigen erschossen → tot jener Mann → traumatisiert der Müller → Psychotherapeut Andreas Borowski → 50 Minuten Sitzung → 50 Minuten Sitzung → da capo, da capo. Natürlich krankgeschrieben. Aber nach Wechsel Leitung Abteilung Gewaltverbrechen und Monaten der Rekonvaleszenz der Müller adesso voll in Abteilung reintegriert.

Und jetzt, siehe oben: Der Müller, gottogott, erstmals seit Mai mit der Dienstwaffe in der Hand. Geladen, entsichert.

Musst du in dieser Situation, weil weisst nie, was dich hinter der grau gestrichenen Tür des älteren Einfamilienhauses mit den zur Strassenseite hin geschlossenen Fensterläden erwartet.

Seitlich der Tür drücken sich der Müller und Bucher Manfred an die Wand. Ein Blick. Okay.

Bucher Manfred drückt auf die Klingel. Es hallt im ganzen Haus.

Nichts bewegt sich. Kein Geräusch, kein nichts.

Bucher Manfred klingelt erneut.

Strasser auf dem Sessel, er hat sich umgezogen, von A bis Z frisch angezogen. Er isst einen Apfel und denkt an Freitag und seine Flucht aus dem Büro. Er denkt an Sam und die Kinder, ja, die Kinder. Was machen die jetzt wohl? Anna und Valentin. Denken sie an ihn? Warum sollten sie? Und Sam ist bestimmt sauer auf ihn, weil er verschwunden ist. Einfach weg. Das wird ihrer Ehe nicht guttun, denkt er. Gar nicht guttun.

An der Tür klingelt es. Vielleicht der Briefträger? Hat Roger die Post nicht abbestellt, und der Briefträger bringt ein Paket? Strasser kann es nicht entgegennehmen. Nein, er kann doch nicht für Roger unterschreiben. Das wäre nicht korrekt. Vielleicht ist es eine Sendung, die Roger gar nicht will. Oder eine Nachnahmesendung. Viel Geld hat Strasser eh nicht mehr in der Tasche. Der Briefträger soll einen Abholschein im Briefkasten deponieren.

Es klingelt erneut.

Dass der Briefträger überhaupt die Zeit hat, ein zweites Mal zu klingeln? Ist eigentlich erfreulich. Man hört ja, dass die regelrecht durch ihre Tour gehetzt werden. Strasser hat mit eigenen Augen einen Briefträger gesehen, den ein Mann mit einer Stoppuhr verfolgte, um jeden Meter der Tour genauestens zu quantifizieren. Wenn die Leute nicht beim ersten Klingeln die Tür aufreissen, zack die Unterschrift leisten und den Eingeschriebenen in Empfang nehmen, ist der Pöstler längst weg, weil er sonst Überzeit macht und dafür gescholten …

«Keine Bewegung», ruft eine Stimme, «Hände über den Kopf.»

Was?

Zwei Mann sind im Zimmer. Dann vier.

«Polizei. Stehen Sie auf, an die Wand, dort rüber, an die Wand.»

Natürlich machst du, was sie dir sagen. Natürlich macht Strasser, was ihm der Müller und Bucher Manfred sagen. Es ist nicht diese Panzergrenadiersituation, wie die Festnahmen in US-Filmen gerne gezeigt werden. Gibt es bei uns auch, aber das hier, der Müller ist ultrafroh, das hier geht unkompliziert und sauber.

Hinter Strassers Rücken schnappen die Handschellen zu.

«Herr Strasser, Sie sind festgenommen wegen des Verdachtes auf Mord. Sie haben das Recht auf einen Anwalt. Sie haben das

Recht zu schweigen.» Das sagst du, weil es dazugehört, aber kreativ ist es nicht.

«Wir bringen Sie zur Einvernahme nach Zürich, ins Grosse Polizeihaus.»

Die Polizisten haben ihn vor dem Abführen kontrollieren lassen, ob der Boiler und der Herd aus sind. Dass er daran denkt, erstaunt ihn selbst. Und das Haus doppelt abgeschlossen. Weil eigentlich ... eigentlich was? Streichen wir «eigentlich». Nach dem Vorfall in Ollis Büro hierhin abzuhauen, per Zufall Roger angerufen, erreicht und der fährt gleich weg. «Der Zufall ist keiner», schrieb Diodoros, aber Matthias Strasser kennt den spätantiken Griechenphilosophen nicht. «Wo bin ich überhaupt, und was mache ich?», fragt sich Strasser, und er meint es metaphorisch. Weil wo er ist, weiss er: Rückbank Kastenwagen zwischen zwei Polizisten → Dietikon → Schlieren → Altstetten → Hardplatz → Helvetiaplatz → Parkplatz Grosses Polizeihaus → Hintereingang → Lift → vierter Stock → WC. Vor der Tür wartet ein kräftiger junger Mann, der ihn um einen Kopf überragt. Aspirant Mauchle. Dann → Raum 419.

So viel zum Wo. Und zum Was das: Befragung durch die Polizei.

Setzen. Becher Kaffee, wenn er will. Zwei der Polizisten, die in Dietikon waren, sind mit im Raum.

Personalien, Anwesende, Uhrzeit, alles das. Aufnahme gestartet.

«Nein, ich brauche keinen Anwalt», sagt Strasser.

«Sollten Sie aber», sagt Bucher Manfred, «wäre vorteilhaft.»

Aber Strasser schüttelt den Kopf.

Bucher fürs Mikrofon: «Der Vernommene schüttelt den Kopf.»

Der Müller so: «Können Sie später immer noch, jederzeit.»

Und den Block auf dem Tisch zurechtgerückt, den Bleistift, der Müller schreibt gerne mit Bleistift, parallel zur längeren Kante ausgerichtet.

Müller beginnt: «Wo waren Sie am Freitagnachmittag zwischen 15 und 17 Uhr?»

Dann wird es kompliziert.

Weil, ehrlich, wenn jemand Sie fragt, was Sie letzten Freitag zu diesem Zeitpunkt gemacht haben, erinnern Sie sich dann mit an Sicherheit grenzender Genauigkeit? Können Sie den exakten Ablauf von Ereignissen und Beschäftigungen glaubhaft darlegen? Ist es Ihnen eventuell sogar möglich, Zeuginnen und Zeugen zu nennen, die Ihre Aussagen während der polizeilichen Untersuchung und allenfalls vor Gericht? Oh, ich habe das Verb vergessen. Hier ist es: «bestätigen können».

Spuren, gibt es Spuren von Strasser in Ollis Büro?

Ja, es gibt: eine gelbe Klarsichtmappe mit Strassers Fingerabdrücken, enthaltend einen Zeitungsartikel von Freitag, 31. Januar, beweisend, dass Matthias Strasser, Strategic Creative Operations, an diesem Tag am Tatort war. Denn diese Klarsichtmappe lag auf Bischoffs Bürotisch, oberhalb einer E-Mail vom selben Tag, 14:37 Uhr, die der wenige Minuten danach mit Gewalt Verstorbene ausgedruckt und rechts neben sich auf die Tischplatte gelegt hatte.

Und weil keine Antwort kommt, sagt der Müller eine Wiederholung: «Wo waren Sie?» Et cetera, siehe oben.

Strasser, man sieht es ihm an, er versucht sich zu erinnern. Aber im Gedächtnis ist nichts. Die Mittagspause, davon weiss er, er war bei Strozzi für ein Brötchen und einen Kaffee, bestimmt hat ihn jemand gesehen. Aber später? Bei Rogers Haus ist er kurz nach 18 Uhr eingetroffen. Er erinnert sich ans Zifferblatt, als er den Schlüssel unter der Matte hervorholte.

Es gibt bisher mindestens eine Zeugin, die ihn gesehen hat, als er in den Fünften stieg: Unternährer kam gerade herunter.

Genau da setzt jetzt der Müller an: «Sie wurden gesehen, als Sie am Freitagnachmittag zur Chefetage hochgingen. Fällt Ihnen dazu etwas ein?»

Mit den Augen lässt der Müller den Mann nicht mehr los.

Nach einer Weile sagt Strasser: «Ja, ich muss wohl oben gewesen sein.»

Müller: «Wo genau?» Und: «Warum?»

Das müssen wir jetzt zusammenfassen und kürzen, weil es dauert. Strasser hat schliesslich eingewilligt, ja, bitte doch einen Anwalt. Bis der kam, vergingen etwas Zeit und etwas Kaffee. Und RA Affolter ist nun seit Stunden mit im Raum 419. Der Müller und Bucher Manfred wechseln sich ab. Ab und zu holen sie ein

Sandwich für den Kunden, für RA Affolter und für sich selbst. Mineral und wieder Kaffee. Sogar einmal einen Schokoriegel. Gesund ist das nicht, aber niemand geht der kulinarischen Gesundheit wegen ins Grosse Polizeihaus.

Zusammenfassung:

Matthias Strasser, Strategic Creative Operations, seit der Gründung des Unternehmens Mitarbeiter von KHP&B. Der Befragte gibt an, seit längerer Zeit, genauer kann er es nicht sagen, Phantasien und Aussetzer zu haben.

Der Müller: «Was für Phantasien?»

Der Befragte, man sieht es ihm an, er versucht, die Frage zu beantworten, aber die Wörter formen sich in seinem Kopf nicht richtig. Nur «Bischoff» sagt er, murmelt etwas, fährt sich mit der rechten Hand durch die Haare, sagt undeutlich «Explorative Rhizomatic Method» und versucht, einen Satz mit Sinn zu konstruieren.

RA Affolter sagt zum Müller: «Ich beantrage eine Unterbrechung dieser Befragung. Mein Mandant ist nicht in der Lage, Ihre Fragen zu beantworten.»

Und der Müller nickt, weil der Anwalt Recht und recht hat.

«Phantasien und Aussetzer», hat Strasser gesagt. Mordphantasien? Und den Namen «Bischoff» haben, obwohl undeutlich artikuliert, auch wir gehört.

Strasser → Zelle. Der Müller und RA Affolter einigen sich darauf, einen Arzt zu rufen, der Strasser untersucht.

Sechster Tag nach dem Mord, Donnerstag, 6. Februar

Der Arztbericht liegt in dem Müller seinem Computer bereit, als er ins Grosse Polizeihaus kommt. «Burnout» ist ein Wort, das darin vorkommt, «desaequilibriertes Gleichgewicht», das versteht der Müller auch, «Beeinträchtigung der Affektkontrolle», alles solche Wörter, «Erschöpfung», ja, aber nichts von «unzurechnungsfähig» oder «nicht vernehmungsfähig» oder «gewaltbereit».

Müller trommelt wieder alle zusammen: RA Affolter, Bucher und Brogli, Strasser aus der Zelle und er selbst in den Vernehmungsraum. 08:10 Uhr. Zweite Vernehmung Strasser.

Der Müller: «Ich habe Verständnis für Ihre Lage, Herr Strasser. Aber einfach Leute umzubringen, das geht natürlich nicht.»

RA Affolter: «Der Plural ist deplatziert, Herr Müller.»

Der Müller: «Wie haben Sie Herrn Bischoff getötet?»

Strasser: «Mit dem Locher. Ich habe ihm den schweren Locher, der im vierten Stock beim Zentraldrucker steht, über den Kopf geschlagen.»

Der Müller: «Erzählen Sie mir, was Sie genau getan haben.»

Strasser: «Als ich an meinem Arbeitsplatz einen Schokoriegel fand, beschloss ich, dass es genug sei. Der Kragen ist mir geplatzt. Immer diese Demütigungen: Sie schenken dir einen Wellnessgutschein für einen Ort, wo du nicht hinwillst, für eine Wine & Cigar Lounge, ein Hohn für einen Nichtraucher. Sie stellen Körbe mit Früchten auf, legen Schokoriegel an die Arbeitsplätze. Als wäre ich ein kleines Kind, das durch ein Zückerchen zum Arbeiten motiviert wird … und diese Scheissmanagementtools, dieses Geschwätz, diese …»

Völlig an der Frage vorbei, diese Antwort, Strasser erzählt nicht, was geschehen ist, sondern erklärt das Warum. Manchmal musst du den Befragten einfach reden lassen, damit er seinen Überdruck los wird. Wenn er sich so die Seele freiredet, verzieht sich der Nebel über dem Tatmotiv. Du fängst an zu verstehen, warum er es getan hat. Wenn du das Warum verstehst, verstehst du das Dass besser, das Was, das Wie, das Wer. Und das Wer-Nicht.

Strasser war es nicht.

Er war in Bischoffs Büro. Aber kurz vor dem Tatzeitpunkt. Strasser hat nicht das getan, was er meint, getan zu haben. Bischoff ist erstochen worden. Der Locher war nicht die Tatwaffe. Die Spurenlage belastet ihn nicht.

Matthias Strasser, SCO, hat kein strafrechtliches Problem. Sondern ein medizinisches.

***

Die dem Fall Bischoff zugewiesenen Beamten arbeiten weiter. Positive Ergebnisse können wir nicht melden, und das Tötungsdelikt liegt fast eine Woche zurück. Man sagt, je mehr Zeit vergeht, desto schwieriger ist es, den Täter zu fassen. Weil Spuren verwischt werden, Zeuginnen und Zeugen sich immer lückenhafter erinnern, die Vergangenheit anfängt, perfide ihren Schleier über die Ereignisse zu legen. Stimmt. Aber zaubern kann die Polizei eben nicht.

Die meisten Tötungsdelikte sind Beziehungsdelikte, Täter und Opfer miteinander bekannt, verwandt, verheiratet, näher mit einander verhängt. Im Fall Bischoff bisher nichts dergleichen ermittelt. Ehefrau sauber. Geliebte nicht bekannt. Das Opfer vielleicht ein bisschen ein Casanova. Büroanimositäten im Normalbereich von Konkurrenz, Missgunst, Kompetenzgerangel, Organigrammchrüsimüsi. Hard feelings von unzufriedenen Kunden nicht in diesem Ausmass festgestellt. Keine Unterweltkontakte des Opfers nachweisbar. Was sagt dazu der Müller? «Wir machen weiter.»

***

Salomé Fischer Rüttimann auf den Stufen zum Obergeschoss des Kunsthauses. Ihr Natel klingelt. Wieder «XXX». Wegdrücken? Sollte sie – und sich eine neue Nummer geben lassen. Die Polizei verständigen. Ja, das mache ich jetzt gleich, sagt sie sich. Sie nimmt das Gespräch an und sagt: «Das ist der letzte Anruf, den ich von dir entgegennehme. Jetzt rufe ich die Polizei.»

«Hochinteressant, Frau Fischer Rüttimann, hochinteressant», sagt eine Männerstimme, dann macht es aus dem Handy tuut.

War das die Presse? Oder hat sie sich gerade geschäftlich ein Ei gelegt?

Siebter Tag nach dem Mord, Freitag, 7. Februar

Samantha Scheiwiller Strasser wird am 17. Februar ihre Stelle bei «Nordwest Investments» nahe beim Paradeplatz antreten. Erste Besprechungen mit ihrer Vorgesetzten und ihrem Team haben stattgefunden. 80 Prozent wird sie arbeiten. Die Zeit bis zum Stellenantritt verbringt sie mit Anna und Valentin. Die Anrufe, die sie macht, um kurzfristig zwei Plätze im Hort der Schule zu bekommen und den Bring-und-hol-Dienst für die Kinder zu organisieren, zählt sie nicht mehr. Auf ihre Eltern kann sie zum Glück zählen. Auf Matthias nicht.

***

Ergebnis Reihen-DNS-Test aller Mitarbeiterinnen von KHP&B: Spuren auf Teppich Büro Bischoff und Spuren auf Papiertaschentuch Abfalleimer Büro Bischoff stammen definitiv von Vanessa Unternährer, stv. Leiterin Stab.

Ein Wagen fährt an die Fröhlichstrasse und holt sie im Büro ab. «Wir kriegen dich», steht seit heute Morgen quer über die Seitentüren.

Verhörraum 419 ist gelüftet, nass aufgewischt, eine Halbliterflasche Mineralwasser steht bereit. Zuerst lässt der Müller Frau Unternährer einige Minuten auf dem festgeschraubten Stuhl sitzen. Ist nicht wirklich bequem. Und die Aussicht auf die Wände, für die vielleicht nächstes oder übernächstes Jahr ein bisschen Geld aus dem Unterhaltskredit übrig sein könnte, diese Aussicht flösst nicht gerade Zuversicht ein. Besonders wenn man mit der Polizei noch nie zu tun hatte wie Vanessa Unternährer.

Personalien, Wohnort, Funktion und Dauer der Anstellung bei KHP&B. Notiert.

Heather Brogli: «Sie waren vor genau einer Woche, nachmittags ungefähr um 15:10 Uhr, im Büro von Herrn Bischoff. Weshalb?»

«Ich bin im Betrieb für die Implementierung der ‹Explorative Rhizomatic Method› zuständig. Das ist –»

Müller: «Wir wissen, was das ist.»

Unternährer: «Echt?»

Brogli: «Ja. Fahren Sie fort. Warum Sie im Büro von Herrn Bischoff waren.»

Unternährer: «Ich bespreche mich regelmässig mit ihm. Welche Implementierungsschritte im Betrieb bereits umgesetzt wurden, Erfolgskontrolle, Monitoring, welches die nächsten Schritte im Prozess sind.»

Brogli: «Sie besprechen also Sachen mit Herrn Bischoff.»

«Ja.»

Brogli: «Auf den Knien?»

«Wie bitte?»

Brogli: «Auf Ihren Knien, nicht auf seinen.»

Da lässt man am besten einige Sekunden verstreichen. Cyril, Vanessa Unternährers Mann, der würde das komplett falsch verstehen, wenn er so etwas hören würde: sie kniend auf dem Fussboden im Büro des Chefs. Der würde ausrasten. Würde sie vor Gericht aussagen müssen? Oder in die Zeitung kommen?

Unternährer: «Was meinen Sie damit?»

Brogli: «Wir haben Zeugenaussagen und DNS-Spuren, dass ein Taschentuch mit Ihrem Genmaterial im Papierkorb des späteren Opfers lag und dass Sie auf dem Boden von Herrn Bischoffs Büro gekniet sind. Da liegen Abriebspuren von Ihrer Haut vor.»

«Ist es illegal –»

«Es geht nicht um legal oder nicht, es geht um den Grund, weshalb Sie dort waren, in dieser Position. Wir ermitteln in einem Mordfall. Für uns ist jedes Detail wichtig.»

«Ich wollte fragen: Ist es illegal, auf dem Teppich meine Kontaktlinse zu suchen, die hinuntergefallen ist?»

Die DNS im Papiertaschentuch? Hätten vor der Befragung die Notiz von Hofstetter vom WD genau lesen sollen: Stammt zweifelsfrei von Vanessa Unternährer, ist aber Material aus der Nase, sie war leicht erkältet und hat, nachdem sie sich bei der Besprechung in Bischoffs Büro die Nase geputzt hatte, das Taschentuch dort im Papierkorb entsorgt.

Ach.

Keine problematische Leidenschaft unter USM-Möbeln. Kein Beziehungsdelikt.

Ach.

Wieder eine Verdächtige weniger. Wenn das alles der weiteren Überprüfung standhält. Ich greife vor: Das tut es.

***

Als er am Telefon nicht mehr nur atmet und schweigt, sagt er etwas, was kein Mensch gerne hört.

«Du hast was getan?», ruft sie. «Du hast was?»

«Ich habe es für dich getan!», hört sie im Telefon drin. Findet sie nicht gut. Ergo → 117!

Achter Tag nach dem Mord, Samstag, 8. Februar

09:03 Uhr. Der Linguist Severin Eiholzer, Dr. des., wird kurz nach Türöffnung der Zentralbibliothek Zürich in deren Eingangsbereich festgenommen und sofort ins Grosse Polizeihaus transportiert.

Raum 419, Anwalt, Trallala. Von uns sind da: der Müller, Bucher Manfred und Heather Brogli. Aufnahme läuft.

Der Müller: «Herr Eiholzer, Sie sind verhaftet wegen des Mordes an Jörg-Olaf Bischoff.»

Eiholzer: «Wie wollen Sie mir das beweisen?»

RA Tobler schlägt sich die Hände vors Gesicht. Eiholzers Antwort war schlecht. Vielleicht weiss der RA nicht, aber er ahnt: Zurzeit läuft eine Durchsuchung der Wohnung des Linguisten.

Müller: «Uns interessiert in erster Linie Ihr Vorgehen und Ihr Motiv. Wie haben Sie Herrn Bischoff getötet und warum?»

Jetzt kommt die Antwort, die vorher hätte kommen sollen, aber jetzt kommt sie zur falschen Zeit und am falschen Ort: «Ich kenne keinen Herrn Bischoff.»

Und der Müller macht jetzt diese Augen, mit denen er den Mutmasslichen bei Befragungen den Schutzfilm und das Pokergesicht wegätzen kann. Er schaut und schaut, weil er hat Zeit. Und das Schauen ist vergleichbar mit dem Meissel, der immer und immer wieder auf den Marmor trifft und den Stein höhlt. Zuerst siehst du kaum eine Veränderung, aber nach einiger Zeit steht dann in voller Pracht die Praxiteles-Statue im Hafen von Rhodos, riesengross und so weltberühmt, dass wir noch heute darüber sprechen. Ich meine das als Bild: Der Müller pickelt und hämmert und knapst an Eiholzer herum, an seinem Bewussten und U-Bewussten, an seiner gesamten Ganzheit, und zwar von allen Seiten.

Plötzlich fährt auch Brogli auf Eiholzer los, weil manche Mutmasslichen reagieren auf Frauen ganz anders als auf Männer. Bucher raspelt mit seinen Zähnen an einem Selleriestängel.

Wichtig ist der Faktor Zeit. Irgendwann wird es dem Kerl zu

viel. Weil du hast ein ganzes Team zur Verfügung. Die Polizei, sie kann sich abwechseln. Der Beschuldigte kann keine frischen Ersatzspieler ins Spiel bringen, höchstens per RA eine Pause verlangen. Ein Ende ist nicht in Sicht. Am nächsten Tag ginge es von Neuem los. Und weiter am Nachmittag und bei Bedarf die Nacht und egal, ob Samstag oder Mittwoch oder Feiertag, einfach immer weiter.

Die Ergebnisse von der Hausdurchsuchung bei Eiholzer. Die werden auch kommen. Blut wäscht sich schlecht aus Kleidern. Auch wenn du auf deinen Schuhen nichts siehst, vielleicht vorsichtshalber sogar mit einem feuchten Lappen drübergefahren, die kleinen Tröpfchen, die ganz feinen, die kann der WD chemisch und mit UV nachweisen. Auf dem Teppich am Tatort vielleicht Fasern von deinem Wintermantel, weil du den Türrahmen gestreift hast, als du abgehauen bist. Ich muss gar nicht alles aufzählen, Sie wissen, die Polizei hat einige Tools zur Verfügung. Das ist gut.

Und der Müller natürlich die Information von Salomé Fischer Rüttimann im Kopf: «Er sagte mir am Telefon wörtlich: Ich habe es für dich getan. Mit ‹es› ist die Tötung von Jörg-Olaf Bischoff gemeint.»

Das Motiv? Dazu wiederum Frau Fischer Rüttimann: «Mein Mann hat sich ja für seine Wahlkampagne von KHP&B beraten lassen. Olli Bischoff war dort sein Kontakt. In diesem Zusammenhang gingen wir, also mein Mann und ich, einige Male mit Olli und seiner Frau essen. Heisst sie Lee-Ann? Herr Bischoff hat nicht ganz verstanden, dass diese Termine geschäftlicher Natur waren. Er hat mich privat angerufen und wollte mich treffen. Ja, das schmeichelte mir schon etwas. Ein attraktiver Mann, das gebe ich zu. Aber ich habe trotzdem abgelehnt. Meinem Mann habe ich davon nicht erzählt, weil da ja nichts war. Aber Herrn Eiholzer habe ich davon gesprochen, irgendwann als wir … nun ja, ich hätte nicht gedacht, dass ihn das so trifft und er es sich so zu Herzen nimmt, Ollis Avancen …»

Diese Aussage von Frau Fischer Rüttimann gestern Abend am Telefon, obwohl möglicherweise durch persönliche Befangenheit getrübt oder beeinflusst, hat Severin Eiholzers Festnahme ausgelöst.

Eifersucht. «La jalousie te crèvera le cœur» (Les Rita Mitsouko).

Die Vernehmung dauert.

Die Zeit vergeht.

«So jung kommen wir nicht mehr zusammen» (Onkel Alfred beim letzten Familientreffen).

Müller, Brogli und Bucher leisten wirklich Knochenarbeit. Immer wieder dieselben Fragen, das Ganze noch einmal von vorn, Themensprünge, Befragerwechsel, im Raum 419 herumgehen. Wasser? Kaffee? Ein Sandwich? Kriegst du Magengrimmen von, die ewigen Sandwiches. Dem Müller gehen die Gürklein und die gesetzlich offenbar vorgeschriebene Tomatenscheibe aus dem Gewächshaus, die arme Frucht des Nachtschattengewächses auf bleichem Schaumstoffbrot, sie gehen dem Müller auf die Nerven. Solche Sätze gehören hierher, um zu zeigen, dass du kämpfst und rackerst. Auch wenn du das schon hunderte Male gemacht hast, Leute befragt, den Verdächtigen auf dem festgeschraubten Stuhl mit Fragen pieksen wie die Akupunktur die Wirbelsäulenmuskulatur. «She Works Hard For The Money» (Donna Summer), und bei «she» sind die Männer mitgemeint.

Zwischendurch machen die Polizisten eine Pause, fahren in den sechsten Stock, treten auf die Terrasse, in den Nieselregen hinaus. Der Müller steckt sich eine an, zieht den Rauch in die Lungenflügel. Er denkt an Eiholzers geplante Studie über die Polizeisprache, an die Idee, einen Verlag zu gründen, der «Die Wortkommission» heissen sollte, daran, dass ihn Eiholzer honoris causa als Fachberater beiziehen wollte. «Er suchte den Kontakt zu den Sicherheitskräften», sagt bei diesem Gedanken Müller Benedikt mit tiefer Stimme, als käme er direkt aus dem Schreckenskabinett des Doktors Caligari. Da klingeln jeweils die Alarmglöckchen: Wir kennen Beispiele von Pyromanen, die bei der Feuerwehr sind oder im Dunstkreis der Feuerwehr sich tummeln. Warum sollte es keine Verhaltensauffälligen geben, die die Nähe der Polizei suchen? Ob das nach Locke und Bacon einer empirischen Studie standhielte, ignoro. «Intuition ist das Werkzeug auch des Mannes», wie eine moderne Übersetzung eines Motivs des vergessenen Frühaufklärers Jean-Hugues de la Motte-Radabam lautet.

Der letzte Zug aus der Müllerzigarette ist in den Zürcher Abendhimmel geblasen.

Sie gehen hinunter.

419.

Sie haben die Aussage der Zeugin Fischer Rüttimann, sie haben – Ergebnis der Hausdurchsuchung ist gerade eingetroffen, express behandelt, danke, geschätzte Kollegen vom WD – Spuren. Sie kennen ein Motiv.

RA Tobler knickt die Bandscheibe ein.

Müller, Heather Brogli und Bucher Manfred knacken ihn. Nicht RA Tobler, sondern Severin Eiholzer.

Success! Yes! Eiholzer redet jetzt wie ein E-Book. Und wir stellen fest: Es gibt auch kriminelle Akademiker. Aspirant Mauchle und Rocco Catanzaro begleiten Eiholzer in den Zellentrakt. RA Tobler verabschiedet sich, die Polizistin und die Polizisten auch.

«Ich gebe eine Runde aus», sagt der Müller. Weil die Kantine natürlich längst zuhat, Samstagabend, 23:14 Uhr, klaubt er drei Jetons aus dem Portemonnaie und fragt vor dem Automaten zuerst Brogli: «Mit Rahm und Zucker, Madame?»

Geht das mit dem Flirten jetzt weiter?

Ja, so einfach ist das, wenn die Auflösung vor einem liegt. Natürlich nur geschehen, weil die Polizei Stunden und Tage in den Fall investiert hat. Das kostet natürlich. Und Glück brauchst du auch. Ohne Salomé Fischer Rüttimann, da hätten wir Spuren vom Tatort gehabt, die wir niemandem hätten zuordnen können. Severin Eiholzer ist ein Ersttäter.

Auf einmal taucht auch Dylan Barmettler am Automaten auf. Heather Brogli lehnt sich kurz an ihn. Ist also doch kein Gerücht, dass sie etwas haben miteinander. Sie verlassen das Grosse Polizeihaus zusammen. Bucher Manfred fährt ins pathologische Institut zur Pathologin seines Herzens.

Und der Müller, der will draussen eine Runde gehen. Draussen: die Stadt. Irgendwas ist da immer. Und meistens macht es Krach.

Raphael Zehnder

MÜLLER UND DIE TOTE IN DER LIMMAT

Broschur, 208 Seiten

ISBN 978-3-95451-046-7

«Ein wahrhaft lustiges Buch, was hierzulande selten ist. Nein, Entschuldigung, wir wollten ja solch apodiktische Aussagen nicht mehr tätigen. Sagen wir also einfach: ein Buch, das einen lachen macht. Weil es sich nicht so wichtig nimmt.» Die Zeit

«Schräg, witzig und wirklich mal was ganz anderes.» 20 Minuten Zürich